Howard Browne
BLUTIGE STADT

Ins Deutsche übertragen
von Jörg Ingwersen

Schwarze
SERIE

BASTEI
LÜBBE

BASTEI-LÜBBE-TASCHENBUCH
Schwarze Serie
Band 19 148

Erste Auflage: November 1990

Deutsche Lizenzausgabe 1990
Bastei-Verlag Gustav H. Lübbe GmbH & Co., Bergisch Gladbach
Originaltitel: Pork City
Lektorat: René Strien / Uwe Anton
Titelillustration: Achim Bock
Umschlaggestaltung: Quadro Grafik, Bensberg
Satz: VID Verlags- und Industriedrucke GmbH & Co. KG,
Villingen-Schwenningen
Druck und Verarbeitung:
Clausen & Bosse, Leck
Printed in Germany
ISBN 3-404-19148-X

Der Preis dieses Bandes versteht sich einschließlich
der gesetzlichen Mehrwertsteuer.

am Tag raucht, sich badewannenweise mit Gin vollaufen läßt, sechs Stunden am Tag schläft und die restlichen achtzehn damit verbringt, sich über den gottverdammten Aktienmarkt aufzuregen, hat am Ende ein Magengeschwür. Zwölffingerdarm. Hörst du, was ich sage, Arschloch?«

Aber Jakes Gedanken kreisten um mehr als nur seinen Gesundheitszustand. Jetzt erkannte er, daß der Schwindel, mit dem er Jack Zuta reingelegt hatte, vielleicht ein Fehler gewesen war – ein großer Fehler. Nicht, daß Jack versuchen würde, ruppig zu werden, versicherte er sich eilig selbst. Dion O'Banion, schon sechs Jahre tot, Friede seiner schwarzen Seele, hatte es in Worte gefaßt: »Zwei Sorten Männer, von denen man die Finger läßt – Geistliche und Zeitungsschmierer.«

Jake warf einen Blick auf seine Armbanduhr und wollte sich von der Couch erheben, sank aber wieder zurück. Angela Terrell. Sie würde neben ihrem Telefon sitzen, mit zusammengekniffenen Lippen, giftig wie ein verbrühtes Stinktier, weil er sie gestern abend versetzt hatte. Ein oder zwei Augenblicke lang dachte er über eine Geschichte nach, die glaubwürdig genug war, sie zu besänftigen, gab es dann auf und rief vom Nebenanschluß auf dem Beistelltisch aus an.

Der Hörer am anderen Ende wurde mitten im ersten Läuten abgenommen. Dann Stille. Jake zögerte, sagte: »Angel? Bist du's?«

Wer sie persönlich, vielleicht sogar näher kannte, sprach überschwenglich von Angela Terrells Stimme: melodisch, rein wie eine kristallene Glocke. La Scala hätte sich schon vor Jahren auf sie stürzen sollen. Jetzt sprach die Stimme, wohlklingend wie immer. Ruhig, leise, ohne Schärfe.

»Wird auch Zeit, du verfluchter Scheißkerl. Zwei beschissene Stunden lang hast du mich in dieser widerlichen Spelunke auf meinem Arsch sitzen und warten lassen . . .«

Jake nahm den Hörer vom Ohr. Gossensprache aus dem Mund einer Frau war längst keine Neuigkeit mehr, aber sie brachte ihn immer wieder in Verlegenheit. Mit Schwung hob er den Hörer an. »Angel, würdest du um Himmels willen . . .«

». . . jemanden zum Ficken suchst, kannst du nächstes Mal . . .«

Er legte auf. Angela wurde wütend, und schon redete sie unanständiges Zeug, so einfach war das. In ein oder zwei Tagen würde sie wieder anrufen, mit sanfter Stimme, und seine Entschuldigungen annehmen. Ende des Streits . . . bis zum nächsten Mal.

Er blieb sitzen, spielte mit dem Gedanken, seine Beziehung zu Angela ganz abzubrechen. Es störte ihn, daß Angela, obwohl die wilden Jahre längst aus und vorbei waren, immer noch Kleider trug, die ihr halb bis zum Arsch reichten, den Sprit in sich reinschüttete, bis sie sternhagelvoll war, und mit einer albernen, dreißig Zentimeter langen Zigarettenspitze herumwedelte, als wäre das Ding der Taktstock von irgendeinem beschissenen Dirigenten.

Sie hatten sich vor vier Jahren kennengelernt. Jake hatte am gegenüberliegenden Ende der Bar in einer Kneipe im fünften Stock des Garrick Building gesessen und ein ruhiges Gespräch mit einem Detective von der Wache an der Warren Avenue geführt, als ein schlankes Mädchen, Anfang zwanzig, mit schimmerndem schwarzem Bubikopf auf einen der Tische geklettert war, einen 22er Revolver mit perlmuttverziertem Griff aus ihrer Tasche gerissen und angefangen hatte, die Flaschen hinter der Bar zu zerschießen. Der Detective hatte ihr die Waffe aus der Hand geprügelt, sie zweimal ins Gesicht geschlagen, damit sie ihm ihre Aufmerksamkeit widmete, und wollte schon eine grüne Minna bestellen, doch Jake konnte ihn überreden, das Mädchen laufen zu lassen. Als er es geschafft hatte, sie auf die Randolph Street und in ein Taxi zu schaffen, war Angela Terrell in Ohnmacht gefallen.

Unter den argwöhnischen Blicken des Taxifahrers hatte Jake die Handtasche des Mädchens durchsucht und einen dicken Packen Bargeld und einen Ausweis mit einem Namen und einer Adresse am North Lake Shore Drive gefunden. Diese letzte Information hob sie aus der Kategorie ausgeflippter Sekretärinnen hervor, denn Jake war sich bewußt, daß die

Jahresmieten für Apartments in diesem Gebäude bis zu zehntausend Dollar gehen konnten.

Während das Taxi wartete, hatte Jake die verwirrte junge Dame dem Portier des Gebäudes übergeben und ihn einen Blick auf seinen Presseausweis werfen lassen, bevor er ging.

Zwei Tage später hatte Angela Terrell über die Zeitung Kontakt zu Jake aufgenommen. Sie dankte ihm wärmstens, daß er sie aus den Polizeiakten herausgehalten hatte, und lud ihn auf einen Drink in ihr Apartment ein. Die vier Zimmer entpuppten sich als geschmackvoll und teuer möbliert, eine erlesene Sorte Gin floß in die Rickies, und die Schlafzimmerfenster eröffneten einen imposanten Ausblick auf das Seeufer – was Jake erst bemerkte, als er aus ihrem Bett, aus der Dusche heraus und wieder vollständig angezogen war.

Die Affäre, die folgte, war hitzig – so hitzig, daß es fast zwei Wochen dauerte, bis Jake sich zum ersten Mal wirklich bemühte herauszufinden, wer Angela eigentlich war. Sie hatte vage angedeutet, daß sie von der Ostküste stammte, daß sie in Chicago war, um an der Kunstakademie zu studieren, und daß ihre Familie ›Geld hatte‹. ›Drüben an der Ostküste‹ entpuppte sich als Brooklyn, und ihr Vater war ein gewisser Giuliano Torenello, enger Freund einer hochrangigen Persönlichkeit im New Yorker Zweig der *Unione Siciliana*.

Jakes erste Reaktion war, die Affäre zu beenden. Aber er fürchtete, es würde Angela ähnlich sehen, ihm ihren alten Herrn auf den Hals zu hetzen. Die meisten Väter sahen es nicht gern, wenn jemand ihre Töchter bumste – Jungfrau oder nicht. Nicht, daß Angela noch eine Jungfrau gewesen wäre, aber Jake war einigermaßen sicher, daß ihm das, wenn er es vorbrächte, nicht aus der Klemme helfen würde.

Also griff Jake auf den altehrwürdigen Grundsatz zurück: im Zweifelsfall nichts tun. In den vergangenen vier Jahren hatte er keinen Grund gehabt, diese Entscheidung zu bereuen.

MITTWOCH, 5. SEPTEMBER 1912

Es war eher ein Kabuff als ein Büro, mit einem verrußten Fenster, das aus dem ersten Stock auf die Madison Street hinausblickte. Der untersetzte, fast kahlköpfige Mann in dem schmutzigen weißen Hemd senkte seine Zeitung und sah den jungen Mann über den Schreibtisch hinweg an. »Was willst du, Junge?«

Im Bauch des Gebäudes, zwei Stockwerke unter der Straße, druckten riesige Druckerpressen die Nachmittagsausgabe der Tribune, *und die Vibrationen schickten ein leichtes, rhythmisches Beben durch den drahtigen Körper des jungen Mannes. Draußen vor der Kabine klapperten Schreibmaschinen, schleuderten Druckluftröhren kleine Messingzylinder in Drahtkörbe, läuteten ungeduldig Telefone, und männliche Stimmen übertönten den Tumult.*

»Sergeant Russell hat gesagt, ich könnte hier vielleicht einen Job bekommen, Sir«, sagte der junge Mann. »Wenn ich mit Ihnen darüber spreche.«

»Woher kennst du Bob Russell?« fragte der Mann.

»Er hat sein Revier in unserer Nachbarschaft«, sagte der junge Mann. »Jackson, Ecke Western. In der Gegend.«

»Wie heißt du?«

»Alfred Lingle, Sir.«

»Wie alt bist du, Al?«

»Neunzehn, Sir.«

»Wie weit bist du in der Schule gekommen?«

»Ich habe meinen Abschluß an der Calhoun High gemacht, Sir.«

»Wo hast du zuletzt gearbeitet?«

»Bei Schoeling's, Sir. Die verkaufen medizinische Sachen.«

»Warum bist du da gegangen?«

»Ich . . . ich arbeite immer noch da, Sir.«

»Was willst du dann hier?«

»Ich glaube, ich möchte bei einer Zeitung arbeiten, Sir.«

»Du glaubst, ja? Willst du eine Reporterkanone werden.«

»Ich . . . weiß nicht, Sir. Ich würde hier einfach gern arbeiten.«

»Was zahlen sie dir? Bei Schoeling's?«

»Fünfzehn Dollar die Woche, Sir.«

»Hier fängst du bei zwölf an. Willst du immer noch einen Job?«

»Ja, Sir.«

Der kahle Mann betrachtete den Jungen mit taxierendem Blick. Kleider abgetragen, aber ordentlich, nahm seine Mütze ab, wenn er hereinkam, sah einem in die Augen, höflich wie ein Held von Horatio Alger, beantwortete Fragen offen und direkt. Kein Wunder, daß Russell ihn hergeschickt hatte.

Der kahle Mann öffnete eine Schreibtischschublade, nahm einen Bewerbungsbogen heraus und warf ihn dem jungen Mann zu. »Füll das aus. Wenn du nichts Schlimmeres als Totschlag angestellt hast, meldest du dich Sonntag zur Arbeit. Pünktlich sechs Uhr morgens.«

Nach vier Monaten als Laufbursche stieg Alfred J. Lingle zum Reporter auf. Nicht, weil plötzlich ein verborgenes Talent erblüht war. Es war einfach der normale Ablauf bei der Tribune.

MONTAG, 9. JUNI 1930

Am Zeitungsstand in der Hotelhalle holte sich Jake eine Frühausgabe der *Tribune* und rutschte auf einen Hocker am Tresen des hoteleigenen Coffee-Shops. Bei Kaffee und Toast las er *Gasoline Alley* und *Moon Mullins,* bevor er den Sportteil überflog. Als er fertig war, dachte er daran, sich von Rod den Wagen bringen zu lassen, entschied sich aber dagegen. Der Himmel war wolkenlos, die Sonne angenehm warm, und mit der leichten Brise vom See her war dieser Morgen für einen gemächlichen Spaziergang über den Chicago Loop gerade richtig.

Als Jake die Michigan Avenue in Richtung Norden ging, blieb er auf vier Blocks ebenso oft stehen, um den Stadtrat des achtzehnten Bezirks, die momentane Geliebte des führenden Architekten der Stadt, einen kleinen Ganoven von der West Side, der Jake in der Vergangenheit nützlich gewesen war, und einen Detective, der beim Stab des Staatsanwalts arbeitete, mit Namen und Handschlag zu begrüßen. Jeder von ihnen ging freundlich darauf ein, zwei erkundigten sich nach seiner Familie, der Ganove ›borgte‹ sich einen Zehner und gab Jake einen todsicheren Tip auf einen Außenseiter im fünften Rennen von Washington Park.

Einen Block nördlich der Madison fiel Jake in einem Schaufenster eine Auslage von Strohhüten auf, die ihn daran erinnerte, daß er immer noch den grauen Fedora aus dem letzten Winter trug. Niemand, der eine gewisse Klasse für sich beanspruchte, sollte sich nach dem 30. Mai, dem Decoration Day, mit einem Filzhut erwischen lassen – besonders, wenn man sich so schick kleidete wie Alfred J. Lingle! Er zog die schwere Glastür auf und ging hinein.

Offensichtlich war er der einzige Kunde. Ein blasser, schlanker, junger Mann in einem makellosen, blauen Köper, legte die Morgenausgabe des *Herald-Examiner* beiseite, sagte »Guten Morgen, Sir«, und kam zu ihm. »Kann ich Ihnen behilflich sein?«

»Ich möchte mir einen Hut ansehen«, erklärte Jake. »Einen Strohhut.«

»Selbstverständlich, Sir.« Der Verkäufer deutete würdevoll auf die wohlgefüllten Regale hinter ihm. »Hatten Sie eine Kreissäge im Sinn? Oder vielleicht einen Panama? Sehr beliebt in diesem Jahr.«

Jake zuckte mit den Schultern. »Könnte mir ebensogut beides ansehen. Wenn ich schon dabei bin.«

»Natürlich.« Der Verkäufer streckte eine Hand aus. »Dürfte ich den Hut haben, den Sie gerade tragen?«

Jake kam dem Wunsch nach. Der Verkäufer fuhr mit einem Finger unter das Schweißband, warf einen Blick auf die Unterseite. »Sieben ein Achtel.«

»Hört sich vertraut an.«

Zwei Hüte wurden von den Regalen genommen und vorsichtig vor Jake auf den Tresen gelegt. Beides waren Topmodelle. Wenn ein Kunde in einem maßgeschneiderten Anzug, einer Sulka-Krawatte und handgearbeiteten Oxfords auftaucht, fängt man nicht erst mit den Lockartikeln an.

Jake nahm den Panama und setzte ihn auf, während der

Verkäufer einen Standspiegel vor ihm aufstellte. Befangen betrachtete Jake sein Spiegelbild, schob den Hut ein bißchen nach rechts.

»Äußerst kleidsam«, murmelte der Verkäufer.

Die Gestalt im Spiegel starrte Jake mißbilligend an. Damit seh' ich aus wie ein beschissener Gangster, dachte er. Noch ein paar Narben in die Fresse, und ich könnte als der Große Boß persönlich durchgehen.

»Aus Panama importiert«, sagte der Verkäufer mit großer Geste. »Übrigens unter Wasser geflochten. So werden die da unten gemacht.«

»In diesem Fall nehm ich lieber den anderen«, sagte Jake mit ausdrucksloser Miene. »Vielleicht haben sie vergessen, diesen hier auszuwringen.«

Der Verkäufer schenkte ihm in Anerkennung seiner geistreichen Bemerkung ein Lächeln, das knapp einen halben Zentimeter breit war. Jake schob sich den steifkrempigen Matrosenhut auf, kippte ihn lässig, wagte einen erneuten Blick in den Spiegel, nickte und holte seine Brieftasche hervor. »Um wieviel soll er mich ärmer machen?«

»Das wären siebenundzwanzig fünfzig, Sir.«

Jake wunderte sich. Fünfzehn mehr, als er für den Strohhut im letzten Jahr bezahlt hatte. Er ließ eine Hundert-Dollar-Note auf den Tresen fallen. »Todschicker Deckel, ich schätze, das ist er wohl wert, was?«

Der Verkäufer ging, kehrte mit dem passenden Wechselgeld zurück und steckte den Filzhut in eine Papiertüte. »Können Sie den irgendwo verstauen?« sagte Jake. »Ich hol' ihn später ab.«

»Selbstverständlich, wenn ich Ihnen damit einen Gefallen tue, Sir«, sagte der Verkäufer. Er sah Jake nach, als er durch die Tür und nach links auf die Straße hinaus ging. Hundert Piepen in einem Schein. Der erste, den er gesehen hatte, seit der Aktienmarkt im letzten Oktober in die Knie gegangen war. Und nach dem kurzen Blick zu urteilen, den er auf den Inhalt der Brieftasche hatte werfen können, mußten gut zwölf oder fünfzehn solcher Scheine darin gewesen sein.

Was bedeutete, so schloß der Verkäufer mit dem in Chicago

üblichen Maß an Zynismus, daß dieser Kerl entweder Politiker oder Schnapsschmuggler war.

Oder beides.

Das ›Parkway‹, ein großes Apartment-Hotel, stand an der südwestlichen Ecke von Lincoln Park West und Garfield Avenue auf der nahegelegenen North Side der Stadt. Es stammte aus der Zeit vor der Jahrhundertwende, und in früheren Tagen hatten die Kolumnisten der Gesellschaftsseiten es als vornehm bezeichnet. Einen kurzen Block weiter westlich gab es eine keineswegs vornehme Gegend mit heruntergekommenen Pensionen, schäbigen Läden und der Garage, in der an einem verschneiten Valentinstag vor einem Jahr fünf Mitglieder der Moran-Bande, ein Automechaniker und ein junger Augenoptiker mit Maschinenpistolen erschossen worden waren.

Gegen zehn Uhr hatte der Bewohner eines winzigen Apartments im sechsten Stock des Parkway seine kräftige Mahlzeit beendet, die aus dem Coffee-Shop des Hotels heraufgeschickt worden war, und rauchte seine vierte Murad an diesem Morgen. Jetzt hatte er nur noch seine langen Unterhosen an, stand vor dem Badezimmerspiegel und trug sorgsam eine Schicht von schmutzigweißem Kosmetikpuder auf sein frisch rasiertes Gesicht. Seine kräftigen, spachtelförmigen Finger rieben die feinen Körnchen vom Haaransatz bis zum Hals in die Haut und verliehen seinem ohnehin bläßlichen Teint eine fast gespenstische Gesichtsfarbe.

Als er fertig war, zündete er sich eine Zigarette an und beugte sich nah an das Glas. Seine tiefliegenden, haselnußbraunen Augen schienen noch weiter als sonst in ihren Höhlen versunken zu sein, während sein dunkelbraunes Haar jetzt rabenschwarz war.

»Mein Gott!« brummte er. »Ich sehe aus, als wäre ich seit zwei Monaten tot!«

Vom Spiegelbord nahm er eine kurzhaarige, blonde Perücke, streifte sie über und rückte sie mit peinlicher Genauigkeit zurecht. Wenn dies auch seinen Augen ihre normale Farbe zurückzugeben schien, gestand er sich doch ein, daß er mit der unnatürlichen Blässe seiner Haut noch immer aussah, als käme er von irgendeinem beschissenen Friedhof.

Er rieb sich das Gesicht sauber und fing von vorn an.

Gegen zwanzig nach elf war er fertig angezogen: ein leichter, grauer Anzug, weißes Hemd, eine schlichte, blaue Krawatte und schwarze Schuhe. Nichts, was ihn auffällig machen würde, allein oder in einer Menschenmenge. Er ging für eine letzte Kontrolle zum Badezimmerspiegel zurück, stellte sicher, daß die blonde Perücke fest an ihrem Platz saß, dann ging er zurück ins Schlafzimmer.

Eine Chifforobe-Schublade gab einen stupsnasigen Colt-Revolver vom Kaliber .38 und ein Paar dünne Seidenhandschuhe preis. Der rechte Handschuh wanderte in die Schublade zurück, der andere zusammen mit der Waffe in die rechte Tasche seiner Anzugjacke. Als der steifkrempige Strohhut an seinem Platz war und genau im richtigen Winkel saß, verließ Frankie Foster das Hotel, ging einen Block nach Westen zur Clark Street und stieg in eine Straßenbahn, die nach Süden zum Loop fuhr.

DIENSTAG, 7. APRIL 1917

Etwa eine Stunde vor Mitternacht war eine mächtige Nebelbank über San Franciscos Küste hereingerollt, hatte die Sicht auf beinah null gebracht und die Straßenlaternen in blasse Lichthöfe verwandelt.

Ferdinand Bruna, achtzehn, hatte den Kragen seines Kolani hochgeschlagen, um den größten Teil seines Gesichts zu verbergen. Er holte den Mann an der Einfahrt zu einer Gasse ein, die zwei Blocks weit von Bixby's Saloon entfernt lag. Leise glitt er aus dem Schatten hervor und rammte seinem Opfer die Mündung einer Waffe ins Kreuz.

»Flossen hoch!« knurrte er . . . und schrie vor Schmerzen auf, als der Absatz eines Gummistiefels mit Wucht auf seinem rechten Fuß niederging. Er wirbelte herum, warf unbewußt einen Blick in ein

wutverzerrtes Gesicht, als sich seine Finger krampfartig um den Abzug der Waffe schlossen.

In dem dichten Nebel klang das Geräusch eines einzelnen Schusses seltsam gedämpft. Die Kugel durchschlug das Herz des Opfers, tötete es sofort.

Eine Stunde vor Morgengrauen desselben Tages kletterte Bruna in einen Waggon, der an einen langsam in Richtung Osten fahrenden Güterzug gekoppelt war. Im Futter seines schweren Mantels steckten vier Zehn-Dollar-Scheine und drei Einer: der Ertrag seines ersten Mordes.

Neun Tage später belud Ferdinand Bruna Lastwagen für einen Lebensmittelgroßhandel an der Randolph, Ecke Halsted auf der West Side von Chicago.

Die Lohnlisten der Firma führten ihn als Frank Foster.

MONTAG, 9. JUNI 1930

Es war kurz vor Mittag, als Jake die Kreuzung Clark und Randolph erreichte. Die Gehwege waren vielfarbige Ströme vorwärtsdrängender Menschen, und im Moment war der Verkehr mit wütendem Hupen zum Stehen gekommen, weil sich ein Checker-Taxi und eine läutende Straßenbahn um das Recht stritten, wer links abbiegen durfte. An der südwestlichen Ecke trug der dreizehn Stockwerke aufragende, kombinierte Bau des Rathauses und Cook-County-Gebäudes – nicht ohne eine gewisse Zuneigung die ›alte, graue Hure‹ genannt (allgemein ›Huure‹ ausgesprochen) – im entlarvenden Glanz der mittäglichen Sonne seine heruntergekommene, leichtlebige Ausstrahlung zur Schau.

Jake schob sich an Stoßstangen und Trittbrettern vorbei, überquerte die Clark Street bei Rot und war beinah am Eingang zum Hotel Sherman, als ihn ein Finger leicht an die Schulter tippte.

Der Mann hinter dem Finger entpuppte sich als Milt

Kavanaugh, ein Wahlkreisleiter von der North Side und stiller Teilhaber eines Wettbüros am Rogers Park. Überschwenglich schüttelte er Jakes Hand, sagte: »Hab' mir gedacht, daß ich dich hier irgendwo finde. Wie steht's, Kumpel?«

Jake zwang sich zu einem herzlichen Lächeln und erzählte ihm, wie es stand, wobei er sich darüber klar war, daß er dieses Arschloch wahrscheinlich bis zur Abfahrt seines Zuges am Hals hatte. Aber obwohl die Wahlkreisleiter keine wirkliche Macht hatten, besaß Kavanaugh doch genug Einfluß, um sich zu jemandem zu machen, dem man nicht aus dem Weg ging und von oben herab behandelte.

»Hör zu, Jake«, sagte Kavanaugh, und seine Miene wurde ernst. »Ich muß mit dir reden. Wie wär's, wenn wir was futtern gehen? Ich hab' noch nicht mal gefrühstückt.«

»Vielleicht 'ne Tasse Kaffee«, sagte Jake. »Ich nehm den Halb-Zwei-Zug nach Washington Park.«

»Na, da hast du doch reichlich Zeit.«

Man führte sie im ›Sherman's Celtic Grill‹ gleich neben der Halle an einen Ecktisch. Ein Kellner mittleren Alters, mit grüner Jacke und schwarzen Hosen, ignorierte mehrere schon länger wartende Gäste, um mit Speisekarten herbeizueilen, die so groß wie Reklametafeln waren. »Wirklich nett, Sie wiederzusehen, Mister Lingle.«

»Wie geht es Ihnen, Charlie? Und, sagen Sie, was macht Ihre bessere Hälfte?«

»Kommt Ende dieser Woche aus dem Krankenhaus.«

»Das sind doch prima Neuigkeiten, Charlie. Denken Sie daran, Ihr von mir alles Gute zu wünschen.«

Sie bestellten, und der Kellner eilte davon. Kavanaugh sagte: »Das ist auch eine Möglichkeit, bedient zu werden: mit dem Personal dicke sein.«

»Das ist es nicht« erklärte ihm Jake. »Kellner, Portiers, Taxifahrer – jeder von ihnen – schnappt mal etwas auf. Wie zum Beispiel etwas, das einen alten Freund interessieren könnte, der bei einer Zeitung arbeitet. Ansonsten«, fügte er gleichgültig hinzu, »kann ich auf sie scheißen.«

Kavanaugh, jetzt wieder angespannt, hörte nicht zu. Er zog

seinen Stuhl näher an den Tisch und beugte sich zu dem anderen Mann hinüber. »Hör zu, Jake. Ich habe dich nicht rein zufällig getroffen. Es geht um . . . na ja, da ist dieser neue Police Captain draußen am Rogers Park. Ein Kerl namens Kelsey? Großer Bursche, mit dickem Bierbauch?«

Jake nickte. »Ja, klar. Frank Kelsey. Ist vor ein paar Monaten vom Hyde Park hierher versetzt worden.«

»Na, egal«, sagte Kavanaugh. »Die Sache ist, daß er auf mich losgeht. Entweder, ich erhöhe die momentane Prämie, oder er will meinen Laden schließen lassen. Ich hab' es ihm erklärt, ich hab' ihm gesagt: ›Mein Gott, Captain, ich kann gerade eben kostendeckend arbeiten, bei der Wirtschaftslage und so.‹ Jake, ich sage dir, dieser fette Arschficker war nicht mal so nett, mich aussprechen zu lassen. Sagt, er habe seine eigenen Probleme, und wenn ich erwarte . . .«

Er brach mitten im Satz ab, als ein piekfein gekleideter Mann Anfang zwanzig zum Tisch geschlendert kam. Zementgraue Augen, die eng über einer von Mitessern übersäten Nase saßen, betrachteten Jake mit chronischer Anmaßung. Ohne den Versuch, seine Stimme zu dämpfen, sagte er: »Ich soll dir was sagen, Jake.«

Eine Atmosphäre der Gewalt schien sich über die drei Männer zu legen. An den umliegenden Tischen begannen die Gäste unruhig zu werden. Jakes Miene hatte langsam ihren Ausdruck verloren, und seine Hände lagen bewegungslos auf der Tischplatte. Leise sagte er: »Zieh ab, Arnie. Du solltest so schlau sein, nicht . . .«

Arnies krächzende Stimme setzte sich über ihn hinweg. »Es ist eher privat.« Er warf Kavanaugh einen bohrenden Blick zu. »Hau ab, du.«

Der Wahlkreisleiter wollte sich erheben. Jake legte ihm eine Hand auf den Arm, hielt ihn auf. »Setz dich, Milt.« Nichts in seinem Gesicht verriet die Wut, die in ihm hochkochte. »Arnie. Erzähl mir nicht, es war *Joes* Idee, dich herzuschicken.«

»Wer sonst? Joe ist ziemlich sauer auf dich, Jake. Er sagt, ich soll dir sagen . . .«

Mit sorgsam kontrollierter Stimme sagte Jake: »Ich scheiß

drauf, *was* er dir gesagt hat. Du gehst zurück und sagst diesem polnischen Pisser, wenn er jemals – *jemals* – wieder so eine Masche abzieht, laß ich ihm die Eier in den Arsch schieben. Also, meinst du, du kannst dir das merken? Oder willst du's nochmal hören?«

Während der brodelnden Stille, die darauf folgte, erhoben sich zwei Männer am Nebentisch und gingen eilig hinaus. Arnie stand wie angewurzelt da. Zweimal öffnete und schloß er den Mund, aber es kam kein Geräusch heraus. Kavanaugh saß mit aschfahlem Gesicht starr auf seinem Stuhl. Dann machte Arnie zwei schlurfende Schritte zurück, drehte sich um und schwankte blindlings durch den Raum, wobei er nur um Haaresbreite einen Zusammenstoß mit dem Karren eines Hilfskellners vermied, bevor er durch die Türen des Restaurants hinausstürzte.

»Mein *Gott*, Jake!« sagte Kavanaugh zitternd. »Bei so einem Typen? Er hätte dich abknallen können! Gleich hier vor allen Leuten.«

Jake grinste ihn schief an. »Komm schon, Milt. Einen netten Burschen wie mich? Niemals.«

Der Kellner rollte einen Servierwagen heran, stellte ihre Bestellungen auf den Tisch, sagte: »Guten Appetit, Gentlemen«, und verschwand. Jake nahm sich eine Scheibe von Kavanaughs Toast und fing an, sie mit dem Kaffee hinunterzuwürgen.

Seine Euphorie war vergangen, weggewischt von seinem kurzen Zusammenstoß mit Joe Saltis Boten. Das gleiche Gefühl der Unruhe, das ihn in den letzten paar Tagen geplagt hatte, war wieder da. Er schien sich hier in letzter Zeit Feinde zu machen. Der Lude Jack Zuta. Spike O'Donnell. Joe Aiello. Potatoes Kaufman, mit dem er es jahrlang gut gekonnt hatte. Ihm fiel auf, daß sogar der Big Fella in den letzten zwei Monaten ziemlich reserviert gewesen war.

Er nahm eine Zigarre aus dem schweinsledernen Etui, zündete den kräftigen, goldenen Kuba-Tabak mit einem Küchenstreichholz an und blies eine ölige Rauchfahne aus. Ein paar Arschlöcher waren also sauer auf ihn. Scheiß drauf. Mit dem, was er gegen die Penner in der Hand hatte, konnte er sie morgen hinter Gitter bringen. Ein paar von ihnen sogar auf den heißen Stuhl, wenn es soweit kommen sollte. Niemand bescheißt einen Mann von der *Tribune*.

». . . Milt.«

Der Wahlkreisleiter sah von seinen Schinkeneiern auf. Jake sagte: »Dieser Police Captain. Kelsey. Wieviel will er dir auf's Auge drücken?«

»Achthundert mehr«, sagte Kavanaugh säuerlich. »Pro Monat. Jake, hast du eine Ahnung, was das . . .«

Jake hob abwehrend eine Hand. »Es wird dich was kosten, Milt. Sagen wir dreihundert. Nur, daß die für mich sind. Dafür hast du meine persönliche Garantie, daß Kelsey sich mit dem zufrieden gibt, was du ihm jetzt zahlst. Ist das okay?«

Ihre Blicke trafen sich, verharrten kurz, dann nickte Kavanaugh. »Okay, Jake. Auf jeden Fall ist es eine ganze Nummer besser, als achthundert zu zahlen.«

»Vielleicht kennst du Red Kissane?« sagte Jake. »Großer, rothaariger Kerl, der mich rumfährt.«

»Kann ich nicht sagen, nein.«

»Na, egal, Red wird um den ersten jeden Monats bei dir vorbeikommen. Und, Milt . . . Bargeld. Keine Schecks.«

»Hört sich okay an«, sagte Kavanaugh schleppend. Dann fügte er schnell hinzu: »Ich bin dir natürlich für deine Hilfe in meiner Sache dankbar.«

Jake machte eine verächtliche Geste. »Ich freu' mich, daß ich was für dich tun kann, Milt. Auf diese Weise bleiben für uns beide ein paar Extrascheinchen über, stimmt's?«

Er warf einen Blick auf seine Uhr, leerte die Kaffeetasse, stand auf. »Tut mir leid, daß ich dich hier so sitzenlasse, Freund, aber ich muß meinen Zug kriegen.« Er setzte seine neue Kreissäge lässig auf, sagte: »Wir sehen uns« und schritt zielstrebig davon.

Finster beobachtete Kavanaugh, wie Jake die Hotelhalle betrat, einem Mann die Hand schüttelte, einem anderen auf den Rücken klopfte und weiterging. Für dreihundert im Monat, dachte er trübe, hätte der schäbige Scheißer wenigstens die Rechnung übernehmen können.

Ein schmales Band aus schwarzem Stoff lag um den linken Jackenärmel von Bob McLaughlins Tweedanzug. Er saß neben einem goldenen Eichentisch in einem kleinen Privatbüro im dritten Stock des neuen Strafgerichtsgebäudes von Cook County. Er saß entspannt da, die Beine übereinander geschlagen, die Arme lässig vor der Brust verschränkt. Sein Gesichtsausdruck zeigte Gelassenheit.

»Du hast mich angerufen, Pat«, sagte er. »Und du hast gesagt, ich soll rüberkommen. Okay. Du bist ein Cop, du hast das Recht, mich darum zu bitten. Da bin ich also. Geht es um Gene?«

»Es geht um Gene«, sagte Roche. In seinem Gesicht war nichts zu erkennen.

McLaughlin seufzte schwer. »Mein kleiner Bruder ist tot, Pat. Tot und begraben, und seine unsterbliche Seele liegt in den Händen eines gnädigen Gottes. Das hat mir jedenfalls Pater McBride versichert. Was gibt es da noch zu besprechen?«

»Wer ihn getötet hat«, sagte Roche tonlos. »Ich bin hinter dem Mann her, der deinem Bruder zwei Kugeln in den Kopf verpaßt, ihm zwanzig Kilo Alteisen um den Hals gehängt und ihn in einem Bewässerungskanal versenkt hat.«

McLaughlin zuckte sichtlich zusammen. »Mein Gott, Pat! Ich *weiß,* wie Gene gestorben ist. Aber ich hätte dir schon am Telefon sagen können, daß ich keine Ahnung habe, wer so etwas tun könnte. Hör zu: Okay, der Junge war ein bißchen wild – das gebe ich zu. Aber . . .«

»›Ein bißchen wild.‹« Roche schob spöttisch seine schmalen Lippen vor. »Ich glaube, das *könnte* man sagen. Wenn man bedenkt, daß er, soweit ich weiß, vier Männer umgelegt hat, in ein paar Überfälle auf Juweliere verwickelt war und vor kaum drei Monaten draußen im Melrose Park ein sechszehnjähriges Schulkind vergewaltigt hat.«

McLaughlin versteifte sich, als ihm sein vor Wut aufwallendes Blut in die ohnehin roten Wangen stieg. »Das, mein Freund, ist eine beschissene Lüge! Gene war nie jemand, der eine Frau gegen ihren Willen genommen hat.«

»Stinkende Scheiße«, sagte Roche verächtlich. »Die Kleine hat deinen Bruder in der Verbrecherkartei erkannt. Sie hat ihn bei der Gegenüberstellung identifiziert – genau wie die beiden Zeugen, die gesehen haben, daß er sie in den Wagen gezerrt hat.«

»Gene hatte ein Alibi.«

»Das hatte er. Vier kleine Gauner aus einem Billardsalon.«

Unbeweglich saßen sie da. Blickten sich finster über den Tisch hinweg an. Die Geräusche des Verkehrs von der Sechsundzwanzigsten Straße – drei Stockwerke unter ihnen – drangen durch das offene Fenster hinter Roches Stuhl herein.

Langsam nahmen McLaughlins Wangen wieder ihre normale Farbe an, und er lehnte sich langsam auf seinen Stuhl zurück. »Was willst du von mir, Pat?«

»Einen Hinweis, wer deinen Bruder getötet hat. Und warum.«

»Hör schon auf. Selbst, *wenn* ich es wüßte: Was würde es nützen? Angenommen, ich sage, okay, es war einer von . . . Bugs Morans Ballermännern. Oder Al Capones. Ganz egal, wieviel du ihm nachweisen kannst, kein Geschworenengericht wird ihn einbuchten. Kein Bandenmitglied, nicht in dieser ehrenwerten Stadt, ganz bestimmt nicht. Und wer wüßte das besser als du?«

McLaughlin schob seinen Stuhl zurück, stand auf, nahm seinen Strohhut von der Ecke des Schreibtisches. »Es wird rauskommen, Pat. Eines Tages wird es rauskommen. Und wenn es soweit ist, wird es keine Anwälte geben, keinen Richter, keine Geschworenen. Und ich werde dir sagen, warum, Pat. Weil diese Laus nicht mal lange genug leben wird, um sich seine beschissene Nase zu putzen. Darum werde *ich* mich kümmern. Persönlich.«

»Weiche von mir, Boyo«, sgte Roche müde. »Kein Atem bleibt mir, ihn an deinesgleichen zu verschwenden.«

McLaughlin schenkte ihm ein leeres Lächeln, drehte sich um, ging zur Tür und dann hinaus.

Einige Augenblicke später steckte Walter Wendt den Kopf herein. »Pat?«

»Komm rein.«

Wendt trat ein, schloß die Tür und ging zum Schreibtisch. Er war ein großer, sehniger Mann Ende dreißig, mit kräftigem, schwarzem Haar, einem langen, hohlwangigen Gesicht, das von Pockennarben übersät war, und tiefliegenden, lebhaften blauen Augen, die alles übersahen, was kleiner als ein normaler Grippevirus war.

Er nahm sich den Stuhl, den McLaughlin freigemacht hatte, schlug die Beine übereinander und zündete sich eine Sano-Zigarette aus einer zerknüllten Packung an. »Was hast du von deinem großmäuligen Freund erfahren?«

»Wertloses Zeug«, sagte Roche. »Aber ich soll mir nicht den hübschen Kopf zerbrechen. Er hat versprochen, sich selbst um die Angelegenheit zu kümmern. Indem er dem ersten Gangster, der in Frage kommt, persönlich den Arsch abschießt.«

»In letzter Zeit ist jeder hier Billy the Kid, weißt du das?« sagte Wendt. »Dieser Monat ist erst neun Tage alt, und wir haben schon elf von ihnen entweder im Leichenschauhaus oder ganz frisch auf dem Friedhof. Dodge City. So sollten sie diese Stadt nennen.«

Roche schnappte nach dem Köder. »Mit dieser Stadt ist nichts verkehrt, was nicht kuriert werden könnte, Walter. Denk zehn Jahre zurück, da gab es in den ganzen Vereinigten Staaten keine Stadt, die besser gewesen wäre. Sobald die Leute schlau werden und die Prohibition aufheben. Das wird das Ende für die Capones, die Morans, die Kugeln und den Schnapsschmuggel sein. Ich sage dir . . .«

»Patrick.« Grinsend hob Wendt beide Handflächen. »Ich hab das alles schon gehört, weißt du? Zehnmal – oder schon zwanzigmal?«

»Dann ist ja gut.« Abwesend nahm Roche einen Überwachungsbericht in die Hand, betrachtete ihn mit leerem Blick, ließ ihn wieder auf den Schreibtisch fallen. »Irgendwas Neues über George Druggan und diese Frau – wie heißt sie gleich, McGinnes?«

»Hab' vor nicht mal einer halben Stunde mit dem Krankenhaus telefoniert. Druggan hängt am seidenen Faden. Die Lady – glauben sie – kommt durch.«

»Irgendwelche Gerüchte, wer oder warum?«

»Keine Piepser, wer. Das warum – das ist einfach. Zufällig waren die Druggans gerade dabei, Bier von Capone in eine der Grenzkneipen am Nordufer zu liefern. Nur ist das immer noch Morans Gebiet, und ich schätze, der konnte sich mit dieser Idee nicht gerade anfreunden. Also haben sie abgedrückt.« Seine Mundwinkel zuckten. »Wie ich gesagt habe, Patrick: Dodge City.«

»Schaff deinen Krautarsch hier raus«, sagte Roche.

DONNERSTAG, 11. MÄRZ 1909

Sie begruben Terence Liam Roche am Tag nach seinem vierundsechzigsten Geburtstag, als ein rauher Wind von der Galway Bay herüberpeitschte und sich düstere Sturmwolken am Himmel zusammenbrauten. Neun Trauergäste hatten sich am Grab versammelt. Fünf dieser Gäste waren Pichelbrüder des toten Mannes, die er aus dem ›Rose and Pike Pub‹ in Kirvana, vier Kilometer nördlich, kannte.

Dem jungen Patrick Roche, dem erstgeborenen von Terences zwei Söhnen, liefen keine Tränen über die Wangen. Solange er denken konnte, hatte er seinen Vater gehaßt, hatte ihn als vom Whisky aufgedunsenen, verkommenen Tyrannen gehaßt, dessen bösartiger Charakter und Grausamkeiten im Suff über Jahre hinweg seinen Söhnen Narben eingebracht und den Tod seiner Frau vor erst zwei Monaten beschleunigt hatten. Nach Patricks Ansicht verdiente dieser Mann in keiner Weise ein christliches Begräbnis. Man sollte ihn lieber in einen Straßengraben werfen und unter zwei Metern Kuhscheiße vergraben.

Pater O'Beirn ignorierte die grellen Schreie gottloser Möwen und stimmte die letzten lateinischen Ermahnungen an, dann schlugen gefrorene Klumpen Lehm vom Lough Neagh dumpf gegen den rohen Kiefernsarg. Kaum vier Monate nach Patricks siebzehnten Geburtstag. Er stieß seinen Bruder Tom an, der gerade sechzehn war. »Gehen wir.«

Tom Roches Gesicht war blaß und abgespannt, und die Angst vor der Zukunft flackerte in seinen dunklen Augen. »Und wohin sollen wir gehen?« wollte er wissen, die Stimme fast gebrochen. »Du weißt verdammt gut, daß uns der alte Delaney die Farm noch vor dem Ende der Woche abnehmen wird.«

»Ich gratuliere ihm noch dazu«, sagte Patrick entschlossen. Seine grüblerische Miene wurde zu einem Lächeln. »Es gibt einen Ort für uns, Kleiner. Nach der Abendmesse erzähl ich dir, was ich vorhabe.«

Er merkte, daß Pater O'Beirn langsam zu ihnen herüberkam, aber Patrick wandte sich ab. »Komm schon«, sagte er zu seinem Bruder. »An diesem Tag hab ich soviel von Gottes unendlicher Weisheit und Gnade gehört, daß es für mein ganzes Leben reicht.«

Der Frachter Bonnie M. *hatte Cork Harbor erst vor zwei Tagen mit seiner Ladung Wolle und Scotch verlassen, als der zweite Maat im Kettenraum am Bug zwei minderjährige blinde Passagiere fand.*

MONTAG, 9. JUNI 1930

Nachdem er das Sherman Hotel verlassen hatte, ging Jake auf die Südseite der Randolph hinüber und lief in Richtung Osten. Er erinnerte sich daran, daß er bald keine Zigarren mehr hatte, ging in einen Tabakladen neben dem Restaurant Triangle, um sich eine Handvoll Perfecto Garcias zu besorgen, plauderte kurz mit dem Mann hinter dem Tresen und war gerade auf dem Weg nach draußen, als ihn das Ladentelefon zum Stehen brachte.

Er sollte wirklich Helen anrufen, dachte er schuldbewußt. Wenigstens rausfinden, wie es den Kindern ging. Er glaubte gern, daß sie ihn vermißten, aber in ihrem Alter, wie sollte man das da wissen?

Für einen Nickel konnte er es herausfinden.

An der Tür der Zelle zögerte er. Angenommen, er rief an. Noch bevor er zwei Worte herausgebracht hätte, würde sich Helen gleich über ihn hermachen, weil er das ganze Geld für ein Hotel aus dem Fenster warf, wo er doch ein wunderbares Zuhause mit einer eigenen Familie hatte. Nicht, daß sie auch nur im *Traum* daran dachte, daß er *ihretwegen* bleiben würde, aber es war Buddys und Loris gutes Recht, ihren Vater da zu haben, wenn sie aufwuchsen.

Sie hatte allen Grund, sich zu beschweren. Er wäre der erste gewesen, der es zugab. Aber nach neun Jahren hatten sie angefangen, sich auf die Nerven zu gehen. Ganz natürlich, wenn man sah, wie sie von ihm erwartete, in seiner Freizeit zu Hause herumzuhängen. Nicht bei all den Eisen, die er im Feuer hatte. Also war eins zum anderen gekommen, und er war abgehauen. Zumindest hatte sie keine Geldsorgen. Selbst bei dem, was ihm der verfluchte Aktienmarkt in letzter Zeit antat.

Er würde sie morgen anrufen, sagte sich Jake entschlossen. Ganz bestimmt. Oder vielleicht sogar zum Haus rausfahren, über alles reden, versuchen, es irgendwie zu regeln. Dann ein bißchen Zeit mit den Kindern verbringen, sie zum Riverview Park mitnehmen, Hot Dogs essen und Karussell fahren. Ihnen zeigen, daß sie einen Vater hatten, der sie bei Gott liebte. Einen Vater, zu dem sie aufsehen konnten!

Nachdem er auf diese Weise seine momentanen Schuldgefühle besänftigt hatte, zündete sich Jake eine Zigarre an und ging die Randolph weiter nach Osten, überquerte die State Street, warf einen oder zwei flüchtige Blicke in die Schaufensterauslagen von Marshall Field und drückte sich bei Rot über die Wabash Avenue.

Er blieb stehen und sah auf seine Uhr. 13.40 Uhr. Keine Eile. Der Schnellzug nach Washington Park würde erst in sechzehn Minuten abfahren, wenn überhaupt. Ein kahler Mann im

Tweedanzug rief von der anderen Straßenseite: »Wie geht's dir, Jake«, aber die Worte wurden vom Geratter einer Hochbahn verschluckt, die direkt über ihnen fuhr.

Als Walter Wendt das Büro verlassen hatte, wandte sich Roche dem hohen Fenster zu. Er hatte die Hände hinter dem Rücken verschränkt, stand da und blickte nach Norden auf ein Schachbrett aus engen Straßen und Gassen hinaus, die von dichtgedrängt stehenden Häusern mit spitzen Dächern umsäumt waren, die meisten davon einstöckig und schindelgedeckt, hinter Lattenzäunen oder kniehohen, kastenförmigen Hecken von Eschen-Ahorn. Ein osteuropäisches Arbeiterviertel. Vier Kirchen und neun Bierkneipen auf zwei Quadratmeilen. Und ein Bordell an der South Oakley, das die Schwägerin von Captain Norris vom Neunzehnten Bezirk leitete.

Alles in allem, dachte Roche, ein gutes Viertel. Ein paar lokale Schläger, aber nicht viel, was Aktivitäten von Banden betraf. Was man von einigen anderen Gegenden der Stadt absolut nicht sagen konnte. Die Itaker um die Taylor Street zum Beispiel. Oder draußen an der Milton, Ecke Oak. Man sollte glauben, sie wären damit zufrieden, eine Spitzhacke für ihren Stadtbezirk zu schwingen, anstatt ganze Schübe von Schnaps im Familienbadezimmer aufzukochen oder die Straßen als Schießstände zu benutzen.

Und nicht nur die Italiener. Da gab es die Itzigs wie Jack Zuta und die Davey-Miller-Bande an der Kedzie, Ecke Roosevelt. Und die Fischköpfe wie den kugelsicheren Spike O'Donnell und diesen Scheißhaufen Frankie McErlane, der einem so schnell die Eier abschoß, wie er einen ansah. Und die Pollacken. Wie Joe Saltis und seine Leute hinten aus den Viehhöfen.

Abschaum vom Kaffeesatz des Teufels, jeder einzelne von den Stinkern. Wohnten in vornehmen Wohnungen, putzten sich in Dreihundert-Dollar-Anzügen heraus, fuhren in protzigen Hupmobiles und Packards herum und verdarben den Ruf der ganzen Stadt. Und alles nur, weil eine Herde engfotziger, alter Jungfern die Prohibition durchgebracht hatte, als niemand darauf achtete. Hatten ehrbare, gottesfürchtige Leute zu Gesetzesbrechern gemacht und einen Haufen mörderischer Nichtsnutze zu Millionären.

Zum Teufel, wenn er nur etwas Verstand hatte, nähme er sich einen Teil der Beute. Wie die Politiker und die Richter und neunzig Prozent der gottverfluchten Polizei. Zusammen mit den paar faulen Äpfeln in seiner eigenen Abteilung. Seinen Job dazugenommen, hätte er genug, um für sein ganzes Leben ausgesorgt zu haben. Ein Jahr brauchte er, höchstens zwei. Dann Reisen, die Welt sehen, vielleicht nach Irland zurück, um seinem Alten auf's Grab zu pissen. Oder wie wär's mit Hollywood, drüben in Kalifornien? Seine Frau und die Kinder mitnehmen, die Filmstars sehen. Vielleicht kroch er am Ende sogar mit jemandem wie Clara Bow ins Bett. Oder dieser Joan Crawford, die mit den Klassebeinen.

Also, wie steht's damit, Pat? Du müßtest nur mit dem richtigen Mann ein Wort reden. Wie diesem fetten Kerl mit den Narben im Gesicht. Okay?

Klar. Jede Wette. Er würde sofort darauf einsteigen. Hollywood, wir kommen.

An der Michigan Avenue warf der Verkäufer eines Zeitungsstandes im Schatten des Hauptgebäudes der öffentlichen Bücherei Jake eine *Racing Form* zu, gab ihm das Wechselgeld aus einer blauen Leinenschürze, auf deren Latz das Logo der *Tribune* zu sehen war. Jake blätterte flüchtig durch die Seiten der Nennungen in Washington Park, dann ging er weiter und sah dabei die dünne Zeitung durch.

»Hey, Jake! Hier drüben!«

Er sah kurz auf, verwundert. Zwei Männer, die er nicht erkannte, saßen vorn in einer dunklen Willys-Knight-Limousine, die am Kantstein geparkt war. Der Mann auf dem Beifahrersitz rief: »Hy Schneider im dritten. Echter Selbstgänger!«

»Hab' ich schon«, rief Jake zurück. »Aber trotzdem vielen Dank.«

Seine Zähne bissen fest auf die Zigarre, und sein Blick war auf die Wettzeitung geheftet, als Jake durch den Bogengang und dann weiter die breite Zementtreppe hinab zu einem Fußgängertunnel ging, der unter der Straße hindurch führte und schließlich in den U-Bahnhof Illinois Central mündete. Der Fußgängerverkehr drängte sich in beide Richtungen. Jake wurde mehrmals angerempelt, aber seine Konzentration auf die Zeitung blieb ungebrochen. Er war enttäuscht von den Gewinnchancen, die für zwei seiner früheren Favoriten notiert waren, aber Hy Schneider wurde mit eins zu sieben geführt. Fünfhundert Einsatz, dachte er, und dieser Tag konnte zu einem seiner Glückstage werden. In letzter Zeit lagen seine Glückstage immer weiter auseinander.

Er hatte den hell erleuchteten Tunnel halb hinter sich gelassen, als sich ihm ein blonder, blasser Mann in einem grauen Anzug und einem Strohhut auf dem Kopf eilig von hinten näherte. Plötzlich tauchte in seiner linken Hand ein stupsnasiger Revolver auf. Er setzte die Mündung nah an Jakes Hinterkopf und feuerte ihm einen einzelnen Schuß in den unteren Teil des Hirns.

Alfred J. Lingle, achtunddreißig, altgedienter Kriminalreporter der *Chicago Tribune*, war längst tot, als sein Körper mit dem Gesicht zuerst auf den Boden der Unterführung schlug.

NACHBEBEN

Chicago ist keine Stadt für Waschlappen

– Michael ›Hinky Dink‹ McKenna,
Stadtrat, Erster Bezirk, 1908

2

Die Ampel war umgesprungen. Officer Anthony Ruthy stieß in seine Trillerpfeife und hob eine Hand im weißen Handschuh. Der in Richtung Osten fahrende Verkehr, der von der Randolph Street her auf die Michigan Avenue wollte, kam gehorsam zum Stehen. Bevor Ruthy die gegenüberstehende Fahrzeugkolonne durchwinken konnte, raste ein neuer Ford Kombi über die rote Ampel und bog mit quietschenden Reifen links auf die Avenue ein.

Die schrillen, wütenden Töne aus Ruthys Pfeife ließen den Fahrer des Kombis erschrocken in die Bremsen steigen und eilig am Kantstein halten, als der nach Norden fahrende Verkehr schnell näher kam.

Die beiden Männer auf den Vordersitzen rührten sich nicht, als Ruthy zum offenen Fenster auf der Fahrerseite ging. »Was ist denn mit *euch* los?« brüllte er und langte nach seinen Strafzetteln. »Seid ihr blind, oder was?«

»Wirklich, ehrlich, Officer«, sagte der Fahrer zerknirscht. »Ich schwöre Ihnen, ich habe nicht mal . . .«

Irgendwo links von Ruthy schrie die Stimme eines Mannes heiser: »Haltet ihn! Haltet den Kerl!«

Ruthy drehte sich hastig um, griff nach seiner Waffe. Ein schlanker Mann im grauen Anzug und einem Strohhut auf dem Kopf war auf die Avenue hinausgestürmt, rannte über die

Kreuzung zur Randolph Street. Zwei Männer jagten in knapp zwanzig Metern hinter ihm her.

Instinktiv zielte Ruthy mit seiner Waffe auf die fliehende Gestalt, senkte sie wieder (man erschießt niemanden, weil er vielleicht einer älteren Dame ihr Taschenbuch geklaut hat), und schloß sich der Verfolgung an.

Als er an der gegenüberliegenden Ecke ankam, sprintete der bewaffnete Mann über die Randolph nach Westen, pflügte sich einen Weg durch die Fußgänger und hielt einen gefährlich großen Abstand zu seinen Verfolgern. Auf halbem Weg den Block entlang tat sich die Einfahrt zu einer Gasse auf. Der Killer machte einen scharfen Schwenk hinein und verschwand.

Ruthy stürmte in die Gasse, dann wurde er nach einigen Schritten langsamer und blieb mit keuchendem Atem stehen. Keiner zu sehen. Ein paar Meter weiter bog der kleine Durchgang scharf nach links ab und mündete, das wußte Ruthy, in die belebte Wabash Avenue.

Die Jagd war zu Ende.

Die anderen beiden Mitglieder des Häufleins gesellten sich keuchend zu ihm. Frustriert knurrte Ruthy sie an: »Würde mir mal jemand erklären, was er gemacht hat?«

»Auf einen geschossen«, erklärte ein stämmiger, gebräunter Mann. »Hinten in der Unterführung zum I.C.«

»Ach was. Tot?«

»Sah so aus«, sagte der zweite Mann.

Ein Junge mit einer hochgeknickten Schirmmütze und einem gelbbraunen Overall kam zögernd auf Ruthy zu. »Dieser Kerl, hinter dem Sie hergelaufen sind?«

»Was ist mit dem?«

Der junge Mann sagte: »Na, ich hab' gesehen, wie er hier lang gelaufen ist«, und legte einen schwarzen Seidenhandschuh in Ruthys Hand.

Um die Jahrhundertwende war das Lexington Hotel an der Michigan Avenue, Ecke East 22nd Street, eine vornehme Adresse gewesen. Jetzt war es ein verfallendes Relikt, mit

Autohändlern in der Nachbarschaft, kleinen Produktionsbetrieben und – mit Genehmigung von Stadtrat Bathhouse John Coughlin – vier Kneipen, die sich als heruntergekommene Cafés ausgaben.

In einer Vier-Zimmer-Suite im sechsten Stock des Lexington aß Alphonse Capone in einem seidenen Hausmantel, dunklen Hosen und weißem Seidenhemd an seinem Schreibtisch zu Mittag. Die drei Telefone waren zur Seite geschoben, um Platz für einen riesenhaften Teller voller Spaghetti mit Fleischsoße zu schaffen. Und während er die tropfenden Stränge der Spaghetti in sich hineinschaufelte, redete er.

»Ich . . . ich bin Geschäftsmann. Genau wie Henry Ford oder der Kerl von General Motors. Aber wenn man die Zeitungen und die Cops hört, könnte man glauben, ich laufe mit 'nem großen, schwarzen Maschinengewehr rum und schieße Leute ab. Wenn man auf die hört, hab' ich mehr umgebracht, als im Krieg draufgegangen sind. Das ist ein Haufen Scheiße. Was glauben Sie, wie meine Frau und mein zehnjähriger Sohn es finden, wenn sie so was lesen, he?

Alle sagen, ich bin im Biergeschäft. Das sagen sie von vielen Leuten in unserem, großen Land. Klar, wir haben ein Gesetz gegen Bier und Whisky. Nur, Gesetz oder nicht, die feinen Pinkel an der Gold Coast und am Lake Shore tischen den Stoff bei ihren Parties auf. Jetzt frage ich Sie: Wie kommt es, daß die trinken dürfen, es aber verboten ist, das Zeug herzustellen?«

Er legte eine Pause ein, nahm eine Serviette aus irischem Leinen, um sich die Soße vom Kinn zu wischen. Sein Publikum – die beiden unauffälligen, jungen Bodyguards am gegenüberliegenden Ende des Zimmers nicht eingerechnet – bestand aus einer gewissen Miß Rosemary Evans, zweiundzwanzig, einer Reporterin aus Omaha, Nebraska, die bei ihrem Onkel, einem Richter am städtischen Gericht, zu Besuch war. Rosemary hatte ihm gegenüber sehnsüchtig ihren Traum erwähnt, ein Interview mit einem echten Gangster zu bekommen: »Es wäre einfach ein *göttlicher* Knüller, Onkel Harry!«

Was die Verwandten aus Omaha nicht wußten, war, daß Onkel Harry seit fünf Jahren auf Capones Gehaltsliste stand.

»Ich will Ihnen noch was sagen, junges Fräulein«, fuhr Capone fort. »Die Leute sagen, ich bin Italiener. Na, die sind alle bekloppt. Ich bin Amerikaner, nicht irgendein schei . . . irgendein Fuzzi aus der Alten Heimat. In Brooklyn geboren – in der Navy Street, wenn Sie das interessiert. Okay, also mein Vadder – Vater – und meine Mutter sind mit dem Schiff rübergekommen. Aus Neapel.«

Rosemarys Notizbuch lag vergessen auf ihren Knien, denn sie konnte ihren Blick nicht von dem Mann nehmen. Er schien ihr so – so *durchschnittlich,* ganz und gar nicht wie die Geschichten, die sie über ihn gehört hatte. Und er war absolut kein kleiner Mann. Mindestens einsdreiundachtzig. Vielleicht wirkte er kleiner, weil er so . . . na ja, fett war. Tatsächlich sah er genauso aus wie Mr. Rossini, dem zu Hause in Omaha der Eisenwarenladen gehörte. Sie versuchte, sich vorzustellen, wie Mr. Rossini Leute mit dem Maschinengewehr erschoß. Es war zum Lachen! Mr. Capone hatte sogar Bilder von George Washington und Abraham Lincoln an einer Wand hängen, neben einigen anderen Männern, die sie im Augenblick nicht unterbringen konnte. Man konnte ihr nicht erzählen, daß ein wirklich *böser* Mensch so etwas tun würde!

Alphonse Capone schob den leeren Teller beiseite, nahm einen Schluck aus seinem Weinglas und zog eine Zigarre aus einem mit Schnitzereien verzierten Teakholz-Humidor. »Ich werde Ihnen noch etwas erzählen, was viele Leute nicht wissen.« Er unterbrach sich, um die Zigarre mit einem Streichholz aus seinem Hausmantel anzuzünden. »Ich habe im Krieg für mein Land gekämpft. Neunundsiebzigste Division, drüben in Frankreich.« Er fuhr mit einer Hand über die beiden parallel verlaufenden Narben auf seiner linken Wange. »Daher hab' ich die hier. 'ne Ladung Granatsplitter voll in die Schnauze. Hat mich da drüben ins Krankenhaus gebracht, mindestens . . .«

Ein Telefon läutete. Capone machte ärgerlich eine entschuldigende Geste und schnappte sich den Hörer. »Ja?«

Die Hörmuschel ratterte bei den aufgeregten Worten des Anrufers. Fasziniert beobachtete Miß Evans, wie sich der untersetzte Körper des Bandenschefs erschrocken versteifte und die sanften, braunen Augen kalt wurden.

»*Jake* Lingle?« bellte er. »Willst du mich verarschen, Danny?« Wieder ratterte die Membrane. »Was für ein saublöder Scheißkopf sollte . . .«

Als er Rosemary Evans mißbilligende Miene sah, hielt er inne. »Komm rüber, Danny«, schnauzte er, knallte den Hörer auf, sackte in den ledernen Drehsessel zurück und sah die Reporterin finster an.

»Soll ich Ihnen was sagen, Lady?« fuhr er sie an. »Ich mag bei Frauen keinen Bubikopf.«

Von ihrem Trugschluß überrascht, errötete das Mädchen bis zu den Haarwurzeln ihres Herrenschnitts. »Wirklich, Sir«, sagte sie eisig. »Ich weiß nicht, was das . . .«

Eine verärgerte Geste brachte sie zum Schweigen. »Komm schon, Kindchen. Schaff deinen Arsch hier raus.«

Rosemary Evans hatte ihren Knüller.

DONNERSTAG, 25. JULI 1918

Wegen der kalten Schauer war es ein langweiliger Abend im ›Harvard Inn‹ (Inh. Francesco Ualo) geworden. Drei Hafenarbeiter tanzten an der Bar und knobelten dabei um Vierteldollarmünzen, ein einsamer Gast stocherte in einem Fischgericht herum, und an einem der hinteren Tische wartete Emilia Portola, siebzehn, darauf, daß ihr Freund auftauchte.

Am gegenüberliegenden Ende der Bar lümmelte sich der neunzehnjährige Rausschmeißer und Ersatz-Barkeeper des Inns und betrachtete Emilia mit leicht erotischem Interesse. Er war über einsachtzig groß, geschmeidig und kräftig gebaut, und seine eisernen Fäuste und sein unbarmherziger Umgang mit Unruhestiftern machten diesen Saloon zu einem der problemloseren Läden an der Küste von Brooklyns Coney Island.

Weitere zehn Minuten vergingen. Draußen begann der Regen

nachzulassen. Der Rausschmeißer reckte sich beiläufig und schlenderte zu Emilias Tisch.

Das schlanke, dunkelhaarige Mädchen sah auf und lächelte zaghaft, als er den Stuhl neben ihr heranzog und sich setzte, den Rücken zur Eingangstür gewandt. Er ließ ihr einen Augenblick Zeit, einen bewundernden Blick auf sein gestreiftes Seidenhemd und die hellgrünen Ärmelhalter zu werfen, bevor er sprach.

»Galooch führt dich immer noch an der Nase rum, was, Emmy?« Seine Stimme war sanft, tief, seltsam hypnotisch. »Wann wirst du endlich schlau und kapierst, daß er dich bloß hinhält?«

Ihr Lächeln verschwand. »Sei kein Ekel«, sagte sie mürrisch. »Frankie ist okay.«

»Für manche Mädchen vielleicht.« Er streckte eine Hand aus und legte sie auf ihren Arm. »Nicht für dich, Babe. Du hast zuviel Klasse, um sie an einen Ganoven wie den zu vergeuden.«

Sie sah kurz auf die Hand an ihrem Arm, dann in sein Gesicht. Ihr Lächeln war leicht spöttisch. »Jemanden wie dich vielleicht, hm? Nur mal so zur Probe.«

Er zuckte mit den Schultern, machte eine ausschweifende Geste. »Ich will dir was sagen, Kleines. Du könntest viel schlechter dabei wegkommen.«

Keiner von ihnen bemerkte, wie sich die Eingangstür öffnete und ein hagerer, drahtiger junger Mann in einem Regenmantel hereinkam. Er sah sich kurz um, entdeckte das Paar am hinteren Ende des Raumes und ging zu ihnen hinüber, als die Hand des Rausschmeißers zärtlich von Emilia Portolas Arm auf ihr rechtes Knie wechselte.

Bevor das Mädchen reagieren konnte, schloß sich eine Hand um die Lehne seines Stuhles, riß ihn unter dem Rausschmeißer weg und ließ ihn schwer zu Boden stürzen.

Bevor Alphonse Caponi katzengleich auf die Beine gekommen war, machte sich Frank Galluccio, ein zweiundzwanzigjähriger Heizungsinstallateur, über ihn her. Ein Messer schimmerte im trüben Licht des Saloons, hieb auf die Kehle des jungen Rausschmeißers ein.

Caponi, dessen Reflexe durch ein Leben in Brooklyns schäbigen Straßen geschliffen war, konnte die Klinge von ihrem beabsichtigten Ziel ablenken. Trotzdem schaffte sie es, drei schnelle, tiefe Schnitte über seine linke Wange und den Unterkiefer zu ziehen, bevor dem

Heizungsinstallateur eine Granitfaust am Kinn explodierte, der ihn über drei angrenzende Tische schickte und bewußtlos zu Boden schlug.

Nur das schnelle Eingreifen des Barkeepers und der drei Hafenarbeiter retteten Frank Galluccio vor dem Tod durch sein eigenes Messer.

MONTAG, 9. JUNI 1930

»Ich muß dir sicher nicht erst erklären, Millie«, sagte Jack Zuta, »daß laut Hausordnung zwei Handtücher pro Nummer vorgeschrieben sind. Ohne Ausnahme. Das hast du doch verstanden, oder?«

»Ja, Sir.« Millie Koslak bemühte sich, ihre Stimme ruhig zu halten. Sie hatte schon vorher gewußt, daß sie niemals damit durchkommen würde. Dieser Mann war kein Trottel. Er hatte mit diesem Leben schon zu tun gehabt, bevor sie überhaupt geboren war. Es lag nur daran, daß Larry so verzweifelt Geld gebraucht hatte . . .

»Also«, fuhr Zuta fort, »gestern warst du von Mitternacht bis acht da. Im Klassenzimmer. Stimmt das?«

»Ja, Sir.«

Sie waren in einem Zimmer im dritten Stock eines ehemaligen kleinen Hotels im Herzen des Vergnügungsviertels auf der nahen West Side. Zutas Drehsessel aus Färber-Eiche war zwischen einem verbeulten Rollpult und einem billigen Kiefertisch eingeklemmt, auf dem eine altmodische Additionsmaschine, ein Stapel schmutziger Rechnungsbücher und ein Aschenbecher voller Stummel von Omar-Zigaretten standen. Ein Handkalender über dem Schreibtisch warb für die Vorteile der ›Edward Hines Lumber Company‹.

Zuta streckte eine schlaffe Hand aus und nahm das oberste Rechnungsbuch vom Stapel, blätterte zu einer Seite und sah die Frau an, die ihm am Tisch gegenübersaß.

»Die Handtuchzählung«, sagte er, »für die Mitternacht-bis-acht-Uhr-Schicht von gestern ergibt zweihundertvierzehn.

Geteilt durch zwei heißt, daß einhundertsieben Freier diese Treppe raufgegangen sind. Zehn Dollar die Nummer: Eintausendsiebzig Dollar.«

Er klappte das Rechnungsbuch zu und lehnte sich zurück. »Aber du hast neunhundertzehn Dollar abgeliefert, Millie. Hundertsechzig zu wenig. Warum?«

Er weiß, warum, dachte sie bitter. Das ist für ihn ein Spiel. Ein beschissenes Katz-und-Maus-Spiel. Sie war sich ihrer schwitzenden Handflächen bewußt, des leichten Zitterns ihrer Knie. »Manchmal«, begann sie mit einer Stimme, von der sie wußte, daß sie damit niemanden überzeugen würde, »werden Fehler gemacht. Auch beim Handtuchzählen. Wissen Sie?«

»*Ich* habe sie gezählt, Millie. Zweimal. Zweimal bin ich zweihundertvierzehn hurenstinkende Handtücher durchgegangen.« Seine Stimme bekam eine eisige Schärfe. »Wenn Lou drei Nächte hintereinander zuwenig zählt, ruft er mich an. Aber das konntest du nicht wissen.«

Er sprang auf, lief schnell um den Schreibtisch und ragte über ihr auf. »Die Kunden sollen gefickt werden, Schwester. Nicht ich. Nicht von irgendeiner blonden Fotze, die glaubt, sie könnte sich an meiner Kasse bereichern.« Sie schreckte entsetzt zurück, als er sein Gesicht ganz nah an ihres brachte. »Vierhundertachtzig Kröten, Süße.« Wütend schlug er eine Hand auf die Tischplatte. »Bring sie her! Bis morgen mittag. Und ich meine . . . jeden Scheiß- . . . Penny davon!«

Plötzlich spürte sie eine warme Feuchtigkeit an den Innenseiten ihrer Oberschenkel (»Mein Gott, ich piß mir in die Hosen!«) und begann, unkontrolliert zu zittern. »Ja, Sir. Ich werde . . . glauben Sie mir . . . morgen! Ich werde . . .«

Der Schwall zerrissener Worte endete in einem plötzlichen Ausbruch von Tränen. Der Mann richtete sich auf und ging zu seinem Sessel zurück. Stille legte sich über sie, nur vom Schluchzen der Frau und dem Gemurmel des Verkehrs drei Stockwerke unterhalb des offenen Fensters unterbrochen.

»Millie.«

Ihr Kopf kam langsam hoch.

»Hau ab.«

Sie erhob sich hözern und ging zur Tür. Als sie sie öffnete, sagte der Mann am Tisch: »Vierhundertachtzig Dollar. Bis Mittag.«

Leise schloß sich die Tür hinter ihr.

Zuta lehnte sich zurück und dachte nach. Sie hatte keine Möglichkeit, soviel Geld aufzubringen – zumindest nicht in einem Stück. Was bedeutet, daß er eine Entscheidung treffen mußte: Sie zu behalten und einen Teil von ihren Gehaltsschecks abzuzwacken, oder sie an einen der Niggerpuffs auf der South Side weiterzugeben. Sie war schon seit Jahren da, aber zwischen ihr und der Mülltonne lagen immer noch so einige Meilen. Wie auch immer, es mußte eine Entscheidung getroffen werden. Der Rest des Personals mußte wissen, was man sich besser zweimal überlegen sollte. Für den Fall, daß sie auf irgendwelche komischen Ideen kamen.

Er nahm den Hörer ab, drückte auf einen Knopf auf dem Sockel des Telefons.

»Albert? Ist Sol da? . . . Gib ihn mir . . . Hier ist Jack, Sol. Kennst du diese Nutte, die wir nachts im Klassenzimmer haben? Millie sowieso? . . . Ja, genau die. Ist uns aus der Reihe getanzt. Ich möchte, daß du für mich ein paar Jungs auf sie ansetzt . . . Nein, nein, sowas nicht. Ein paar geprellte Rippen und ein oder zwei Veilchen vielleicht . . . Gut.«

Er hängte den Hörer ein, lehnte sich im Sessel zurück und sah auf seine Armbanduhr. 14.17 Uhr. Wo *ist* dieser Scheißkerl? Hätte schon vor zwanzig Minuten hier sein sollen. Er beugte sich vor, um eine Omar aus der Packung neben dem Telefon zu fummeln, steckte sie an, leerte den Aschenbecher in den Papierkorb und sackte wieder zurück.

Die dumme Kuh hatte vielleicht Nerven, diese Masche bei ihm abzuziehen! Nicht, daß es ihn besonders überraschen würde. Er hatte bis zum Arsch in Nutten gesteckt, seitdem er einen Stall von Mitschülerinnen zusammengestellt hatte, als er noch an der High School drüben in Middlesboro war. Acht (wenn er so darüber nachdachte, neun) der geilsten Luder in diesem Teil von Kentucky – und selbst damals, vor fast genau dreißig Jahren, egal ob Kinder oder nicht, hatte er mit ihnen ruppig werden müssen.

Er erinnerte sich an etwas, das ihm Willie Bioff vor ein paar Jahren gesagt hatte. »Immer, wenn eine von deinen Schnecken zu weit aus der Reihe tanzt, nimm eine Handvoll zerstampftes Eis und schieb es ihr die Möse rauf. Gott, so wie die schreien, hört es sich an, als hättest du ihnen da 'ne Scheiß-Lötlampe reingeschoben!« Dann hatte Willie wieder sein schiefes Grinsen aufgesetzt und hinzugefügt: »Und das Schöne daran ist, Jack, daß es die Ware kein bißchen beschädigt.«

Er schob den Sessel hart zurück, stand auf und ging hinüber in die Nähe des Fensters, um das Radio einzuschalten: Ein Stromberg-Carlson-Superhet-Schrank. Als er vor zwei Jahren bei dem Aiello-Moran-Verein drüben auf der North Side eingestiegen war, hatte Joe Aiello den Apparat als Ausdruck seiner Wertschätzung geschickt. Kein übler Bursche, dieser Joe. Zumindest nicht für einen Itaker.

Er drückte die Zigarette aus, trat ans Fenster und starrte mit leerem Blick auf den schwachen Verkehrsfluß auf der Monroe Street hinab. Aus dem Radio hörte man die Melodie von ›Singin' in the Rain‹, gespielt von einem Klimperklavier und einer jammernden Klarinette. Ein Streifenwagen von der Wache in Desplain hielt am Kantstein gegenüber dem Hotel. Zwei Bullen in Uniform stiegen aus, überquerten gemächlich den Gehweg, ignorierten einen schlafenden Penner und betraten eine Flüsterkneipe, die als Konditorei getarnt war . . .

Vierzehn Uhr dreiunddreißig. In seinem Hinterkopf begann sich ein kleines, sorgenvolles Eiterbläschen zu offener Panik aufzublähen. Sein Mann hätte inzwischen hier sein müssen. Es würde sich als eine von Grund auf beschissene Idee herausstellen. Das wußte er jetzt. Irgendein Scheißer hatte ihn zum Idioten gemacht, und schon mußte er wie einer *handeln.* Und er hatte sich immer für jemanden gehalten, der sich nicht in die Karten sehen ließ, der nicht in die Luft ging!

Hinter ihm öffnete sich die Tür, und Frankie Foster kam herein.

3

»Wo zum Teufel bist du gewesen?«

Foster starrte den aufgebrachten Zuhälter an. »Was soll das heißen, wo bin ich gewesen? Herrgott nochmal, ich hatte Hunger. Also bin ich was essen gegangen. Okay?«

»Du hättest mich *anrufen* können!«

Foster breitete die Arme aus und zuckte entschuldigend mit den Schultern. »Ja, du hast recht. Ich hätte dich anrufen sollen.«

»Also. Was ist passiert?«

Langsam hob Foster seine linke Hand, setzte den Zeigefinger hinters Ohr. »Peng«, sagte er sanft. Dann grinste er.

Zuta spürte eine berauschende Woge der Befriedigung. (›Ich will diese fünfzig Riesen zurück, Jake.‹ ›Fick dich selbst, Lude.‹) Er sagte: »Sauber geflüchtet, hm?«

»Genau das. Irgend so ein Verkehrsbulle hat versucht, den Helden zu spielen. Aber er konnte nicht schnell genug rennen.«

Zuta stellte das Radio ab, ging an den Schreibtisch zurück und sank in den Drehsessel. Foster steckte sich eine Zigarette an, ließ sich auf den Stuhl fallen, den Zutas vorheriger Besuch benutzt hatte . . . sprang auf.

»Das Scheißding ist naß!« schimpfte er und wischte sich wütend den Hintern.

Zuta schaffte es, ein Lächeln zu unterdrücken. Er zog eine Schublade von seinem Schreibtisch auf, nahm ein Staubtuch heraus und warf es Foster zu. »Ich mußte eins von den Mädchen zusammenstauchen, und es scheint sich wohl ein bißchen aufgeregt zu haben.«

»Prima!« fauchte Foster ihn an. »Sie pißt sich in die Hosen, und ich muß mich da *reinsetzen*!« Er schnüffelte vorsichtig an seinen Fingern, verzog das Gesicht, und als er den Stuhl mit dem Tuch trocken gewischt hatte, setzte er sich dem Zuhälter gegenüber.

Langsam kehrte Zutas Nervosität zurück. »Frank. Hör mir zu. Du bist überzeugt davon, daß du den richtigen Mann erwischt hast? Ich muß sicher sein.«

»Oh, komm schon, Jack«, sagte Foster beleidigt. »Wofür hältst du mich – einen Grünschnabel? Natürlich hab ich den richtigen Mann erwischt. Ich hab' ihn wer weiß wie oft draußen an der Diversey, Ecke Clark gesehen. Teufel, Ted Newberry hat ihn mir an einem Abend im Rienzi mal vorgestellt. Scheiße, ich hab' ihm sogar die Hand geschüttelt, wenn du's genau wissen willst.«

Zuta nickte zufrieden. »Solange du sicher bist.« Er beugte sich vor, zog eine untere Schublade des Rollschranks auf und holte eine Geldkassette hervor. Er stellte sie auf den Tisch, fischte einen Schlüssel aus der Uhrentasche seiner Hose, schloß die Kassette auf und klappte den Deckel hoch. Sie war voll von zusammengebundenen Geldpaketen.

»Fünftausend. Richtig?«

Foster leckte sich über die Lippen, nickte kurz. »Richtig.«

Der Mann gegenüber nahm zwei Bündel heraus und reichte sie ihm. Als sie in einer von Fosters Innentaschen verschwanden, zog Zuta zwei Scheine aus einem der übrigen Packen und ließ sie vor Foster auf den Tisch fallen. »Ein bißchen Reisegeld. Ich hab' gehört, Los Angeles soll zu dieser Jahreszeit eine großartige Stadt sein.«

Foster starrte ihn verblüfft an. »Wieso nicht hier? Verdammt, die Cubs haben bald ein Heimspiel.«

»Denk einen Moment darüber nach«, sagte Zuta geduldig. »Ein Zeitungsreporter – ein Reporter von der *Tribune* – hat gerade Flügel bekommen. Das ist 'ne große Sache, Frank. Ich würde sagen, diese Stadt wird im nächsten Monat – vielleicht die nächsten zwei – total auf den Kopf gestellt. Und ich glaube nicht, daß es für dich klug wäre, hier zu sein. Kapiert?«

Düster holte Foster seine Brieftasche hervor und steckte die beiden Scheine weg. »Los Angeles«, knurrte er. »Da drüben kenn' ich keinen.«

»Besuch einen Freund von mir«, sagte Zuta. »Joe Ross im

Hollywood Hotel. Joe hat eigentlich immer was am Kochen, wo er dich reinbringen kann.«

Foster zuckte resignierend die Schultern, stand auf, steckte seine Brieftasche weg. »Die haben nicht mal einen Baseballclub, weißt du das? Bloß Palmen. Scheiße, einen ganzen Haufen Palmen.«

»Ruf mich in zwei Wochen an«, sagte Zuta. »Aber keine Post.«

An der Tür blieb Foster stehen und drehte sich zu dem Mann hinter dem Schreibtisch um. »Nur aus Spaß an der Freude, Jack. Sag mir doch, was du gegen den Kerl hattest.«

Mit ausdrucksloser Miene sagte Zuta: »Falsches Spiel, Frank. Ich kann es mir nicht leisten, daß man mich zum Trottel macht. Schlecht für's Geschäft.«

Sie zogen ihn aus bis auf die Haut, wickelten mit Draht ein zwölf Zentimeter langes Namensschild um den großen Zeh des linken Fußes, deckten ihn mit einem fadenscheinigen weißen Tuch zu und ließen ihn auf einem verzinkten Holztisch an der gegenüberliegenden Wand des großen, unterirdischen Raumes zurück. Die Raumtemperatur, ein oder zwei Grad über dem Gefrierpunkt, hatte Kondensflecken an den rauhen Zementwänden gebildet.

Er war nicht allein. Vier der übrigen sieben Tische waren mit weiteren zugedeckten Leichen belegt. Sein nächster Nachbar, der verstorbene Elmer Washington, vierundzwanzig und schwarz, war erschossen worden, als er versucht hatte, beim Spielen in einer Gasse auf der South Side mit ein Paar gezinkten Würfeln durchzukommen.

Im Büro des Leichenschauhauses am nördlichen Ende des großen Raumes saßen die Detectives Schuler und Moriarity an einem rohen, ungestrichenen Kieferntisch und sortierten den Inhalt der Taschen des toten Reporters. An der Wand hinter ihnen verkündete ein längst veraltetes Wahlkampfplakat:

DIE BANDEN MÜSSEN WEG!
WÄHLT
ANTON J. CERMAK
Präsident der Polizeikommission des Cook County

Schuler zog die schwarze Brieftasche aus dem Haufen der persönlichen Habe und nahm das flache Bündel Banknoten hervor. Schnell hob er den Kopf. Der Angestellte des Leichenschauhauses saß abgewandt an seinem Schreibtisch und füllte mit Hilfe eines Bleistifts und seiner Zungenspitze einen Bericht aus.

Moriarity fuhr gedankenverloren mit dem Handballen über die kleinen Diamanten der goldenen Gürtelschnalle. Den Blick noch immer auf den Angestellten des Leichenschauhauses gerichtet, legte Schuler seinem Partner eine Hand auf den Arm.

Moriarity sah auf. Seine Augen weiteten sich, als Schuler leise sechzehn Hundertdollar-Noten fächerförmig ausbreitete.

Unter den offiziell aufgeführten Gegenständen, die bei der Leiche des verstorbenen Alfred J. Lingle gefunden wurden, befand sich eine Brieftasche, die vierzehnhundert Dollar in bar enthielt.

Aussage von Mrs. Abigail Wilson, 8126 Vernon Avenue, Chicago, Ill., gegenüber dem leitenden Detective John Stege, Chicago Police Department, 10. Juni 1930

F: Also, Mrs. Wilson, können Sie uns bitte sagen, wo Sie gegen ein Uhr dreißig am Nachmittag des 9. Juni dieses Jahres waren?

A: Ja, Sir. Ich war unten in diesem Tunnel, der unter der Michigan Avenue herführt, wo sie die Randolph Street kreuzt.

F: Mit ›Tunnel‹ meinen Sie die Unterführung zum Illinois-Central-Bahnhof?

A: Ja, Sir, die mein ich.

F: Und in welche Richtung sind Sie gegangen? Ich meine

damit, sind Sie zum Bahnhof hin- oder davon weggegangen?

A: Vom Bahnhof weg. Ich hatte mit meiner Tochter an der Junior High·School drüben bei der Ecke Cottage Grove und 78ste zu Mittag gegessen, dann bin ich in die Innenstadt zum Illinois Central gefahren, um im ›Boston Store‹ einzukaufen.

F: Als Sie den Zug verlassen hatten und durch die besagte Unterführung gingen, haben Sie da irgend etwas bemerkt, was Ihnen außergewöhnlich vorkam?

A: Ich würde sagen, allerdings, ja, Sir.

F: Mrs. Wilson, würden Sie uns bitte mit Ihren eigenen Worten und so gut Sie können erzählen, was Ihnen so außergewöhnlich, so bemerkenswert vorgekommen ist?

A: Na ja, ich habe gesehen, wie jemand erschossen wurde. Direkt vor mir, keine drei Meter entfernt, wenn überhaupt. Ich habe den Mann, der geschossen hat, sehr gut gesehen. Den Mann, der hinfiel, hab' ich nicht so gut sehen können.

F: Würden Sie uns, soweit es Ihnen möglich ist, beschreiben, wie der Mann aussah, der die Schüsse abgegeben hat?

A: Na ja, ich werde es versuchen, Mr. Stege. Ich würde sagen, er war ungefähr einssiebig oder -zweiundsiebzig groß, ich schätze so um die fünfundsiebzig Kilo. Sein Gesicht kam mir furchtbar weiß vor, würde ich sagen. Als wenn er nicht viel draußen ist, wissen Sie. Und er hatte blondes Haar. Ich konnte mir seine Haarfarbe genau ansehen, weil er für einen Moment seinen Hut abgenommen hat.

F: Was hatte er an? Könnten Sie das beschreiben?

A: Na, es sah aus wie ein grauer Anzug, glaub' ich. Ein Strohhut, da bin ich mir sicher. Hatte eine steife Krempe. Mit einem Band, aber ich könnte beim besten Willen nicht sagen, welche Farbe das Band hatte.

F: Ich hoffe, wir ermüden Sie nicht, Mrs. Wilson. Möchten Sie etwas Kaffee?

A: Ich bin keine Kaffeetrinkerin, Mr. Stege. Aber ich danke Ihnen trotzdem.

F: Dann schlage ich vor, daß wir weitermachen. Sie haben von der Waffe gesprochen, die der Mann – der Mörder – fallen gelassen hat. Was könnten Sie uns vielleicht darüber sagen? Wenn überhaupt etwas.

A: Na ja, es war wie ein Revolver, so nennt man die, oder? Egal, er hat sie einfach direkt neben dem Mann auf den Boden fallen lassen. Aber ich konnte sie mir nicht – wie Sie vielleicht sagen würden – ordentlich ansehen. So leid es mir tut.

F: Und konnten Sie erkennen, was der Mann, der die Waffe fallen gelassen hatte, dann tat?

A: Er ist einfach eine der Treppen zur Straße hinauf gelaufen.

F: Und hatten Sie Gelegenheit, diesen Mann noch einmal zu sehen und wiederzuerkennen? Soweit Sie es wissen?

A: Nein, Sir. Das würde ich auch nicht wollen.

F: Mitarbeiter der Polizei sind dabei, Männer aufzutreiben, die ein solches Verbrechen verübt haben könnten, Mrs. Wilson. Man wird Sie vielleicht bitten, sich einige dieser Männer bei einer Gegenüberstellung anzusehen, bei der Sie die Männer sehen können, die Verdächtigen Sie aber nicht. Dürfen wir auf Ihre Mithilfe zählen?

A: Ja, Sir. Sicher. Ich finde, es ist eine Schande, was heutzutage in unserer Stadt passiert.

F: Ja. Das scheint mir alles zu sein – jedenfalls für den Augenblick. Vielen Dank für Ihre Zeit und Ihre Geduld.

4

Sie saßen in Roches Büro, alle vier, und sie warteten darauf, daß er zu der Besprechung auftauchte, die er für fünf Uhr nachmittags einberufen hatte. Wendt war der einzige, der nicht rauchte. George Wellman hatte sich eine von seinen billigen Zigarren angesteckt, während Casey und Brennan Zigaretten pafften.

Michael Casey, ein großer, breitschultriger Ire, dessen rotes Haar über dem Gesicht eines leichtlebigen Chorknaben flammte, sagte: »Dieser Bursche . . . er kann nicht älter als zwanzig sein, wenn überhaupt, ein Freund von dem jüngeren Vetter der Frau . . . jedenfalls hat der Junge den Job, Rechnungen für diesen Möbelladen draußen an der Halstead einzutreiben. Gegenüber vom Twelfth Street Store.«

»Sibilano's«, sagte Sean Brennan. »Das Allerfeinste an Wohnungseinrichtungen. Eine Menge davon aus Italien importiert.«

»Genau der ist es«, sagte Casey. »Jedenfalls, dieser junge Bursche – der Name fällt mir nicht ein, aber er ist kein Welscher – er versucht, diese Rechnung von einem Kunden an der Townsend, Ecke Oak einzutreiben – mitten in Little Sicily, ja? Der Mann ist nie zu Hause. Also geht er um sechs Uhr morgens da raus, klettert die Außentreppen hoch, klopft an eine Tür, die sich als Eingang zur Küche herausstellt.«

»So, wie er es erzählt«, sagte Casey, »reißt dieser riesige Nudelkopf schließlich die Tür auf, will wissen, was zum Teufel er will. Unser Junge versucht ihm zu erklären, daß er die Rechnung nicht bezahlt hat. Aber der Mann hört ihm nicht zu, langt nur zum Ausguß rüber und schnappt sich sein Schlachtermesser, das wohl so sechzig Zentimeter lang gewesen sein muß.«

»Na ja«, sagte Casey, »der Junge macht einen Satz zur Treppe, schafft die zehnte, sechste und dritte Stufe und flüchtet wie eine verfluchte Kanonenkugel die Oak runter. Kommt zitternd wie Espenlaub in den Laden zurück, erzählt . . . Sibiliano? . . . davon und kündigt auf der Stelle. Na, Sibiliano scheißt sich vor Lachen fast in die Hosen. Aber er schafft es, ihn zum Bleiben zu überreden, und ein paar Tage später kommt dieser Mann rein, zahlt, sagt dem Jungen, es täte ihm leid. Und steckt ihm tatsächlich einen Hunderter zu. Wenn *das* kein Ding ist.«

»Ich kann nicht gerade sagen, daß mich das überrascht«, sagte Brennan. »Nach allem, was ich gehört habe, ist Dominick

Sibilano ein ehrlicher, offener Gentleman, der bei seinen Leuten hoch angesehen ist.«

»Wenn ihr was von Rechnungseintreibern hören wollt, hab' ich was für euch«, sagte George Wellman. Er war ein untersetzter, stiernackiger Mann Ende dreißig, mit einem Ansatz zur Glatze. Er war erst vor kurzem von der städtischen Polizei zum Stab des Staatsanwalts gekommen. »Dieser Knabe, den ich kenne, treibt für die Mandel Brothers ein. Nun, ein paar von diesen verheirateten Damen oben in Lincoln Park West und weiter drunter, die kommen mit ihren Rechnungen ziemlich oft in Rückstand. Nicht, daß sie die Kohle nicht aufbringen können. Sie lassen die Sache einfach schleifen. Na, von Zeit zu Zeit wird er zum Kaffee eingeladen, oder sogar auf einen Drink, und schon haben sie sich die Sachen ausgezogen und drücken dir ihre Muschi direkt ins Gesicht. Das ist nicht . . .«

Die Bürotür knallte auf, und Roche kam mit großen Schritten herein. »Ihr meint wohl, das hier ist ein Billardsalon«, sagte er. »Wenigstens könntet ihr ein Fenster aufmachen, wenn ihr rauchen müßt.«

Eilig wurden die Zigaretten ausgedrückt. Wellman verbarg seine Zigarre hinter einer fleischigen Hand. Wendt, der nicht rauchte, ging langsam zum Fenster hinüber und öffnete es, während sich Roche im Schreibtischsessel niederließ.

Roche sagte: »Bis gerade eben bin ich bei *Mister* Swanson gewesen.« Er nahm ein Stück Papier aus seiner Jackentasche. »Auf meinem Weg nach draußen gibt mir *Mister* Swanson das hier.«

Mit kontrollierter, angespannter Stimme las Roche laut vor: »Sie als leitender Ermittlungsbeamter im Büro des Staatsanwalts werden umgehend die fähigsten Mitarbeiter Ihrer Abteilung mit der Aufgabe betreuen, die Person oder die Personen, die für den abscheulichen Mord an Alfred J. Lingle verantwortlich sind, aufzuspüren, zu verhaften und auf den sofortigen Prozeß vorzubereiten. Es ist höchste Zeit, daß die kriminellen Elemente in unserer Stadt ein für alle Mal lernen, daß die gesetzlose Mißachtung des Lebens und des Besitzes unserer Bürger nicht länger geduldet werden kann.«

Roche sah auf. »Unterzeichnet: John A. Swanson, Staatsanwalt in und für Cook County, im souveränen Staat Illinois.« Er spreizte seine Finger, und das Blatt fiel auf den Schreibtisch.

Casey war der erste, der Worte fand. »Ich weiß ja nicht, was die Scheiße mit den ›fähigsten Mitarbeitern‹ heißen soll, Pat, aber laß mich dich daran erinnern, daß du mir selbst hier in diesem Büro gesagt hast, daß ich mich von nichts und niemandem von diesem Mord an Al Kearney abbringen lassen soll.«

»Im Augenblick pfeift der Mann da oben zwei ganze Badewannenarien darauf, daß oder von wem Kearney umgepustet wurde. Hier haben wir ein bewährtes Mitglied des Zeitungswesens, dem man in den Kopf geschossen hat. Das allein wird schon im halben Land in die Schlagzeilen kommen. Zu allem Überfluß hat die *Tribune* vor zwei Stunden eine Belohnung von fünfundzwanzigtausend für jeden ausgesetzt, der ihnen den Mörder nennt.«

Er nahm den Aktenvermerk auf. »Meint ihr etwa, dieser Satz, wir sollen die Kriminellen in unserer ehrenwerten Stadt loswerden, steht nur wegen meiner hübschen, blauen Augen hier drin? Das steht hier, weil der Mann da oben sichergehen will, daß morgen um diese Zeit eine Kopie davon auf jedem Titelblatt im ganzen Staat zu sehen ist. Wenn wir diese Sache für Mister Swanson klarmachen, meint er, daß dann die Presse hinter ihm steht und ihm zu einem Senats- oder Gouverneurssessel verhilft, was Gott in seiner unendlichen Weisheit verhindern möge.

Wir fangen bei dem armen, unglücklichen Opfer selbst an«, sagte Roche. »Mike, Sean: Dreht eine Runde durch die Zeitungen. Sprecht mit Reportern. Wie Jack McPhaul, Buddy McHugh, Walt Burns, Fred Pasley, Harry Reed, Clem Lane. Versucht rauszufinden, bei wem es Jake in letzter Zeit verschissen hatte. Und noch was: Jedesmal, wenn ich Jake getroffen habe, hatte er diese Rolle Geldscheine bei sich, an der ein Elefant erstickt wäre. Zeitungen zahlen einfach nicht soviel

– wenigstens nicht, daß ich wüßte. Er muß etwas davon auf der Bank gehabt haben. Finden wir raus, *welche* Bank.«

Roche legte eine Pause ein, fuhr sich nachdenklich mit einem Finger über die Lippen. Er sah Wellman an. »George: Jake Lingle hat die Hälfte seines Lebens auf Polizeiwachen zugebracht. Überprüf die, plauder ein bißchen mit den diensthabenden Sergeants, Lieutenants, vielleicht mit einem oder zwei Captains. Die Streifenwagenjungs. Und so weiter. Fang mit den Bezirken auf der West Side an. Ich besorge noch zwei Leute, um Central und die North Side zu bearbeiten.«

Mit einer Handbewegung entließ er sie, sagte: »Bleibst du noch ein bißchen, Walt?«, als die anderen hinausmarschierten, und stand von seinem Sessel auf, um das Fenster zu schließen. Wendt streckte sich auf einem Stuhl aus, wartete, bis Roche wieder hinter seinem Schreibtisch saß, und sagte dann: »Red Forsythe.«

Fragend hob Roche eine Augenbraue. »Was ist mit ihm?«

»Ein oder zwei Minuten, bevor du aufgetaucht bist, hab' ich diesen Anruf bekommen. Irgendein Typ – natürlich ohne Namen – sagte: ›Red Forsythe ist der Mann, der diesen Penner Lingle in den Schlaf geschickt hat, und die Zeugen werden ihn für diesen Job identifizieren‹, und hat aufgelegt.«

»Nicht nach der Beschreibung, die ich gelesen habe«, sagte Roche. »Erstens hat Forsythe rote Haare, nicht blonde. Aber scheiß drauf. Ich werde Stege bitten, ihn für eine Gegenüberstellung reinzuholen.«

Er lehnte sich zurück, verschränkte seine Finger hinter dem Kopf und gähnte. »Da haben wir uns 'ne harte Nuß eingefangen, mein Kleiner.«

»Wenn wir das nicht gut zu Ende bringen, muß ich dir wohl recht geben«, sagte Wendt. Er sah an Roches Schultern vorbei aus dem Fenster in den spätnachmittäglichen Himmel. »Ich will sehen, wo die Beerdigung am Freitag ist. Gehst du hin?«

»Ich glaube nicht, nein«, sagte Roche. »Wenn ich die Wahrheit sagen soll, war ich von Anfang an nicht so verrückt nach Jake. Für meinen Geschmack zu dick mit den Bandentypen zusammen. Wenn man mich fragt, hätten seine Ein- und

Ausgänge schon vor langer Zeit durchgesehen werden sollen. Aber zum Teufel, der Mann ist tot, laß ihn in Frieden ruhen.«

Er nahm einen Bleistift von der Schreibtischplatte, trommelte mit der Spitze leicht auf der Oberfläche, während er überlegte, was er zu sagen hatte. »Dieser Wellman«, sagte er abrupt. »Würdest du mir mal deine persönliche und private Meinung zu dem Mann sagen, Walter?«

»George? Pat, er paßt dazu, okay? Stört dich immer noch, oder, daß er vom Police Department kommt und so. Sei vernünftig, Pat. Das allein bedeutet noch nicht, daß er bestechlich ist. Der Mann hatte vier Empfehlungen, gute Noten in seiner Prüfung zum Sergeant, zwei Jahre Einführung in die Rechtswissenschaft. Wenn du meine Meinung hören willst, wie du sagst, muß ich dir sagen, er ist ein anständiger Kerl. Gut, die obere Etage drängt ihn dir auf. Das *muß* nicht bedeuten, daß er Swansons Spitzel ist, falls es das ist, was du im Sinn hast.«

Das Telefon klingelte. Roche nahm den Hörer ab und sagte: »Roche am Apparat . . . Nein, nichts besonderes . . . Ja . . . überhaupt nicht . . . Ogden Grill, sieben Uhr. Bitte danken Sie dem Commissioner von mir, und sagen Sie ihm, ich werde pünktlich sein . . . Ja.«

Er hängte den Hörer zurück, sah Wendts Gesichtsausdruck und lächelte gequält. »Scheint so, als wenn es an der Zeit wäre, sich mit dem Commissioner zusammenzusetzen. Um – wie hat es sein Stellvertreter genannt? – ›Informationen auszutauschen und unsere jeweiligen Untersuchungen zu koordinieren.‹ Versuch das mal!

Ich werde wohl kaum meine Gabe des zweiten Gesichts brauchen«, sagte Roche, »um vorauszuahnen, was passieren wird, Walter, mein Junge. Der gute Commissioner wird mir die Hand schütteln, väterlich auf den Rücken klopfen, mir ein paar Gläschen Vorkriegswhisky einschenken, den Bauch mit einem von Gibby's Steaks vollstopfen . . . und sich dann über mich hermachen. Mit seiner feinen, klangvollen Stimme werden die Worte herausrollen: ›Ich bin mir sicher, ich muß Sie nicht daran erinnern, Mr. Roche, daß es sowohl die Pflicht als auch die Schuldigkeit des Chicago Police Departments ist – für das ich die Ehre habe, verantwortlich zu sein –, Verbrechen in dieser Stadt aufzuklären, Zeugen aufzuspüren und zu befragen, alle sachdienlichen Beweise zu sammeln, Verdächtige zu verhören und den Täter zu inhaftieren. *Dann* steht es dem Büro des Staatsanwalts natürlich frei, sich um eine Verurteilung zu bemühen. Ich spreche in erster Linie von dem gestrigen, heimtückischen Mord an Alfred Lingle, Mr. Roche. Ich kann Ihnen versprechen, daß man Sie vollkommen auf dem laufenden halten wird, was die Fortschritte unserer wie üblich genauen Untersuchungen dieses Falls angeht.‹ Er kann gut mit Worten umgehen, unser Commissioner. Das heißt, solange man ihn nicht durcheinanderbringt. Dann fängt er an, sich wie ein ganz normaler Bulle anzuhören.

Genau wie unser Mister Swanson«, sagte Roche, »würde der Commissioner seine manikürten Finger am liebsten tiefer in dem Faß mit den Geldzuweisungen vergraben. Vielleicht das Büro des Bürgermeisters? Wirklich eine großartige Stellung, um in die eigene Tasche zu arbeiten. Nach dem zu urteilen, was man sich unten im Rathaus erzählt, hat Big Bill, der Baumeister, da so einige Geldschatullen voller Königstaler.

Das ist nicht irgendein Schnapsbrenner-Itaker-tot-im-Graben-Mord, mein Krautfreund. Die fragliche Leiche war früher als Reporter bei der *Tribune* angestellt, die mit Stumpf, Stiel und Druckerfarbe dem guten alten Colonel Robert McCormick gehört. Sollte der Colonel ausreichend vom Geist der Dankbarkeit gerührt sein, würde er dir jedes politische Rosinenstück anbieten, das dein kleines Herz begehrt – bis rauf zu einem gepolsterten Sessel im Kongreß.

Niemand weiß das besser«, sagte Roche, »als Commissioner Russell und unser eigener Mister Swanson. Sie werden sich mächtig ins Zeug legen, um den Verdienst dafür einzustreichen, Lingles Mörder in diesen kleinen, grünen Raum in Joliet zu bringen. Und zu allem Überfluß diese fünfundzwanzigtausend Belohnung. Damit werden wir bis zu unseren strammen, kleinen Ärschen in Reportern, Spitzeln und Privatdetektiven stecken – alle hinter dieser Kohle her, neben der Steigerung des Ansehens . . . Gib mir mal eine Kippe.«

Sie steckten sich Sanos aus Wendts Päckchen an. »Ich wollte keinen großen Vortrag bei dir abladen, Walter«, sagte Roche. »Ich hab' eher mit mir selbst gesprochen – mir selbst erzählt, wie das Spiel steht, sozusagen. Jetzt muß ich rüber zu Gibby und dem guten Police Commissioner schmeicheln – eine Kunst, für die ich noch nie gute Noten bekommen habe.«

5

Alle sagten dauernd, er wäre jetzt der Mann in der Familie, daß es jetzt, wo Papa ›von ihnen gegangen‹ war, an ihm wäre, sich um seine Mutter und seine Schwester zu kümmern. Onkel Ted hatte es ihm schon zweimal gesagt, und einmal hatte Tante Grace ihre Arme um ihn gelegt und geweint und dasselbe gesagt.

Vielleicht bedeutete es, daß er die Schule aufgeben und sich einen Job suchen und Geld verdienen mußte, um Essen und so was zu kaufen. Papa hatte ihm mal davon erzählt, wie er vor langer Zeit angefangen hatte, bei einer Zeitung als etwas zu arbeiten, das man Laufbursche nannte. Vielleicht konnte *er* Laufbursche werden. Er war sechs, wurde bald sieben und war gut in der Schule. (Schwester Agnes hatte Mutter gesagt, im Rechnen und Lesen wäre er der Beste der ganzen Klasse, und er konnte seine Heiligemariamuttergottes aufsagen, ohne ein einziges Wort zu vergessen.)

Obwohl die Kirche schon fast voll war, kamen immer noch Leute herein, und es wurde furchtbar heiß da drinnen, und er fing im Mantel und mit der Krawatte um den Hals an zu schwitzen. Im *Sommer*, heiliger Strohsack. Die Leute husteten und flüsterten und gaben leise Geräusche von sich. Und überall waren Blumen, Millionen davon, und sie rochen so sehr, daß er Kopfschmerzen bekam.

Er zappelte unruhig hin und her und kratzte sich, wo es ihn juckte. Seine Mutter legte ihm eine Hand auf den Arm und flüsterte: »Sitz still, Buddy. Es dauerte nicht lange, wenn sie erstmal angefangen haben.«

Wenn sie es auch noch so sehr versuchte, es hatte nicht den Anschein, als könne Helen Lingle ihr tiefsitzendes Gefühl von Bitterkeit abschütteln. Wenn Jake sie vor sechs Monaten nicht verlassen hätte, sagte sie sich immer wieder, wäre er jetzt nicht tot und würde sie nicht mit zwei kleinen Kindern sitzenlassen, die aufgezogen werden mußten, ohne daß Geld hereinkam, abgesehen von dem bißchen, was ihr Vater entbehren konnte. Vielleicht gab es eine Versicherungspolice. Aber davon wußte sie nichts, da Jake nie ein Mann gewesen war, der gern über solche Dinge redete. Und ein Junge in Buddys Alter brauchte einen Vater, der ihn richtig erzog, etwas, das ein Großvater nicht wirklich konnte. Vielleicht heiratete sie am Ende wieder. Sie war immer noch eine gutaussehende Frau, alle sagten das. Aber wieviele Männer gab es, die bereit waren, die Kinder eines anderen Mannes aufzuziehen?

Mit ihrer Verbitterung wuchs gleichzeitig eine Woge des Schuldgefühls. Der arme Mann lag noch nicht in seinem Grab, und sie saß da und dachte schon daran, sich einen Neuen an Land zu ziehen. Jake hatte seine Fehler gehabt, sicher, aber welcher Mann hatte die nicht? Er hatte sie nie geschlagen, er war nicht knauserig mit Geld, er zahlte pünktlich seine Rechnungen. Na, er kaufte sogar ein Sommerhaus am Seeufer in Long Beach, gleich hinter der Grenze von Indiana, wo sie und die Kinder die heißen Monate verbringen konnten. Wenn er doch nur nicht einen Job hätte . . . *gehabt* hätte, der ihn zwang, mit Gangstern und Alkoholschmugglern zu verkehren . . .

Die Totenmesse begann. Der Zelebrant, der ehrwürdige Pater Mulhearn, war eine imposante Gestalt in Manipel, Stola und einem Meßgewand, das vorn und hinten mit großen, silbernen Kreuzen geschmückt war. Der polierte Sarg aus

Walnußholz ruhte verschlossen auf einem schwarz verhüllten Katafalk im Mittelgang vor dem Tor des Altargitters. Hohe Kerzen aus ungebleichtem Bienenwachs flankierten den Sarg, drei auf jeder Seite, mit einer siebenten Kerze und einem großen Kruzifix an seinem Kopf. Sonnenlicht fiel durch die bunten Scheiben und stand in seltsam fröhlichem Gegensatz zu der trübsinnigen Zeremonie der Totenmesse.

Während der Liturgie sah Helen Lingle nach den anderen Familienmitgliedern auf der Kirchenbank. Ihre Tochter Dolores, knapp fünf, döste neben ihr, ein Opfer der schlechten Luft und des schweren Dufts von Blumen. Emily Durst, Jakes Mutter, saß mit gesenktem Kopf da, ein Taschentuch an die Lippen gepreßt. Jakes Stiefvater neben ihr. Sie waren an diesem Morgen aus Kansas City gekommen.

Von der Chorempore hörte man den majestätischen, unheilvollen Gesang der *Dies Irae*. Buddy gähnte ausgiebig, stieß seine Mutter mit dem Ellbogen an, wollte etwas flüstern, sackte bei ihrem warnenden Blick zusammen. Und dann wurde schließlich der Segen gesprochen, die vier zusätzlichen Priester gingen an ihre Positionen neben dem Allerheiligsten, und Pater Mulhearn schritt langsam die kurze Treppe hinab, die zu der schmuckvoll geschnitzten Kanzel links vom Altar führte.

Er stand der Gemeinde zugewandt, die Hände locker ineinander verschränkt, und wartete, bis sich auch der Letzte geräuspert hatte und Stille einkehrte.

»Alfred Joseph Lingle«, begann er, »war sein ganzes Leben lang Gemeindemitglied unserer Kirche. Wie sein verstorbener Vater und seine Mutter. Er wurde auf diesem Altar getauft, wie auch seine Frau Helen und seine zwei Kinder, Alfred Junior und Dolores. Er war ein aufopfernder Sohn, ein guter und vorausschauender Ehemann und ein fürsorglicher Vater. Er hatte ein Heer von Freunden, die aufgrund seiner Berufung aus allen Bereichen des Lebens stammten. Sie trauern mit uns um das vorzeitige Dahinscheiden dieses rechtschaffenen Mannes.«

Die Stimme des würdigen Paters wurde tiefer. »Alfred Lingle war ein respektiertes Mitglied eines ehrenhaften Berufes. Als erfahrener Reporter für eine große Zeitung bestand der Großteil seiner Pflichten darin, die Öffentlichkeit von den Machenschaften der Gesetzlosen und Korrupten aus allen Schichten der Gesellschaft zu informieren und uns wachsam zu halten.

Dieser Pflicht widmete sich Alfred Lingle von ganzem Herzen. Seine hochgesteckten Ideale, seine unerschütterliche Ehrlichkeit machten ihn zu einem furchtlosen und unnachgiebigen Feind all jener, die unsere Gesellschaft auf brutale Weise plündern und ihre Gesetze verspotten.

Dafür wurde Alfred Lingle dahingerafft, kaltblütig ermordet von jenen kriminellen Aktivitäten, die er zu enthüllen suchte, zu Tode gemartert von den Händen eines Attentäters aus der Unterwelt. Möge unserer Gesellschaft die Art und Weise seines Ablebens ein Zeichen sein, und möge man den Entschluß fassen, daß Alfred Lingle nicht umsonst gestorben ist.«

Pater Mulhearn schritt von der Kanzel herab, kehrte zum Allerheiligsten zurück und begann, die Zeremonie zu ihrem Abschluß zu bringen. Gebete zur Absolution wurden gesprochen, während er den Sarg langsam umkreiste und beide Seiten mit Weihwasser besprengte. Als er fertig war, standen die ehrenamtlichen Sargträger von ihren Plätzen auf, stellten sich zu beiden Seiten des Katafalks und rollten ihn geräuschlos den Mittelgang entlang und durch die breiten Doppeltüren auf die Straße hinaus.

Auf beiden Gehwegen standen dichtgedrängt die Zuschauer, vor etwa einer Stunde von der Prozession hergeführt, die den Sarg zur Kirche Our Lady of Sorrows eskortiert hatte. Eine Kolonne nach der anderen, uniformierte Polizeibeamte, Feuerwehrleute, Legionäre und Matrosen einer Marinebasis am Seeufer, waren zu den gemessenen Schlägen dumpfer Trommeln marschiert, ein Block nach dem anderen, vorbei an Tausenden von Neugierigen und Morbiden.

Als man den Sarg zu seiner letzten Reise in den wartenden Leichenwagen gehoben hatte, wurden schon die Fonds von sieben Limousinen mit Blumen beladen, die man aus der Kirche geholt hatte. Trauergäste kamen aus der Kathedrale, bahnten sich die breite Treppe hinab einen Weg durch die Menschenmenge, um in die scheinbar endlose Schlange von

Autos zu steigen, die darauf wartete, zum Friedhof von Mount Carmel zu fahren.

Jerome ›Jerry the Bookie‹ Shapiro, ein untergeordnetes Mitglied der Davey-Miller-Bande, stieß seinen Begleiter an und brummte: »Da kannste fast glauben, die begraben Al Capone!«

Das sollte Alfred J. Lingles letzte Lobrede sein.

6

In seinem geräumigen Büro im vierundzwanzigsten Stock des Tribune Tower spielte Colonel Robert Rutherford McCormick in Reithosen und einem kurzärmligen Strickhemd Polo. Er kontrollierte den Mallet mühelos, fing geschickt einen verirrten Paß ab, schlug eine linksschüssige Rückhand unter dem Hals seines Ponys hindurch und plazierte den Ball zwischen den beiden Torpfosten.

Das Telefon summte kurz. Der Colonel sah zur Wanduhr, dann stieg er von seinem elektrisch angetriebenen ›Pferd‹ und nahm den Anruf entgegen. »Sagen Sie ihnen, sie sollen warten, Margret.« Es war charakterisch für den Colonel, daß er anstelle von ›bitten‹ das Wort ›sagen‹ benutzte.

Er hängte den Poloschläger neben dessen Zwilling in eine Wandhalterung, ging in den Waschraum des Büros, wusch sich und zog ein hellblaues Hemd über, eine gestreifte Krawatte und einen dreiteiligen Anzug aus leichtem, grauem Köper von einem Schneider in der Londoner Bond Street. Eine schwarze Binde, die schon vorher an den linken Ärmel geheftet worden war, fügte dem einen ernsten Ausdruck hinzu.

Nachdem er mit einem Kamm durch sein eisgraues Haar gefahren war und mit der Spitze des Zeigefingers die Borsten seines grauen, zahnbürstengroßen Bartes glattgestrichen hatte, verließ der Colonel den Waschraum, ging zu seinem Schreibtisch hinüber und drückte zweimal auf die Gegensprechanlage.

Er blieb hinter dem Schreibtisch stehen, als sich die Tür öffnete und vier Männer mit Hüten in den Händen hereinmarschierten. Der Colonel, kein Freund von herzlichem Händeschütteln und warmen Willkommensgrüßen, sagte: »Danke, daß Sie vorbeigekommen sind, Gentlemen. Da wir wohl eine Weile hier sein werden, schlage ich vor, Sie nehmen sich Stühle und machen es sich bequem.«

Es war das erste Mal, daß Roche den Mann überhaupt zu Gesicht bekam. Ein Riese von einem Kerl, dachte er. Mußte gut einsfünfundneunzig sein und hatte kaum Fett an sich. Der Hauch eines englischen Akzents lag in seiner tiefen Stimme, und die zwei Jahre beim Militär zeigten sich unübersehbar in seinen geraden Schultern und dem steifen Rücken. Man konnte glauben, er hätte sich einen Stock in seinen aristokratischen Hintern geschoben.

Als seine Besucher sich gesetzt hatten, wandte ihnen der Colonel bedächtig den Rücken zu, schritt zu der Wand mit den hohen, breiten Fenstern hinüber und sah auf die bleierne Dünung des Lake Michigan im Westen hinaus.

Roche warf einen müden Blick auf die anderen. Der Staatsanwalt von Cook County, John A. Swanson, bei seinen Mitarbeitern bekannt als ›der Mann oben‹ oder ›der elende Scheißschwede‹, saß steif aufrecht, den Mund leicht geöffnet, die delftblauen Augen irgendwie besorgt. Dumm – keine Frage, aber wenigstens war er ehrlich. Etwas, was man selbst an seinem freundlichsten Tag von Bob Crowe, dem Mann, den Swanson bei der letzten Wahl abgelöst hatte, nicht sagen konnte.

Links von Swanson saß Police Commissioner Bill Russell, bekleidet mit einem gelbbraunen Anzug, der seinen enormen Bauch nicht verbergen konnte. Die breiten Schultern waren aggressiv hochgezogen, seine Füße standfest auf dem nahtlosen, kurzflorigen Teppich, die tief gezogenen Falten auf seinem zerfurchten Gesicht eine ausdruckslose Maske.

Nummer drei, stellte Roche fest, war einer von diesen Vögeln, die man leicht übersieht. Kleiner Kerl, dürr, dünne Knochen, mausgraues, ölig zurückgekämmtes Haar, herausgeputzt mit einem modisch geschneiderten Anzug. Etwas schmollende Lippen und ein Paar Glotzaugen hinter einer randlosen Brille auf seiner Knopfnase. Irgendein Buchhalter oder vielleicht Anwalt. Der sah bestimmt nicht wie ein Zeitungsmann aus.

Da sitzen wir nun, dachte Roche, auf unsere Ärsche gepflanzt, lungern rum, bis sich der Colonel entschließen kann, wie er mit diesen Männern umgehen soll. Vielleicht sollte er mit ein paar aufmunternden Worten beginnen, so wie Knute Rocke? Da ist dieser furchtlose Reporter, geht raus auf die Straße, um für Gott, das Volk und seine Zeitung (na, vielleicht nicht in dieser Reihenfolge) Verbrechen und Korruption aufzudecken, und wird am Ende dabei umgelegt. Dann einen Haufen Unsinn folgen lassen, daß die Cops und der Stab des Staatsanwalts ›ihre Differenzen beiseite stellen und in einem unbarmherzigen Krieg gegen einen Feind zusammenarbeiten müssen, der an den Wurzeln der ersten Bastion der Freiheit unserer Gesellschaft rüttelt: der Presse.‹

Kurz gesagt, die Sorte von erhabener Scheiße, die jedesmal im Leitartikel der *Tribune* auftauchte, wenn dem Colonel danach war, die Öffentlichkeit zu belehren.

Okay, Colonel McCormick, Sir. Sie haben uns befohlen, hierher zu kommen, und wir sind da. Wenn es Ihnen also nichts ausmacht, würden Sie wohl aufhören, Ihre Sätze wie ein unbedeutender Schauspieler zu proben, damit wir damit vorankommen, anstatt hier rumzusitzen und Ihren Rücken zu bewundern?

Neben Roche fing Russell an, unruhig zu werden. Er schlug die Knie übereinander, stellte fest, daß sein hervorstehender Bauch diese Stellung unbequem machte, nahm das Bein wieder zurück und verschränkte statt dessen die Arme. Ganz egal, wieviel Macht der steifnackige Scheißkerl hatte: William F. Russell war der Polizeichef dieser Stadt, Herr über knapp sechstausendfünfhundert Polizisten. Bei Gott niemand, den man wie einen feuchtnasigen Rekruten herumkommandieren konnte. Gib ihm einen Nickel, und er würde sofort aufstehen und von hier verschwinden.

Der Colonel wandte sich von den Fenstern ab und schritt zu seinem Schreibtisch. Ohne eine Erklärung für die Verspätung abzugeben, stellte er den schlanken Mann mit der randlosen Brille als Charles Rathbun vor, einen Mitarbeiter der Anwaltskanzlei, die die rechtlichen Angelegenheiten der *Tribune* regelte. Man schüttelte Hände, äußerte höflich lobende Anerkennung und nahm wieder Platz. McCormick setzte sich in den Schreibtischsessel, beugte sich nach vorn und stützte seine Ellbogen auf der Schreibplatte ab.

»Wie Sie sicher schon vermutet haben«, sagte er, »habe ich Sie hier zusammengerufen, um darüber zu sprechen, welche Schritte unternommen werden können, Alfred Lingles Mörder zu finden und vor Gericht zu bringen.«

Er spießte Russell mit der blauen Lanze seiner Augen auf. »Was für Fortschritte hat die Polizei bisher gemacht, Commissioner?«

Russell räusperte sich. »Ein bißchen früh, um etwas zu sagen, Colonel. Aber ich versichere Ihnen . . .«

McCormicks Geste brachte ihn zum Schweigen. »Sie haben vier Tage gehabt«, fuhr er ihn an. »Soll das heißen, Sie haben in dieser Zeit nichts von Bedeutung zutage gefördert?«

»Ich würde kaum *nichts* sagen, Colonel.« Russell wählte seine Worte mit Bedacht. »Ich habe persönlich fünfzehn der besten Detectives ausgesucht und darauf angesetzt, rund um die Uhr am Fall Lingle zu arbeiten und mir täglich Bericht zu erstatten. Ich gehe vollkommen davon aus, daß in ein oder zwei Tagen etwas Positives dabei rauskommt.«

Der Colonel lehnte sich in seinen Sessel zurück und betrachtete Russell einen Moment lang ruhig. Dann: »Ich habe Ihnen folgendes zu sagen, Commissioner. Allein in den vergangenen neun Jahren hat es im Cook County sechshundertzwölf Bandenmorde gegeben – die meisten davon innerhalb der Stadtgrenzen von Chicago. Und nicht einer – ich wiederholte, *nicht einer* – wurde aufgeklärt. Glauben Sie mir, wenn ich Ihnen sage, daß *dieser* aufgeklärt und der Mörder verurteilt werden *wird*. Der Mord an Alfred Lingle war ein offenkundiger Angriff der Unterwelt, nicht nur die *Tribune*, sondern auch jede andere Zeitung in diesem Land einzuschüchtern.

Hier und jetzt sage ich Ihnen«, sagte der Colonel, »daß ich diese Herausforderung annehme. Zwei Stunden, nachdem Lingle erschossen wurde, hat diese Zeitung eine Belohnung von fünfundzwanzigtausend Dollar ausgesetzt, die für Informationen gezahlt werden, die zur Verhaftung und Verurteilung des Killers führen. Andere Zeitungen dieser Stadt haben die Gesamtsumme auf über fünfzigtausend erhöht. Auch wenn ich bezweifle, daß dieses Angebot zu Resultaten führt, können wir doch keine Möglichkeit auslassen.«

Seine Augen wandten sich Swanson zu. »John, was haben Sie zu diesem Zeitpunkt für mich?«

Swanson schob sich in seinem Sessel hin und her, schien das Gewicht der Frage abzuwägen, sagte: »Na ja . . hm . . .« Dann sah er hilflos zu Roche. »Pat?«

»Falls Sie einen sicheren Verdächtigen wollen, Colonel«, sagte Roche schroff. »Wir haben keinen. Acht Zeugen – und keine zwei Beschreibungen des Schützen, die viel zu bedeuten hätten. Wir haben Haftbefehle für elf mögliche Verdächtige, aber die meisten von ihnen – wenn nicht alle – haben sich wohl aus dem Staub gemacht, als Lingle noch auf dem Tisch im Leichenschauhaus lag.«

McCormick starrte Roche mit unverfrorenem Interesse an. »Sind Sie ein gebürtiger Amerikaner, Mr. Roche?« fragte er. Als ihm sein Akzent abrupt bewußt wurde, spürte Roche, wie seine Wangen zu glühen begannen, denn er erinnerte sich daran, daß es nicht allzu lange her war, als Schilder mit der Aufschrift ›Keine Bewerbungen von Iren‹ draußen an Stellenvermittlungen üblich waren. Er schluckte die erste Woge von Wut herunter, wartete, bis er seiner Stimme trauen konnte.

»Wenn Sie meine Lebensgeschichte brauchen, Colonel«, sagte er kalt, »ich wurde in Galway, Irland, geboren und war kaum siebzehn, als ich in dieses Land kam. Sechs Jahre war ich in dieser Stadt bei den Cops, habe dann gewechselt und Prohibitionsfälle für die Regierung bearbeitet, bis mich Mr. Swanson eingestellt hat. Das sind jetzt bald zwei Jahre.«

Wenn es auch unwahrscheinlich war, dachte Roche, so zuckten die Lippen des Colonels doch so, als würde er lächeln. Wahrscheinlich gönnte er es sich dreimal im Monat.

»Danke«, sagte McCormick nachsichtig. »Meine eigenen Wurzeln liegen in Ulster. Aber das war natürlich vor Generationen.«

Er hob fragend eine Augenbraue und sah die anderen an. »Gibt es etwas, das irgend jemand von Ihnen anmerken möchte, bevor ich zu dem Grund komme, aus dem ich dieses Treffen einberufen habe? John?«

Swanson machte eine unbestimmte Handbewegung. »Fällt mir nichts ein, Colonel. Im Moment jedenfalls nicht.«

»Commissioner?«

»Nun, ja, Sir.« Russell schob sich mit ernster Miene auf seinem Sessel vor. »Ich frage mich, ob wir nicht etwas vorschnell sind, wenn wir es für einen Bandenmord halten.«

Der Verleger runzelte skeptisch die Stirn. »Warum sagen Sie das?«

»Erstens«, sagte Russell, »würde kein Bandenchef, der bei Verstand ist, befehlen, einen Reporter umzulegen. Ist schlecht für's Geschäft – und glauben Sie mir, bei diesen Vögeln kommt das Geschäft zuerst. Um die Wahrheit zu sagen ist mir zu Ohren gekommen, daß die Capone- und Aiello-Moran-Banden stinksauer sind. Und wenn es um die kleinen Fische wie Joe Saltis oder die Touhys oder diese Itzigs von der West Side geht . . . na, ich kann Ihnen so gut wie garantieren, *so* dumm sind die nicht.«

McCormicks Gesicht spiegelte seine Abscheu wider. »Das Pack, das die Prohibition uns aufgebürdet hat. Ekelhaft!«

»Ja, Sir«, sagte Russell. »Ich will damit sagen, irgendein . . . Bürger könnte hinter Lingles Tod stehen. Irgendein Zwist oder so was. Ich muß Ihnen ja nicht sagen, daß Reporter vielen Leuten auf die Zehen treten.«

Es kostete Roche einen ungeheuren Kraftaufwand, daß seine Miene ausdruckslos blieb. Ein Anfänger, der gerade drei Tage aus der Polizeischule war, hätte gewußt, daß eine solche Aussage Blödsinn war!

»Das ist möglich, nehme ich an«, sagte der Colonel. »Mister Roche?«

Roche sagte: »Das war durch und durch ein Bandenmord, Sir. Ausgeführt von einem professionellen Killer. Wahrscheinlich auf Befehl von Al Capone oder irgendeinem anderen von den drei Männern, die die Rackets auf der North Side anführen. Nach den Mustern der Pulverimprägnationen zu urteilen, würde ich sagen, daß der Schütze den Schuß in den Kopf aus nicht mehr als acht Zentimetern Entfernung gemacht hat. Amateure kommen einfach nicht so nah ran. Sie kümmern sich meistens um den Körper und schießen die Waffe leer. Außerdem sind die Kennziffern weggefeilt, und die Waffe lag neben der Leiche. Ein absolut wertloses Geschenk. Damit will ich sagen, Colonel, daß wir hier einen Bandenmord haben und es darüber keine zwei Meinungen geben kann.«

Die letzten paar Worte schienen in der stillen Luft zu hängen. Russell saß mit zusammengepreßtem Mund da, wütend, daß man ihm offen widersprochen hatte, aber er war sich darüber im klaren, daß dies weder der richtige Zeitpunkt, der richtige Ort, noch das Publikum war, um das zu sagen.

McCormick sagte: »Man hat mir erzählt, wenn ein Mord dieser Art nicht innerhalb der ersten paar Tage aufgeklärt wird, stehen die Chancen, daß er überhaupt aufgeklärt wird, schlecht. Ist das auch Ihre Erfahrung, Mr. Roche?«

»Meistens«, sagte Roche.

»Ich gedenke es bei dem Fall Lingle nicht geschehen zu lassen«, sagte McCormick. »Um sicherzugehen, daß es *nicht* passiert, wird diese Zeitung ihren eigenen Stab von qualifizierten Männern bilden, die diese Untersuchung führen werden. Ohne Hilfe – oder Einmischung – außenstehender Dienststellen.«

Er sah Russell direkt ins Gesicht. »Und das, Commissioner, schließt das Chigaco Police Department ein.«

Er hatte Fort Wayne an diesem Morgen kurz nach acht verlassen und die Nadel bei vernünftigen 35 Meilen gehalten, bis er Decatur erreichte. Hier wechselte er auf eine Seitenstraße und überquerte den Wabash bei Linngrove, knapp vierzig Meilen nordöstlich von Muncie.

Der 27er Reo Speedwagon schlingerte gleichmäßig vorwärts. Seine Fracht von vierzig Kisten Old-Overholt-Bourbon lag zwischen Luzerne-Ballen unter einer schwarzen Plane. Pappeln und Ulmen schlossen sich über ihm zusammen und formten einen Blättertunnel. Dies war das Mais-, Weizen- und Schweineland, flach wie ein Billardtisch, gesprenkelt mit kleinen, weißen Farmen, großen, roten Scheunen und gelegentlich einem Silo. Die Sonne schien, die Luft roch nach frischgemähtem Heu, Vögel sangen und stießen herab und schissen auf die Windschutzscheibe.

Leo Brothers, im Augenblick bekannt als Lewis Blake, hätte ganz Indiana mit seinem ländlichen Charme gegen einen Sack voll White-Castle-Hamburgern und ein paar Bier eingetauscht. Da sie ihm versagt blieben, gab er sich mit einer Camel zufrieden, steckte sie an und warf das Päckchen auf den Sitz neben ihm. Augenblicke später, kurz, nachdem er den Salamonie River überquert hatte, fuhr der Lastwagen um eine scharfe Kurve, wobei die Zigaretten über den Beifahrersitz und auf den Boden rutschten.

Brothers ging vom Gaspedal. Mit einer Hand hielt er das Lenkrad unter Kontrolle, beugte sich herab, um nach dem Päckchen zu greifen . . . und ein Kugelhagel aus dem Doppellauf einer Schrotflinte schoß durch das offene rechte Fenster, flog ungefährlich über seinen Kopf hinweg und zerschlug die Windschutzscheibe.

Brothers schrie »Scheiße!«, kam ruckartig hoch und stampfte mit dem Fuß aufs Gaspedal. Die Maschine spuckte, starb fast ab, dann röhrte sie gleichmäßig, als der Laster vorwärtsschoß. Er sah in den Rückspiegel, als ein neues Ford Sport Coupé, das durch eine mordsmäßige Staubwolke kaum zu sehen war, hinter einer Baumgruppe herausschleuderte und die Verfolgung aufnahm.

Brothers duckte sich hinter dem Lenkrad, das Gaspedal ganz durchgetreten, und er beobachtete, wie die Nadel die Sechzig-Meilen-Marke überschritt, als der Speedwagon wild über die ausgefahrene Oberfläche der Straße sprang. Der Gedanke daran, was mit diesen vierzig Kisten ›Old Overholt‹ geschehen mochte, ging ihm kurz durch den Kopf. Scheiß drauf! Im Moment war es seine Aufgabe, sich *selbst* hier rauszubringen. Und zwar in *einem* Stück.

Der Abstand zwischen den beiden Fahrzeugen war auf weniger als dreißig Meter geschrumpft und wurde schnell kleiner. Brothers warf einen kurzen Blick in den Spiegel. Der Kopf und der Arm des Mannes waren am Beifahrerfenster des Ford zu sehen, eine Hand im Handschuh zielte mit den abgesägten Läufen einer Schrotflinte auf das rechte Hinterrad des Lastwagens. Brothers bekreuzigte sich in Gedanken, grub seine Finger tiefer ins Lenkrad und wartete . . .

Als die Explosion kam, schien sie ihm seltsam dumpf. Brothers, naß vor kaltem Schweiß, wartete darauf, daß der Speedwagon auf seinen drei übriggebliebenen Reifen zu schleudern begann . . . Nichts! Der Scheißkerl hatte *danebengeschossen*! Im Spiegel entdeckte er das Bild des Ford, der – mit seinem rechten Vorderreifen in Fetzen – wild über die Straße schwankte, bevor er geradewegs gegen den Stamm einer riesenhaften Pappel krachte.

Brothers schlug mit der Faust gegen das Lenkrad und bekam einen Anfall keuchenden, hohen Kicherns, das bald an Hysterie grenzte. Ein scheißnagelneuer Ford, und ihm platzt ein verfluchter Reifen! Es sei denn, der Wagen fährt vielleicht in genau der Sekunde in ein Schlagloch, wenn der Kerl gerade abdrücken will und so seinen *eigenen* verdammten Reifen trifft!

Erst, als er schon etwa eine Meile der Straße entlanggefahren war, wurde sich Brothers der Feuchtigkeit bewußt, die ihm über die linke Wange tropfte. Er fuhr sich mit den Fingern leicht über die Haut, starrte sie an. Blut. Vielleicht nicht genug, um sich darüber aufzuregen, aber immerhin Blut. *Sein* Blut! Er steckte den Kopf aus dem Fenster, brachte ihn nah an den

Spiegel und entdeckte mindestens ein Dutzend winziger, oberflächlicher Schnitte, die ihm Splitter vom herumfliegenden Glas der Windschutzscheibe eingebracht hatten.

Alex Schoenburgs kleines, heruntergekommenes Fachwerkhaus stand an einer unbefestigten Straße in den nördlichen Außenbezirken von Muncie. Auf der Rückseite, zwischen dem Haus und einem verfallenden, scheunenähnlichen Gebäude, standen drei dunkelblaue Autocar-Lieferwagen, das nackte Chassis eines Kenworth-Lasters und eine schwarze Jordan-Limousine, die erst wenige Tage vom Band war.

Alex war einundsechzig, ein Stück unter einszweiundsechzig groß, und wog – ein Pfund mehr oder weniger – hundertfünf Kilo. Er trug einen Overall mit Latz, kein Hemd, den Strohhut eines Feldarbeiters, und trocknete das Kurbelgehäuse von einem der Lieferwagen aus, als der Speedwagon auf den Hof fuhr und Brothers ausstieg.

Schoenburg richtete sich auf, starrte mit herabhängendem Unterkiefer auf die zerschlagene Windschutzscheibe, dann in Brothers' blutverschmiertes Gesicht. »Scheiße, was'n mit dir passiert?«

»Ich werde dir sagen, was mir passiert ist«, sagte Brothers. »Ich bin unter die Räuber gefallen, das ist mir passiert. Okay?«

»Die Ladung?« sagte Schoenburg. »Sie haben dir die Ladung nicht abgeknöpft?«

»Einen Scheißdreck haben sie«, sagte Brothers. »Einen halben Meter hinter mir mit 'ner Schrotflinte an meinem Arsch, und denen platzt ein Reifen. Mit dem Kopf zuerst sind die Arschgeigen in die Bäume geknallt.

Du hast nach der Ladung gefragt«, sagte Brothers. »Die Flaschen müssen ganz gut rumgehüpft sein, als ich mit Volldampf durch die ausgefahrenen Spuren gerast bin. Aber so, wie die Kisten aus Holz gebaut sind, und unter all der Luzerne, ist wahrscheinlich nicht allzuviel kaputt gegangen, okay?«

»Ein beschissener Überfall«, sagte Schoenburg. »Ich kann's kaum fassen. Kostet mich gut siebzehnhundert im Monat, um die Bullen allein zwischen hier und Fort Wayne zu schmieren. Also möchte ich bezweifeln, daß welche von den Dienstfreien es wagen würden. Ich hab gehört, daß die Traum-Jungs aus der Gegend um Terre Haute vielleicht versuchen könnten, in diese Richtung zu gehen, aber ich schätze, das ist bloß Gerede.«

»Jedenfalls will ich mit solcher Scheiße nichts zu tun haben«, sagte Brothers. »Als ich angefangen habe, für dich zu arbeiten, hab' ich gedacht, ich sollte gemütliche Fahrten zu den Rasthäusern und Kneipen auf deiner Liste machen, außerdem zwei, drei Touren im Monat, um eine Ladung feuchte Ware von deinem Lieferanten in Fort Wayne abzuholen.

Also, wenn es dir nichts ausmacht«, sagte Brothers, »und du nicht sauer bist, möchte ich gern das ausgezahlt bekommen, was mir noch zusteht, und verschwinden. Auch ohne das, was heute passiert ist, hab' ich nach drei Wochen genug davon, mit den Hühnern schlafen zu gehen. Außerdem ist der Streit um mich in Chicago inzwischen begraben.«

»Bin ein bißchen knapp an Personal«, sagte Alex Schoenburg, »wenn du wirklich gehen willst. Aber verdammt, ich möchte genausowenig beschossen werden wie du.«

»Am liebsten«, sagte Brothers, »würde ich runter zum Bahnhof fahren und den Sechzehn-Uhr-Zehn nach Chicago nehmen.«

»Weißt du was, Blake?« sagte Schoenburg. »Du hilfst mir, die Kisten abzuladen, dann gehst du ins Haus und läßt dir von meiner Alten das Gesicht wieder herrichten. Sieht aus, als ob da immer noch ein paar kleine Glasstückchen drinstecken. Dann klären wir, was ich dir noch schulde, und ich bring' dich zum Bahnhof runter. Bis dahin hast du viel Zeit.«

Um sechzehn Uhr fünfzehn saß Leo Vincent Brothers, alias Lewis Blake, alias George Friedlander, alias Louis V. Bader boquem im Personenwagen eines Nahverkehrszuges der C.C.C.&St.L. auf dem Weg nach Chicago. Der Mann gegenüber, ein gewisser Adolph Goat, Vertreter einer Messerwarenfirma aus Cleveland, hatte eine Ausgabe des *Plain Dealer* vom Vortag durchgeblättert und bot sie Brothers an.

»Heute beerdigen sie in Chicago diesen Reporter«, sagte er.

»Er ist vor ein paar Tagen von irgend so einem Gangster kaltblütig erschossen worden. Wirklich eine faszinierende Geschichte.«

»Ist mir ganz neu«, sagte Leo Brothers und nahm die Zeitung.

7

Police Commissioner Russells Worte waren kaum zu hören, als er sagte: »Bei allem gebührenden Respekt, Colonel, ich kann nicht glauben, daß ich Sie recht verstehe. Die *Zeitung* übernimmt den Fall Lingle? Mein Department ist da vollkommen raus? Wollen Sie mir *das* erzählen?«

»Das ist genau, *was* ich Ihnen erzähle, Commissioner«, sagte McCormick.

»Mit anderen Worten«, sagte Russell, »Sie wollen sagen, daß die Polizei nicht in der Lage ist, ihre Arbeit zu tun, richtig? Aber dieser Haufen Reporter kann es? Das, Sir, ist absolute Scheiße.«

»Tatsächlich?« sagte McCormick. »Sechshundertzwölf Bandenmorde, Commissioner, und keine Verurteilungen. Warum? Lassen Sie mich eine Vermutung wagen. Vielleicht, weil ungefähr siebzig Prozent der Polizei in Chicago vom Scheitel bis zur Sohle auf der Lohnliste von Alkoholschmugglern, Händlern mit der Unmoral, Schiebern und Spielern stehen. Und weil diese siebzig Prozent kein Interesse daran haben, die Hand, die sie ernährt, zu schädigen.«

»Da wir gerade dabei sind, Vermutungen auszuteilen, Colonel«, sagte Russell, »lassen Sie mich eine andere darüber äußern, warum es in dieser Stadt keine Verurteilungen bei Bandenmorden gibt. Angenommen, Sie *schaffen* es, einen Killer von einer der lokalen Banden vor ein Gericht zu bringen. Die Zeugen der Anklage werden in den Zeugenstand gerufen, und ganz plötzlich passiert etwas Merkwürdiges. Diese Zeugen können auf einmal nicht mehr ihre eigenen Kinder identifizieren, ganz zu schweigen von dem Mann, den sie haben schießen sehen. Und die Geschworenen können es kaum erwarten, zum Richter zurückzukommen und zu sagen: ›Nicht schuldig, Euer Ehren‹, laut und deutlich.

Es ist nicht so, daß sie nicht ihrer Bürgerpflicht nachkommen wollen, Colonel«, sagte Russell. »Die besten Absichten der Welt . . . bis die Ehefrau vielleicht mitten in der Nacht einen Anruf bekommt. ›Hab' gehört, Sie haben zwei hübsche, kleine Mädchen in der Familie, Missus Jones. Vielleicht erinnern Sie Ihren Mann mal daran, wie schlecht es ihm gehen würde, wenn ihnen was zustößt.‹ So was kann Ihren Sinn für Bürgerpflichten zur Hölle schicken, das können Sie mir glauben.

Jedenfalls, Colonel«, sagte Russell, »ich schätze, worauf ich hinaus will, ist, daß wir mein Department *und* Johns brauchen werden, um Lingles Mörder aufzuspüren und vor die Geschworenen zu bringen. Was danach passiert, kann niemand sagen. Aber auf Gottes grünem Schemel hat ein Haufen Reporter, der an diesem Fall arbeitet, absolut keine Chance, den Mann zu stellen, ganz zu schweigen davon, ihm genug anzuhängen, um überhaupt auf eine Verurteilung zu hoffen.«

»Commissioner«, sagte McCormick, »Sie scheinen übersehen zu haben, daß ich selbst ein Zeitungsmann bin, seit fast dreißig Jahren, und daß ich mir vollkommen über das im klaren bin, was in unseren Gerichtssälen vor sich geht. Aber ich sehe den brutalen Mord an einem Angestellten der *Tribune* als einen Anstoß, einen . . . Kreuzzug zu starten, wenn Sie so wollen, dessen Ziel es ist, das Schreckensregiment zu beenden, dem unsere Bürger seit zehn Jahren unterworfen sind.

Aber es ist der Kampf der *Tribune*«, sagte McCormick, »und allein die *Tribune* wird diesen Krieg führen. Er wird ohne Hilfe oder Einmischung des Police Departments geführt werden. In jeder Hinsicht, Form oder Art und Weise. Und diese Entscheidung, Sir, ist kein Thema einer weiteren Debatte.«

Police Commissioner Russell stand mit zitternden Händen auf, sein Gesicht ein flammendes Feuerrot. Das ist ein Schlag, den der arme Mann einstecken muß, dachte Roche, und wandte sich ab.

»Keine Debatte, wie Sie sagen, Colonel«, entgegnete Russell heiser. »Aber wenn Sie auch nur eine Sekunde lang glauben, Sie würden das Police Department leiten, Scheiße, dann sind Sie total verrückt.

Ich sage total verrückt, Colonel«, fuhr Russell fort, »und ich meine verrückt. Zu Ihrer Information, Sir, der ehrwürdige William Hale Thompson, Bürgermeister dieser Stadt, hat mich auf meinen Posten gesetzt. Versuchen Sie, ihm zu erklären, daß mein Department nicht mehr an dem Fall arbeitet. Wenn man bedenkt, was er von Ihnen *und* Ihrer Zeitung hält, haben Sie etwa soviel Chance, damit durchzukommen, wie ein Furz in einem texanischen Ozean.«

Währenddessen blieb McCormicks Miene freundlich aufmerksam. Als deutlich wurde, daß Russell dem nichts weiter hinzuzufügen hatte, sagte der Verleger mit ruhiger, eisiger Stimme: »Ich möchte Sie nicht weiter aufhalten, Commissioner. Danke, daß Sie vorbeigekommen sind.«

Der Commissioner atmete langsam und tief durch, zögerte, dann machte er auf dem Absatz kehrt, stolzierte zur Tür hinüber, riß sie auf und stürmte hinaus, fast ohne sie hinter sich zuzuknallen.

Es war unnatürlich still im Raum. Der Colonel blickte auf seine Hände, die auf dem Schreibtisch lagen. Ein bißchen blaßrot um die Ohren, dachte Roche. Wahrscheinlich hat man so nicht mehr mit ihm geredet, seitdem er zum ersten Mal lange Hosen getragen hatte. Um so schlimmer.

McCormick warf einen Blick auf den Staatsanwalt. »John?«

Swanson schluckte krampfhaft. »Wenn es Ihnen nichts ausmacht, Sir«, sagte er, »könnten Sie vielleicht umreißen, wie Sie die Untersuchung durchführen wollen?«

Der letzte Respekt, den Roche für den Mann gehabt hatte, verschwand in diesem Augenblick. Dumm *und* ein Waschlappen! Da sitzt dieser Mann, der höchste Ankläger im County, von einer soliden Mehrheit der Wähler auf diesen Posten gewählt, hockt auf seinem dürren Schwedenarsch und läßt sich von diesem arroganten Scheißer zusammenfalten, als wäre er eine beschissene Serviette!

McCormick sagte: »Dazu komm ich noch, John . . . Mister Roche. Heute morgen haben mir drei Mitglieder der Chicago Crime Commission auf meinen Wunsch hin die Namen von Ermittlungsbeamten des Departments zugeschickt, die sie für kompetent und vollkommen ehrlich halten. Von beidem scheint es nur ein erbärmlich geringes Angebot zu geben. Unter den wenigen Empfehlungen stand Ihr Name auf allen drei Listen an erster Stelle.

Ich habe Mister Rathbun gebeten«, fuhr McCormick fort, »mit Ihnen daran zu arbeiten, einen Stab von erprobten Ermittlungsbeamten zusammenzustellen – Männer, deren Ehrlichkeit außer Frage steht. Deren Job – und Ihrer – wird es sein, Alfred Lingles Mörder zu finden, sämtliche Beweise zu sammeln, die eine Verurteilung ermöglichen, und wenn es überhaupt möglich ist, den Mann hinzurichten.

Ich habe keine Ahnung«, sagte McCormick, »was der Staat Ihnen zahlt, Sir. Aber von heute an wird Ihr Gehalt verdoppelt. Heuern Sie jeden an, den Sie brauchen, beschaffen Sie angemessenen Büroraum an einem zentralen Ort. Sämtliche auftretenden Kosten werden von dieser Zeitung übernommen . . . und werden auch weiterhin übernommen, solange es dauern mag, diese Angelegenheit zu einem erfolgreichen Abschluß zu bringen.«

Swanson sagte zögernd: »Wenn ich vielleicht auf einen Punkt hinweisen darf, Colonel? Wenn Sie mir meinen leitenden Ermittler und die Mitarbeiter in Schlüsselstellungen nehmen, ist meine gesamte Behörde lahmgelegt. Ich bin sicher, daß Sie sich darüber im klaren sind, wie schwierig es für mich ist, selbst wenn ich genug Personal habe. Ganz zu schweigen von einem Budget, das schon jetzt bis an die Grenze ausgereizt ist.«

McCormick machte eine ungeduldige Geste. »Darum kann ich mir keine Gedanken machen, John. Setzen Sie die Leute, die Mr. Roche auswählt, auf unbezahlten Urlaub und nehmen Sie diese Gelder, um zeitlich begrenzt Ersatz zu beschaffen.

Damit sie legal abgesichert vorgehen können«, sagte McCormick, »müssen Mr. Roche und seine Mitarbeiter einen rechtlich unangreifbaren Status bekommen. Man hat mir gesagt, Sie könnten das arrangieren, indem Sie Mr. Rathbun zum stellvertretenden Staatsanwalt ernennen. Korrekt?«

»Eine Frage der Vereidigung«, sagte Swanson.

»Die *Tribune*«, sagte McCormick, »wird die Ankündigung in der morgigen Lokalausgabe vornehmen . . . Mr. Roche. Commissioner Russell hat vom Widerwillen der Geschworenen gesprochen, lokale Bandenmitglieder bei Mordanklagen zu verurteilen. Kann ich davon ausgehen, daß dies nicht zutrifft, wenn der Mörder von außerhalb kommt?«

»Ja, so ziemlich«, sagte Roche. »Aber es passiert fast nie. Die lokalen Bonzen haben ihre Killer gern in Reichweite, für den Fall, daß sie irgendwann weich werden.«

»Aber es kommt vor?« beharrte der Colonel.

»Ich weiß nur von zwei Fällen«, sagte Roche. »Dieses kopflose Ding, das Capone im letzten Jahr angeordnet hat? Als sie die sieben Männer von Moran in der Clark Street erschossen haben. Die beiden Mörder in Polizeiuniformen, die sie vorausgeschickt hatten, kamen von einer Bande aus East St. Louis, wohl, damit sie von niemandem erkannt wurden.«

»Solange die Möglichkeit nicht übersehen wird«, sagte McCormick. Er stand auf. »Das wär's vorerst, Gentlemen.«

Als die anderen aufstanden, sagte McCormick: »Bitte halten Sie mich auf dem laufenden, Mr. Roche, falls sich während der Untersuchung irgend etwas Drängendes ergibt.«

Swanson blieb im Vorzimmer des Verlegers stehen, um zu telefonieren, während Charles Rathbun und Roche vorausgingen. Als sie nebeneinander auf den Fahrstuhl warteten, legte Rathbun Roche in einer kameradschaftlichen Geste eine Hand auf die Schulter. »Ich kann Ihnen nicht sagen, Pat, wie froh ich bin, daß ein Mann mit Ihrer Erfahrung für mich an diesem Fall arbeitet.«

Roche lächelte, sah dem Anwalt offen in die Augen und sagte: »Wie er es höchstselbst gesagt hat, als wir drinnen waren, Mr. Rathbun, ich werde *mit* Ihnen arbeiten, nicht *für* Sie.«

Ein paar Minuten, nachdem Russell aus dem Tribune Tower gekommen war, hatte die Nachricht seines Treffens mit dem Colonel die Straße erreicht. Eine Stunde später betrat der Commissioner sein Büro im Rathaus und fand fünf Reporter auf der Lauer vor.

»Ja, ja«, sagte Russell herzlich. »Immer eine Freude, die Herren von der Presse zu treffen. Was kann ich für Sie tun?«

Ein Reporter vom City News Bureau fragte: »Worum ging es bei Ihrem Treffen mit dem Colonel, Commissioner?«

»Nichts, was für die Zeitungsleser von Interesse wäre«, sagte Russell. »Der Fortschritt im Fall Lingle, die eingeleiteten Schritte, was die Polizei bis jetzt herausgefunden hat. Natürlich ist Colonel McCormick lebhaft an allem interessiert, was vor sich geht.«

»Sie *werden* den Scheißkerl doch kriegen, was, Commish?« sagte ein zweiter Reporter. »Oder ist das jetzt die Jagdsaison auf uns Nachrichtenleute?«

Russell, dessen leutselige Art plötzlich verschwunden war, wartete, bis sich die Woge des Gelächters gelegt hatte. »Schreiben Sie das in Ihre Zeitungen, Gentlemen«, sagte er. »Der Mord an meinem Freund Jake Lingle stellt das Ende des Gangstertums in Chicago dar. Ich habe Befehl gegeben, es in dieser Stadt so still werden zu lassen, daß man hören kann, wie ein schwindsüchtiger Kanarienvogel hustet.«

Die Bürotür öffnete sich, und seine Sekretärin steckte den Kopf herein. »Commissioner? Mister Ettelsons Büro ist dran. Sagt, es wäre dringend.«

Russell hob eine Hand, um die Reporter zum Schweigen zu bringen, nahm den Hörer auf, sagte: »Hier spricht Commissioner Russell . . . 'n Abend, Sam«, sagte er jovial. »Was kann ich für Sie tun? . . . Warum nicht? Geben Sie mir zehn Minuten, hinzukommen.«

Am Dienstag nach Lingles Beerdigung klingelte das Telefon in Roches Büro. Er meldete sich, hörte der Stimme am anderen Ende zu, ohne sie zu unterbrechen, dann sagte er »Danke,

Lily«, legte den Hörer wieder auf und sah zu Wendt hinüber, der sich gegenüber in einem Sessel räkelte.

»Das Büro von Syndikus Ettelson«, sagte Roche, »hat gerade bekanntgegeben, daß Russell auf seinem gutgepolsterten Arsch vor der Tür sitzt. Seit neun Uhr an diesem wundervollen Junimorgen ersetzt durch den stellvertretenden Commissioner Alcock.«

»Das ist'n Ding«, sagte Wendt. »Beweist, daß man sich nicht mit einem Mann anlegt, dem eine große Zeitung gehört.«

»Mußte sich unbedingt das Maul verbrennen«, sagte Roche. »Hat dagesessen und zum Colonel gesagt: ›Sie sind verrückt, total verrückt‹, hat er zu dem Colonel gesagt. Genau seine Worte.

War ein bißchen mitleiderregend, Walter«, sagte Roche, »wenn man sieht, wie ein erwachsener Mann so auseinanderbricht. Die ganze Zeit hat er überlegt, wie er den Mörder von Lingle schnappen und in die Schlagzeilen kommen kann, wie er dem Colonel – und vielleicht sogar dem Bürgermeister, vorausgesetzt, sie schaffen es, Ihre Gnaden lange genug von der Flasche fernzuhalten – auf den Stufen zum Rathaus die Hände schütteln kann, mit einer Blaskapelle, die vielleicht Hail to the Chief für ihn spielt. Danach, wer weiß? Für den Bürgermeister kandidieren? Wäre nicht der erste Polizeichef dieser Stadt, der sich um eine so große politische Rosine bemüht . . . Hast du eine Kippe für mich?«

Sie zündeten sich Sanos aus Wendts Päckchen an. »Bist ziemlich früh hergekommen, oder?« sagte Wendt. »Zu Hause alles in Ordnung?«

»Kommt drauf an, was du mit ›in Ordnung‹ meinst«, sagte Roche. »Wenigstens waren die Möbel noch da, als ich gestern abend nach Hause kam. Aber ich muß sagen, daß es erst gut zwei Monate her ist, als ich ins Haus kam und nur leere Zimmer vorfand. Komisch, daß niemand jemals rauskriegen konnte, warum sie mir das antut.

Nicht, daß sie eine schlechte Frau ist«, sagte Roche. »Ganz und gar nicht. Aber nächsten April sind wir zwanzig Jahre verheiratet, und sie hatte sozusagen von Anfang an einen verwirrten Geist. Wie gesagt, Walter, trotzdem ganz und gar keine schlechte Frau. Ihre Familie drüben in New York hat ihr immer gesagt, sie heiratet unter ihrem Stand, wenn sie mich nimmt. Aber dann säuft sie eine ganze Badewanne leer, wenn genug Schnaps drin ist.«

Wendt sagte: »Ich hab' in letzter Zeit nicht viel von deinem kleinen Mädchen gehört. Wie geht's ihr?«

»Sie ist die Luft, die ich atme, meine Mary Patricia«, sagte Roche. »Das Licht in meinen Augen. Achtzehn ist sie jetzt, und du findest keine andere, die so hübsch oder so klug ist. Und auch nicht so eine Lady. Geht mit mir hin und wieder in die Messe. Ehrlich gesagt war das der Hauptgrund, warum ich heute Morgen so früh hier war: Ich hab' sie zur Sieben-Uhr-Messe begleitet.«

Wendt schnippte Zigarettenasche in den Aschenbecher auf dem Schreibtisch. »Mike Collins hat angerufen«, sagte er. »Ich soll dir sagen, wir haben fünfhundert Quadratmeter an der West Washington siebenundsiebzig, fünfter Stock. Die Tischler sind jetzt drin. Müßte Freitag fertig sein, spätestens. Wird den Colonel einen Pißpott voll Geld kosten, so ein eiliger Job.«

»Und ist erst der Anfang«, sagte Roche. »Wird Zeit, daß wir Hand an diesen Killer legen, der wird wahrscheinlich nicht so verdammt reich sein.«

Wendt sagte: »Ich habe gestern abend diese Liste aufgestellt. Kommt auf zwölf Mann, dich und mich eingeschlossen. Sag Bescheid, wenn du sie durchgehen willst.«

»Was hast du gegen jetzt einzuwenden?« sagte Roche.

ERÖFFNUNGSZÜGE

Man könnte genausogut beschließen,
Präsident *Hoover* umzulegen!

– *Al Capone, 1930*

8

Eilig überflog Roche den Brief, grunzte zufrieden und warf das einzelne Blatt über den Schreibtisch dorthin, wo Rathbun saß.

COLONEL CALVIN GODDARD
Northwestern University
Evanston, Ill.

Mr. Patrick Roche 19. Juni 1930
Suite 503
77 West Washington Street
Chicago, Ill.

Mein lieber Mr. Roche,

im Folgenden finden Sie die Information, um die Sie bezüglich der Waffe, die zur Ermordung des Alfred J. Lingle am 9. Juni dieses Jahres benutzt wurde, gebeten hatten.

Waffe: Colt Detective Special Revolver, Kaliber .38, Double Action, Lauflänge 2 Zoll, Gewicht 17 Unzen, bläuliche Brünierung, Walnußgriff mit Fischhaut. Führung: 6 Züge und Felder, links gedreht.

Munition: Kaliber 38, Remington/UMC, Blei, Rundkopf.

Zusammenfassung: Vergleichstests beweisen, daß die Kugel, die der Leiche des Alfred J. Lingle entnommen wurde, aus der oben beschriebenen Waffe abgefeuert wurde. Der Versuch, die unkenntlich gemachten Seriennummern wiederherzustellen, hat sich als erfolgreich erwiesen. Sie lauten wie folgt: t.k. 231701.

Mit vorzüglicher Hochachtung

Col. Calvin Goddard
Direktor, Kriminallabor

Rathbun las die ordentlich getippten Zeilen zweimal, bevor er zu Roche aufsah. »Dann *hat* er die Nummern rausgekriegt. Ich dachte, es gibt keine Möglichkeit, sie wiederherzustellen, wenn sie erstmal weggefeilt sind.«

Roche sagte: »Jetzt doch. Unter der Stelle, an der die Fabrik die Nummer einstanzt, findet sich etwas, das Goddard ›Tätowierung‹ nennt. Vor einem Monat oder so hat er eine Art Ätzlösung gefunden, die diese Tätowierung zum Vorschein bringt – eine kleine Überraschung, von der unsere Ganoven nichts wissen. Wenigstens noch nicht.«

Ein rotierender, elektrischer Ventilator, der auf einem der Aktenschränke stand, kämpfte gegen die Hitze und Feuchtigkeit dieses Tages an und wehte die Papiere auf Roches Schreibtisch hoch. Jenseits der geschlossenen Bürotür hörte man polternde Stimmen, klappernde Schreibmaschinen und klingelnde Telefone. Nachdem die Renovierung dreißig Stunden vor der Zeit abgeschlossen war, hatten die Arbeiter ihre Hämmer, Elektrosägen und Pinsel eingepackt und waren verschwunden. Vier Büros – zwei davon reserviert für Verhöre – reihten sich an der Westseite des Apartments aneinander. Am Nordende – hinter Doppeltüren – konnte man durch die wandausfüllenden Fenster eines großen Konferenzraumes auf die fünf Stockwerke tiefer liegende Washington Street hinabsehen. Der restliche Teil der Wohnung war mit einer kunterbunten Sammlung von angeschlagenen Schreibtischen, Stühlen und Holzschränken vollgestellt und schuf so die vertraute, schäbige Atmosphäre eines Polizeireviers.

In einer abgelegenen Ecke gab es eine kleine Telefonzentrale, die mit Sophia Drombosky besetzt war, einer schlanken Blondine Ende zwanzig, die eine sanfte Stimme hatte und deren Ehemann, ein Police Sergeant, vor drei Monaten von einem durchgedrehten Kokainabhängigen erschossen worden war.

Knöchel klopften kurz an die Riffelglasscheibe der Tür, und Walter Wendt kam herein. Er ignorierte Rathbun und legte einen braunen Schnellhefter auf die Schreibunterlage vor Roche. »Da haben wir ihn, Patrick«, sagte er. »Aber sieh dir die letzte Seite genau an. Casey hat heute morgen ein paar neue Steine umgedreht und hat mal wieder den Vogel abgeschossen.«

Roche grunzte säuerlich. »Als wenn wir nicht schon genug hätten.« Er reichte Wendt den Brief von Goddard. »Würdest du dich darum kümmern, eine Anfrage an die Colt-Leute in Hartford zu telegrafieren, Walter? Sag ihnen, wir wären dankbar, wenn sie bei Gelegenheit antworten würden . . . solange sie sich damit beeilen.«

»Okay«, sagte Wendt. »Und die Jungs sind in zehn Minuten im Konferenzraum.«

Roche nickte. »Wenn du vielleicht ein paar von deinen Zigaretten für mich übrig hättest . . .«

Wendt holte seine Sanos heraus und legte zwei davon mit übertriebener Sorgfalt in Roches Hand. »Die würden Sie fünfzehn Cents die Packung kosten, Mister Roche. Soviel könnte ich Ihnen leihen.«

»Schlechte Angewohnheit, das Rauchen«, sagte Roche. »Ist schon sieben Wochen her, daß ich damit aufgehört habe.«

»Herzlichen Glückwunsch«, sagte Wendt.

Er ging und schloß die Tür hinter sich. Roche zündete eine Zigarette an und öffnete den Hefter. Er nahm mehrere maschinengeschriebene Blätter heraus, lehnte sich in seinem Drehsessel zurück und fing an zu lesen.

Charles Rathbuns Lippen preßten sich zu einem wütenden Strich zusammen. Ein arroganter Haufen, jeder einzelne von ihnen. Machten untereinander Witze, ließen ihn wissen, daß er nicht richtig zu ihrer festen, kleinen Clique gehörte, versuchten, ihn rauszuekeln. Natürlich nicht offensichtlich. Alles sehr höflich. ›Ja, Mister Rathbun.‹ ›Gute Idee, Mister Rathbun.‹ ›Lassen Sie mich das mit Mr. Roche abklären, Sir.‹

Machte nichts. Wenn es ihm als Verdienst angerechnet wurde, den Mörder von Lingle eingesperrt zu haben, dann konnte es ihm die Karriereleiter nach oben helfen. Es kam nur darauf an, diesen anmaßenden Iren Roche auszumanövrieren. Sollte nicht allzu schwierig sein, wenn es hart auf hart ging.

Alle vierzehn Stühle um den Konferenztisch waren besetzt. An jedem Platz gab es auf dem zerkratzten Holz einen billigen Aschenbecher, einen großen Notizblock und zwei frisch angespitzte Bleistifte. Schichten von Zigarren- und Zigarettenrauch bewegten sich träge im harten Licht der Deckenleuchten.

Roche saß am Ende des langen Tisches und hatte mehrere braune Papierhefter vor sich gestapelt. »Wir haben nur eine Aufgabe«, sagte er. »Den Kerl zu erwischen, der Jake Lingle eine Kugel verpaßt hat. Keine Frage, daß es ein Killer von einer Bande aus der Stadt war. Da wir nicht wissen, welche Bande, setzen wir sie alle unter Druck, bis es ihnen so weh tut, daß irgend jemand uns den Mann ausliefert.

Wir werden sie *da* unter Druck setzen, wo es ihnen am meisten weh tut: Bei ihren dicken Brieftaschen. Wir stürmen ihre Brauereien, wir schließen ihre Kneipen und Bordelle, wir nehmen ihre Lastwagen hoch, die das Zeug aus dem ganzen Land hierherbringen. Jeder Spiel- und Wettladen, den wir finden können, wird geschlossen.

Die Politiker und Richter, die sie auf ihren Lohnlisten führen, werden uns an den Kragen wollen«, sagte Roche. »Aber wir haben Mr. Rathbun hier, der auf rechtlichem Gebiet sein Bestes tun wird, um sie uns vom Hals zu halten.«

Roche nahm die Umschläge vom Tisch, hielt sie hoch. »Drei Vollmachten. Von einem Richter an einem höheren Gericht mit einigem Zögern unterzeichnet. Um eine von Mr. Alphonse Capones Brauereien zu schließen, um ein Lagerhaus auszuräumen, das mit der Katzenpisse vollgepackt ist, die Giuseppe Aiello als Schnaps verkauft, und um diesen Spielsalon an der Kedzie, Ecke Roosevelt, auseinanderzunehmen, den die Miller-Jungs führen.«

Kurz nach dem Ende der Besprechung öffnete Roche Rathbuns Bürotür. »Mein Magen erinnert mich daran, daß es Zeit ist, einen Happen zu essen«, sagte er. »Wollen Sie Wendt und mich begleiten?«

»Würde ich gern«, sagte Rathbun. »Aber ich muß noch ein paar Sachen nachholen. Und Colonel McCormick erwartet uns beide um fünfzehn Uhr dreißig. Pünktlich.«

Roche grub eine alte Ingersol aus der Uhrentasche seiner Hose hervor, warf einen Blick auf das Zifferblatt. »Sie werden mich um genau zehn nach drei im Vorzimmer des ehrenwerten Herrn finden.«

Um vierzehn Uhr dreißig des gleichen Tages lag der Big Fella mit dem Gesicht zur Decke gewandt auf dem Teppich des Wohnzimmers seiner Suite im Lexington Hotel und ächzte sich durch eine Reihe von Übungen mit einer Zehn-Kilo-Hantel. Schweiß verdunkelte seinen grauen Trainingsanzug, und sein Gesicht hatte eine besorgniserregende rote Farbe angenommen.

Frankie Rio, Capones persönlicher Leibwächter und ständiger Begleiter, war ein schlanker, schweigsamer Sizilianer Ende zwanzig. Er saß auf einer mit leicht rosarotem Damast bezogenen Couch; die schwarzen handgearbeiteten Oxfords lagen auf der Ecke eines Kaffeetischchens aus Nußbaum mit Intarsien aus Carrara-Marmor. Auf einem der Beistelltische neben der Couch stand ein weißes Candlestick-Telefon, daneben eine dunkelgrüne Cloisonnélampe, deren gebrochen weißer Schirm zu den halb heruntergelassenen Jalousien an der

Reihe der vier schmalen Fenster paßte, die auf den Lake Michigan, vier Blocks weiter östlich, hinausblickten.

»Komm schon, Al«, sagte Rio. »Würdest du endlich damit aufhören? Du wirst dich noch umbringen mit den verdammten Übungen.«

Capone ließ die Hantel los, blieb aber auf dem riesigen Kirman-Teppich sitzen. Nach einem dritten Versuch schaffte er es schließlich, auf die Beine zu kommen, und funkelte Rio keuchend an. »Wie oft . . . muß ich . . . dir noch sagen . . . daß du deine dreckigen Schuhe von meinen Möbeln nehmen sollst?«

Rio zuckte mit den Schultern und setzte die Füße auf den Teppich. Capone ließ sich schwer in einen Klubsessel fallen, den Kopf nach hinten geworfen, während sein Atem wieder langsamer wurde und die normale Farbe in sein Schweinsgesicht zurückkehrte. Er rülpste laut. »Gieß mir was von dem Roten ein«, sagte er.

Rio stand von der Couch auf und ging zur Bar neben der verschlossenen Tür hinüber. Er wählte eine Flasche frisch importierten Chianti, füllte ein Wasserglas voll und brachte es dem Mann im Klubsessel. Capone trank in einem Zug die Hälfte aus und beugte sich vor, um das Glas auf dem Kaffeetisch abzustellen. Er hob einen Arm, drehte seinen Kopf zurück, sagte: »Mein Gott! Ich *stinke*!« Er kam hoch, riß den Trainingsanzug auf und legte das ganze Ausmaß eines fischig weißen, hervorquellenden Bauches frei, von dem der Schweiß tropfte.

Ein Klopfen an der Tür. Rio ging leise hinüber und sah durch ein Guckloch in der Täfelung. Dann öffnete er und trat beiseite, als vier Männer hereinmarschierten.

Sie nahmen ihre Hüte ab und begrüßten ihn überschwenglich, aber – wegen seiner Neigung zu plötzlichen Wutausbrüchen – mit unterschwelligem Unbehagen. Trotz der Gegensätze im Körperbau und den Gesichtszügen schienen alle vier aus demselben Holz geschnitzt zu sein. Sie trugen einwandfrei geschnittene, graue Nadelstreifenanzüge aus Flanell; ihre Krawatten waren in Form und Farbe zurückhaltend, ihre

Kleidung makellos. Es waren die steinernen Gesichter, die kalten, arroganten Mienen, die undurchdringlichen Augen, die sie als das auswiesen, was sie waren: hochrangige Mitglieder einer mächtigen Verbrecherorganisation.

Auf Capones knappe Geste hin nahmen drei der Besucher Platz. Der vierte, Claude ›Screwy‹ Maddox, ging direkt an die Bar. Er öffnete eine Flasche Vorkriegscognac, als Capone schroff sagte: »He, du, Maddox. Kannst du keine fünf Minuten ohne das Zeug auskommen?«

Verlegen murmelte Maddox eine Entschuldigung, stellte die Flasche zurück und setzte sich. Capone trank den Wein in seinem Glas aus, kippte den Deckel eines kleinen, lackierten Kastens auf dem Kaffeetisch zurück und nahm ein offenes Päckchen ›Melachrinos‹ heraus. Bevor er sich eine davon zwischen seine dicken Lippen geschoben hatte, waren seine Besucher aufgesprungen und hatten die Feuerzeuge gezückt und angezündet.

Die Ehre wurde Danny Stanton zuteil. Capone atmete eine Rauchfahne aus und sagte: »Schenkt euch einen Drink ein, Jungs.« Er wandte sich ab, schritt energisch zur Tür und verschwand. Trotz seiner Körperfülle war der Bandenchef flink auf den Beinen und watschelte niemals.

Die Spannung im Raum nahm merklich ab. Maddox machte sich auf zur Bar und der Cognacflasche. Ted Newberry, ein untersetzter, dünnhalsiger Jude Mitte dreißig, sagte: »He, Frankie, seit wann raucht er diese Sargnägel?«

Rio sagte: »Der Knochensäger sagt, er soll die Finger von Zigarren lassen, das ist alles. Bleibt nicht lange.«

Stanton, dünn, rotblond, mit sonst sonniger Art, sagte düster: »Wenn ihr mich fragte, hat er irgendwas. Hat uns nicht gerade überschwenglich begrüßt.«

»Das ist diese Scheiße mit Lingle«, sagte Rio. »Al weiß, daß sie versuchen, es ihm anzuhängen, wenn sie den Täter nicht bald schnappen.«

Der vierte Besucher, Francesco Maritote, alias Frank Diamond, ein vierschrötiger, dunkelhäutiger Italiener Mitte dreißig, sagte: »Was soll's? Zwei Wochen – ein Monat – dann ist das ein alter Hut. Wie letztes Jahr, als diese sieben Typen von Moran ins Gras gebissen haben, da hätte man glauben können, sie wollten uns die verdammten Marines auf den Hals hetzen. Hat sich gelegt. Al weiß das.«

An der Bar leerte Maddox sein Glas und langte nach der Flasche. »Erinnert mich an die Zeit, als die Hymie-Jungs kamen und einen ganzen Block an der Zweiundzwanzigsten zusammengeschossen haben. Sechsundzwanzig war das. Da sitzt Al und will in Ruhe 'ne Tasse Kaffee trinken, und Hymie und seine Jungs fahren vorbei, ballern mit ihren Maschinengewehren los und machen dem Café, in dem Al sitzt, die Hölle heiß. Al hat mir selbst erzählt, daß er sich fast in die Hosen geschissen hat! Du warst dabei, Frankie. Al hat immer gesagt, wenn du nicht gewesen wärst, hätten sie ihn erwischt.«

»Hab' ihn umgerissen und mich auf ihn gesetzt«, sagte Rio. »Eine von den Zeitungen kam mit dieser großen Schlagzeile raus: ›Das ist Krieg.‹ Und damit hatten sie auch gar nicht so unrecht.«

»Und *das* hat sich auch gelegt«, sagte Diamond. »Ich sage euch: So wird es auch bei der Scheiße mit Lingle sein.«

Newberry war zur Bar hinübergegangen und hatte sich einen Highball gemixt. »Du vergißt was, Frank«, sagte er. Er nahm einen tiefen Zug von seinem Drink. »Und ich werde dir sagen, was. Jake Lingle war ein Reporter, richtig? Aber das ist nicht der Punkt. Er mußte natürlich unbedingt Reporter bei der *Tribune* sein. Der einer verfluchten Bulldogge namens McCormick gehört. Na, und ich will dir das sagen, Frank: Wenn eine Bulldogge ihre Zähne in deinem Arsch hat, läßt sie nicht los.«

Im Zweitausendsechshunderter-Block an der Monroe Street, drei Meilen westlich vom Loop, stand ein niedriges, weitläufiges Gebäude aus rotem Backstein, dessen Farbe schon lange unter Schichten von Weichkohlenstaub begraben war. Eine Reihe schmaler Fenster, die sich auf beiden Seiten des Eingangs fächerförmig ausbreiteten, waren mit Brettern vernagelt und ließen den Ort trübselig und verlassen aussehen.

In einer der Doppeltüren klebte an einer drahtverstärkten Täfelung vor undurchsichtigem Glas ein weißes Pappschild:

Diese Anlage ist
FÜR EIN JAHR GESCHLOSSEN
WEGEN VERSTOSSES GEGEN
DAS NATIONALE PROHIBITIONSGESETZ
Durch gerichtliche Verfügung:
U.S. Bezirksgericht Chicago, III.
Datum: 9. November 1929

Eine staubige, mit vier Männern besetzte Ford Tudor-Limousine fuhr langsam an dem Bau vorbei, wendete an der nächsten Kreuzung und hielt direkt gegenüber vom Eingang des Gebäudes am Kantstein.

Fred Joyner saß am Lenkrad. Sein Gesicht war schmal wie eine Klinge, seine Augen lagen tief unter knorrigen Brauen, seine Nase war wie ein Adlerzinken. Er sagte: »Noch zwei Minuten, um sicherzugehen, daß die Hintertüren bewacht werden, dann gehen wir rein.«

Michael Casey sagte: »Ich war noch in der High School und hab drüben an der Tallman gewohnt, als das hier die Hoffman-Brauerei war. Johnny Torrio hat sie übernommen, gleich nachdem die Prohibition kam. Ist geschlossen worden, sechsundzwanzig, glaub ich. Dann hat Terry Druggan das Rathaus geschmiert und den Laden wieder aufgemacht. Ein Streifenpolizist draußen aus Fillmore sagt, der Typ, der den Betrieb jetzt hat, klebt jedes Jahr ein neues von diesen ›Geschlossen von Onkel Sam‹-Schildern an die Tür.«

Sean Brennan, der sich den Rücksitz mit David Levin teilte, sagte: »Nach der Außenseite der Türen zu urteilen, wird es nicht einfach sein, da durchzukommen.«

Levin, ein Talmud-Gelehrter, sagte: » Deshalb hat Jehova in seiner endlosen Weisheit die Axt erfunden, Bubele.«

An der Kreuzung zur Washtenaw, einen Block weiter westlich, bog ein kleiner Chevrolet-Lieferwagen in die Monroe. Er bremste ab und steuerte den Kantstein ein paar Meter vor dem Eingang zur Brauerei an. Auf seiner Seitenwand standen die Worte:

GOLDBERG'S DELIKATESSEN
›Wir liefern Speisen und Getränke‹

Hochzeiten Bar-Mizwas
3715 W. Roosevelt Rd. Lawndale 7896

Plötzlich sprang Joyner aus dem Wagen und rannte über die Straße. Er kam beim Lieferwagen an, als dieser langsam zum Stehen kam, riß die Tür auf und packte den verblüfften Fahrer vorn an seiner weißen Jacke. Bevor der übergewichtige, junge Mann auch nur einen Protest herausstottern konnte, schnauzte Joyner ihn an: »Polizei! Keinen Ton von dir, hast du gehört?«, zerrte ihn vom Sitz und auf die Straße.

Als der Lieferwagen zwischen ihnen und der Brauerei war, ließ Joyner den Fahrer los und zeigte ihm kurz seine Marke. »Du hast eine Lieferung für sechsundzwanzig einundzwanzig?«

»Ja, Sir. Nur ein paar Sand . . .«

»Wo sind die?«

»Vorn. Der Korb steht auf dem Boden. Hören Sie, ich . . .«

»Gib mir deine Jacke und deine Mütze.«

»Wozu? Himmel, ich kann doch nicht . . .«

»Komm schon, verdammt nochmal!«

Die Jacke kam runter. Joyner zog sie über, nachdem er seine Anzugjacke ausgezogen hatte. Eng, aber es würde gehen müssen. Er schnappte sich die weiße Kappe vom Kopf des verwirrten Fahrers und stülpte sie lässig über den eigenen. Er langte in den Transporter, nahm den Zündschlüssel und deutete auf den Weidenkorb am Boden. »Das da?«

»Ja, Sir.«

Joyner hob den Korb heraus und schob seine Police Special unter das weiße Tuch, das den Inhalt bedeckte. »Pflanz deinen Arsch auf das Trittbrett und bleib da, bis ich dir was anderes sage. Klar?«

»Ja, Sir!«

Joyner schaute zu den Männern hinüber, die ihn vom Ford aus beobachteten, und sah ein verstehendes Nicken von Michael Casey. Er ließ seinen linken Arm unter den Korbgriff gleiten, ging um den Lieferwagen herum und lief eilig drei breite Zementstufen zur Doppeltür des Gebäudes hinauf.

In die rechte Tür hatte man ein Guckloch gebohrt. Joyner stellte sich so, daß nur seine linke Schulter und der Korb zu sehen waren; dann schlug er mit der Faust gegen die schweren Bohlen.

Zwanzig Sekunden vergingen, bevor eine dumpfe Stimme von drinnen knurrte: »Ja?«

»Goldberg's«, sagte Joyner laut. »Hab' Ihre Bestellung hier draußen.«

Geräusche: Ein Riegel wurde beiseite geschoben, das Klicken eines umgelegten Riegels. Eine der Türen schwang zurück, und ein stiernackiger, junger Mann mit olivfarbener Haut stand in Hemdsärmeln vor ihm. Er hatte kleine, zuckende Augen, einen schmalen schwarzen Bart, einen finsteren Gesichtsausdruck und unter seinem linken Arm eine Pistole im Halfter.

Joyner sagte: »Wie wär's mit einem prima Corned beef auf Roggenbrot?«, griff in den Korb, holte die 38er hervor und neigte ihre Mündung gegen eine Ecke des Bartes.

Der Schock ließ den Mann mit offenem Mund erstarren. Hinter ihm, weit zurück in dem hohen, höhlenartigen Raum, füllten fünf Männer in weißen Overalls und Gummistiefeln Holzfässer mit frisch gegorenem und mit Kohlensäure angereichertem Bier aus zwei der sechs riesigen gläsernen Bottiche, die gleichmäßig über die Wand verteilt waren.

Joyners Mannschaft war schon aus dem Ford gesprungen und rannte auf die Brauereitüren zu. Levin und Brennan trugen Äxte, Casey eine doppelläufige Baker/Batavia-Schrotflinte. Ein neues Chrysler-Coupé kam schleudernd und mit quietschenden Reifen zum Stehen, die Hupe eines vorbeifahrenden Pritschenwagens stieß eine Warnung aus. Ein von Pferden gezogener Eiswagen hielt am Kantstein. Der Fahrer rief: »Los, schnappt sie euch, Jungs!« und lehnte sich zurück, um sich eine weitere Folge des stets beliebten Melodramas der ›Prohibition Follies‹ anzusehen, jetzt schon in ihrem zehnten Jahr.

Als der Rest des Überfallkommandos Joyner erreicht hatte, ließ er den Korb fallen, riß eine kleine Automatik aus dem Halfter der Wache und rief: »Polizei! Keine Bewegung!«

Köpfe wurden hoch- und herumgerissen, der Stutzen eines Bierschlauchs klapperte auf dem Zement, eine Stimme sagte voller Abscheu : »Oh, *Scheiße!*« Dann wurden resigniert die Hände gehoben, als die vier Beamten eilig zu der Gruppe hinüberliefen.

Joyner sagte: » Legt ihnen Handschellen an!« und ging mit schnellen, leisen Schritten zum gegenüberliegenden Ende des Raumes und in einen kurzen Flur. Er blieb an einer verschlossenen Bürotür stehen, hörte von drinnen das Geräusch einer gedämpften Stimme, hob dann einen Fuß und trat die Tür auf.

Ein gutgekleideter älterer Mann mit einem Haarkranz, Hornbrille und gelassener Miene saß hinter einem grauen, metallenen Schreibtisch. Seine rechte Hand ruhte unbeweglich auf einer Lehne seines Drehsessels und hielt den Hörer eines Candlestick-Telefons.

Joyner sagte: »Legen Sie auf.«

Der Mann sagte: » Der Anruf ist für Sie, Officer«, und legte den Hörer sanft auf die Tischplatte.

Joyner gestikulierte mit seiner Waffe. »Aufstehen, Hände an die Wand.«

Der Mann zuckte mit den Schultern, stand ohne Eile auf und nahm die Stellung ein. Joyner tastete ihn kurz ab und fand nichts tödlicheres als einen Conklin-Füllfederhalter. Er trat zurück, lehnte sich mit der Hüfte gegen eine Ecke des Schreibtischs, nahm das Telefon auf und sagte: »Joyner am Apparat.«

Eine tiefe, männliche Stimme sagte: »Ich habe gerade einen Anruf bekommen, daß da drüben eine Razzia durchgeführt wird. Stimmt das?«

Joyner sagte: »So ungefähr.«

»Ich nehme an, Sie haben eine Vollmacht.«

»Ohne würde ich nicht aus dem Büro gehen.«

»Sagt Ihnen der Name Sam Grossman irgendwas?«

»Mh-hm«, sagte Joyner. »Stadtrat, neunundzwanzigster Bezirk.«

Die Stimme sagte: »Ich will Ihnen sagen, wie ich es mir vorstelle, Mister . . . Joyner, sagten Sie?«

»Mh-hm«, sagte Joyner.

»Sie wollen die Mannschaft da drüben schnappen«, sagte die Stimme. »Das ist okay, tut uns nicht weh. Aber die Geräte sind nicht leicht zu ersetzen. Ich wäre Ihnen also dankbar, wenn Sie sie so ließen, wie sie sind. Tun Sie das, dann kommen Sie bei Gelegenheit im Rathaus vorbei und lassen Sie mich Ihnen zeigen, *wie* dankbar ich Ihnen bin. Verstanden?«

Joyner sagte: »Ich möchte nicht . . .« Er brach ab, als die Geräusche von reißendem Metall und berstendem Glas aus den Brauereiräumen des Gebäudes durch das kleine Büro donnerten.

Die Stimme am anderen Ende der Leitung schrie: »Was, zum Teufel, war *das?*«

»Jemand muß eine Bierflasche fallengelassen haben, Mister Grossman«, sagte Joyner und legte den Hörer auf.

Roche, der aus seinen Notizen vorlas, sagte: »Die *Tribune* hat Lingle fünfundsechzig die Woche gezahlt. Er hatte eine Suite im Stevens für dreihundert Dollar im Monat. Er besaß eine Lincoln-Limousine, hatte einen Teilzeit-Chauffeur. Seine Familie wohnt – oder wohnte zumindest bis vor kurzem – in einem erstklassigen Apartmenthaus auf der West Side, das Louis Mondi gehört, dem Bruder von einem von Capones Schlägern. Lingle hatte gerade fünfzehntausend für ein dreiundzwanzigtausend Dollar teures Sommerhaus am Seeufer von Indiana angezahlt. Der Mann hat groß auf der Rennbahn gewettet, bis zu tausend Dollar pro Rennen, und ist mit vierzehnhundert Dollar in der Brieftasche gestorben.«

Stirnrunzelnd hob Colonel McCormick eine Hand und brachte ihn zum Schweigen. »Mister Roche, Sie haben diese Informationen bestätigt gefunden? Ohne jeden Zweifel?«

»Das ist alles belegt, Colonel.«

»Wo zum Teufel«, sagte McCormick barsch, »ist dann all das Geld hergekommen?«

Roche, Rathbun und Robert Lee, der Lokalredakteur, saßen dem Colonel in seinem Büro am Schreibtisch gegenüber. Lee, ein schlaksiger, rothaariger, freundlicher Mann Anfang vierzig, sagte: »Ich glaube, ich kann die Antwort auf diese Frage beisteuern, Sir. Und diese häßlichen Anspielungen beenden, die wir hier anhören müssen.«

McCormicks steinerne Miene schien sich ein bißchen zu erweichen. »Um alles in der Welt, dann lassen Sie es hören«, sagte er schroff.

»Die Wahrheit ist«, sagte Lee, »Jake war eigentlich ziemlich wohlhabend. Sein Vater ist vor acht oder zehn Jahren gestorben und hat ihm ungefähr hunderttausend Dollar hinterlassen. Später hat ihm irgendein Onkel knapp fünfzigtausend vererbt.

Und Jake hat an der Börse spekuliert«, sagte Lee. »Ein paar seiner engsten Freunde waren Börsenmakler: Männer wie Arthur Cutton und, soweit ich mich erinnere, Alvin Kramer bei den Federal Securities. Als er kurz vor dem Börsenkrach im letzten Oktober alles verkauft hat, ist Jake mit kräftigem Gewinn rausgekommen – nach seinen eigenen Angaben, Colonel, fast hundertfünfzigtausend.«

Inzwischen war McCormick nah dran, selbstgefällig zu grinsen. »Es scheint, als hätten Sie durch das falsche Ende des Fernrohrs gesehen, was Lingle betrifft, Mister Roche. Würden Sie für uns wohl kommentieren, was Bob gerade erzählt hat?«

Alphonse Capone sagte: »Ich geh zu diesem neuen Quacksalber, von dem mir meine Frau erzählt hat. Irgend so ein Levi, er soll was von seinem Geschäft verstehen. Er untersucht mich wie ein Typ, der einen Wagen kaufen will oder so was, sagt: ›Mr. Capone, wie alt sind Sie eigentlich?‹ Also sag ich es ihm: Einunddreißig. Er sagt: ›Von jetzt an keine Pasta mehr, keinen Wein, keine Zigaretten, machen Sie Gymnastik, sonst werden Sie keine fünfzig.‹ Also sag ich zu ihm: ›Ich hab' meinen letzten

Arzt gefeuert, weil er so geredet hat.‹ Wollt ihr wissen, was der kleine Scheißer zu mir sagt? Er sagt: ›Gehen Sie zurück zu Ihrem letzten Arzt.‹«

Seine Zuhörer räumten ihm das gequälte Lachen ein, das loyale Mitarbeiter für den Firmenpräsidenten reserviert haben. Frisch geduscht, rasiert und mit Eau de Cologne besprüht, hatte sich Capone einen blaßgelben Seidenpyjama, braune Hausschuhe aus Alligatorleder, gefüttert mit Lammwolle, und einen dünnen Morgenrock aus brokatgeschmückter Seide in einem gedämpften Purpurrot angezogen.

Der Bandenchef schwang seine gewaltigen Körpermassen in einen Ohrensessel, griff sich eine Zigarette und ließ sich von Maddox Feuer geben. Er bedeutete Rio, ihm das Weinglas nachzufüllen, und sah Newberry an. »Was hast du herausgefunden, Ted?«

Newberry lehnte sich in seinem Sessel zurück und legte die Handflächen zu einer seltsam gebetsartigen Stellung gegeneinander. »Etwas wird dich interessieren, Al«, sagte er. »Erinnerst du dich an diesen Rouletteladen, den die Jungs von der North Side an der Waveland hatten? Ist vor einem Jahr oder so geschlossen worden. Na ja, letzten Monat sind sie bei Lingle, um sich sein Okay abzuholen, damit sie wieder aufmachen können.«

»Jedenfalls«, sagte Newberry, »sagt Jake, das kostet sie einen Riesen. Scheiße, pro *Woche*, kannst du das glauben? Sie sagen, das kannst du vergessen, wir machen ohne dich auf. Jake sagt, versucht es, und ihr kriegt mehr Streifenwagen zu sehen, als ihr in einem Monat zählen könnt. Also machen sie nicht auf, und ein paar Leute sind sauer auf Jake.«

»Was für Leute?« fragte Capone.

»Na, da ist dieser dicke, fette Bursche«, sagte Newberry. »Der heißt McLaughlin – John McLaughlin. Hat einen Telegrafen für Pferdewetten drüben an der Belmont, Ecke Clark. Und so ein Typ, den sie ›Potatoes‹ nennen. Die sollen beide an der Eröffnung von diesem Laden beteiligt gewesen sein.«

»McLaughlin ist ein Windbeutel«, sagte Capone verächtlich.

»Und dieser Potatoes, den du meinst, das ist eine armselige, antriebslose Flasche namens Kaufman, mit dem ich mir nicht mal den Arsch abwischen würde. Was hast du sonst noch?«

»Na ja, soweit war's das erstmal, Al«, sagte Newberry lahm. »Es gibt noch eine oder zwei andere Möglichkeiten, an denen ich noch dran bin und die sich lohnen könnten.«

Capone, der mit finsterer Miene nachdachte, kostete seinen Wein. Er stellte das Glas beiseite und richtete den Blick auf Maddox. »Also gut. Laß hören, was du zu sagen hast.«

Maddox' Augen sahen nervös zu seinen Kumpanen, dann zurück zu dem Mann im Ohrensessel. »Ich hab' hier vor ein oder zwei Tagen abends mit Maxie Eisen gesprochen«, sagte er. »Er hängt mit ein paar von den Morans zusammen, aber ich schätze, das weißt du ja. Jedenfalls, Maxie erzählt mir, daß Lingle Joe Aiello für einen Hunderter die Woche die Bullen von diesem Buchmacherladen drüben an der Ecke Division und Halstead ferngehalten hat. Na ja, scheint so, als ob Jake letzten Monat seinen Anteil auf weitere hundert erhöht hat. So wie Maxie es erzählt, hat Joe gesagt, es ist bald Zeit, daß jemand Lingle eine hübsche, tiefe Grube gräbt.«

In einem plötzlichen Ausbruch wütenden Widerwillens schlug Capone mit einer Hand auf die Lampe neben seinem Sessel. »Immer wieder die gleiche, beschissene Geschichte! Erst ist es O'Banion, dann ist es Hymie Weiss. Jetzt sind es Moran und Aiello. Seit sechs Jahren versuche ich, diesen Bauern Verstand einzubläuen, und ernte damit nichts als Ärger. Sie – wollen – einfach – nicht *hören!*«

»Ich schätze, diesmal kannst du sie kaum dafür verantwortlich machen«, sagte Newberry philosophisch. »So, wie Lingle auf einen Haufen von den Bandenjungs eingetreten hat, würde jeder sauer werden.«

Die Bemerkung brachte Newberry einen Blick mitleidiger Verachtung ein. »Soll ich dir was sagen, Ted? Du bist dumm, weißt du das? Du bist wie der ganze Rest von den Zementköpfen in diesem Geschäft. Wenn dich jemand blöd anguckt, willst du gleich nach deiner Kanone greifen und schießen.«

»Ach, komm schon, Al«, sagte Newberry verletzt. »Wie oft hast du schon selbst . . .«

»Ich rede nicht davon, daß irgendein lausiger, kleiner Gauner aus der Reihe tanzt«, sagte Capone ungeduldig. »Den schmeißt du in die Gosse, das kommt auf Seite zehn neben einer Büstenhalterreklame und interessiert keine Sau. Aber, um Himmels willen, ein Reporter? Und um so schlimmer, ein Reporter, der für McCormick arbeitet? Das ist, als würde man den Auftrag geben, Präsident *Hoover* zu erschießen!«

In der lastenden Stille, die folgte, wirkte das Läuten des Telefons wie eine Explosion. Rio nahm ab, hörte kurz zu, sagte: »Ich frage ihn.« Er deckte die Sprechmuschel ab, sah zu Capone. »Sam Grossman. Möchte mit dir sprechen.«

Capone nahm den Hörer, sagte leutselig: »Na aber, guten Abend, Stadtrat! *Das* ist ja eine unerwartete Überraschung. Was kann ich für Sie tun?«

Roche las aus seinen Notizen vor. »Lingles Vater Alfred wurde im August 1920 bei einem Unfall in Grays Lake getötet«, sagte er. »Gerichtlich bestätigte Testamentsakten zeigen, daß er seinem Sohn fünfhundert Dollar aus einem geschätzten Vermögen von siebentausendzweihundert Dollar vermacht hat. Jakes Onkel Frederick starb im April 1928 eines natürlichen Todes und hat seinem Neffen eintausend Dollar vermacht.«

»Colonel, ich kann einfach nicht glauben, was ich da höre«, sagte Lee. »Es ist unmöglich, so eng mit einem Mann zusammenzuarbeiten, wie ich mit Jake, ohne zu wissen, was vor sich geht.«

»Das«, sagte McCormick ruhig, »ist mir auch schon aufgefallen, Robert.«

Lee fühlte, daß ihm etwas wie Panik die Kehle zusammenschnürte. »Colonel McCormick, ich versichere Ihnen, das alles ist mir neu. Ich kann einfach nicht glauben . . .« Er unterbrach sich und sah mit leerem Blick auf seine Hände.

Nichts in der Miene des Verlegers änderte sich. Er wandte seinen Blick wieder Roche zu. »Fahren Sie fort, Sir.«

Roche kehrte zu seinen Aufzeichnungen zurück. »Lingle hatte Konten bei drei Maklerbüros an der LaSalle Street. Eins dieser Konten hatte er gemeinsam mit dem ehemaligen Polizeichef Russell. Es wurde mit einem Nettoverlust für die beiden Männer von einhundertdreiundsiebzigtausend Dollar abgestoßen.«

Er legte eine Pause ein, hob den Blick und sah ein Gesicht, das aus Granit gemeißelt war. »Ich habe die Folgerung daraus sehr wohl verstanden, Sir. Bitte sprechen Sie weiter.«

Roche blätterte eine Seite in seinem Notizbuch um. »Ungefähr Mitte Mai dieses Jahres hat Lingle sein Börsendefizit mit fünfzigtausend Dollar in bar abgedeckt. Als er getötet wurde, hatte er sich ziemlich aus der Börse zurückgezogen und nur bei einer Firma Schulden von etwas über elfhundert Dollar hinterlassen.«

»Wir haben ausführlich von dem Geld gehört, das Lingle ausgegeben hat«, sagte McCormick. »Geld, von dem Sie behaupten, er hätte es nicht geerbt. Nun, können Sie eindeutig sagen, *woher* es kam?«

»Um es geradeheraus zu sagen, Colonel«, entgegnete Roche, »dieser Mann war ein Gauner. Durch und durch. Er hatte Verbindungen bis ganz nach oben im Police Department, ganz zu schweigen von einem Haufen Freunden auf den Revieren. Angenommen, eine Razzia wurde in einem Handbuch eingetragen. Lingle bekam die Nachricht und gab dem Betreiber einen Tip – gegen Geld. Das gleiche galt für Brauereien, Spielclubs, Bordelle, Kneipen. Er hat Schmiergelder der Banden an Richter, Anwälte und gut die Hälfte der Leute im Rathaus vermittelt. Und, wenn Sie die Wahrheit wissen wollen, Sir, was um so schlimmer ist, an einige Mitarbeiter des Staatsanwalts.

Der Mann war ein enger, persönlicher Freund von Al Capone«, sagte Roche. »Es ist eine Tatsache, daß Jake Lingle am Tag seines Todes einen Gürtel mit diamantenbesetzter Goldschnalle um seinen Bauch trug – den ihm Capone geschenkt hat. Und, um Ihnen die Krönung zu verraten,

Colonel: Der Mann hat öffentlich damit geprahlt, daß er es war, der den Bierpreis im Cook County festgesetzt hat.«

Robert McCormick hörte nicht mehr zu. Wenn ihn auch die kalte Wut über das Ausmaß an Lingles Niederträchtigkeit packte, ließ sich der Verleger jedoch nicht von seiner Wut den gesunden Menschenverstand beeinträchtigen. Brachte man die kriminellen Verwicklungen des Reporters mit Gangstern an die Öffentlichkeit, würden sich im ganzen Land eine Menge Lippen zynisch verziehen. Aber noch mehr Schaden konnte das Risiko anrichten, viele Leser zu verlieren, die der *Tribune* und seiner Politik loyal gegenüber standen. Er erinnerte sich an das Deckmäntelchen des Märtyrers, das die Presse der Stadt Lingle hatte zuteil werden lassen, an die schier endlosen Kolonnen von uniformierter Polizei, Feuerwehrleuten und Marinekadetten bei dieser Beerdigung, an Pater Mulhearns Lobrede mit so glühenden Phrasen wie ›seine hochgesteckten Ideale, seine unerschütterliche Ehrlichkeit‹. Es würde eine Menge roter Gesichter geben, wenn die Wahrheit herauskam, sagte sich McCormick sarkastisch. Rote Gesichter aus Verlegenheit, und gleichzeitig ein Zorn, der aus Mangel an einem erkennbareren Ziel auf ihn und seine Zeitung gerichtet war.

Falls die Wahrheit herauskam. Mußte sie herauskommen? Er konnte seine neu zusammengestellte Mannschaft aus Ermittlern in aller Stille auflösen und den Fall zur Beerdigung der Polizei zurückgeben, wenn das Interesse der Öffentlichkeit nachließ. Eine weitere Vertuschung. Wie vor ein paar Jahren nach dem Mord an diesem jungen stellvertretenden Staatsanwalt Bill Swiggin. Oder die Ermordung dieser sieben Gangster beim sogenannten Massaker am St. Valentinstag.

Vertuschungen *pro bono politicus.*

Als er McCormicks Miene beobachtete, dachte Rathbun: Der Mann will aussteigen. Aber er ist zu dickköpfig, zu verdammt egoistisch, um zuzugeben, daß es ein großer Fehler war, die Sache zu übernehmen, bevor die Tatsachen klar waren. Jetzt sucht er nach einer Entschuldigung – irgendeiner Entschuldigung –, um aus der Klemme zu kommen, in die er sich selbst gebracht hat.

»Colonel«, sagte er. »Lingle ist tot. Er kann sich nicht verteidigen. Nach allem, was Pat aufgedeckt hat, kann eine Untersuchung nur seinen Ruf verunglimpfen, seine Familie verletzen, seine Freunde. Aber was noch wichtiger ist, es könnte einen ganzen Schwarm wilder Gerüchte auslösen, die der *Tribune* einen ziemlichen Schaden zufügen würden. Ich weise Sie darauf hin, daß dies zu bedenken ist.«

Hier brach er ab, dachte: Okay, Colonel, Sie wollen eine Entschuldigung, damit Sie Ihre Untersuchung abbrechen können, ohne das Gesicht zu verlieren. Jetzt haben Sie sie. Man nennt es Ratschlag des Rechtsbeistands, Colonel – und niemand kann Ihnen etwas vorwerfen, wenn Sie ihn annehmen.

Roche unterdrückte ein zynisches Lächeln. Jetzt, wo es ganz danach aussah, als wäre es doch nicht so ganz einfach, Jake Lingles Mörder zu schnappen, wurde Charlie ein bißchen nervös, weil er möglicherweise auf ein Verliererteam gesetzt hatte. Ein Risiko, das nicht auf die leichte Schulter genommen werden durfte, denn es war eine wohlbekannte Tatsache, daß der Colonel Verlierer nicht mochte.

McCormicks hellblaue Augen schienen langsam zu überfrieren. »Mister Rathbun. Bitte verstehen Sie, daß ich sehr wohl in der Lage bin, mich um diese Zeitung und ihren Ruf zu kümmern. Die kriminellen Elemente in unserer Stadt sind verantwortlich für den Tod eines Angestellten der *Tribune*. Der Mord an Alfred Lingle muß das Ende der Gangsterherrschaft in Chicago bedeuten. Ich sage Ihnen hier und jetzt, daß es keinen Weg zurück gibt. Kurz gesagt, Gentlemen, entweder wird das Recht siegen, oder das Recht dankt ab.«

Roche saß verwirrt da. Den Mann muß man gehört haben, dachte er. Er *redet* sogar in Leitartikeln, der Colonel.

Sie hätte wissen sollen, sagte sich Angela Terrell bitter, daß es ein großer Fehler war, zu Jakes Beerdigung zu gehen. Sich den ganzen lateinischen Scheiß anhören zu müssen und den Gestank von Weihrauch zu ertragen und den albernen Zirkus, den die Priester aufführten – das war schlimm genug. Aber was sie immer wieder einholte, war die Erinnerung daran, zehn Meter von dieser polierten Nußbaumkiste zu sitzen, zu wissen, daß Jake da drin war, zu wissen, daß man ihn, wenn man Gott erst mal überredet hatte, ihm eine Harfe und einen Heiligenschein zu geben, hinaustragen und unter die Erde bringen würde . . .

Wütend wischte sie sich eine Träne weg, ging zur Bar und füllte ihr Glas mit Gordon Gin nach (zumindest stand das auf dem Etikett). Nachdem sie einen winzigen Schuß Wermut hinzugefügt hatte, ließ sie zwei Eiswürfel aus dem silberbeschlagenen Kübel hineinfallen und ging zu einem der breiten Wohnzimmerfenster. Der neugebaute Lindbergh-Leuchtturm, der sich ein paar Blocks weiter südlich auf dem Dach des Palmolive-Gebäudes drehte, schlug eine scharfe Schneise des Lichts in den wolkenlosen Nachthimmel. Der Verkehr zum Loop schob sich geräuschlos über den Lake Shore Drive, vorbei am Potter Palmer Castle und dem langen Strand an der Oak Street und hinein in die Michigan Avenue.

Das war hundertprozentig besser als Brooklyns Bensonhurst-Bezirk.

Es war jetzt zehn – nein, wenn sie darüber nachdachte, eher zwölf Jahre her, seit ihr alter Herr sie und diesen jungen O'Connor (O'Connell?) auf dem Rücksitz des Familien-Packards erwischt hatte. Sie fühlten sich ziemlich sicher: zwei Uhr morgens, die Garagentür war zu, das Licht aus. Und sie waren leise – oder zumindest glaubten sie das, bis die Wagentür aufgerissen wurde und Guiliano Torenello Sean aus dem Auto zerrte (und aus ihr heraus!) und einmal durch die ganze Drei-Wagen-Garage schleuderte.

Während er Sean mit heiler Haut und der Warnung, er solle sein irisches Maul halten, sonst würde er im East River enden, davonkommen ließ, wandte sich der alte Mann ihr zu, knurrte *»Puttana!«* und nahm seinen Gürtel, um ihr den nackten Arsch puterrot zu prügeln. Und eine Woche danach wurde sie trotz eines Schreikrampfes ihrer Mutter (wie eine *contadina* frisch aus Sizilien schrie sie, sie würde sich vor eine Straßenbahn werfen!)

von St. Anne's genommen und landete auf einer Privatschule für Mädchen am Arsch von Staten Island.

Der Laden wurde wie eine Besserungsanstalt geführt: Kein Verlassen des Grundstücks, auch nicht während der freien Tage, keine Besucher, außer den engsten Familienangehörigen, sechs Tage die Woche Unterricht und die halbe Nacht Hausaufgaben. Und wenn man sich auch nur beim Ausdehnen der Regeln erwischen ließ, steckte man bis zum Hals in der Scheiße. Im zweiten Jahr ließ man sie einmal raus. Für ganze vier Stunden! Ihre Mutter war an einer Lungenentzündung gestorben, und ihr alter Herr schickte einen seiner ›Geschäftspartner‹ – irgendein Handlanger-Arschloch, der sie zu der Beerdigung und wieder zurückbringen sollte. Selbst da hätte man, so wie ihr Vater sie behandelte, glauben können, sie hätte üblen Mundgeruch oder sowas! Vielleicht, weil sie sein einziges Kind gewesen war. Wenn er ein paar Söhne gehabt hätte, wäre er ihr vielleicht nicht so lange böse gewesen. Zwölf Jahre! Und wofür? Weil sie sich mit sechzehn mit irgendeinem irischen Jungen rumgetrieben hatte. Schließlich hatte sie sich ja kein Kind machen lassen!

Ihr Glas war leer. Sie ging zur Bar zurück, schenkte sich einen neuen Drink ein und schaltete das Radio an. Sie steckte sich die fünfte ›Wings‹ in der letzten Stunde an und ließ sich in einen der farblich passenden Sessel gegenüber der Couch fallen.

Himmel und Hölle, sie vermißte Jake! Sie fragte sich, was seine Frau an diesem Abend wohl machte. Kinder im Bett, ganz still das Haus, ein Buch lesen, Ehemann zwei Meter tief unter der Erde. Und hier sitzt Jakes Geliebte, mutterseelenallein, trinkt Schnaps und frißt Sargnägel und lauscht der Musik von Ben Bernie und seinen Freunden, die vom College Inn hoch oben auf dem Hotel Sherman zu ihnen hinabkommen, yowsah, yowsah.

Ungeduldig stand sie auf und kehrte zum Fenster zurück, das Glas in der einen Hand, Zigarette in der anderen, betrachtete, wie die Spiegelungen der Lichter der Stadt über die rastlose Weite des Sees strichen.

Sie und dieser Anwalt waren im Büro der Rektorin, nur die beiden saßen da, und ein Frühlingsregen prasselte gegen die Scheiben.

Er hatte sich als Anthony Balasari vorgestellt, Rechtsanwalt – ein hagerer kleiner Langweiler, Lacklederhaar, in der Mitte geteilt, Schuppen dick auf seinem Mantelkragen, und ein paar kleine, schwarze Augen, die niemals zu blinzeln schienen.

»Miß Torenello«, hatte Balasari gesagt. »Ihr Vater hat mich angewiesen, in dieser Angelegenheit als sein Vertreter zu fungieren. Es wird für Sie nicht nötig sein – und ich bedaure, sagen zu müssen, auch nicht möglich –, Ihren Vater zu erreichen.«

Er öffnete seine Aktentasche, nahm einen Umschlag heraus und legte ihn auf die Schreibunterlage vor ihr. »Eine Zugfahrkarte. Hinfahrt nach Chicago. Und einen Scheck über fünftausend Dollar. Sie sollen . . .«

»*Chicago?* Für was für einen Einfaltspinsel halten Sie mich? In dem lausigen Kaff möchte ich nicht begraben sein!«

Balasari hob eine Hand, sein Gesichtsausdruck war gequält. »Sie sind jetzt achtzehn, Miß Torenello, und Sie haben eine Ausbildung, die der High School entspricht. Ihr Vater meint, es wäre an der Zeit, daß Sie in einer anderen Umgebung Ihr eigenes Leben beginnen . . .«

»So weit weg von ihm wie möglich, stimmt's? Na, der alte Scheißkerl muß voll mit diesem weißen Pulver sein, wenn er . . .«

»Bitte hören Sie mich zu Ende an, Miß Torenello. Ein Gentleman namens John Torrio – ein guter Freund Ihres Vaters – wird Sie in Chicago am Zug abholen, Sie dabei unterstützen, ein Bankkonto einzurichten, Ihnen helfen, eine passende Unterkunft zu finden . . .«

»Oh, sicher. Und meinem Alten jeden Schritt ausplaudern, den ich so mache. Sie können *Papa* von mir bestellen, er soll sich ins Knie ficken, wenn er glaubt, ich würde auch nur für eine Sekunde . . .«

Balasari schlug eine Handfläche auf die Schreibtischplatte. »Halten Sie Ihren unflätigen Mund, junge Frau!« Er beugte sich über den Tisch und deutete mit einem Finger auf sie. »Sie haben die Wahl. Gehen Sie nach Chicago, bleiben Sie da, lassen Sie sich nichts zuschulden kommen . . . und Sie bekommen dreitausend im Monat. Weigern Sie sich, dann können Sie in der Gosse enden, und es wird niemanden interessieren. Am allerwenigsten Giuliano Torenello.«

Drei Tage später stieg Angela Terrell während eines Schneesturms Mitte April auf Chicagos LaSalle-Street-Bahnhof aus dem ›Twentieth Century Limited‹.

Ein kräftig gebauter, junger Mann trat auf sie zu. Er trug einen tadellos geschneiderten Anzug, einen Vikunia-Mantel, perlgraue Gamaschen, einen Filzhut und dazu ein gewinnendes Lächeln auf dem Gesicht. Die drei dünnen Narben, die über seine linke Wange und den Unterkiefer liefen, waren kaum zu sehen.

»Sie sind Angelina Torenello,«

»Mein Name«, sagte sie eisig, »ist Angela Terrell.«

Der junge Mann zuckte mit den Schultern. »Das ist ähnlich genug, schätz ich. Ich bin hier, um Ihnen zu sagen, daß Mister Torrio Geschäfte hat, vor denen er sich nicht drücken konnte. Und er will, ich soll mich um Sie kümmern, okay? Ich bin Al Capone.«

9

Der Junge von ›Western Union‹ fing den Vierteldollar, sagte: »Wow, danke!« – in letzter Zeit waren hier sogar zehn Cents ein gutes Trinkgeld, und die gab es nicht oft – und pfiff ein unbestimmtes Arrangement des ›Pagan Love Song‹, als er das Büro verließ.

Roche riß den Umschlag auf und betrachtete seinen Inhalt. »Von den Colt-Leuten«, sagte er zu Wendt, der sich in dem Sessel gegenüber räkelte. »Hier steht: ›Betrifft Ihre Anfrage achtunddreißig. Police Special t.k. 231701 stop Artikel einer von sechs gelieferten zwölfter Juni 1928 an Von Frantzius Sportartikel, 608 Diversey Parkway in Ihrer Stadt stop Unsere Rechnungsnummer 8247.‹«

Wendt grunzte säuerlich. »Hätte ich mir denken können. Wie oft hab ich schon gesagt, schließ den Laden von diesem Kerl, und die Hälfte aller Killer in diesem Kaff schießt mit Pfeil und Bogen.« Roche langte nach dem Telefon. »Sophie, versuch doch mal, ob du Richter Lyles Büttel für mich rankriegen kannst.«

Er hängte den Hörer ein, hielt das Telegramm hoch. »Wir haben unseren Schlüssel gefunden, mein Kleiner. Wenn wir jetzt anfangen, nach der Tür zu suchen, wird sie sich öffnen.«

Er schnippte den Zettel beiseite, kippte den Drehsessel nach hinten und stemmte einen Fuß gegen die Schreibtischplatte. »Walter«, sagte er, »würdest du vielleicht eine von diesen wundervollen Zigaretten ausgeben, die du da in deiner Tasche versteckst?«

Harry Voiler sagte: »Bist du sicher, du bist sauber? Ich will nicht, daß die Bullen hier irgendwann nachts reingestürmt kommen und nach dir suchen, ja? Ärger machen, die Kunden stören. Für so was hab ich keine Geduld.«

»Sowas wird nicht passieren, Mister Voiler«, sagte Brothers. »Das garantiere ich Ihnen. Diese kleine Sache, von der Sie vielleicht gehört haben – die ist geregelt worden, als ich weg war.«

Sie saßen in Voilers winzig kleinem Büro im dritten Stock der ›Green Mill Gardens‹, einem protzigen Kabarett- und Spielclub im Außenbezirk von Chicago. Ein übergroßer Schreibtisch und vier verbeulte, grüne Aktenschränke ließen kaum genug Platz für die beiden Stühle. Voiler war Anfang vierzig, ein kleiner, schmächtiger Mann, affig gekleidet, mit zurückweichendem Haaransatz und einem dünnen, schwarzen Bart, an dem er ständig herumfummelte. »Ich muß zugeben, Gus ist nicht gerade dafür gemacht, mit Unruhestiftern fertig zu werden«, sagte er. »Ehrlich gesagt war ich schon ein paarmal nah dran, ihn ganz gehen zu lassen.«

»Ich wäre Ihnen wirklich dankbar, wenn Sie mich wieder einstellen würden, Mister Voiler«, sagte Brothers. »Sie wissen, daß ich den Job für Sie machen kann.«

»Was hab ich dir noch gezahlt, Louis? Hundert die Woche?«

»Ja, Sir. Das stimmt.«

»Na schön. Fang heute abend an, acht bis Ende. Bist du bis zum Zahltag versorgt?«

Brothers machte eine entschuldigende Geste. »Schätze, ich bin ein bißchen knapp, Mister Voiler.«

Voiler nahm einen gefalteten Stapel Banknoten aus seiner Hosentasche, zog mehrere Scheine hervor und reichte sie ihm. »Dann schuldest du mir fünfzig. Aber paß bloß auf, daß du mir keinen Ärger bei dem Job machst.«

Als sich die Tür hinter Brothers schloß, nahm Voiler den Hörer ab und wählte eine Nummer. »Morrie? Setz Louis Bader von heute an wieder auf die Lohnliste. Gleiches Geld . . . Ich *weiß* das. Aber wenn du mich fragst, der ist geradeaus, und ich will dir mal was sagen: Ich hab' endgültig genug von diesem Bauern Gus.«

Das Telefon wurde beim zweiten Klingeln abgenommen. »Ja?«

Eine tiefe Stimme sagte: »Sal? Marino. Diese Extraladung ist gerade hier aufgetaucht. Finde Platz dafür. Der Laster wird innerhalb der nächsten Stunde da sein.«

Salvatore Moretti sagte: »Wie groß ist die Ladung?« Aber der Anrufer hatte schon eingehängt.

Hoskins sagte: »Meinst du, er hat es geschluckt?«

Leonard Nevins zuckte mit den Schultern und schob das Telefon beiseite. »Warum nicht? Mario Fanelli ist der Kerl, der den Anruf machen würde. Er hat eine von diesen sonoren Stimmen, die irgendwie alle ziemlich ähnlich klingen.«

»Das muß funktionieren«, sagte Joyner. »Sonst schießen sie uns vielleicht den Arsch ab.«

Die Clark Street kreuzte den Divesey Parkway drei Meilen nördlich vom Loop und ein paar Blocks westlich des Seeufers. Da die beiden größten Hotels hauptsächlich die Unterwelt versorgten und in dem Zigarrenladen an der Ecke eine riesige Buchmacherei untergebracht war, hatten Einwohner die Kreuzung ›Gangsterschlucht‹ getauft.

Der nächste freie Parkplatz war einige Türen westlich des neuen Elks National Memorial. Dort ließen sie Wendts Ford Runabout stehen und schoben sich durch den dichten Verkehr zur Nordseite des Diversey.

»Da Seine Durchlaucht heute morgen für uns nicht zur Verfügung steht, könnten wir bei Mister von Frantzius mal was Raffiniertes versuchen«, sagte Roche. »Während ich die Fragen stelle, könntest du dich vielleicht ein bißchen im Laden umsehen, hier und da deine Nase reinstecken. Ich hab' gehört, die Aufmerksamkeit eines Menschen kann nachlassen, wenn er sie teilen muß.«

Nummer 608 war zwischen dem Rienzi-Hotel und einem B/G-Coffee-Shop eingeklemmt. Auf dem einzigen Fenster standen die Worte VON FRANTZIUS SPORTARTIKEL. Hinter verschmiertem Glas sah man eine unordentliche Auslage von Golfschlägern und -taschen. Ein Summer ertönte, als sie die Tür aufstießen und hineingingen.

Es war ein schmaler Raum, tief und schlecht beleuchtet, mit einem langen Tresen aus hellem Holz. In Metallständern lehnten Gewehre und Schrotflinten. Borde an der gegenüberliegenden Wand trugen eine Sammlung von Sportgegenständen. Etwas weiter hinten gab es eine hohe Glasvitrine mit Bögen, Pfeilen mit Stahlspitzen und einem dicken Bündel Papierzielscheiben.

Der Summer hatte einen schlanken, ordentlich gekleideten Mann Mitte dreißig aufmerksam gemacht, der hinter einer Trennwand im zurückliegenden Teil des Ladens hervorkam. Seine dünne, hohe Stimme sagte: »Kann ich etwas . . .« Er brach unvermittelt ab, und seine Miene verlor langsam ihren Ausdruck.

»Schon etwas her, Peter«, sagte Roche. »Ich glaube, du kennst Mister Wendt hier.«

Hinter der dicken Hornbrille schienen von Frantzius' eng zusammenstehende, schwarze Augen glasig zu werden. »Was wollen Sie, Roche?« fragte er tonlos.

Roche sah ihn genau an. »Na aber. Sollte das was Neues sein, was wir da sehen, Peter? Ein Bart. Muß schon sagen, der steht dir gut, alter Junge. Soweit man ihn erkennen kann.«

»Sind Sie etwa nur zu einem . . . Höflichkeitsbesuch gekommen?« sagte von Frantzius kalt.

Während dieses Wortwechsels hatte sich Wendt abgewandt und war hinübergegangen, um beiläufig die verpackte Ware zu untersuchen. »Normalerweise bin ich ein höflicher Mensch, Peter«, sagte Roche. »Ob ich höflich bleibe, liegt an dem anderen. Daran sollten wir beide fest denken, wenn ich jetzt eine kleine Information von dir möchte.« Sein Ton war unmerklich härter geworden. »Über diese Waffe.«

Er holte das Telegramm aus der Innentasche seiner Jacke, schlug es auf und glättete sorgfältig die Falten im gelben Papier. Wendt hatte die Borde mit den Schachteln verlassen und betrachtete mit leisem Interesse die Bogenausrüstung. Besorgt warf ihm von Franztius einen unruhigen Blick zu.

»Ein Colt .38 Police Special«, sagte Roche. »Diesen Monat vor zwei Jahren ausgeliefert. Sie sagen, es ist einer aus einem Satz von sechs gleichen. Ich bin hier, um den Namen von dem Mann rauszufinden, der ihn gekauft hat.«

»Zwei Jahre«, sagte von Frantzius mit fragendem Gesichtsausdruck. »Natürlich möchte ich Ihnen jede erdenkliche Hilfe sein. Aber so weit zurück . . .«

»Mach hier keinen Tanz mit mir, Peter«, sagte Roche. »Du führst Unterlagen über deine Waffenverkäufe, seit dem Tag, an dem du den Laden aufgemacht hast. Du hast also die Wahl, Freundchen: Entweder gräbst du sie für mich aus, oder ich erledige das für dich. Noch in dieser Minute.«

Von Frantzius richtete sich wütend auf. »Das lasse ich nicht zu!« schnauzte er. »Und bestimmt nicht ohne eine Vollmacht. Ich kenne mich . . .«

Inzwischen hatte Wendt den Gewehrständer erreicht. Er hielt eine selbstladende Winchester hoch und rief: »Wieviel nimmst du für dieses Baby, Peter?«

Von Frantzius kam durcheinander, sah ihn wütend an. »Ich weiß nicht – ich bin nicht sicher. Ich muß . . .«

Roche sagte: »Eine Vollmacht, sagtest du? Genau so was hab ich hier in meiner Tasche, Freund Peter.« Er zog ein gefaltetes Dokument mit einem blauen Umschlag aus seiner Jacke, hielt es zwei Zentimeter vor von Frantzius' Kinn. »Und wie hübsch neu sie ist, vor kaum mehr als einer Stunde vom ehrenwerten Richter John Lyle ausgestellt.«

Der geplagte Mann stieß die Hand mit der Vollmacht grob beiseite, knurrte: »Mein Büro!« und stolzierte in den hinteren Teil des Ladens.

Nummer 620 entpuppte sich als alter roter Backsteinbau, der nur aus einem Stockwerk bestand und sich dreißig Meter über die Nordseite der Hobbie Street zog. Verblaßte weiße Buchstaben unter der Dachlinie verkündeten FLEISCHGROSSHANDEL – HITCHCOCK AND NORRIS – FLEISCHGROSSHANDEL. Joyner sagte: »Fahr nach links, setz ihn rückwärts in die Einfahrt bis zu den Türen und gib ihnen mit der Hupe ein Zeichen.«

Hoskins, der am Lenkrad saß, verlangsamte die Geschwindigkeit des Diamond-T-Pritschenwagens zu einem Kriechen und bog ab. Hinter der Heckklappe der hinabgelassenen dunkelgrünen Plane hockten Casey und Brennan, beide jeweils eine Waffe in der Hand.

Im Lagerhaus waren vier olivhäutige junge Männer tief ins Pokern versunken. Ein fünfter döste auf einem lehnenlosen Küchenstuhl neben den Doppeltüren. Kisten mit angeblichem Bourbon oder Scotch reihten sich an den Wänden stapelweise nebeneinander. Wie zu dieser Tageszeit üblich, waren sämtliche Laster unterwegs auf ihren Routen zwischen den Villen an der Gold Coast über protzige Nachtclubs bis hinunter zu Hinterhofkneipen.

Draußen brummte ein Motor in der Einfahrt, und eine Hupe fluchte kurz. Salvatore Moretti sagte: »Das wird Mario sein.« Er gab sich selbst zwei Karten, verpaßte knapp einen Pik-Flush, rief: »Rocco! Heb deinen faulen Arsch und laß den Mann rein!«

Im Lastwagen sagte Joyner, die Augen aufmerksam auf den Rückspiegel gerichtet: »Sie kommen in Bewegung. Setz zurück . . . langsam . . . langsam . . . jetzt dagegen!«

Der schwere Lastwagen schoß durch die Öffnung, verpaßte knapp eine der Türen, kam ruckartig zum Stehen, und Rocco verschwand. Die Heckklappe der Plane schlug zurück, Sean Brennan schrie »Polizei!«, und die Kartenspieler stierten in die Mündungen von zwei auf sie gerichteten Waffen.

Einen starren Moment lang bewegte sich niemand. Dann zuckten Morettis Schultern, eine kleine, schwarze Pistole tauchte in seiner Hand auf und schwang hart zu Brennan herum. Eine Waffe donnerte. Ein schwarzes Loch erschien unter Morettis linkem Auge, wuchs zu einem roten Geschwür. Sein Unterkiefer fiel ungläubig hinab, dann legte er seinen Kopf sanft auf den Tisch und starb.

Die drei übrigen Gangster standen da, die Hände erhoben, die Gesichter leer, als Joyner und Hoskins mit gezogenen Waffen auftraten. Brennan sagte: »Der blöde Scheißkerl hat *zuerst* gezogen! Er sieht genau in die Mündung von meiner Kanone. Und er *zieht*, um auf mich zu schießen!«

Niemand sprach. Die drei Italiener, die Hände noch in der Luft, blickten stoisch vor sich hin. Brennan machte ein paar schnelle Schritte, beugte sich herunter und schlug mit einer Faust neben dem Kopf des toten Mannes auf den Tisch. Mit sich überschlagender Stimme schrie er: »Du blöder Schweineficker! Warum? Wofür? Aiellos stinkenden Schnaps? Komm schon, du verfluchter Haufen Scheiße! Ich will wissen, *warum*!«

Peter von Frantzius schwang die schwere Safetür auf, holte einen Packen leinenbezogener Geschäftsbücher hervor und knallte sie auf den Schreibtisch. »Egal, wer eine Waffe von mir kauft«, sagte er, »Sie können sicher sein, daß er eine gültige Lizenz haben muß.«

»Na klar«, sagte Roche. »Ich kann dir aus dem hohlen Bauch sieben Richter nennen, die für ein freundliches Lächeln und fünfzig Mäuse eine rüberschieben. Unter jedem Namen, der genehm ist, und ohne daß irgendeine Frage gestellt wird.«

»Trotzdem legal. Zwei Jahre, sagen Sie?«

»Am zwölften Juni eins-neun-zwei-acht von der Colt-Fabrik ausgeliefert«, sagte Roche. »Eine von sechs Police Specials Kaliber 38. Könnte, sagen wir . . . vier bis sieben Tage brauchen, um hierher zu kommen.«

Von Frantzius wählte eins der Bücher aus, blätterte schnell durch die erste Hälfte und wurde dann langsamer, um die restlichen Seiten zu prüfen. Als er fertig war, lehnte er sich auf seinem Stuhl zurück und breitete die Arme aus. »Gentlemen, ich bedaure, Sie enttäuschen zu müssen. Aber ich habe keine Eintragung über eine solche Lieferung.«

»Versuchen Sie es mit Ihren Rechnungen«, sagte Roche.

Von Frantzius schüttelte den Kopf. »Kein Grund, sie aufzubewahren. Jede Lieferung wird auf einer eigenen Seite eingetragen. Auf der gleichen Seite wird vermerkt, daß der Artikel verkauft ist.«

Roche sah zu Wendt hinüber. »Hörst du den Mann, Walter? Haben einen Fehler gemacht, die Leute bei Colt. Schade.«

Und dann war Roche auf den Beinen. Er packte von Frantzius' Revers mit beiden Händen, zerrte den Waffenhändler von seinem Stuhl und halb über den Schreibtisch hinweg. »Freund Peter«, sagte er. »Die können sich keine Fehler leisten, diese Leute bei Colt. Und was noch wichtiger ist, Freundchen, Leute wie du können das auch nicht.«

Er stieß von Frantzius auf seinen Stuhl zurück, beugte sich herab und durchbohrte ihn mit kaltem Blick. »Hör genau zu«, sagte Roche leise. »Sollte ich ohne das weggehen, wofür ich gekommen bin, kommt jeder Ordner, jeder Kassenbeleg, jede Lieferung, Eingang oder Ausgang, mit. Und wenn ich darunter einen - *einen* – Waffenverkauf an einen Mann mit falscher

Lizenz und einem Vorstrafenregister finde, werde ich diesen wundervollen Laden schließen lassen, von oben bis unten.«

Roche richtete sich auf, trat zurück, nahm das Telegramm aus seiner Tasche und warf einen Blick darauf. »Die Nummer von dieser 38er ist t.k. 231701. Meinst du, du möchtest es nochmal probieren, Freund Peter?«

Als sie aus dem Waffenladen gekommen waren und in Wendts Wagen saßen, war die Temperatur mittlerweile über dreißig Grad geklettert, und die Luftfeuchtigkeit war ihr dicht auf den Fersen. Sie zogen die Mäntel aus und lockerten die Krawatten; dann wendete Wendt den Wagen und fuhr in Richtung Loop.

Abgase wehten durch die offenen Fenster herein und legten sich um sie. Eine Straßenbahn gongte einen Pferdewagen beiseite, und Gemüter erhitzten sich. Preßlufthämmer rissen ein Stück Fahrbahn südlich der Fullerton Avenue auf.

Roche sagte: »Citro . . . Frank Citro. Bei dem Namen klingelt es bei mir irgendwo, Walter.«

»Dieser Name«, sagte Wendt. »Muß irgendein Nudelkopf sein, würd ich sagen. Das ist bestimmt nicht der Mörder von Lingle, so blond und weißhäutig, wie ihn die Zeugen immer beschreiben.«

»Nicht alle Itaker haben schwarze Haare und dunkle Haut«, sagte Roche. »Fahr in Italien nach oben – um Florenz und Pisa rum – da glaubt man, man ist in, sagen wir, fast in Schweden.«

»Von denen wirst du in den Banden dieser Stadt nicht viele finden, Patrick«, sagte Wendt. »Nicht, soweit ich weiß. Wir kriegen hier nur diese Schmalzlocken aus der Gegend um Neapel. Palermo. Die Mafiatypen. Und die haben nichts Blondes oder irgendwas ähnliches in ihrem Haufen.«

Knapp eine Meile später setzte sich Roche ruckartig auf. »Ist ein paar Jahre her«, sagte er. »Ich war noch beim P.D. Es war Wahltag, und irgendwo im neunzehnten Bezirk wurden die Wahlurnen gestopft, soweit ich mich erinnern kann.

Jedenfalls«, sagte Roche. »Wir sind Streife gefahren und haben ein paar Rabauken aufgegabelt und eingebuchtet. Mehr weiß ich nicht mehr. Aber, Walter, so sicher, wie die Hölle brennt, einer von denen nannte sich Frank Citro. Blond oder dunkel kann ich nicht sagen, aber Frank Citro war der Name. Und wenn wir zurückkommen, will ich, daß sofort jemand darauf angesetzt wird.«

Im Fahrstuhl auf dem Weg nach oben fing Wendt an zu kichern. »Ich muß dich was fragen, Pat. Angenommen, von Frantzius *hätte* einen Blick auf deine falsche Vollmacht werfen wollen. Was dann?«

Roche grinste. »Das reinste Herz hat den Herrn auf seiner Seite, mein Krautfreund«, sagte er. »Daran zweifle nie.«

Rathbun sagte: »Bisher tragen die Razzien Früchte, Euer Ehren. Bis zum jetzigen Zeitpunkt haben wir sieben der größten Brauereien dieser Stadt geschlossen, ebenso eine ganze Anzahl von Spielhöllen, Bordellen, Flüsterkneipen und abgelegenen Raststätten. Lastwagenkonvois, die die feuchte Ware in die Stadt transportieren, wurden gestoppt und ihre Ladung konfisziert. Der Verlust an Einnahmen für die Banden von Capone und Moran-Aiello ist erheblich. Aber für unser vordringliches Ziel, Euer Ehren, ist das noch nicht genug.«

Er saß John Lyle gegenüber, dem Richter am Städtischen Gericht, in dessen Büro. Das Gericht machte gerade Mittagspause, und Lyle, achtundvierzig, ein großer, schlaksiger Mann aus Tennessee, gönnte sich an seinem Schreibtisch Kaffee und ein Thunfischsandwich.

»Ihr vordringliches Ziel«, sagte Lyle gedehnt, »ist es, den Lingle-Mörder auszuräuchern.«

»Genau«, sagte Rathbun. »Mit der Zeit, schätze ich, würde diese Taktik denjenigen, der den Befehl gegeben hat, zwingen, uns den Mann, der geschossen hat, auszuliefern. Aber der Colonel ist ungeduldig, Richter. Er will, daß der Prozeß vorangetrieben wird.«

Lyle kaute grüblerisch auf seinem Sandwich und spülte es dann mit einem Schluck Kaffee herunter. »Warum kommen Sie damit zu mir?« fragte er.

»Ist Ihnen der Abschnitt zwei-sechs-sieben-neun der Stadtverordnung ein Begriff?«

Lyle gab ein amüsiertes Grunzen von sich. »Ganz bestimmt nicht aus dem Stegreif, nein.«

Rathbun holte aus einer Jackentasche ein Stück Papier hervor und entfaltete es. »Ich habe mir die Freiheit genommen, zwei-sechs-sieben-neun für meine Zwecke zu bearbeiten. Wollen Sie hören?«

»Schießen Sie los.«

»Es ist überschrieben mit ›*Vagabunden, Landstreicher*‹.« Dann las er laut vor: »Alle Personen, die faul und zügellos sind . . . und die jede legale Arbeit ablehnen, und die gewohnheitsmäßig ihre Zeit vergeuden, indem sie übel beleumundete Häuser oder Spielhallen besuchen . . . und keine legalen Einkünfte haben, sollen als Landstreicher betrachtet und somit zu solchen erklärt werden, und die Strafe dafür soll für jeden Verstoß zweihundert Dollar betragen.«

Hier unterbrach er sich, faltete das Blatt wieder zusammen und wartete auf eine Reaktion des Mannes gegenüber.

Lyle lehnte sich zurück, fischte aus einer Tasche seines Umhangs ein Taschentuch. Er nahm seine randlose Brille ab, hauchte fest auf die Gläser, polierte sie mit Nachdruck und setzte sie wieder auf. »Kommen Sie auf den Punkt, Charlie«, sagte er.

»Geben Sie mir Haftbefehle wegen Landstreicherei gegen die Topgangster dieser Stadt, Richter«, sagte Rathbun. »Capone, Aiello, Moran, Zuta, Jack McGurn, Humphrey etcetera. Wir bringen sie vor den Kadi, die verweigern die Antwort, Sie sprechen sie schuldig. Wenn sie auf Zahlungsunfähigkeit plädieren, werden sie die Strafe als verurteilte Landstreicher abarbeiten müssen. Wenn sie bezahlen, müssen sie ihre Einkommensquelle angeben. Wenn sie versuchen, *dabei* zu lügen, und wir es ihnen beweisen können, sind sie wegen Meineids dran.«

Lyles Miene war nichts zu entnehmen. »Scheint, Sie haben Ihre Hausaufgaben gemacht, Charlie«, sagte er.

»Ich will Ihnen sagen, was der wahre Trumpf dabei ist«, fuhr

Rathbun fort. »Onkel Sam hat in letzter Zeit etwas in den Steuererklärungen von diesen großen Nummern herumgegraben. Jack Guzik, Frank Nitti, Ralph Capone. Und die größte Nummer von allen: Al Capone. Ein Versprecher auf der Anklagebank Ihres Gerichts könnte am Ende der Regierungsuntersuchung wegen Steuerbetrugs gegen einen – oder alle – von ihnen helfen.«

Lyle nahm den letzten Biß von seinem Sandwich, schob den Teller beiseite, wischte sich die Krümel von den Fingern und nahm seine Tasse auf. »Ich möchte Sie daran erinnern, mein Freund, daß dies ein Wahlamt ist«, sagte er. »Und ich will Ihnen nicht verschweigen, daß ich gern Richter bin und ›Euer Ehren‹ genannt werde. Was glauben Sie, wie meine Chancen auf eine Wiederwahl stehen, wenn ich bei dem mitmache, was Sie mir da vorschlagen?«

»Die Leute haben genug von der Gangsterherrschaft, Richter«, sagte Rathbun. »Sie wollen ein paar von den Scheißkerlen hinter Gittern sehen.«

Lyle schnaubte. »Die Leute? Kommen Sie, Charlie. Sie wissen es doch besser. Es sind die Politiker, die das Sagen darüber haben, wer gewählt wird. Möchten Sie vielleicht mal raten, wer *deren* Taschen füllt?«

Rathbun stand aus seinem Sessel auf, ging zu einem der Fenster hinüber, stand da und sah auf die sonnengeplagte Straße drei Stockwerke unter ihnen hinab. Auf einem Bücherregal hinter ihm kämpfte ein rotierender Ventilator einen längst verlorenen Kampf gegen die herrschende Feuchtigkeit und Hitze im Zimmer.

»Es gibt höhere, erstrebenswertere Ämter als einen Richterstuhl, John«, sagte Rathbun.

Als keine unmittelbare Reaktion folgte, drehte sich der Anwalt um. Lyle saß unbeweglich da. Seine Augen verrieten nichts von dem, was hinter ihnen vor sich ging.

»Lassen Sie uns ein erreichbares Beispiel nehmen«, sagte Rathbun. »Der Stuhl des Bürgermeisters. Bill Thompson ist fertig. Natürlich wird er sich um eine weitere Legislaturperiode bemühen, aber er wird über die Vorwahlen nicht hinauskommen . . . Ich will damit sagen, Sie könnten diese Nominierung bekommen, Euer Ehren.«

»Das ist ein hübscher Gedanke, den Sie da haben, Charlie«, sagte Lyle. »Einer, von dem ich zugeben muß, daß er mir von Zeit zu Zeit in den Sinn kommt. Und ich muß zugeben, daß Thompson länger geblieben ist als erwünscht. Leider ist das nicht vor ein paar Jahren passiert.

Aber die übereinstimmende Meinung im Umfeld des Rathauses ist«, sagte Lyle, »daß die Demokraten ihre Liste im nächsten Jahr voll durchbringen werden und Tony Cermak der neue Bürgermeister werden soll. Bei dem Gedanken an seinen Ruf schüttelt es mich, aber alles deutet darauf hin.«

»Nicht unbedingt, John«, sagte Rathbun. »Mit Unterstützung der richtigen Leute und, sagen wir, einer höchst einflußreichen Zeitung könnte Mister Cermaks Aufstieg gebremst werden.«

Ein kleines Lächeln zuckte in Lyles Mundwinkeln. »Eine einflußreiche Zeitung. So wie die *Chicago Tribune*?«

»Colonel McCormick will«, sagte der Anwalt, »daß Jake Lingles Mörder vor den Richter gebracht wird. Wenn möglich, vom Staat hingerichtet, mindestens eine lebenslange Strafe. Alle, die sich fest hinter dieses Ziel stellen, werden feststellen, daß der Colonel ihnen . . . dankbar ist.«

Knöchel klopften gegen die verschlossene Tür. Von draußen sagte die Stimme des Gerichtsdieners: »Fünf Minuten, Euer Ehren.«

»Wir sind hier unter uns, Herr Advokat«, sagte Lyle. »Wollen Sie mir rundheraus sagen, daß McCormick mich im Rennen um das Bürgermeisteramt unterstützen will? Wenn ich meinen Teil dazu beitrage, die Banden soweit zu zermürben, bis sie uns Lingles Mörder übergeben?«

Rathbun nickte. »Das will ich sagen.«

»Ich brauche Ihr persönliches Ehrenwort darauf.«

»Das haben Sie, John.«

Der Richter stand auf. »Ich muß zurück.« Er streckte die Hand aus, und Rathbun schüttelte sie. »Stellen Sie Ihre Liste zusammen, Charlie«, sagte Lyle. »Die Haftbefehle werden ausgestellt.«

Roche war am Telefon, als Herbert Seyferlich seinen Kopf hereinsteckte und zu einem Stuhl gewunken wurde. Er wartete, bis Roche mit seinem Anruf fertig war, dann beugte er sich hinüber, warf eine weiße A-5-Karte vor ihm hin und sagte: »Frank Citro.«

Roche nahm sie auf und las die sauber getippten Worte. »So, so«, sagte er leise. »Frankie Foster.« Er lehnte sich in seinen Sessel zurück und sah zu Seyferlich auf. »Haben Sie schon mal von dem Mann gehört, Herb?«

»Kann ich nicht gerade sagen, Mister Roche.«

»Vier Decknamen«, sagte Roche, »aber Foster soll sein rechtmäßiger Name sein. Hat vor ein paar Jahren bei Capone angefangen, der Mann. Ist als Begleitschutz auf Schnapslastern aus Kanada mitgefahren. Dann scheint er Streit mit Frank Nitti gehabt zu haben – im Winter vor zwei Jahren – und ist zum Moran-Aiello-Haufen gewechselt. Als Killer, sagt man. Könnte stimmen.«

Er fuhr mit den Fingerspitzen leicht über die glatte Oberfläche der Karte, ließ sie auf die Schreibtischplatte fallen und nahm den Hörer ab. »Sophie, sei ein Schatz und sieh doch mal nach, ob du Walter für mich finden kannst.«

Patientenakte Nr.37B, 29. Juni 1930. Arzt: Dr. David V. Omens, 1225 Independence Blvd., Chicago, III.

Name des Patienten: Albert Brown, Adresse 7244 South Prairie Ave., Chicago, III., Tel. Triangle 5871. Beruf: Handelsvertreter.

Bei der Untersuchung informierte ich den Patienten darüber, daß die Läsion seines Penis ein voll entwickelter Schanker ist, das erste Stadium der Syphilis.

Der Patient war aufgebracht, verbal ausfallend, nannte mich einen ›billigen Quacksalber‹ und behauptete, ich würde nicht wissen, wovon ich rede. Auf meinen Vorschlag, er solle sich eine zweite Meinung darüber einholen, beruhigte sich der Patient und bat um eine Prognose. Ich informierte ihn über das zweite und dritte Stadium der Krankheit, während derer sie höchst ansteckend ist, und warnte ihn vor weiteren sexuellen Aktivitäten während dieses Zeitraums.

Dann fragte der Patient nach Einzelheiten der Behandlung der Krankheit. Als ich ihn darüber informierte, daß über einige Wochen hinweg eine Reihe von Salvarsan-Injektionen angezeigt wären, erblaßte er sichtlich und erklärte, in seinem ganzen Leben hätte noch niemand eine Nadel in ihn hineingestochen, und so würde es auch bleiben. Als ich versuchte, ihm die möglichen Konsequenzen einer verzögerten Behandlung zu erklären, weigerte sich der Patient, mich anzuhören, murmelte etwas davon, er wolle es sich überlegen, und verließ überstürzt mein Büro.

David V. Omens, M.D.

(Nachtrag: Obwohl der Patient seinen Namen mit ›Albert Brown‹ angab, führt mich seine Ähnlichkeit mit Zeitungsfotos inklusive der deutlichen Gesichtsnarben zu der Überzeugung, daß er in Wahrheit der berüchtigte Gangster Alphonse Capone ist.)

Aus der *Chicago Post*, Datum 3. Juli 1930

Die Polizei hat gestern nahe der Grenze zu Indiana die Leiche einer jungen Frau aus dem Lake Michigan geborgen, die als Ruby Wynosky, 24, identifiziert wurde.

Nach Angaben des Büros des Coroners war Miß Wynosky heftig geschlagen und stranguliert worden. Die Behörden von Burnham erklären, sie wäre im Arrowhead Inn angestellt gewesen, einem Rasthaus, das angeblich vom Capone-Syndikat geführt wird, und hätte eine lange Akte von Verhaftungen wegen des Vorwurfs der Prostitution gehabt.

CRESCENDO

Wenn ich gewußt hätte,
daß es soviel Stunk geben würde . . .

– Jack Zuta, 1930

10

Jerry stieß mit seiner Portierspfeife zwei schrille Töne aus. Ein Checker-Taxi löste sich aus den dichten Verkehrskolonnen und steuerte auf den Kantstein zu.

»Ganz schön heiß, was, Miß Terrell?« sagte er.

»Ich fürchte, ja, Jerry«, sagte Angela. »*Müssen* Sie diese Uniformjacke tragen, wenn es so warm ist?«

»Befehl vom Boß«, sagte er. »Aber man gewöhnt sich daran.«

Er öffnete die Taxitür, dankte ihr für den Dollar, den sie ihm in die wartende Hand geschoben hatte, und sah dem Taxi nach, als es über den Lake Shore Drive davonfuhr.

Eine echte Lady, die Frau. Klasse. Bestes Trinkgeld im ganzen Haus. *Und* eine höllische Figur!

Ein Yellow Cab hielt, und er half dem ältlichen Pärchen aus 7E heraus. Sie stürmten an ihm vorbei und in die Lobby. Kein Trinkgeld – und dabei besaß der alte Furz diese große Fabrik oder so was auf der West Side.

Er ging weiter zurück unter das Vordach, aus der Sonne heraus, und dachte über Angela Terrell nach. In letzter Zeit sah es so aus, als hätte sie ein bißchen von ihrem alten Schwung verloren. Ein bißchen – na ja, *traurig,* konnte man sagen. Seitdem ihr Reporterfreund im letzten Monat umgelegt worden war. Vielleicht hatte sie sogar eine Ahnung, wer. Wenn er mit ihr schlief und so weiter, war es gut möglich, daß er sich ihr anvertraut, ihr erzählt hatte, wer hinter ihm her war. Angenommen, irgendein Bulle würde vorbeikommen, ihr ein paar Fragen stellen, und sie schiebt ihm die Information zu – und er kriegt diese große Belohnung, die die *Trib* ausgesetzt hat. Abgesehen davon, daß die Bullen nichts von ihr und dem Typen von der *Trib* wissen. Aber wenn ihnen einer den Tip geben und es klappen würde, könnte dieser Jemand einen ganzen Packen von dem Belohnungsgeld in die Finger kriegen, oder?

Man kannte ihn als Jack McGurn: ein schlanker, drahtiger, italienischer Revolverheld, der zu Capones Bande gehörte. Zusätzlich zu den zwölf Morden, die auf sein persönliches Konto gingen, war er vor einem Jahr der Kopf hinter dem Massenmord an sieben Mitgliedern der Moran-Bande von der North Side in einer Garage an der Clark Street gewesen.

Im Augenblick war er im Zimmer eines Hotels in der Innenstadt auf und in einer zwanzigjährigen Blondine.

McGurn kam zum Höhepunkt, grunzte schwerfällig und rollte dann von der Blondine herunter. Sie kam näher, fuhr mit einer Hand über das feuchte Haar auf seiner Brust und gurrte: »Gut, Liebling?«

Er stieß die Hand zur Seite. »Such mir ein Handtuch, verdammt. Ich schwitz' hier wie ein Schwein.«

»Sicher, Liebling.« Die Blondine setzte sich auf. »Du bleibst einfach da, wo du bist, Süßer, und ich . . .«

Die Tür zum Korridor krachte auf, und Hoskins und Levin standen mit gezogenen Waffen im Zimmer. Die Blondine kreischte, McGurns Hand tauchte unter ein Kissen, erstarrte, als Hoskins *»Nein!«* schrie, und kam langsam wieder zum Vorschein, leer. Hoskins machte einen schnellen Schritt nach vorn, schob das Kissen beiseite und schnappte sich die stupsnasige 38er.

»Ich hab dafür einen Waffenschein«, sagte McGurn und stand langsam und vorsichtig auf. Levin kam aus dem Badezimmer, steckte seine Waffe in den Halfter, sah die

Blondine finster an und sagte: »Zieh dir ein paar Sachen über, Schätzchen.«

Die Blondine warf ihm einen mörderischen Blick zu, sammelte ihre Kleider und ihren Teddy von einer Stuhllehne und marschierte ins Badezimmer.

Hoskins hatte ein zusammengefaltetes Dokument aus seiner Jacke gezogen. Er hielt es McGurn hin und sagte förmlich: »James DeMora, alias Jack McGurn, ich habe einen Haftbefehl gegen Sie.«

»Schieb ihn dir in den Arsch, Bulle«, sagte McGurn.

»Klar«, sagte Hoskins, grub McGurn eine Faust in den Magen und ließ ihn gegen die Wand prallen. Der dunkelhäutige Gangster sank auf die Knie, krümmte sich zusammen und keuchte nach Luft. Hoskins packte eine Handvoll pomadiges Haar und zerrte McGurn auf die Beine. »Du bist wegen Landstreicherei angeklagt«, sagte er. »Also, möchtest du deine Hose anziehen, oder nehmen wir dich splitternackt mit?«

Roche sagte: »Gäbe es einen Fehler, den man dieser Stadt vorwerfen könnte, dann wäre es die Hitze ihrer Sommer.« Er öffnete eine Schreibtischschublade, nahm ein frisches Taschentuch heraus, schob seinen schlaffen Kragen zurück und wischte sich den Nacken. »Es ist der Blick einer Katze satt, von Sahne, den du da gerade hast, Walter.«

Wendt nahm den Sessel gegenüber und zündete sich eine Zigarette an. Er blies das Streichholz aus und warf es in den Aschenbecher. »Hat mit Frankie Foster zu tun, Pat. Das Seneca war einer von seinen Stammläden. Ich hab' mit einem von seinen Hotelpagen geredet. Foster hatte was mit einer Frau namens Kellogg, die da wohnt. Evelyn Kellogg. Geschieden, vielleicht vierzig, keine Akte. Eine echte Lady, Pat. Das ist kein Flittchen, von dem wir hier reden.

Jedenfalls«, sagte Wendt, »erzählt sie mir, soweit sie es verstanden hat, ist Foster eine Art Transportunternehmer. Sie ist ihm eines Tages in der Hotellobby über den Weg gelaufen, sie sind ins Gespräch gekommen, er war freundlich und aufmerksam, und sie haben angefangen, sich zu verabreden. Dann, irgendwann Mitte Juni, sagt er, er muß nach außerhalb, wie lange kann er so nicht sagen, er wird sie anrufen, wenn er zurückkommt.«

Roche nickte nachdenklich. »Mitte Juni, hm?«

»Nicht, daß es an sich viel bedeuten muß«, sagte Wendt. »Du weißt verdammt gut, daß sich die Hälfte aller Topkiller in Chicago dünn gemacht hat, gleich, nachdem es Lingle erwischt hatte.«

»Tatsache bleibt«, sagte Roche, »daß Foster um die gleiche Zeit verschwunden ist, als sich der verstorbene Mister Lingle eine Kugel eingefangen hat. Eine Kugel aus einer Waffe, die obenerwähnter Mister Foster gekauft hat.«

»Jedenfalls wollte ich auf folgendes hinaus«, sagte Wendt. »Vor vier, fünf Tagen – was soll ich dir sagen? – bekommt Evelyn Kellogg einen Brief von Foster, in dem er schreibt, es täte ihm leid, daß er bis jetzt zum Schreiben zu beschäftigt war, und es könnte noch eine Weile dauern, bis er zurückkommt.«

Roche setzte sich ruckartig auf. »Absender?«

»Vielleicht ja,«, sagte Wendt. »Er hat Hotelbriefpapier benutzt, aber nichts davon gesagt, daß er da wohnt.«

»Wo?«

»Im Hollywood Hotel«, sagte Wendt. »Drüben in Hollywood, Kalifornien.« Er grinste. »Vielleicht versucht der Typ, in einem von diesen Gangsterfilmen unterzukommen.«

»Hast du das Hotel angerufen? Um zu sehen, ob er da gemeldet ist?«

»Ich dachte, es wäre besser, das nicht zu tun, Patrick«, sagte Wendt. »Für den Fall, daß ihm ein Page oder ein Angestellter ins Ohr flüstert, daß sich jemand aus Chicago nach seinem Wohlbefinden erkundigt hat.«

Roche lehnte sich zurück und betrachtete gedankenverloren den Rand der Zimmerdecke. Abwesend klopfte er sich an die Hemdtasche. Wendt schob sein Zigarettenpäckchen über den Schreibtisch, Roche schüttelte sich eine heraus und steckte sie an. Der Ventilator summte vergeblich auf dem Aktenschrank, Verkehrsgeräusche von der Washington Street fünf Stockwerke unter ihnen krochen müde durch das offene Fenster und erstarben am Boden. Auf der anderen Seite der Bürotür klingelten Telefone, und Schreibmaschinen ratterten einen gleichmäßigen Strom von Berichten herunter.

Roche drückte seine Zigarette aus. »Zeit, uns einen kleinen juristischen Rat zu holen, Walter.« Er trat an die geschlossene Verbindungstür zum angrenzenden Zimmer, klopfte, sagte: »Sind Sie da drinnen, Charlie?« und ging durch.

Rathbun saß an seinem Schreibtisch. Er legte einen maschinengeschriebenen Bericht beiseite, sagte ohne Wärme: »Morgen, Pat. Walter«, und machte eine Geste, daß sie sich setzen sollten.

Im Gegensatz zu den kargen Gebrauchtmöbeln in Roches Büro war das des Anwalts von einem Innenausstatter von Marshall Field's eingerichtet worden. Königsblaue Auslegware, die bis an die Fußleisten reichte, gaben dem großen, massiven Nußbaumschreibtisch einen fürstlichen Ton, ein gutbestücktes Bücherregal im gleichen Holz, ein schwarzlederner Drehsessel mit hoher Lehne, eine Schreibtischlampe aus poliertem Kupfer, ein hochmodernes Telefon und geschmackvoll gerahmte Jagddrucke an den Wänden. Auf dem Schreibtisch, neben Schreibzeug von Waterman, stand die Fotografie einer gutaussehenden dunkelhaarigen Frau und zweier Mädchen im Teenageralter.

Rathbun lehnte sich zurück, legte ein Bein über die Ecke des Schreibtischs und sagte: »Etwas, das ich wissen sollte, Gentlemen?«

»Wir haben erfahren, daß Frankie Foster an der Westküste sein soll«, sagte Roche. »Vielleicht in Hollywood. Während wir ihn auftreiben lassen, könnten Sie sich darum kümmern, die nötigen Papiere vorzubereiten, um den Mann loszueisen und wieder unseren begierigen Händen zuzuführen?«

Es war bekannt als Gil's Place, eine Billardhalle mit acht Tischen an der West 66th, zwei Blocks hinter der Halstead und von der Straße drei Stufen hinunter. Zwei hemdsärmlige Männer waren in eine Partie Snooker vertieft, während ein paar interessierte Anhänger aus respektvollem Abstand zusahen. Rauch von Zigaretten und billigen Zigarren schichtete sich unter den Deckenlampen auf.

Vorn klebte Gil Mahoney eine neue Spitze an einen Queue, als sich die Tür öffnete und Joyner und Brennan hereinkamen. Sie gingen ohne einen Blick an ihm vorbei in den Raum hinein. Für Mahoney neue Gesichter, aber er hatte lange genug mit Gesetzeshütern und Gesetzlosen gepichelt, um beide auf den ersten Blick zu erkennen. Er blieb, wo er war, rief seinen Schutzheiligen an, den Laden zu behüten, und begann, die Queuespitze mit Sandpapier zu glätten.

Es hieß, Danny Stanton gebe sich für einen Mann, der ziemlich hoch in der Hierarchie von Capones Organisation und dem Big Fella selbst nah stand, mit eher lausigen Typen ab. In den ersten Jahren des Bierkriegs hatte er Verbindungen zu Polack Joe Saltis' ›Hinterhof‹-Bande gehabt, und es wurde aus verläßlicher Quelle berichtet, daß mindestens sieben Unterweltskalps auf sein Konto gingen.

Im Augenblick lag er halb über Mahoneys Billardtisch gelehnt, mit einem Fuß am Boden, und schickte sich an, eine der roten Kugeln zu versenken.

Hinter ihm sagte Joyner: »Du bist verhaftet, Danny.«

Stantons Hand zuckte, die weiße Kugel drehte schräg ab und ging in ein Seitenloch. Niemand rührte sich in der plötzlichen Stille, und die Mienen der Kibitzer verloren langsam, aber sicher ihren Ausdruck.

Stanton schlug das dicke Ende seines Queues auf den Boden und fuhr herum. »Was, zum Henker, glaubst du . . .?«

Er brach ab und sah Joyner fest an. »He, kenn ich dich nicht irgendwoher?«

»Fred Joyner, Büro des Staatsanwalts«, sagte Joyner. »Wir hatten vor ein paar Jahren einen kleinen Tanz im Bezirk Brighton Park. Als ich noch bei der Polizei war.«

Stantons Miene klärte sich und nahm wieder ihre normale Gutmütigkeit an. »Ja, klar. Der Raub in dem Juwelenladen, stimmt's? Ich hab' ein bißchen Kohle verteilt und hab' es auf Hausfriedensbruch runtergekriegt.«

Ein stämmiger Mann, Typ Lastwagenfahrer mit breiten, aufgeworfenen Lippen und Schwarzbrot-mit-Salami-Atem, schob sich zwischen sie. »Was *soll* die Scheiße hier – Heimatwoche, oder was?« Er deutete mit seinem vorstehenden Kinn auf Joyner. »Wir haben hier zwei Scheine laufen, Kumpel, also verdrück dich, bis wir fertig sind.«

»Ihr seid schon fertig, Freundchen«, sagte Joyner und wandte sich ab. Der Spieler packte ihn beim Arm und riß ihn zurück. Mit einer undeutlichen Bewegung schnappte sich Joyner eine rote Kugel vom Tisch und schob sie dem Mann voll in den Mund.

Gemeinschaftlich hielten die Zuschauer die Luft an, als der Mann zurücktaumelte, würgte und wild an seinem Gesicht herumriß. Joyner warf den anderen einen scharfen Blick zu, dann sah er Stanton an und hob eine Augenbraue. »Wie wär's, Danny?«

Stanton grinste. »Wenn es Ihnen nichts ausmacht«, sagte er, »ich hätte lieber ein Schweinskotelett.«

Gil Mahoney schmirgelte am Eingangstresen mit zerfurchter Stirn eine neue Queuespitze. Er sah nicht auf, als Joyner und Brennan Stanton zur Tür hinaus eskortierten.

In den letzten fünf Tagen hatte eine brutale Hitzewelle ihre feuchten Klauen um den Hals der Stadt gekrallt. Der Einbruch der Nacht brachte keine Erleichterung. Ganze Familien suchten Linderung in Parks und an Stränden, in der Hoffnung, unter den Sternen eine Nacht durchschlafen zu können. Andere bevölkerten die Byzanz oder der französischen Renaissance nachempfundenen Innenräume von Kinosälen, wo große, geräuschlose Ventilatoren über Eiswürfel hinweg Luftströme wehten und die Zahl der Erkältungen unter den Zuschauern seuchenartige Ausmaße annahm.

Sinnlose Gewalt flackerte in den Straßen auf. Zwei Banden von der South Side, die Batwings und die Kenwoods, gerieten in einem Grenzstreit aneinander, der sieben von ihnen in den Gefängnistrakt des County-Hospitals brachte. Auf die Frage, ob es ihm warm genug wäre, erschoß ein kürzlich geschiedener Bankwachmann den Schaffner einer Straßenbahn auf der Milwaukee Avenue.

Gaetano Morici, der Oberkellner des Alcazar Ristorante, betrat eines der kleinen privaten Eßzimmer und stellte das volle Tablett auf einen Serviertisch. Mit schwungvoller Eleganz füllte er aus einer großen geschliffenen Karaffe drei Weingläser und stellte sie auf den Tisch, an dem Giuseppe Aiello, George ›Bugs‹ Moran und Jack Zuta saßen.

Eine finstere Miene zerknitterte Morans massiges Gesicht. »Ich will diese Spaghettimilch nicht. Geben Sie mir einen Bourbon, Wasser extra.«

»Sofort, Signor Moran«, sagte Gaetano Morici mit eisiger Höflichkeit. Für Vornehme waren rassistische Verleumdungen von *contadini* wie eine milde Brise. Er stellte die Karaffe und einen Teller mit Wurst, Oliven, Selleriestengeln und geknackten Walnüssen auf den Tisch.

»Unseren Dank, Gaetano«, sagte Aiello.

»Es ist mir eine Ehre, Sie zu bedienen, Don Giuseppe«, sagte Morici und verließ das Zimmer, indem er die Tür leise hinter sich schloß.

Zuta rührte sich ungeduldig auf seinem Stuhl. »Also gut«, sagte er. »Ihr Jungs habt dieses Treffen einberufen. Habt ihr bestimmte Sorgen?«

Aiello suchte sorgsam ein Stück Walnuß aus und biß hinein. Trotz der drückenden Hitze des Abends trug er einen dreiteiligen Anzug aus glänzend brauner italienischer Seide. Er hatte ein schmales, olivfarbenes Gesicht, übergroße Ohren und tiefliegende, sanfte braune Augen, die, wenn er wütend wurde, den undurchdringlichen Glanz feuchter Pflastersteine annahmen. Er hatte an der Universität von Palermo studiert, war schon als junger Mann nach Amerika gekommen und als Großhändler erfolgreich gewesen. Jetzt, mit neununddreißig, war er ein hochrangiges Mitglied der Mafia dieser Stadt und gemeinsam mit Moran und Zuta Chef der North-Side-Bande.

Er nippte kurz an seinem Weinglas und stellte es beiseite. »Neunzehn unserer besten Läden sind geschlossen worden, was bedeutet, daß bei vier ausgeschalteten Lagerhäusern der Schnaps knapp wird«, sagte er. »Ein paar von unseren besten Wettbüros sind weg, unsere Lieferwagen werden links und rechts von uns abgegriffen, zwei von meinen Brüdern sind wegen Landstreicherei angeklagt, und unsere Gesamteinnahmen liegen verdammt bei zwei Millionen unter dem, was sie sein sollten. Also, ja, Jack, George und ich haben bestimmte Sorgen.«

Er griff nach einer Olive. »Und warum passiert uns das?« fuhr er fort. »Weil irgendein *assassino* Jake Lingle ein Loch in den Kopf schießt. Wessen Idee, Jack? Deine?«

»Du fragst mich, wie ich mein Geschäft führe?« sagte Zuta gleichmütig.

Aiello spreizte die Hände. »*Dein* Geschäft, Jack? Wir sind Partner, nicht? Wir machen unsere Sache gemeinsam.«

»Sicher«, sagte Zuta. »Aber erwarte nicht von mir, daß ich dir jedesmal erzähle, wann ich pissen gehe.«

Moran, Ende dreißig, mit einem Kugelbauch, einem fetten Nacken und zurückweichendem Haaransatz, funkelte Zuta an. »Was sollen die schlauen Sprüche? Es ist eine legitime Frage. Hast du Lingle umlegen lassen oder nicht?«

Ein diskretes Klopfen an der Tür. Gaetano Morici kam herein, stellte zwei Gläser vor Moran, verschwand. Zuta lehnte sich auf seinem Stuhl zurück, nahm das Weinglas und starrte es übellaunig an.

»Der Scheißkerl kommt zu mir«, sagte er. »Im Mai war das. Mach eine Hunderennbahn auf, sagt er, und du machst mehr Geld damit als das Scheiß-Münzamt. Ich hab ihm gesagt: ›Liest du keine Zeitung, Jake? In diesem Staat gibt es ein Gesetz gegen Hunderennen.‹

Dann erzählt er mir«, fuhr Zuta fort, »Richter Fisher denkt daran, in den Ruhestand zu gehen und will vorher ein Bankkonto einrichten. Schieb dem ehrenwerten Herrn durch mich fünfzig Riesen zu, sagt Lingle, und dann mach die Rennbahn auf. Wenn sie versuchen, sie zu schließen, krieg' ich ein Unterlassungsurteil von Fisher. Es ist eine schwierige juristische Frage: Wenn Pferderennen laufen dürfen, warum nicht Hunderennen? Während Fisher ein paar Monate braucht, um sich zu entscheiden, raff' ich die Kohle zusammen.«

Aiello bemühte sich, seine Verachtung nicht zu zeigen. »Und?«

Zuta zuckte mit den Schultern und kostete seinen Wein. »Alles Scheiße«, brummte er. »Jack hat sich die ganze Sache ausgedacht, und als ich meine Fünfzigtausend zurückhaben wollte, hat er gesagt, ich soll zum Teufel gehen.«

»Und du hast ihn umbringen lassen.«

»Ganz genau«, sagte Zuta. »Laß so ein Ding durchgehen, und jeder hält dich für einen gutmütigen Trottel.«

Aiello seufzte und schüttelte den Kopf. »Du hättest zu uns kommen sollen, Jack. Wir hätten uns was überlegt.«

Zuta schob sein Weinglas beiseite, fummelte ein halbleeres Päckchen Omars hervor und steckte sich eine an. »Vielleicht«, sagte er. »Wenn ich gewußt hätte, daß es soviel Stunk geben würde . . .«

Seine Stimme erstarb. Moran sah ihn finster an. Aiello nahm sich eine Walnuß und spülte sie mit Wein herunter. Ein höfliches Klopfen, und Morici sah herein. »Möchten die Gentlemen das Essen bestellen?« fragte er.

Aiello sah die anderen an, erkannte die vollständige Interesselosigkeit. »Es scheint mir nicht so, Gaetano. Vielleicht später.«

»Wie Sie wünschen, Don Guiseppe.« Der Oberkellner zog sich zurück. In der nachfolgenden gewichtigen Stille stürzte Moran wütend den Großteil seines Whiskys herunter, rülpste laut, saß da und stierte das Glas an.

Aiello sagte: »Wer hat diesen Job erledigt, Jack?«

Zutas Miene war verständnislos. »Was hat das damit zu tun?«

»Er muß weg.«

»Willst du damit sagen, er soll dran glauben?«

»Es muß sein, Jack«, sagte Aiello. »Sieh es mal so. Bring deinen Jungen in die Leichenhalle, gib den Bullen einen Tip, daß er Lingle erschossen hat, die Zeugen werden ihn mit Sicherheit wiedererkennen. Warum auch nicht? Er hat es ja getan. Die *Tribune* ist zufrieden, Roche ist seinen Job los, und sie hören auf, mit ihren Razzien über uns herzufallen.«

Moran starrte Aiello mit unverhohlener Bewunderung an. »He!« sagte er. »Das gefällt mir.«

Zutas Kiefermuskeln spannten sich. »Wißt ihr, was euer Problem ist, Jungs? Ihr habt einen feigen Zug an euch. Diese Sache wird sich legen! Wir müssen nur ein bißchen stillhalten.«

»Jack«, sagte Aiello. »Meine Güte, wach auf und riech den Braten. Da ist dieser Dickkopf McCormick, den wir zufriedenstellen müssen. Dieses harte Durchgreifen wird erst aufhören, wenn er zufrieden ist.«

»Und ihr wollt, daß *ich* ihn verpfeife, richtig?« sagte Zuta.

Aiello hob eine Schulter. »Er ist dein Mann.«

Zuta holte tief Luft und stieß sie langsam wieder aus. »Keine Chance«, sagte er. »Vergiß es.«

Morans Gesicht nahm ein wütendes Rot an. »Was ist los, Jack? Ist der Penner ein Verwandter von dir, oder was?«

»Auf den scheiß ich doch«, sagte Zuta. »Ich rede von mir. Ich engagiere einen Mann für einen Job, dann leg' ich ihn um, weil er ihn ausgeführt hat, was glaubt ihr, wie lange ich im Geschäft bleibe? Selbst *lebendig* – jeder hat Freunde, wißt ihr.«

Ohne Eile stand er auf, zog den Knoten seiner Krawatte hoch und setzte den Panama fest auf den Kopf. »Wenn ihr unbedingt einen umlegen wollt, nehmt Pat Roche«, sagte er. »Aber laßt verdammt nochmal die Finger von meinen Leuten, das ist alles.«

Zuta drehte sich um, stolzierte zur Tür und riß sie auf. Hinter ihm sagte Moran: »Soll ich dir mal was sagen, Jack?«

Der stämmige Kuppler kochte, wandte sich ungeduldig um, sagte: »Ja?«

»Nach allem, was ich gehört habe«, sagte Moran, »hat Al Capone so eine Ahnung, daß vielleicht einer von uns Lingle abgeknallt hat. Wenn der Ärger nicht bald nachläßt, ist er verrückt genug, uns alle drei aufs Korn zu nehmen. Also denk drüber nach, okay?«

»Scheiß auf Al Capone«, sagte Zuta und ging hinaus, knallte die Tür zu und ließ Aiello und Moran zurück, die sich über den Tisch hinweg nachdenklich ansahen.

Morans Lachen war kurz und humorlos. »Scheiß auf Al Capone, ja?« sagte er. »Weiß nicht mehr, wie oft ich das auch gesagt habe. Das heißt, bis Februar letztes Jahr.«

Aiello erhob sich, nahm die Weinkaraffe vom Tablett, füllte sein Glas nach und setzte sich. »Ich möchte dich was fragen, George«, sagte er. »Was würdest du sagen, wie dringend wir Zuta eigentlich *brauchen*?«

Moran grinste ihn schief an. »Na ja, man sagt, er führt ein schäbiges Bordell. Aber ich würde sagen, er bringt ungefähr viereinhalb Millionen ein. Vielleicht fünf. Mit den neuen Slotmaschinen und den Gewerkschaften.«

Aiello scharrte in den Walnußkernen herum und suchte einen heraus. »Ich werde dir jetzt was sagen, George – und du wirst es mir nicht ausreden. Wir übernehmen . . . und wir vergessen Jack Zuta. Wir können ihn uns nicht mehr leisten.«

Moran, der sich darüber im klaren war, daß so etwas auf einen zurückschlagen konnte, zuckte schließlich zustimmend mit den Schultern. »Aber du mußt etwas bedenken, Joe«, sagte er. »Du hast ihn gehört: ›Jeder hat Freunde.‹ Wenn es dazu kommt, daß *wir* jemanden auf Jack ansetzen, könnten wir selbst am Ende in den Arsch gekniffen sein.«

Er lehnte sich zurück, holte seine Uhr hervor, ließ den Deckel aufschnappen und sah mit fragendem Blick auf die Uhrzeit. »Ich muß noch ein bißchen in die Heia, Joe«, sagte er. »Um sechs sollen drei Wagenladungen Log Cabin Bourbon ankommen.« Er grunzte säuerlich. »Es sei natürlich, Pat Roches Jungs versauen uns das Ding.«

Die beiden Männer standen auf und gaben sich die Hand. »Sagst du Morici, er soll mal kommen, wenn du rausgehst?« bat Aiello.

»Klar.«

Allein leerte Giuseppe sein Weinglas und füllte es zum dritten Mal nach. Sein Entschluß, Jack Zuta auf Dauer zu entfernen, war zwei Tage zuvor gefallen, zusammen mit einer

Möglichkeit, wie es zu machen war. Und jetzt hatte er Morans Zustimmung, egal, wie zögerlich sie gekommen war.

Die Tür öffnete sich, und Gaetano Morici kam herein. »Sie wollten mich sprechen, Don Giuseppe?«

»Setzen Sie sich doch, Gaetano«, sagte Aiello. Er deutete auf die Karaffe. »Wollen Sie mir Gesellschaft leisten, mein Freund?«

»*Grazie, patrono*«, sagte Morici. Er nahm ein volles Glas entgegen und ließ sich auf dem Rand des Stuhls nieder. Aiello saß ihm gegenüber, hob sein eigenes Glas und sagte: »*Salute.*«

Sie tranken und stellten die Gläser ab. Aiello nahm eine schwarze Zigarre aus seiner Westentasche, tippte ein Ende in Morans unangetasteten Wein und beugte sich zur Streichholzflamme herab, die Morici ihm anbot.

In einem sizilianischen Dialekt, der beiden Männern vertraut war, sagte Aiello: »Was ich Ihnen jetzt sage, Gaetano, ist vertraulich. Verstehen Sie mich?«

»Sicher, Don Giuseppe.«

»Ich meine mich zu erinnern, daß ein Mitglied Ihrer Familie in Lohn und Brot bei Signor Caponi steht«, sagte Aiello.

Morici zuckte mit den Schultern, wie es nur Sizilianer können. »Der Sohn meines älteren Bruders«, sagte er und fügte mit leichtem Widerwillen hinzu: »Aus der Taylor Street.«

»Betrachten Sie ihn als Freund?«

»Wir hatten niemals Streit.«

»Es ist notwendig, daß ich Sie – als Freund eines Freundes – um einen persönlichen und vertraulichen Gefallen bitte«, sagte Aiello.

»Wie kann ich Ihnen zu Diensten sein, *patrono*?«

Aiello kam näher heran. »Arrangieren Sie, daß der Sohn Ihres Bruders erfährt, daß ich mich heute abend hier mit den Signori Zuta und Moran getroffen habe«, sagte er. »Und daß Sie gehört haben, wie Signor Zuta offen damit geprahlt hat, die Ermordung des Reporters Lingle arrangiert zu haben, und daß Signor Moran und ich über diese Tat tief beunruhigt und wütend waren. Mehr haben Sie nicht gehört. Haben Sie das verstanden?«

»Das habe ich verstanden«, sagte Gaetano Morici.

11

Das Apartmentgebäude an der 8126 Vernon Avenue bestand aus vier Stockwerken von rotem Backstein mit gelber Fassade. Von einem lauberstickten Innenhof führten drei Eingänge hinein.

Im dritten Stock, im Apartment von Howard und Abigail Wilson, sagte Leonard Nevins: »In Ihrer Aussage gegenüber Officer John Stege am 10. Juni haben Sie, Mrs. Wilson, den Mann, der Alfred Lingle erschossen hat, mit einssiebzig oder einszweiundsiebzig und etwa fünfundsiebzig Kilo beschrieben. Ist das korrekt?«

Mrs. Wilson, eine etwas mollige Frau mit hellbraunem Haar und weichen Zügen, sagte: »Soweit ich mich erinnern kann, Mister . . .«

»Nevins.«

»Ja, Sir, das habe ich in etwa gesagt.«

»Soweit ich weiß, haben Sie außerdem gesagt, Sie könnten den Mann wiedererkennen, wenn Sie ihn sehen würden. Ist *das* korrekt?«

»Na ja«, sagte Abigail Wilson, »nun, ich glaube, ja, Mister . . . Nevins. Sehen Sie, ich würde ihn mir ansehen müssen. Man hatte mich mit ein paar anderen Leuten abgeholt, um etwas anzusehen, was man . . . Gegenüberstellung nennt? Und von *denen* war es mit Sicherheit keiner.«

Nevins öffnete seine Aktentasche, nahm vier A-4-Hochglanzfotos heraus und breitete sie auf dem Eßtisch vor der Frau aus. »Würden Sie sich diese vier Fotografien genau ansehen, Mrs. Wilson«, sagte er, »und mir sagen, ob der Mann, von dem Sie gesehen haben, wie er Alfred Lingle erschossen hat, einer von denen ist oder sein könnte? Lassen Sie sich bitte soviel Zeit, wie Sie brauchen, bis Sie auf die eine oder andere Weise sicher sind.«

Abigail Wilson sah sich die Bilder genau an und legte vor Konzentration die Stirn in Falten. Als sie fertig war, zögerte sie, kehrte zu einem zurück, betrachtete es aufmerksam und reichte es dann Nevins. »Wenn das Haar anders wäre, Mister Nevins, dann würde ich sagen, ich bin fast sicher, daß das der Mann ist, der geschossen hat.«

Nevins warf einen Blick auf das Gesicht. »Sein *Haar*, Ma'am?« sagte er.

»Der Mann, den ich gesehen habe, hat im Tunnel seinen Hut abgenommen, und er hatte irgendwie blondes Haar, wissen Sie.« Sie deutete auf das Foto, das Nevins hielt. »*Seins* ist schwarz, würde ich sagen. Auch wenn das Gesicht stimmt.«

Nevins nahm einen Füllfederhalter hervor, gab ihn ihr. »Nur, um sicherzugehen, daß ich ihn nicht mit den anderen durcheinander bringe, Mrs. Wilson. Würden Sie Ihren Namen auf die Rückseite schreiben?«

»Ich nehme an, das ist in Ordnung«, sagte Abigail Wilson.

Es war das Foto von Frankie Foster.

Der Bahnhof der New York, Chicago & St. Louis-Bahn lag am südlichen Rand des Loop. Der Eingang zu dem kathedralenähnlichen Bau, eingeengt zwischen Bürohäusern, ging auf die Van Buren Street hinaus, eine geschäftige Hauptstraße, scheußlich wegen des dichten Verkehrs und dem rasselnden Donnern vorbeifahrender Hochbahnen.

Warren Williams betrachtete die vier A-4-Hochglanzfotos, die auf dem kleinen Tisch ausgebreitet lagen.

»Lassen Sie sich Zeit«, sagte Sean Brennan. »Wir sollten uns beide sicher sein.«

Sie saßen im Dienstwagen eines Güterzuges, der auf einem Nebengleis des NY, C & SL-Rangierbahnhofs stand. Obwohl sowohl die beiden Fenster als auch die Tür offen standen, war die Luft in dem Wagen erstickend.

Williams, der Uniform und Mütze eines Bremsers trug, war

Anfang dreißig, gutgebaut, mit zimtfarbenem Haar, hellblauen Augen und einem schweren Überbiß. Schließlich klopfte er mit einem schmutzigen Fingernagel auf eines der Fotos.

»Das ist der Kerl«, sagte er. »Da gibt es kein Vertun.« Er lehnte sich auf seinem wackligen Stuhl zurück. »Das Haar hat mich erst getäuscht – zu dunkel –, aber ich hab' ein gutes Gedächtnis für Gesichter, und das hier würde ich überall wiedererkennen. Aber wer zum Teufel ist das überhaupt?«

»Solche Sachen sagen die mir nicht«, log Brennan. »Sie geben sie mir einfach und schicken mich los.« Er griff nach dem Bild und warf einen kurzen Blick darauf. »Kein Zweifel, hm?«

»Absolut keiner«, sagte Williams.

Brennan holte seinen Füller heraus. »Würden Sie wohl Ihren Namen auf die Rückseite schreiben?« sagte er. »Ich möchte sicher gehen, daß ich ihn nicht mit den anderen durcheinander bringe.«

»Gern, wenn es Ihnen hilft«, sagte Williams und nahm den Füller.

Der Mann auf dem Foto war Frankie Foster.

Sie hatte in letzter Zeit zuviel geraucht. Ein neues Päckchen Wings, gleich nach dem Frühstück angebrochen, jetzt nur noch drei Stück übrig, noch nicht mal Mittag, und sie steckte sich schon wieder eine an. Aber sie *hatte* die Sauferei eingeschränkt – zumindest vormittags.

Und die Wohnung war ein Sauhaufen. Diese Nigger-Putze hatte sie vor die Tür gesetzt, weil sie ein Paar Smaragd-Ohrringe geklaut hatte. Wenigstens waren sie wieder aufgetaucht, und daß sie etwas verlor, war so ziemlich das letzte, was ihr passierte. Bis sie ihren faulen Arsch hochkriegen konnte, ein neues Mädchen anzustellen, blieb das Bett ungemacht, und nur wenig wurde weggestellt. Zumindest war das Wohnzimmer vorzeigbar (vielleicht ein oder zwei volle Aschenbecher, aber keine schmutzigen Gläser auf den Tischen oder der Bar).

Nicht, daß sie irgend jemanden eingeladen hätte. Seitdem

man Jake ermordet hatte, war hier nur dieser Geschäftsmann gewesen, den sie aufgegabelt, gebumst und höllisch schnell wieder rausgeworfen hatte. Seit Jakes Tod das erste und letzte Mal, daß sie mit einem Mann im Bett gewesen war. Nicht, daß das alte bekannte Jucken sie nicht mehr überfiel (manchmal machte es sie fast verrückt!), aber sie traf keine Männer, die sie ertragen konnte, geschweige denn welche, mit denen sie im Bett landen wollte.

Und dieses Rumliegen den ganzen Tag, nur im Schlüpfer und diesem hautengen Negligé, das ihr Jake zum letzten Geburtstag geschenkt hatte. Rumliegen wie eine von diesen billigen Huren für zwanzig Dollar die Nacht, die darauf wartet, daß ihr Freier auftaucht.

Der Summer ertönte. Wahrscheinlich der Portier mit diesem Kleid, das sie bei ›Carson's‹ bestellt hatte. Sie drückte die Zigarette aus, ging zur Tür und öffnete.

Roche dachte: Heilige Mutter Gottes, was die anhat, würde nicht mal für das Sonntagsmahl einer Motte reichen.

Er hielt seine Augen geschlossen über dem Ausschnitt des Negligés und nahm den Hut ab. »Guten Tag, Miß Terrell.«

Angela betrachtete ihn mit leerem Blick. »Wer sind Sie?«

»Mein Name ist Roche, Patrick Roche. Ich habe versucht, Sie anzurufen, aber Ihre Telefonzentrale sagt, Sie nehmen keine Anrufe entgegen.«

»Was wollen Sie?«

Roche nahm seine Brieftasche heraus und zeigte ihr kurz die versilberte Marke auf einer Klappe. »Es dauert nur ein paar Minuten, Ma'am«, sagte er. »Wenn ich reinkommen dürfte . . .«

Sie haben das mit mir und Jake rausgefunden, dachte Angela.

Sie trat zur Seite. Roche ging an ihr vorbei und überflog das Zimmer mit einem alles umfassenden Blick. »Sie können sich ruhig setzen, Mister Roche«, sagte Angela. Sie nahm den Hut und ließ ihn auf den schmalen Tisch neben der Tür fallen. »Auch wenn es nur für ein *paar* Minuten ist.«

Er ging zu einem der beiden Klubsessel aus gelbem Damast

gegenüber von einem Polstersofa aus dem gleichen Material und ließ sich vorsichtig hineinsinken. Auf einem schweren Kaffeetisch, in gebrochenem Weiß lackiert, mit einem goldenen Streifen drumherum, stand ein Paar zueinander passender Aschenbecher, daneben lagen die letzten Ausgaben von *Smart Set*, *Liberty* und *Harper's Bazaar*.

Angela saß auf der Couch und schlug die Beine übereinander, wobei sie einen großzügigen Blick auf ihre wohlgeformten seidigen Oberschenkel gewährte. »Es geht um Jake, nicht?« sagte sie.

Roche nickte. »Das ist richtig, Miß Terrell. Ich, hm, hatte gehofft, Sie würden vielleicht . . .«

»Wer hat es Ihnen gesagt? Jerry Wie-heißt-er-gleich, der Portier von unten?«

Sie hatte es erraten. »Um die Wahrheit zu sagen«, log Roche, »eine Frau hat angerufen.«

Angela spannte sich. Der Umhang klaffte weiter auf. »Mein Gott, nicht *seine* Frau?«

»Nicht seine Frau«, sagte Roche. »Da sind wir sicher.«

Roche dachte: Lady, würdest du um Gottes Willen dieses Ding zuziehen! Bevor ich am Ende mitten in deinem Wohnzimmer mit einem Ständer dasitze.

Angela ließ sich zurückfallen, nur zum Teil erleichtert. Die Bullen konnten ihr absolut nichts nachweisen. Sie hatte sich mit einem verheirateten Mann getroffen. Okay, heutzutage taten das Millionen anderer Frauen.

»Ich bin vorbeigekommen . . .«, sagte Roche. »Nun ja, Miß Terrell, sehen Sie, ich habe da diese eine oder zwei Fragen, die Sie vielleicht für uns klären könnten.«

Was ihr wirklich Angst machte, war der Gedanke daran, daß diese Sache mit Riesenschlagzeilen in die Zeitungen kommen würde. In dem Moment, in dem ihr alter Herr das rausfand, konnte sie sich von den drei Riesen im Monat verabschieden!

Angela dachte: Was der Bulle auch will, ich muß ihn solange hinhalten, bis . . . bis was?

»Genau wie Sie«, sagte Roche, »wollen wir denjenigen

fassen, der Jake ermordet hat. Und das Verbrechen ahnden, wie man so sagt. Also, wenn . . .«

Angela stand auf. »Ich brauche einen Drink. Auch wenn es dafür noch *zu* früh am Tag ist.« Sie ging hinüber zur Bar.

Roche dachte: Dieser Arsch! Der würde seine Heiligkeit persönlich in Versuchung führen!

»Da ich gerade dabei bin, Mister Roche«, sagte Angela, »kann ich Ihnen auch einen anbieten?«

Roche, der sich seiner wachsenden Erektion bewußt war, legte die Beine übereinander und holte tief Luft. »Nett von Ihnen, daß Sie fragen, Miß Terrell«, sagte er. »Wenn Sie wohl so einen klitzekleinen Tropfen von dem Irischen griffbereit hätten?«

Angela dachte: Weißt du was? Er sieht Jake ziemlich ähnlich. Na, im Gesicht vielleicht nicht so. Mehr die Augen und um den Mund, irgendwie.

Angela fand eine Flasche und hielt sie hoch. »Wie wär's damit? Old Bushmill? Jake hat immer . . . soll garantiert echt sein, nicht dieses gepanschte Spülwasser.«

»Ein Mann kann Bess'res nicht erflehn, geschweige denn erhoffen«, sagte Roche. »Und ohne Eis, das wäre wundervoll.«

Sie schenkte ihm ein Glas ein, einen großen Scotch für sich selbst, kam mit raschelndem Negligé zurück und beugte sich herab, um ihm seinen Drink zu geben. Er stellte beide Füße auf den Boden, als er das Glas nahm. Der Ausschnitt des Umhangs stand weit offen, und ihre kühlen Fingerspitzen streiften seine Hand . . .

Bevor Roche seine Beine wieder übereinander schlagen konnte, sah sie für einen kurzen Moment den ausgebuchteten Stoff in seinem Schritt. Sie schnappte nach Luft und trat zurück, war sich seiner Verlegenheit sofort bewußt. »Da«, sagte sie und zwang sich zu einem Lächeln. »Das sollte Sie im Zaum halten.« Sie ging zurück zur Couch.

Armer Kerl, dachte Angela, ich hätte mir gleich was überziehen sollen, als er reingekommen ist, und nicht wie eine Varietékönigin vom Haymarket rumstolzieren sollen.

»Es hat wohl keinen Sinn«, sagte Roche, »noch mal

durchzugehen, wie Jake mit den Banden verstrickt war. Es hat schon alles in der Zeitung gestanden.« Er nahm einen großen Schluck Whisky. »Da Sie dem Mann derart . . . nahe standen und so, wäre es nur natürlich, wenn er sich Ihnen anvertraut hätte. Wie etwa, mit wem er Streit hatte. Jeder, der vielleicht Drohungen ausgesprochen hat . . .«

Er hat breitere Schultern als Jake, dachte Angela. Und sieht besser aus, das muß ich zugeben. Vielleicht auch ein besserer Liebhaber. Auch wenn Jake einen Schwanz wie ein Stier hatte.

». . . ihn schnappen und so weiter. Was ich Ihnen sagen will, Miß Terrell, wir sind an Ihrer Hilfe interessiert. Wer wollte Jakes Tod – und warum? Das wär's mit einem Wort, wie man so sagt.«

Ein feuchter Fleck: Die Feuchtigkeit der Begierde berührte ihre Schamhaare, erreichte die Innenseiten ihrer Oberschenkel . . . Ruhig beugte sie sich vor, stellte ihr Glas auf den Kaffeetisch und erhob sich. »Würden Sie mich eine Sekunde entschuldigen«, sagte sie und verließ das Zimmer.

Roche stellte langsam seine Füße nebeneinander. Er stand auf, ging zur Bar hinüber, um sich einen Drink nachzuschenken. Als er sich umdrehte, stand sie da, lächelte.

Und sie war nackt.

Peggy Norris sagte: »Ich weiß, ich hätte gleich zur Polizei gehen sollen, Mister Wendt. Ich habe mir immer gesagt, daß ich mich da nicht einmischen soll, daß es keinen großen Unterschied macht, was ich zu sagen habe. Aber um ehrlich zu sein, ich nehme an, ich hatte . . . na ja . . . Angst.«

Sie saßen in Roches Büro, die Tür verschlossen in dem Versuch, die Bürogeräusche von draußen herauszufiltern. Die Hitzewelle, jetzt in ihrem fünften Tag, hatte das Gesicht der jungen Frau mit kleinen Schweißperlen bedeckt und dunkle Unterarmflecken auf ihrer schlicht geschnittenen Hemdbluse hinterlassen.

»Man hört immer wieder«, sagte Peggy Norris, »wenn man in den Zeitungen erst mal als Zeuge eines Unterweltmordes angegeben wurde, besonders in Chicago – dann werden diese Männer alles tun, um einen einzuschüchtern. Selbst, wenn es bedeutet, daß sie meiner Familie Schaden zufügen.«

»Ich werde nicht versuchen, Ihnen etwas vorzumachen, Miß Norris«, sagte Wendt. »Deshalb tun wir unser Bestes, die Namen aus den Zeitungen rauszuhalten – wenigstens, bis der Prozeß losgeht. Aber wenn Sie da oben in den Zeugenstand treten und sagen, wer den Job gemacht hat, sind die Gangster schlau genug, Sie in Ruhe zu lassen. Die sehen es so: Was passiert ist, ist passiert. Rache ändert nichts. Um die Geschworenen müssen Sie sich Sorgen machen. Verstehen Sie, was ich sage?«

»Natürlich.«

»Also, nach dem, was Sie mir erzählen«, sagte Wendt, »konnten Sie aus nächster Nähe einen Blick auf den Kerl werfen, der geschossen hat. Wenn Sie ihn also wiedersehen würden – selbst, sagen wir, ein Bild von dem Mann – könnten Sie ihn identifizieren. Stimmt das?«

»Ja.«

»Sehr gut, Miß Norris«, sagte Wendt. »Und lassen Sie mich Ihnen sagen, wie sehr ich Sie dafür bewundere und respektiere, daß Sie heute mit dieser Information zu uns kommen. Glauben Sie mir, ich bin mir sehr wohl darüber im klaren, wie schwer es für Sie war, diesen . . . also, wenn Sie mich für eine Minute entschuldigen würden.«

Die Tür schloß sich hinter ihm. Peggy holte ein Taschentuch heraus und wischte ihr Gesicht und die Handgelenke ab. Frühere Zweifel kehrten langsam zurück. Trotz der Versicherungen des Mannes, wußte sie, daß es nicht ganz so leicht – oder sicher! – sein würde, in einem Gerichtssaal aufzustehen, auf jemanden zu deuten und zu sagen: *Ich habe gesehen, wie dieser Mann den Reporter erschossen hat.*

Beschwingten Schrittes kam Wendt herein. Er trug einen großen braunen Hefter bei sich. Er klappte den Deckel um, nahm vier A-4-Fotos heraus und breitete sie auf dem Schreibtisch vor der jungen Frau fächerförmig aus. »Ich wäre Ihnen dankbar, wenn Sie sich die hier genau ansehen würden, Miß

Norris«, sagte er. »Und sagen Sie mir, wenn Sie eines von den Gesichtern erkennen.«

Über die ersten zwei ging sie schnell hinweg, legte sie beiseite. Das dritte starrte sie volle dreißig Sekunden lang an, dann blickte sie mit schmalen Lippen auf und hielt Wendt das Foto hin.

»Das«, sagte Peggy Norris entschlossen, »ist der Mann, den ich gesehen habe.«

Wendt betrachtete das Bild und hielt seinen Gesichtsausdruck bewußt neutral. »Da sind Sie ganz sicher, Miß Norris?«

»Ja. Sein Haar war nicht so dunkel, wie es auf diesem Foto scheint. Aber das *ist* das Gesicht des Mannes, den ich gesehen habe.«

»Was wäre, wenn ich Ihnen sagen müßte, daß dieser Bursche die letzten sieben Monate in Joliet hinter Gittern gesessen hat?« fragte Wendt.

»Ich würde Ihnen nicht glauben.«

Wendt grinste. »Gut für Sie, Kindchen!«

Der Mann auf dem Foto war Frankie Foster.

Nach dem Duschen zog er sich schnell an und ging ins Wohnzimmer. Angela, die einen blaßblauen Morgenmantel aus Jakonett trug, saß in einem der Klubsessel, rauchte eine Zigarette und blätterte träge in einer Ausgabe des *Smart Set.* Sie legte das Magazin auf den Kaffeetisch und schenkte ihm ein durchtriebenes Lächeln. »Du bist ein höllischer Mann im Bett, Ire«, sagte sie. »So, wie du da drinnen über mich hergefallen bist, würde jeder glauben, du hast seit Jahren mit keiner Frau mehr geschlafen.«

»Und wie recht sie damit hätten«, sagte Roche. Die Worte waren heraus, bevor er es merkte, und er spürte, wie sein Gesicht vor Verlegenheit erglühte.

»Hör mal, es tut mir leid, okay?« sagte Angela schnell. »Ich wollte nicht . . .«

Roche wandte sich ab, ging zur Bar und griff sich ein Glas. Er zwang sich zu einem Lächeln. »Mit Ihrer Erlaubnis, Miß Terrell, werde ich mir noch einen oder zwei Tropfen von Ihrem wundervollen Whisky nehmen. Und Sie?«

»Ja. Einen kleinen Scotch. Mit Eis.«

Wie lange war es schon her, daß er mit Margaret im Bett gewesen war? (Margaret – nie Maggie!) Vier Jahre . . . fünf? Wie kann ein Mann in eine Frau eindringen, die starr und steif auf dem Rücken liegt, die Augen fest geschlossen, den Mund zu einem bitteren Strich zusammengepreßt. Ebensogut hätte er einen Scheit Ofenholz mit einem Astloch nehmen können! Oder sich im Badezimmer einschließen und eine fleischliche Sünde begehen. Pater Mahaffey würde sich in seine Soutane scheißen, wenn er das im Beichtstuhl von einem erwachsenen Mann hören müßte!

Er kehrte mit den beiden Drinks zurück, reichte Angela den Scotch und nahm den anderen Sessel. Mit etwas schiefem Lächeln hob er sein Glas zum Gruß. »Ein echter Schatz bist du, mein Herz«, sagte er und nahm einen großen Schluck.

Angela probierte ihren Drink, zündete mit einem goldenen Moncrief-Feuerzeug zwei Zigaretten an und gab ihm eine. Abrupt sagte sie: »Was Jake betrifft. Er ist Risiken eingegangen, und manchmal hat er die Leute wütend auf sich gemacht. Gelegentlich, wenn er wirklich besorgt war, hat er mich eingeweiht. Aber wenn ich bei den Bullen loslege, und es kommt raus . . . Mister, dann bin ich tot.

Und das ist erst die eine Hälfte«, sagte Angela. »Nicht, daß ich dir die Geschichte meines Lebens erzählen will oder so was, aber zufällig bin ich aus Brooklyn, und so, wie ich erzogen bin, verpfeift man *niemanden.*«

»Kannst du denn tatsächlich Jakes Mörder mit der Tat durchkommen lassen?« sagte Roche. »Wir sprechen doch hier von einem Mann, den du mal geliebt hast.«

Angela zuckte, und die Finger, die ihr Glas festhielten, spannten sich. Aber das störrische Glitzern in ihren Augen wurde nicht weniger. »Wenn du einen Spitzel suchst, Bulle, suche ihn dir woanders.«

Ein plötzlicher Wutausbruch flammte in Roche auf. »Direkt

von Giuliano Torenello, was? *Omerta.* Du halten Maul, du nix sagen zu irgendwem.«

Angela Terrell sprang von ihrem Sessel auf. »Du *Scheißkerl!*« schrie sie. Roche duckte sich gerade noch rechtzeitig, um dem fliegenden Glas zu entgehen. »Hast du in meiner Scheiße rumgewühlt, ja? Okay, du hast umsonst getrunken, umsonst gefickt, jetzt kannst du deinen Arsch hier rausbewegen! Und komm nicht zurück!«

Es war absolut nicht einfach, aber Roche brachte es fertig, sein Temperament zu beherrschen. »Es war mir eine Freude, Ihre Bekanntschaft zu machen, Miß«, sagte er mit belegter Stimme und ging zur Tür.

»Pat.«

Er drehte sich um. Sie beobachtete ihn vom anderen Ende des Zimmers aus. Ihr Gesicht war eine unbewegliche Maske. »Es gibt da diesen Typen«, sagte sie. »Ein Lude namens . . . Zuta?«

Roche nickte. »Jack Zuta.«

»Im letzten Mai, glaub' ich, hat Jake ihn über's Ohr gehauen«, sagte Angela. »Frag mich nicht, womit. Das hat er nicht erzählt. Aber ich will sagen, daß Jake ziemlich beunruhigt war.«

»Ich bin Ihnen dankbar für Ihre Hilfe, Miß«, sagte Roche.

»Paß bloß auf, daß du vergißt, woher du es weißt.« Unerwartet grinste sie ihn verschlagen an. »Du halten Maul«, sagte sie. Dann ließ sie ihn stehen und verschwand im Schlafzimmer.

Roche ging hinaus und lief den Flur zu den Fahrstühlen hinab.

»Nach allem, was man mir erzählt hat«, sagte Walter Wendt, »besteht der erste Stock hauptsächlich aus diesem großen Raum, wo die Huren herumsitzen und warten, daß die Gimpel ihre Wahl treffen. Der restliche Platz ist für die Ausstattung da – Handtücher, Laken, solches Zeugs. Und vielleicht noch ein paar andere Räume. Da bin ich mir nicht sicher. Der zweite

Stock hat vielleicht fünfzehn, zwanzig Zimmer. Bett, Waschbecken, einen Stuhl und einen Schrank. Zehn Mäuse, zehn Minuten mit der Lady deiner Wahl – und du bist wieder draußen auf dem Flur und knöpfst dir die Hosen zu.«

Wendt und Roche saßen im Ford Runabout, der nah der Einfahrt zu einer kleinen Gasse hinter dem dreistöckigen Bau aus zerbröckelndem, rotem Backstein, dem ehemaligen Monroe Hotel, parkte. Eine schwarze Hudson-Limousine stand wenige Schritt weit vor dem Runabout, und die Motoren und Scheinwerfer beider Wagen waren abgestellt und die Türen geschlossen. Es herrschte nur wenig Verkehr. Die einzigen Läden, die noch geöffnet hatten, waren ein Army/Navy-Shop und das Restaurant Raklios an der Kreuzung Paulina und Monroe, einen halben Block weiter westlich. Nachtfalter formten schwirrende Schleier um die Straßenlaternen an den Ecken.

»Seine Hoheit hat sein Büro im obersten Stock«, sagte Wendt. »Am hinteren Ende des Korridors, letzte Tür rechts. Und keine Chance, die Treppe raufzukommen, ohne daß ein Alarm ihn warnt.«

»Wir werden nicht die Treppe nehmen«, sagte Roche.

Ein Stadtstreicher, der in den dunklen Hauseingang eines Kramladens pinkelte, war der einzige Passant in Sicht. Als er fertig war, schneuzte er mit Daumen und Zeigefinger seine Nase und wanderte davon. Auf dem Vordersitz des Hudsons glühte kurz die Spitze einer Zigarette auf.

Wendt sah auf die Randziffern seiner Armbanduhr. »Es ist neun Uhr sechsunddreißig, Patrick«, sagte er.

Roche nickte. »Laß uns dem Mann einen Besuch abstatten.«

Sie nahmen Arbeitshandschuhe aus Baumwolle hervor, zogen sie an, stiegen aus und gingen eilig zu dem schwarzen Schlund der Gasse. Als sie darin verschwanden, ließen sich fünf Männer aus dem Hudson gleiten und gingen auf den Seiteneingang des Hotels zu. Zwei trugen Äxte, einer eine Brechstange.

In der Gasse blieben Roche und Wendt unter einer stark

verrosteten Feuerleiter stehen. Wendt formte mit seinen Händen einen Steigbügel, hob Roche auf den gesicherten Schwenkteil der Leiter hinauf, und wurde im Gegenzug zu ihm hochgehievt.

Die beiden erreichbaren Fenster im dritten Stock waren verschlossen. Mit einem Glasschneider schnitt Roche aus dem oberen Teil eines Schiebefensters einen Halbkreis heraus, klebte einen Streifen Isolierband auf das lose Stück, nahm es heraus und griff hinein, um die Sperre zu öffnen.

Das verzogene, hölzerne Schiebefenster gab widerwillig nach. Die beiden Männer kletterten hindurch und in einen engen, trübe beleuchteten Korridor hinein, dessen Türen in rohem Dunkelbraun gestrichen waren. Die leblose Luft stank nach Moder und verrottendem Holz, und das einzige Geräusch war das verschwindende Heulen einer weit entfernten Sirene . . .

Jack Zuta hielt den Hörer nah an seinen Mund und sagte: »Ich scheiß drauf, *was* er sagt. Da ist genug Platz – hab' ich selbst gesehen –, um drei Spielautomaten an der hinteren Wand neben der Herrentoilette aufzustellen. Und das passiert, wenn er im Geschäft bleiben will. Ich will, daß diese Maschinen da aufgestellt werden, und Scheiße, da gibt es keinen anderen Weg, hörst du mich, Sam?«

Der Hörer gab lautstark protestierende Geräusche von sich. Zuta sagte: »Teufel nochmal, Sam, wirst du tun, was . . .«

Die Glühbirne der Schreibtischlampe blinkte dreimal kurz. Zuta knallte den Hörer auf, raffte mehrere Geschäftsbücher vom Tisch zusammen, stopfte sie in die Nische hinter einer Wandtäfelung und setzte den Deckel davor. Er saß wieder in seinem Sessel und zündete sich in aller Ruhe eine Omar an, als die Tür krachend aufflog.

Zuta ließ seine Zigarette gelassen in den Aschenbecher fallen und hob die Hände. Roche machte drei schnelle Schritte, riß den Sessel von der Wand und rollte ihn – Zuta saß immer noch darin – durchs Zimmer. Wendt zerrte den widerstandslosen

Kuppler auf die Beine, stieß ihn gegen die Wand und überzeugte sich, daß er unbewaffnet war.

»Ihr Burschen macht einen Fehler«, sagte Zuta. »Ich mach' jetzt in Immobilien. Streng legal.«

Sie ignorierten ihn. Wendt trat zu einer Reihe von Wandhaken, nahm die Jacke des Gangsters und begann, die Taschen auszuleeren. Roche, der am Schreibtisch stand, war gerade fertig damit, die Schubladen zu durchsuchen, und blätterte in losen Zetteln herum.

Das Telefon klingelte. Roche nahm den Hörer ab, sagte: »Ja? . . . Wer will ihn sprechen?«

Trotz seines Leibesumfangs war Zuta schnell auf den Beinen. Er hechtete zum Schreibtisch, riß Roche das Telefon aus der Hand, schrie: »Halt's Maul!« und knallte den Hörer auf.

»Jack«, sagte Roche tadelnd. »Vielleicht wollte der Mann ein Haus kaufen. Wo du doch so groß in Immobilien machst und so weiter.«

Zuta schwitzte ausgiebig. Er fummelte ein Taschentuch hervor und wischte sich Gesicht und Hände ab. »Sie haben kein Recht, so auf mich loszugehen, Mister Roche«, sagte er. »Wenn es was mit diesem Reporter zu tun hat . . .«

Er hatte zuviel gesagt, wußte es schon, bevor er die plötzliche Kälte in Roches starrem Blick sah. Er spreizte die Hände, zwang sich zu einem durchhängenden Lächeln und schwieg.

Roche kam um den Schreibtisch herum, legte dem Mann eine Hand auf die Brust und schob ihn nicht unsanft in einen Sessel. »Da du gerade davon anfängst, Jack«, sagte er, »laß uns beide mal über dich und Mister Lingle sprechen. War ein enger Freund von dir, hab' ich gehört.«

Zuta hatte sein Selbstvertrauen wiedergefunden. »Ich kann nichts dafür, was die Leute reden. Glauben Sie mir, ich hab' den Kerl kaum gekannt.«

»Dieser Puff, den du da unten laufen hast, Jack«, sagte Roche. »Wieviel bringt er dir im Moment?«

»Hat nichts mit mir zu tun«, sagte Zuta. »Sprechen Sie mit den Leuten, denen das Haus gehört. Vielleicht können die Sie mit dieser Information versorgen.«

»Die City Hall sagt, es gehört dir, Jack.«

»Schätze, die sind da unten wohl mit ihren Akten hinterher«, sagte Jack. »Bis letzten März hat es mir gehört, ja. Aber dann hat sich diese Gelegenheit geboten, könnte man sagen, und ich hab' verkauft.«

»An wen?«

»So ohne weiteres«, sagte Zuta, »muß ich Ihnen das wohl nicht sagen, Mister Roche. Da es schließlich hundertprozentig legal war.«

Die feuchte Luft im Zimmer stank nach Staub und Schweiß. Roche seufzte. »Bist ein ganz Gerissener, mein Lieber«, sagte er und warf Wendt einen Blick zu. »Würdest du diesem rechtschaffenen Mann wohl seinen Mantel reichen, Walter? Die Zeit ist gekommen, einen netten kleinen Ausflug in die Innenstadt zu machen.«

Wendt nahm Zutas Mantel von einem Sessel und warf ihn zu ihm hinüber. »Soll das 'ne Verhaftung sein?« sagte Zuta.

»Genau das, mein hurenhandelnder Freund«, sagte Wendt.

»Sie können mir nichts vorwerfen«, protestierte Zuta. »Ich sage Ihnen, ich bin sauber.«

»Komm schon, Jack«, sagte Roche müde. »Du hast keinen sauberen Tag mehr gehabt, seitdem du mit Muschis hausieren gehst.«

Es traf ihn, aber er hatte das alles schon mal gehört. Bullen hatten die Angewohnheit, über jeden aus seiner Branche die Nase zu rümpfen. Man erwartete es, lebte damit, wußte längst, daß man jeden von diesen Wichsern für den Preis einer gebrauchten Tin Lizzy kaufen konnte. Sogar für weniger, wenn sie hungrig genug waren. »Sie müssen mir sagen, wie die Anklage lautet.«

Roche nickte. »Das ist wahr.« Er nahm ein blau eingebundenes Papier aus seiner Tasche, entfaltete es und hielt es vor Zutas Augen. »Paragraph zwei, Absatz zwei. Läuft ungefähr auf folgendes hinaus: Der oben genannte Jacob Zuta, hiermit beschuldigt als gemeiner und notorischer Landstreicher, ist . . .«

Ein plötzlicher Wutausbruch riß den Kuppler aus seinem

Sessel. »Landstreicher!? Sehe ich aus wie irgendein lausiger Penner? Hören Sie zu, Sie mieser, kleiner Knochen. Ich hab mehr Geld, als Sie jemals in Ihrem beschissenen Leben zu sehen kriegen!«

Roche sagte grinsend: »Das, Jack, macht dich nur zu einem lausigen Penner mit Geld.«

George Wellman sagte: »Das gottver*fluchteste* Ding, was ich je gesehen hab. Diese Tische wie in der Grundschule, weißt du? Haben sogar eingelassene Tintenfässer, meine Güte, und diese Tafel, auf die irgendein Witzbold wie in der richtigen Schule einen Haufen Geographie- und Mathematik-Scheiß geschrieben hat, weißt du?

Jedenfalls«, sagte Wellman, »da sind also diese Tische, wie gesagt, und vorn steht der Lehrerschreibtisch mit dieser vertrockneten, alten Jungfer, als wenn sie die Lehrerin wäre, weißt du? Ein paar Bücher auf dem Tisch, hat sogar einen *Apfel* da oben liegen, kannst du das glauben? Als wenn ich wieder in der sechsten Klasse wäre, und die alte Lady Burton ist kurz davor, irgendeinem die Hölle heiß zu machen.

Und jetzt kommt der Knaller«, sagte George Wellman. »Hinter jedem einzelnen Tisch sitzt ein Kind. Mädchen. Mit diesen niedlichen, kleinen Kleidern bis kurz über die Knie und diesen großen Schleifen im Haar. Nur, daß sie gar keine Kinder mehr sind. Die müssen mindestens zwanzig sein, die Jüngsten, bis vielleicht dreißig. Und kein Lippenstift, nichts dergleichen. Und natürlich was um die Titten gewickelt, um sie abzuflachen. Und sie sitzen einfach da, das ist alles, warten bloß darauf, daß irgendein Typ, der seinen Schwanz schon immer in ein Kind stecken wollte, sie auswählt, du weißt schon.

Da kommen wir reingestürmt«, sagte Wellman, »und du hättest sie hören sollen. Kreischen und machen ein Theater, man hätte glauben können, ein Wiesel wäre im Hühnerhaus. Und dann noch dieser Schlägertyp, den sie da drin hatten, der den Laden beschützen sollte, der versucht, eine Waffe zu ziehen, und sitzt am Ende mit weniger Zähnen da als am

Anfang. Schließlich schickt uns Warren Avenue zwei grüne Minnas rüber, verlädt die ganze Sippschaft und buchtet sie ein. Die Freier und alle anderen.«

12

Um 10.17 Uhr traf die Vorhut einer Kältefront, die aus Wisconsin herüberkam, auf die Stadt. Innerhalb einer Stunde war die Temperatur bei etwa fünfzehn Grad stehengeblieben. Böige Winde wimmerten durch die Stein- und Stahlschluchten des Loop, warfen den ständig gegenwärtigen Müll auf den Straßen um, peitschten Hüte und aufgebauschte Röcke aus dem Griff hektischer Finger, fegten Präriestaub in die Augen, rissen Zeitungen von den Ständern an den Ecken und wehten als angenehmen Nebeneffekt den durchdringenden Gestank fort, der von den Viehhöfen und Schlachthäusern auf der South Side herüberkam.

Jacob Guzik las laut aus einem Geschäftsbuch mit losen Seiten vor. »In den letzten dreißig Tagen ist die Zahl unserer Schnaps- und Bierverkaufsstellen, die geschlossen wurden, auf einhundertvierzehn angestiegen. Geschätzter, nicht versicherter Verlust durch bauliche Schäden: Achthundertzwanzigtausend Dollar.«

Guzik war ein kleiner, dickbäuchiger Mann mit durchhängendem Gesicht, Halsfalten, Haut in der Farbe von Bibliothekswänden und den traurigen Augen eines mürrischen Bluthundes. Der ehemalige Leiter einer Kette von Bordellen war jetzt, mit vierundvierzig, das finanzielle Hirn von Capones Unternehmungen.

Capone stand in Pyjama und Bademantel an einem Fenster seines Büros im sechsten Stock des Lexington Hotels, den Rücken dem Zimmer zugewandt. Danny Stanton und Claude Maddox thronten mit Drinks in Händen auf Hockern an der

Bar. Ted Newberry und Frank Diamond saßen nebeneinander auf der Ledercouch des Büros. Frankie Rio blätterte, in einen Sessel nahe der Tür zurückgelehnt, träge in einer Ausgabe des *Black Mask*.

Guzik blätterte eine Seite im Buch um. »Geschätzter, nicht versicherter Verlust an konfisziertem Inventar, Spielgeräten, Fahrzeugen etcetera: Neunhundertsiebzigtausend Dollar. Ausstehende Kautionen: Dreihundertfünfzigtau . . .«

»Sei mal eben einen Moment ruhig, Jake«, sagte Capone, ohne sich umzudrehen. »Im Moment will ich nur hören, wie weit wir mit den Einnahmen im Rückstand sind, sagen wir, Mitte Mai bis Mitte Juni.«

»Ich werde ein oder zwei Minuten brauchen, Al«, erwiderte Guzik.

»Tu es einfach.«

Guzik zog einen Bleistift aus seiner Westentasche und fing an, herumzublättern und saubere Zahlenkolonnen niederzuschreiben. In der Stille drehte sich Capone um, ließ seine Körperfülle in den Drehsessel herab, lehnte sich zurück und wartete, ohne seinen Blick von dem Mann gegenüber zu nehmen.

Maddox schenkte sich nach. Newberry steckte sich eine Zigarette an, und das Streichholz machte ein kurzes, scharfes Geräusch, als es angerissen wurde. Fenster erzitterten unter der Wucht der böigen Winde. Stanton bohrte sich in der Nase, inspizierte das Ergebnis und schnippte es weg.

Guzik steckte den Bleistift zurück, sah auf und bemerkte Capones Blick. »Hier steht's, Al«, sagte er. »Etwas über sechs Millionen.«

Der Schreck ließ den Unterkiefer des Bandenchefs herunterklappen. »Sechs *Millionen?* Großer Gott! In einem *Monat?*«

Guzik machte eine resignierte Geste. »So leid es mir tut, Al. Und diese Zahl schließt nicht mal . . .«

»Geh mir aus den Augen!«

»Al, das war zu erwarten . . .«

»Jake.« Das einzelne Wort war kaum mehr als ein scharfes Flüstern, aber es hob Guzik aus seinem Sessel. Er nahm das

Buch, zog sich zurück, fummelte die Tür auf und verschwand auf den Flur.

Capone saß wie zu Stein erstarrt da und stierte ins Nichts. Die anderen im Zimmer beobachteten ihn wachsam, bereiteten sich auf einen der ausschweifenden Wutausbrüche des Mannes vor.

Mit gepreßten Worten sagte Capone: »Sechs Millionen Dollar. Ab – in – den Gulli. Die könnten das Münzamt der Vereinigten Scheißstaaten von Amerika zumachen, wenn sie soviel Kohle verlieren würden!«

Er schlug beide Hände auf die Schreibtischplatte, holte tief Luft, stieß sie hörbar wieder aus . . . Dann klappte er den lederbezogenen Humidor zurück, nahm eine Zigarette heraus, zündete sie an und machte es sich in seinem Sessel bequem. Wenigstens war der schon begonnene Wutausbruch verschoben.

Capone blies eine Fahne von öligem Rauch aus. »Also schön«, sagte er. »Ihr habt Jake gehört. Pat Roche und seine Jungs haben uns voll am Arsch. Wie bringen wir ihn dazu, aufzuhören?«

Körper wurden unruhig hin und her bewegt, Stirnen gerunzelt, Kehlen geräuspert. Niemand sagte etwas. Capone breitete angewidert die Hände aus. »Ich versuche hier, ein Geschäft zu betreiben«, sagte er. »Ich muß Lohnlisten auszahlen. Vor allem muß ich das Rathaus schmieren. Ich hab' all diese Richter, die ihre verdammten Hände aufhalten. Ich hab' Politiker aus winzigen Käffern im halben beschissenen County auf der Liste! Ich hab' Freunde in Springfield, um die ich mich kümmern muß. Was glaubt ihr, wie lange wir im Geschäft bleiben, wenn ich versuche, all diesen Leuten zu sagen, daß die Geldquelle versiegt ist? Oder vielleicht geben wir einfach auf, hm? Steigen alle zusammen aus dem Bandengeschäft aus? Machen ein paar Hot-Dog-Stände auf? Stellen die Kegel in einer Scheiß-Kegelbahn auf?

Irgend jemand hier muß ein paar schlaue Ideen haben, wie man diese Razzien beenden kann«, fuhr Capone fort. »Ich kann nicht zu Murray Humphries gehen – die Bundespolizei hat einen Zettel auf ihn ausgestellt. Das gleiche gilt bei Nitti, den haben sie wegen seiner Einkommenssteuerscheiße am Arsch. Also? Was machen wir?«

»Kauf ihn auf, Al«, sagte Frank Diamond.

Capone legte seine Stirn in Falten. »Roche? Ach, komm.«

»Warum nicht?« sagte Diamond. »Er ist ein Bulle, oder?«

»Ich kenne den Mann länger als acht Jahre«, sagte Capone. »Der spuckt mir ins Gesicht, wenn ich das vorschlage.«

»Ich rede hier nicht von kleinen Fischen, Al«, sagte Diamond. »Er kostet uns – was hat Guzik gesagt? – sechs Millionen im Monat? Biete ihm hundert Riesen im Monat für, sagen wir, ein Jahr? Er könnte es für die Zeit in einer Zigarrenkiste unter dem Bett verstecken und dann nach Florida oder sonstwohin ziehen.«

»Wenn das nicht funktioniert, hab' ich 'ne Idee«, sagte Danny Stanton. »Da ist diese alte Kalksteingrube draußen westlich von Elgin. Halbvoll mit Wasser. Roche könnte hundert Jahre da liegen, und keiner würde es rauskriegen.«

Capone warf ihm einen verächtlichen Blick zu. »Du willst einfach nicht dazulernen, stimmt's, Danny? Wie der Mann gesagt hat, man kann aus einem Pferdearsch keine Seidentasche machen.«

Ted Newberry trank seinen Drink aus und stellte das Glas beiseite. »Gib Roche einen Sündenbock, Al«, sagte er. »Das wird's bringen.«

Capone sah ihn an und wog die Idee ab. »Einen Sündenbock, wie?«

»Du besorgst dir Kopien von der Beschreibung, die die Tatzeugen von Lingles Ermordung gegeben haben«, sagte Newberry. »Finde irgendeinen Gauner, der auf die Beschreibung paßt, leg ihn um und erzähl Roche, das sei der Mann, hinter dem er her ist. Die Zeugen werden froh sein, ihn zu identifizieren. Und warum auch nicht? Auf diese Weise müssen sie nicht vor Gericht und mit dem Finger auf irgendeinen Killer zeigen, der Freunde hat, die ihnen das Leben schwer machen könnten, verstehst du?«

»Mal langsam«, sagte Capone. »Ich gehe zu Roche mit der

Leiche im Schlepptau. Ich sage: ›Der ist für dich, Pat. Der Typ, der den guten alten Jake umgelegt hat. Ich hab' mich für dich um ihn gekümmert.‹« Er sah die anderen an und grinste. »Weißt du was, Ted? Du hörst dich schon so an wie Danny hier.«

Die anderen lachten, eher erleichtert als amüsiert. »Ich mach' keine Witze, Al«, sagte Newberry. »Der Typ landet irgendwo im Graben. Roche kriegt einen Anruf, daß es vielleicht schlau wäre, wenn diese Leute, die gesehen haben, wie Lingle erschossen wurde, einen kurzen Blick auf die Leiche werfen. Ich sage dir, Al, das könnte funktionieren.«

Arturo Molina saß in einer hinteren Nische des Beacon Grills, eines kleinen Imbiß an der Ecke Ninth und Beacon im Bezirk Westlake Park von Los Angeles. Ein kleiner, brauner Mann mit treuherzigen, braunen Augen und zurückhaltender Art, der es fertigbrachte, sich mit dem Handel exotischer Drogen an einen kleinen, aber auserwählten Kreis von Kunden und als schlechtbezahlter Informant eines Police Lieutenants aus dem Polizeipräsidium einigermaßen durchzuschlagen. Im Moment wartete Arturo darauf, daß sein Großhändler mit der Wochenlieferung Schnee auftauchte.

Um 11.14 Uhr vormittags bog ein neues Buick Coupé vom Olympic Boulevard nach Norden in die Beacon und parkte am Kantstein vor einem älteren, dreistöckigen Gebäude, das ein paar Türen vom Imbiß entfernt lag. Frankie Foster stieg aus, ging an einem Schild vorbei, auf dem MÖBLIERTE APTS., NÄHERES IN 1A stand, betrat das Gebäude, kletterte zwei Treppen hinauf und klopfte an die Tür von 38.

Das Geräusch leichtfüßiger, eiliger Schritte. Ein Mann sagte: »Wer ist da?«

»Eddie Ryan«, sagte Foster. »Ist okay.«

Ein Schlüssel wurde gedreht, die Tür weit genug geöffnet, um ein Stückchen Gesicht zu zeigen. »Hi, Arnie«, sagte Foster und ging durch in das Wohnzimmer des kleinen, billig möblierten Apartments.

Jimmy DiFrancona räkelte sich in einem durchhängenden Klubsessel. »Siehst gut aus, Eddie«, sagte er und stand auf. Ein angeschlagenes Tischradio lief leise, brachte eine Aufnahme von Fanny Brice, die aus tiefster Seele ›Walkin' My Baby Back Home‹ sang.

»Wie sind wir weggekommen?« fragte Foster.

»Wie die Scheiß-Diebe sind wir weggekommen«, sagte Arnie. »Was meinst du denn?«

Arnold DiFrancona war klein, untersetzt, mit schlechter Haut und einem Gesicht, mit dem das Leben nicht gerade sanft umgegangen war. Sein Bruder war ein paar Zentimeter größer, mit fast weibischen Zügen und den weichen, mühelosen Bewegungen eines Ballettänzers. Sie nahmen gegenüber von Foster in der Frühstücksecke Platz. Arnie schlug die Klappe eines großen Umschlags zurück, nahm einen dicken Packen Bargeld heraus und legte ihn vor Foster hin. »Das Zeug hat zweiundzwanzig Riesen gebracht, Eddie«, sagte er. »Macht siebentausenddreihundert für jeden, ein paar Scheine mehr oder weniger. Mach schon, zähl es.«

Foster grinste. »Warum sollte ich? Joe Ross sagt, ihr Jungs seid ehrliche Betrüger.« Er faltete die Scheine, schob sie lässig in eine Hosentasche und lehnte sich zurück. »Leichtes Geld«, sagte er. »Wo schlagen wir nächstes Mal zu?«

Die Brüder tauschten unbewegte Blicke. Die Radiostation stellte sich vor, sprach überschwenglich von Camy-Seife, und Miss Brice kam zurück, um ›You're the Cream in My Coffee‹ zu singen.

»Wird kein nächstes Mal geben, Eddie«, sagte Arnold Di-Francona. »Und ich will dir auch sagen, warum. Bis Ted Yerxa bei einem Banküberfall geschnappt wurde, hatten wir drei ein nettes, kleines Unternehmen laufen: Jimmy draußen hinterm Steuer und nur für den Fall eine Hand an der Hupe, ich und Teddy stopften drinnen die Kissenbezüge voll. Wenn jemand aufmuckt, zeigen wir ihnen kurz die Waffe – mehr braucht man nicht, keine rauhen Sitten, kein Ärger, es tut niemandem weh außer den Versicherungsleuten, und, Scheiße, wer kümmert sich schon um die?

Beim Reingehen haben wir dir das gesagt, Eddie«, sagte Arnie. »Da wacht der alte Knabe auf – und du mußt ihm den Schädel einschlagen, ihn ins Krankenhaus bringen. Die Familie von dem Mann regt sich auf, sie machen Druck auf die Bullen, und wir müssen rumlaufen und ständig darauf achten, wer hinter uns geht. Was wir nicht mögen und uns nicht leisten können, verstehst du?«

»Scheiße, Arnie«, sagte Foster. »Der alte Furz hat angefangen zu schreien. Ich mußte ihm das Maul stopfen.«

»Dann schreit er eben«, sagte Jimmy. »Das nächste Haus steht einen halben Block weiter. Wer soll ihn da hören?«

»Vielleicht macht ihr das im guten alten Chi so«, sagte Arnie. »Aber hier drüben regeln wir die Dinge anders. Also verabschieden wir uns von dir, Eddie, und nicht böse sein. Okay?«

Im Beacon Grill beendeten Arturo Molina und sein Lieferant, ein ältlicher Gringo mit weißer Mähne, ihr geschäftliches Treffen. Sie gaben sich herzlich die Hand, und der weißhaarige Mann ging. Arturo setzte sich und nahm seine Kaffeetasse auf.

Um 11.38 Uhr betrat Frankie Foster den Imbiß und nahm sich einen Barhocker am hinteren Ende. Vier Gäste saßen an einem Tisch, drei Nischen waren besetzt, ebenso mehrere Hocker.

Der Imbißbesitzer stand von der Kasse auf, füllte eine Tasse mit Kaffee, stellte sie auf den Tresen vor Foster und sagte: »Kann ich dir noch was bringen, Eddie?«

»Glaub' nicht«, erwiderte Foster. »Hab' gerade erst vor 'ner Stunde gefrühstückt.«

»Ein kleiner Nachtisch würde jetzt bestimmt gut tun«, sagte der Mann.

»Na ja«, sagte Foster schleppend. »Kuchen vielleicht?«

»Pfirsich? Apfel?«

»Laß mich Pfirsich probieren«, sagte Foster.

Arturo Molina saß ganz still da und musterte unauffällig Fosters Profil. Er beobachtete, wie er das Stück Kuchen herunterschlang, eine zweite Tasse Kaffee austrank, eine Zigarette fast zu Ende rauchte. Er beobachtete, wie er aufstand, zur Kasse schlenderte, die Zeche bezahlte, das Kleingeld einsteckte, zur Tür ging.

»Komm mal wieder vorbei, Eddie«, sagte der Besitzer.

»Könnte gut sein, Andy«, sagte Foster und ging hinaus.

Arturo verließ seine Nische und blieb an der Kasse stehen. »Ich hatte drei Tassen Kaffee«, sagte er.

Der Besitzer sagte: »Macht fünfzehn Cents.«

Während er auf das Wechselgeld für einen Dollar wartete, sagte Arturo: »Ich hab' Eddie White noch nie hier in der Gegend gesehen. Wie geht's ihm denn?«

Der Besitzer sah Arturo mit leerem Blick an. »Wer ist Eddie White?«

Arturo sagte: »Der Typ, mit dem du gerade geredet hast. Meine Güte, komm schon, Andy, du hast ihn sogar Eddie *genannt.*«

Der Besitzer sagte: »Das ist Eddie *Ryan,* mit dem ich geredet hab. Kommt seit drei Wochen hierher.«

Arturo runzelte verwirrt die Stirn: »Teufel auch, das ist wirklich komisch. Doppelgänger von Eddie White. *Und* derselbe Name. Der erste jedenfalls.«

»So kann's einem gehen, Artie«, sagte der Besitzer.

Im Wohnzimmer ihrer kleinen Suite im Los Angeles Ambassador Hotel war Fred Joyner am Telefon, während Johnny Greer eine Ecke der Couch für sich in Anspruch nahm. Mit den Bestandteilen, die ein wohlwollender Page gebracht hatte, stellte Greer zwei Highballs aus Bourbon und Ginger Ale zusammen.

Die Stimme am anderen Ende der Leitung sagte: »Für einen Spitzel ist Artie ziemlich verläßlich. Besteht darauf, daß der Mann, den er gesehen hat, mit dem Foto übereinstimmt, das ich ihm in allen Einzelheiten genau beschrieben habe. Hat sich sogar den Namen besorgt, den der Kerl benutzt.«

»Welcher Name ist das?« fragte Joyner.

Die Stimme sagte: »Nach dem, was der Imbißbesitzer Artie erzählt hat, heißt er Edward Ryan.«

Joyner richtete sich ruckartig auf. »Eddie *Ryan?* He, das ist einer von Fosters Decknamen! Man sollte glauben, diese blöden Ganoven müßten es besser wissen.«

Die Stimme gluckste. »Unser Glück, daß sie blöd *sind,* Mister Joyner. Wie sollten wir sie sonst jemals schnappen?«

Joyner sagte: »Da kann ich nicht mit Ihnen streiten, Lieutenant. Wo ist dieses Café, in dem der Knabe ihn gesehen hat?«

»Ninth und Beacon. Und nach allem, was der Besitzer da draußen sagt, kommt der Typ oft in diesen Laden, was für mich danach klingt, als wenn er sich irgendwo in der Nachbarschaft verkrochen hat.«

Joyner legte den Hörer auf. Greer beobachtete ihn erwartungsvoll. »Bingo?«

»Bingo«, sagte Joyner. »Wenigstens sieht es verdammt danach aus.«

Greer reichte ihm einen Drink. »Wenn ich dir die Wahrheit sagen soll, hatte ich gehofft, diese Sache würde sich noch ein bißchen rausziehen. Vielleicht ein paar Filmstars zu sehen kriegen? Clara Bow vielleicht?«

Joyner erhob sein Glas. »Clara Bow«, sagte er.

Gegen zwei Uhr nachmittags hatten die Wolken angefangen, im Nordwesten eine dunkelgraue Mauer aufzubauen – eine Mauer, die immer größer und dunkler wurde. Weit entfernt knurrte leiser Donner. Blitze flackerten am Horizont im Westen auf. Ein paar Minuten vor drei fing der Regen an, erst zögernd, wie ein Vorpostengefecht, das die feindliche Verteidigungslinie testen sollte: vereinzelte Tropfen von der Größe und Farbe der Silberdollars.

Walter Wendt setzte sich gegenüber von Roche an den Schreibtisch. »Hab' gerade mit Joyner gesprochen«, sagte er. »Hat hier angerufen, als würde er auf Wolken gehen – und Fred ist kein Junge, der leicht zu begeistern ist.«

»Willst du damit sagen, sie haben Foster gefunden?« fragte Roche.

»Nein, bis jetzt jedenfalls nicht«, sagte Wendt. »Aber es hört sich verdammt so an, als wenn sie ihm schon in den Nacken hauchen.«

»Ich borge mir eine von deinen Zigaretten, wenn du nichts dagegen hast, Walter«, sagte Roche. »Während du mir erzählst, wie nah der Nacken von dem Mann an ihrem Atem ist.«

Ein riesenhafter Donnerkeil riß den Himmel direkt über ihnen auseinander, der rollende Hammerschlag des Donners ließ die Fenster erzittern – und die Stadt wurde von herunterprasselnden Sturzbächen erschüttert.

Roche machte die Schreibtischlampe an, nahm eine Sano und Feuer entgegen, lehnte sich zurück, lauschte Wendts Zusammenfassung von Joyners Bericht und verbrachte einige Augenblicke damit, sie abzuwägen. »Jack Zuta«, sagte er. »Hab' ich richtig gehört, daß er für die Anklage auf Landstreicherei, die wir ihm angehängt haben, auf Kaution freigelassen worden ist?«

»Der arme Mann mußte das Wochenende in der Zelle sitzen«, sagte Wendt. »Montag setzt Lyle seine Kaution auf fünfzig Riesen fest, Richter Fisher setzt sie auf zweitausendfünfhundert runter, Jack ist innerhalb einer Stunde wieder auf der Straße.«

Roche stand von seinem Stuhl auf, ging zum Fenster, wischte mit einer Hand eine freie Fläche auf das beschlagene Glas und stierte auf einen kleinen Niagarafall hinaus. »Zeit, den Mann wieder reinzuholen, Walter«, sagte er. »Bevor er es sich hinter seinem Schreibtisch in diesem wundervollen Büro allzu gemütlich macht.«

Pasta in Muschelsauce war seit langem die Leibspeise von Big Fella. Nachdem er zwei volle Teller, einen halben Laib Knoblauchbrot, fast einen Liter Chianti und eine Zigarre hinter sich gebracht hatte, betrat er sein Hotelschlafzimmer, streifte den Umhang und die Hausschuhe ab und streckte sich auf dem seidenen Bettlaken aus.

Der Schlaf wollte sich nicht einstellen. Zu viele Sorgen. Wie diese Sache, daß er sich die Syph geholt hatte. Keine Anzeichen mehr in der letzten Zeit. Er hatte die ganze Zeit über gewußt, daß diese Knochensäger beschissene Quacksalber waren. Aber oft kam ihm gerade, wenn er mit etwas anderem beschäftigt war, der Gedanke: Was, wenn der Itzig recht hatte? Er mußte zugeben, daß es ihm Sorgen bereitete.

Und diese Scheiße, daß er seine Steuern nicht bezahlte. Nicht, daß Onkel Sam irgendwas gegen ihn in der Hand hatte. Er war zu schlau gewesen, als daß er was auf Papier festgehalten hätte. Schade, daß er das gleiche nicht von seinem Bruder sagen konnte. Natürlich war Ralph von Anfang an keiner gewesen, den man als besonders schlau bezeichnen konnte.

Aber was ihm echte Qualen bereitete, waren diese Razzien von Roche. Er konnte es so nicht weitergehen lassen – nicht, wenn er im Geschäft bleiben wollte. Wenn die Lösung lautete, Roche zu begraben, wäre Roche längst zwei Meter unter der Erde. Es machte mehr Sinn, ein Maschinengewehr auf den Klotzkopf McCormick zu richten, wenn man bedachte, daß er derjenige war, der hinter allem stand.

Die Tür öffnete sich, und Frankie Rio trat ein. »Schläfst du, Al?«

»Was willst du?«

Rio sagte: »Da ist ein Kerl am Telefon. Sagt, er ist Fahrer für unsere Schnapsladungen aus Kanada. Heißt Vito Morici.«

»Und?«

»Will mit dir reden«, sagte Rio. »Alles, was ich aus ihm rauskriegen kann, ist, daß er anscheinend weiß, wer Lingle umgelegt hat.«

Es war fast neun Uhr abends, als sie Jack Zuta reinbrachten. Obwohl noch ein leichter Regen fiel, hatte der heftige Sturm doch abgenommen, nachdem er Unterführungen überflutet, die Einnahmen von Theatern und Restaurants stark gekürzt, die Verschiebung einer Doppelveranstaltung zwischen den Cubs und den St. Louis Cardinals erforderlich gemacht und das wöchentliche Mah-Jongg-Treffen des Hibernian Ladies Social Clubs (Präsidentin und Mitbegründerin: Mrs. Patrick Roche) verhindert hatte.

Wendt und Roche saßen im Büro des letzteren, als Sean Brennan und Michael Casey im Türrahmen auftauchten. Jack Zuta, die Hände in Handschellen, stand zwischen ihnen.

»Wie geht's, Jack?« sagte Roche.

»Ich verstehe die Verhaftung nicht, Mr. Roche«, sagte Zuta. »Ich dachte, Sie und ich, wir hätten die Sache geklärt.«

»Du weißt, wie das ist, Jack«, sagte Roche. »Es tauchen immer neue Sachen auf.«

Weit ab von seiner heimatlichen Basis schien Zuta eine Menge von seiner üblichen Arroganz verloren zu haben. Er streckte die gefesselten Handgelenke aus. »Wären Sie so nett, mir diese Dinger abzunehmen, Mr. Roche?«

»Nimm dem Mann die Armbänder ab, Sean«, sagte Roche zu Brennan. »Und dann könnt ihr beiden genausogut nach Hause gehen.«

Die Handschellen wurden entfernt, Zutas Eskorte verschwand. »Mach ruhig, Jack«, sagte Roche. »Setz dich. So wie's aussieht, werden wir wohl eine Weile hier sein.«

Der Kuppler nahm sich einen Stuhl gegenüber von Roche und rieb sich das Blut zurück in die Handgelenke. »Ich würde gern meinen Anwalt anrufen«, sagte er. »Wenn Sie es erlauben.«

»Die Leitungen sind alle besetzt«, sagte Roche. Dann fügte er ohne einen Wechsel im Ausdruck hinzu: »Was hast du in letzter Zeit von Foster gehört?«

Zuta verlor einen Moment lang die Fassung. Er zeigte deutlich den Schock und einen Hauch von offener Furcht. Dann, die Maske wieder an ihrem Platz, sagte er: »Foster?«

»Jack«, sagte Roche. »Du glaubst doch nicht, ich bin frisch vom Boot. Wir wissen beide verdammt genau, von wem wir hier reden.«

»Wenn es Ihnen nicht zuviel Mühe macht«, sagte Zuta. »Sie hätten wohl nicht zufällig eine Tasse Kaffee da, oder?«

Roche lehnte sich zurück und sah zu Wendt hinüber.

»Glaubst du, wir können unserem Freund hier den Gefallen tun, Walter? Könnte ihm Zeit geben, sein Erinnerungsvermögen wieder in den Griff zu bekommen.«

»Ich sehe mal nach«, sagte Wendt und verließ das Büro. Roche drehte seinen Sessel zum Fenster, saß schweigend da und starrte durch das im Regen streifig gewordene Glas. Zuta fummelte ein Päckchen Omars aus seiner Hemdtasche, steckte sich eine an und sog den Rauch tief in seine Lungen.

Bald darauf kam Wendt zurück, drei Tassen dampfender Flüssigkeit auf einem Klemmbrett balancierend. Er reichte sie herum, behielt eine für sich und setzte sich auf einen Stuhl neben dem Fenster.

Zuta drückte seine Zigarette aus und probierte den Kaffee. »Wenn dieser Foster der Kerl ist, von dem ich glaube, daß Sie ihn meinen, dann schätze ich, *habe* ich ihn schon mal gesehen«, sagte er. »Ein- oder zweimal.«

»Wann zum letzten Mal?« fragte Roche.

»Ist schon 'ne ganze Zeit her«, sagte Zuta. »Mindestens sechs, sieben Monate.«

»Ein dummdreister Lügner, das bist du, mein fetter Freund«, sagte Roche leise. »Foster steht schon seit mehr als einem Jahr als Kassierer und Allroundschläger auf deiner ganz persönlichen Lohnliste. In letzter Zeit hat er deine Spielautomaten in den Kneipen auf der North Side aufgestellt.«

»Mister Roche«, sagte Zuta, »ich weiß ehrlich nicht, wovon Sie hier reden. Leute erzählen Lügen über mich, dagegen kann ich nichts tun. Wie ich Ihnen schon sagte, ich bin im Immobiliengeschäft. Mindestens seit dem letzten Sommer. Ich will nicht sagen, daß ich immer der Ehrlichste gewesen bin, aber das war davor.«

Roche hörte nicht mehr zu. Er öffnete eine Schreibtischlade, holte einen Ordner hervor, nahm mehrere Seiten aus einem maschinengeschriebenen Bericht und las daraus vor. »Am zwölften März dieses Jahres hast du mit einem gewissen Willie Bioff zwischen Throop und South Halstead drei Häuser zum Zwecke der Prostitution eröffnet. Jake Lingle wurde bezahlt, um Störungen durch die Polizei zu unterbinden. Am achtundzwanzigsten Juni gab es in allen drei Häusern Razzien, und sie wurden geschlossen.« Er sah auf. »Willst du mir sagen, ich hab unrecht?«

»Da hat Ihnen mit Sicherheit jemand einen Bären aufgebunden, Mister Roche«, sagte Zuta. »Davon weiß ich überhaupt nichts.«

Roche blätterte eine Seite um. »Anfang Mai dieses Jahres hast du Jake Lingle eine Menge Geld bezahlt, damit er sich für dich um eine Angelegenheit kümmert. Jake hat nicht geliefert, du hast deine Kohle nicht zurückbekommen, und Jake ist geradewegs in eine Kugel gelaufen.« Er hob den Kopf und sah nur einen verblüfften Ausdruck auf dem Gesicht gegenüber. »Die Waffe, die diese Kugel abgefeuert hat? Verkauft von Peter van Frantzius. Wem hat er sie wohl verkauft? Deinem Freund Frankie Foster.«

»Nicht, daß ich mich für den Kerl einsetzen will, Mister Roche«, sagte Zuta, »und glauben Sie mir, er ist nicht mein Freund, aber eine Waffe kaufen bedeutet nicht allzu viel. Man kann eine Waffe verlieren oder sie in einem Pfandhaus versetzen. Irgendwas in der Richtung.«

»Guter Gedanke, Jack«, sagte Roche. »Nur haben wir Zeugen, die gesehen haben, wie Lingle erschossen wurde. Leute, die drei Meter entfernt gestanden haben. Leute, die Foster schon auf Karteifotos identifiziert haben. Wenn wir ihn erstmal bei einer Gegenüberstellung haben, ist er schon auf halbem Weg zum heißen Stuhl.« Er lächelte. »Und du bist der nächste.«

Zuta wand sich auf seinem Stuhl. »Entschuldigen Sie, aber ich muß auf die Toilette. Leider ist meine Blase in einem Zustand, daß ich Pillen nehmen muß.«

Ethel Merman hatte ›Can't Help Lovin' Dat Man‹ zu Ende geschmettert und verließ die Bühne. Ben Pollacks Orchester stimmte eine Tanznummer an, und Pärchen begannen, auf das Parkett zu marschieren.

Leo Brothers stand nahe der hinteren Wand des Nachtklubs

und behielt einen halb abgefüllten jungen Mann in einem tadellos geschneiderten Tuxedo im Blick. Das Mädchen neben ihm war blond, nicht älter als neunzehn, trug ein hellblaues Kleid aus Kunstseide und einen weißen Glockenhut mit einer kecken kleinen blauen Feder. Sie saßen an einem Tisch weitab der Bühne, und der Streit zwischen ihnen kam zu seinem siedenden Höhepunkt.

Ein kurzer, scharfer Wortwechsel, dann sprang der junge Mann aus seinem Sessel hoch und schlug dem Mädchen wütend ins Gesicht. Sie schrie auf, kauerte sich zusammen – und Brothers war am Tisch. Er angelte sich den rechten Arm des jungen Mannes, hielt ihn mit einem Hammerlock und sagte zu dem Pärchen am Nebentisch: »Tut mir leid, Leute.« Bevor der junge Mann mehr als nur symbolischen Widerstand leisten konnte, hatte Brothers ihn durch eine Seitentür geschoben, durch eine einsame Gasse und auf die Lawrence Avenue hinaus.

»Nimm deine Scheiß-Hände von mir . . .«

Brothers sagte: »Klar«, ließ seinen Griff los, fing den jungen Mann auf dem Weg zu Boden auf und pfiff ein Checker-Taxi heran, das am Kantstein parkte. Der Fahrer setzte den Wagen zurück, bis er neben ihnen stand, und stieg aus.

Brothers sagte: »Bring ihn irgendwohin.«

Der Fahrer sagte: »Wassollas heißen – irgendwohin?«

»Das haben wir gleich«, sagte Brothers. Eine kurze Suche brachte eine Brieftasche mit vollem Geldscheinfach und einer Ausweisabteilung zum Vorschein. Brothers zog zwei von den Zwanzigern heraus und steckte sie ein. »1102 Rockland, Wilmette«, sagte er ud steckte die Brieftasche zurück. Er öffnete die Beifahrertür. »He, Kumpel«, sagte er. »Das Mädchen, das bei dir da war?«

»Fick sie doch«, sagte der junge Mann und fiel ins Taxi.

Das Mädchen saß immer noch am Tisch, die Augen halb geschlossen, die Schultern wiegten sich zur Musik. Sie war ziemlich nüchtern. Sie sah auf, als Brothers sich ihr gegenüber setzte.

»Ach, hallo«, sagte sie.

»Dachte mir, Sie wollen vielleicht wissen, daß ich mich um Ihren Freund gekümmert habe«, sagte Brothers.

»Danke. Hatte er noch irgendwas zu sagen?«

»Er hat gesagt, ich soll Sie ficken«, sagte Brothers.

»Das wundert mich gar nicht«, sagte sie. »Da er selbst nicht dazu in der Lage ist.« Sie öffnete ein glitzerndes Abendtäschchen und reichte ihm einen Zwanziger. »Und jetzt machen Sie sich davon und kümmern Sie sich um Ihre eigenen Angelegenheiten.«

»War nett, mit Ihnen zu reden«, sagte Brothers.

Roche sagte: »Wir holen Foster in den nächsten Tagen von der Westküste hierher. Mit der Waffe, die dem Mann gehört, und mit sieben, acht Zeugen, die bereit sind, ihn zu identifizieren, ist es eine todsichere Sache, daß wir Anklage erheben können.

Nun wissen wir beide«, fuhr er fort, »daß Frankie Foster ein ziemlich harter Brocken ist. Aber ich garantiere dir, in dem Moment, in dem er sieht, womit er es hier aufnehmen muß, wollen er und sein Anwalt einen Handel. Und soll ich dir noch was sagen, Jack? Es könnte wirklich sein, daß wir darauf eingehen.« Hier brach er ab und breitete die Hände aus. »Es sei denn natürlich, du möchtest Frankie zuvorkommen.«

Zuta seufzte und schüttelte den Kopf. »Sie haben das alles falsch verstanden, Mister Roche. Wenn dieser Foster der Mann ist, der Lingle erschossen hat, hat er es mit Sicherheit nicht auf meine Anweisung hin getan. Warum sollte er? Jeder, der behauptet, ich hätte diesem Reporter auch nur zehn Cents gegeben, ist ein Lügner. Ich sage Ihnen doch: Ich bin vor mindestens einem Jahr aus den Bandengeschäften ausgestiegen.«

Roche steckte die getippten Seiten in den Hefter zurück und schleuderte ihn in die Schublade. »Du hast deine Chance gehabt, Jack«, sagte er. »Und du hast sie verpatzt. Mach schon. Hau ab.«

Zuta sah unsicher von ihm zu Walter Wendt, stand zögernd auf und nahm seinen Hut von einer Ecke des Tisches. An der

Tür drehte er sich um, schien an einem Punkt zu sein, etwas sagen zu wollen, sah nur steinerne Augen und kalte Gesichter, ging hinaus und schloß leise hinter sich die Tür.

Roche schaute auf seine Uhr und runzelte die Stirn, als er sah, wie spät es war. »War ein langer Tag, Walter. Laß uns Feierabend machen.«

»Find' ich auch.«

Roche stand auf, nahm einen .38er Colt mit kurzem Lauf und Gürtelhalfter aus einer Schublade, zog ihn fest, knipste die Schreibtischlampe aus und warf seinen Mantel über. »Soll ich dich nach Hause fahren?« fragte Wendt.

»An so einem Abend – bei dem Regen und so – wäre ich dir dankbar, Walter.«

Sie ließen die Deckenbeleuchtung an und verließen Roches Büro. An einem Tisch in der Ecke tippte Julius Siegan mit zwei Fingern einen Bericht, während eine ältliche Putzfrau Papierkörbe in einen großen Karton entleerte.

Sie standen an der Tür zum Korridor, als diese aufschwang und Jack Zuta mit abgespannter Miene vor ihnen stand. »Ich frag' wirklich nicht gern«, sagte er, »aber vielleicht könnte mich jemand im Wagen mitnehmen?«

»Du hast vielleicht Nerven, Lude«, sagte Wendt. »Geh und schnapp dir ein Taxi.«

»Um Himmels willen, zeigen Sie doch mal Herz, ja?« bettelte Zuta. »Sie haben mich schließlich hierher geholt. Wenigstens könnten Sie mich irgendwohin bringen, wo ich in Sicherheit bin.«

»Und wer sollte einem aufrechten Geschäftsmann wie dir Schaden zufügen wollen, Jack?« sagte Roche.

»Ich habe Feinde, das ist alles«, sagte Zuta. »Wenn ich nachts um diese Uhrzeit am Loop rumlaufe, könnte ich den Arsch abgeschossen kriegen, okay? Ich hab' ein Recht auf Personenschutz wie jeder andere auch.«

»Für einen Burschen im Immobiliengeschäft«, sagte Roche, »machst du dir 'ne Menge Sorgen. Aber gut, diesen einen Gefallen tun wir dir.«

Die drei Männer fuhren mit dem Fahrstuhl ins Erdgeschoß,

durchquerten die verlassene Lobby und traten in die Nacht hinaus. Der Regen war kaum mehr als ein leichtes Nieseln. Um diese Zeit waren die Schaufenster an der Washington Street dunkel, die Gehsteige leer, und es gab kaum Verkehr.

Wendts Runabout stand am Kantstein. Als die drei Männer näher kamen, fuhr eine kleine, schwarze Limousine, die ein paar Meter weit entfernt geparkt hatte, mit quietschenden Reifen an und donnerte auf sie zu.

Roche war der erste, der den Lauf eines Maschinengewehrs am Seitenfenster sah. Er schrie: »Runter!« und warf sich gegen die anderen, schickte sie zu Boden, als eine Salve von .45er Kugeln durch die Luft fegte. Zementstaub wirbelte vom aufgerissenen Gehsteig auf, Schaufensterscheiben zerplatzten. Metall kreischte protestierend, als Kugeln in den Runabout schlugen, seine Karosserie durchsiebten und Fenster und Windschutzscheibe in aufblitzende Glassplitter verwandelten.

Als Roche und Wendt sich aufgerappelt und ihre Waffen gezogen hatten, bog die Limousine nach Süden auf die Dearborn Street. Eine Menschenmenge versammelte sich, angezogen von den widerhallenden Schüssen, und das lauter werdende Heulen von Sirenen war zu hören.

»Zum Glück haben sie nicht gewartet, bis wir im Wagen waren«, sagte Wendt. Er faßte sich an eine feuchte Stelle an der Wange: Blut von einem Schnitt durch herumfliegendes Glas.

»Nicht, daß ich dich betrüben möchte, Walter«, sagte Roche mit einem Blick auf den Kreis von Gesichtern um sie herum, »aber mir scheint, Mister Zuta ist abgehauen.«

Es war ein älteres Gebäude, das südwestlich der Kreuzung von Seventy-first und Drexel Avenue auf der South Side der Stadt lag: drei große, luftige Apartments, eins auf jedem Stockwerk, aus verwittertem, rotem Backstein mit einer Fassade aus rauhem, grauem Kalk. Hinter einem verzierten Eisengeländer führten Stufen zu einem Weg über das Grundstück und hinunter zum Souterrain.

Kurz nach elf an diesem Abend stieg Patrick Roche eine

abgenutzte Treppe hinauf, öffnete die Tür zur Diele seines Apartments im zweiten Stock und betrat das Wohnzimmer.

Es war ein großer Raum, pedantisch ordentlich, möbliert von L. Fish International. In der Ecke flackerte eine Weihkerze am Fuße einer Heiligen Maria. Religiöse Drucke bedeckten den Großteil der Wände, Ausgaben von *The Youth's Companion* und *The Literary Digest* lagen sauber gestapelt neben einem halbfertigen Puzzle auf dem Kaffeetisch.

Roche ging an den verschlossenen Doppeltüren des Eßzimmers vorbei und öffnete den Schrank im Flur, als er die Stimme seiner Frau aus dem verdunkelten Schlafzimmer hörte. »Pat? Bist du das?«

Es war eine nörgelnde, hohe Stimme, so kratzig wie Schmirgelpapier. »Ja, ich bin's nur«, sagte Roche tonlos.

Eine Lampe auf einem Beistelltisch ging an und warf einen Schein bernsteinfarbenen Lichts auf den Teppich des Korridors. »Nach elf ist es schon«, jammerte die Stimme. »Willst du mir erzählen, daß du erst jetzt nach Hause kommst?«

»War noch Champagner trinken«, sagte Roche, als er seinen Mantel und seinen Hut in den Schrank hängte. »*Und* tanzen im Black Bottom. Du hast meine Beichte gehört, würdest du jetzt wieder einschlafen?«

Er zog sein Hemd aus der Hose und schickte sich an, die Knöpfe zu öffnen. »Wieso finde ich mich damit ab?« sagte Margaret Roche. »Kommt zu jeder Tages- und Nachtzeit, und ich verbringe den halben Tag damit, hier rumzusitzen. Wie ein Holzklotz bin ich, nichts zu tun und keine Menschenseele, die . . .«

»Milch da?« sagte Roche.

»Was?«

»Ich sagte ›Milch da?‹«

»Sieh im Eisschrank nach«, sagte Margaret Roche. »Und sei um Himmels willen leise, sonst weckst du Mary Patricia *auch* noch auf.«

»Ha«, sagte Roche. »Mae könnte man nicht einmal mit einem zwanzigschüssigen Salut aufwecken.«

Das Licht ging an. Roche schlurfte den langen Korridor

entlang, kam am Badezimmer vorbei und blieb vor einer verschlossenen Tür des hinteren Schlafzimmers stehen. Das Radio seiner Tochter spielte Musik, so leise, daß er die Stimme von Eddie Cantor kaum hören konnte, der ›Louisville Lou‹ sang.

Roche klopfte vorsichtig ans Holz, rief leise: »Mae, schläfst du schon da drinnen?«

Die Musik hörte abrupt auf, die Tür öffnete sich, und ein achtzehnjähriges Mädchen in einem korallenfarbenen Umhang über dem Nachthemd sagte: »Hi, Paps. Nein, ich habe *nicht* geschlafen. Komm rein und mach die Tür zu. Bevor *sie* aufwacht und sich wieder heiser schreit.«

Roche gehorchte und küßte sie sanft auf die Wange. »Du wirst Ringe unter den Augen bekommen«, sagte er, »wenn du um diese Zeit noch wach liegst.«

»Pah«, sagte Mary Patricia Roche. Sie war groß, langbeinig und schlank, mit sehr kurzem, kastanienbraunem Haar, und sie war nah dran, schön zu sein. »Willst du eine Zigarette?« fragte sie.

Er erstarrte und warf ihr einen finsteren Blick zu. »Verflucht nochmal, einen Augenbli . . .«

»Paps, du weißt sehr gut, daß ich nicht rauche«, sagte sie. »Aber Timmy O'Rourke raucht, und als wir nach dem Kino noch Soda trinken waren, hab' ich ihm zwei für dich geklaut.« Sie fuhr mit einer Hand unter die Matratze und holte zwei Camels hervor.

Er schob sich eine in die Tasche, zündete die andere an, zog sich einen Stuhl heran und setzte sich mit gespreizten Beinen darauf, die Ellbogen auf die Lehne gestützt. »Wenn deine Mutter den Rauch hier drinnen riecht, kriegen wir beide einen Haufen Ärger«, sagte er.

»Sie wird gar nichts riechen. Das Fenster steht weit offen.«

»Dieser O'Rourke«, sagte Roche. »Du magst ihn?«

»Er ist ein Draufgänger, Paps. Versucht immer, seine Hand unter meinen Rock zu schieben, weißt du?« Sie sah seinen Gesichtsausdruck und fügte eilig hinzu: »Und kriegt dafür eine geknallt.«

Roche schnippte die Zigarettenasche in seinen Hosenaufschlag. »Bei manchen genügt es nicht, wenn man ihnen eine knallt«, sagte er. »Vielleicht sollte ich mit dem Knaben mal ein Wörtchen reden.«

»Das wirst du *nicht* tun«, sagte Mary Patricia. »Ich könnte es nie wieder gutmachen, wenn du das tust.«

In der Küche zerlegte Roche die Zigarette und warf die Stückchen in den Mülleimer. Er öffnete den General-Electrics-Eisschrank mit seiner Tiara von Kühlspiralen, nahm eine frische Flasche Milch heraus, gab die Sahne in einen kleinen Krug, goß sich ein hohes Glas voll und setzte sich an den Tisch mit der Porzellanoberfläche.

Diese Schießerei . . . Sie waren nicht hinter ihm oder Walter hergewesen. Keine Spur. Jack Zuta war es – und Pech für jeden, der zufällig in der Nähe war. Man sollte den Mann reinholen, ihn zu seinem eigenen Wohl irgendwo verstecken. Zumindest, bis Foster wieder in der Stadt und bereit war, Jack als denjenigen anzugeben, der ihn angeheuert hatte, Lingle umzulegen.

Er dachte daran, sich an dem kalten Hühnchen im Kühlschrank zu bedienen, entschied sich dagegen, steckte sich statt dessen die zweite Camel an und stand auf, um das Fenster über der Spüle zu öffnen (diese Margaret: Einen Riecher wie ein Tier in der Wildnis!). Er kehrte zu seinem Stuhl zurück, streifte seine Schuhe ab, lehnte sich zurück und legte die Fersen auf den Rand des Tisches.

Das Telefon klingelte.

Roche kam vom Stuhl hoch und schnappte sich den Hörer des Küchenanschlusses, bevor es zum zweiten Mal klingeln konnte.

Eine forsche Stimme sagte: » Spreche ich mit Mister Roche?«

Roche sagte: »Wer ist da?«

»Mein Name«, sagte die Stimme, »ist Joseph Stenson. Wenn ich mich recht erinnere, haben wir uns vor ein paar Jahren kennengelernt.«

»Das haben wir«, sagte Roche. »Damals, als Onkel Sam

versucht hat, die Brauereien auszutrocknen, in denen Sie und Johnny Torrio ihre Finger hatten.«

»Alles alte Geschichten«, sagte die Stimme. »Es tut mir wirklich leid, Sie zu so später Stunde noch anzurufen, Mister Roche. Aber ich habe gerade mit . . . na ja, dem Big Fellow gesprochen, und er hat darauf bestanden, daß ich Sie umgehend anrufe.«

»Da wir gerade von Mister Capone reden«, sagte Roche. »Vor knapp zwei Stunden haben mir zwei Typen um Haaresbreite mit einer Maschinenpistole die Rübe abgeschossen. Nichts Persönliches. So, wie ich es sehe, haben sie auf einen Mann gezielt, nach dem Mister Capone nicht gerade verrückt ist. Aber Sie sollten ihm gegenüber erwähnen, daß ich – sollte das nochmal passieren – das Vergnügen hätte, ihm von einem Ende der Michigan Avenue zum anderen in seinen italienischen Arsch zu treten.«

»Er wünscht ein Treffen mit Ihnen, Mister Roche«, sagte Stenson. »Morgen, wenn irgend möglich.«

»Was Sie nicht sagen«, sagte Patrick Roche.

13

Die Architektur war frühromantisch: Drei Stockwerke und siebzehn Zimmer inmitten von vierzigtausend makellos gestalteten Quadratmetern. Das Bleiglas der Fensterflügel glitzerte im Sonnenlicht, das sich in der rastlosen Dünung des Lake Michigan spiegelte, der einige hundert Meter jenseits einer kleinen Landstraße im Osten lag.

Walter Wendt fuhr das Chevrolet Coupé, das er als Ersatz für den von Kugeln durchsiebten Runabout aus dem Fuhrpark des Dezernats genommen hatte, über eine halbkreisförmige Auffahrt und hielt unter dem Schutzdach. Andere Wagen waren nicht in Sicht. »Falls du Schüsse hörst, Walter, mein Freund«, sagte Roche, der neben ihm saß, »mach dir nicht die Mühe, meine sterblichen Überreste einzusammeln.«

»Das hier ist Lake Forest«, sagte Wendt. »Nicht Cicero. Solange du deine Finger vom Silber läßt und nicht auf den Boden spuckst, wird niemand Hand an dich legen.«

Roche stieg aus, ging zu Doppeltüren aus schmuckvoll geschnitztem Teakholz hinüber und machte sich mit einem schwarz emaillierten Türklopfer bemerkbar. Nach einigen Sekunden schwang eine der Türen zurück, und ein großgewachsener, magerer Mann im Livree eines Butlers stand vor ihm. »Mister Roche?«

»Der bin ich«, sagte Roche.

Der Butler nahm mit anmutiger Zurückhaltung den Hut an sich. »Wenn Sie so freundlich wären, hier entlang zu kommen, Sir.«

Sie gingen durch eine riesige, runde Halle unter einem farbigen Oberlicht, vorbei an drei Ritterrüstungen mit Sturmhauben und Hellebarden in ein riesenhaftes Wohnzimmer im französischen Landhausstil, mit flämischen Teppichen an den Wänden, auch hier hindurch und einen breiten Flur entlang.

Der Butler blieb an einer Tür am gegenüberliegenden Ende des Korridors stehen, öffnete sie, sagte: »Mister Roche ist hier, Sir«, und trat zur Seite.

»Kommen Sie rein, Pat«, sagte Alphonso Capone.

Fred Joyner sagte: »Wirf mal einen kurzen Blick da rüber, Johnny, und sag mir, ob mich meine Augen trügen.«

Greer sah in die Richtung, in die Joyner deutete. »Der Kerl, der aus dem Buick steigt?«

»H–hm.«

Sie saßen vorn in einer gemieteten Limousine, parkten gegenüber vom Beacon Grill. Es war fast zwölf Uhr, und die Mittagsgäste trudelten ein.

»Na, ich bin mir nicht sicher«, sagte Greer. »Er hat die richtige Statur, aber bei dem Hut kann man das Gesicht nur schwer erkennen.«

»Das haben wir gleich«, sagte Joyner.

Sie stiegen aus, schlenderten lässig zur gegenüberliegenden Straßenseite und standen kurz vor dem Eingang des Cafés hinter Frankie Foster.

»Wie geht's, Eddie?« sagte Joyner.

Foster erstarrte, drehte sich um, sah die beiden Männer verblüfft an . . . und seine Miene wandelte sich zu einer ausdruckslosen Maske. »Müßte ich euch kennen?« fragte er.

»Kannst du das glauben, Johnny?« sagte Joyner. »Eddie erkennt uns nicht.«

Sie rückten näher. »Eddie macht Witze«, sagte Greer. »Stimmt's, Eddie?« Er klopfte dem Gangster freundlich unter dem linken Arm ab und strich seinen Mantel an der Gürtellinie glatt.

»Wer zum Teufel *seid* ihr?« fragte Foster. »Bullen? Ihr macht hier einen Fehler.«

»Du bist Eddie Ryan, richtig?« sagte Joyner.

»Ja«, sagte Foster. »Ja. Eddie Ryan.«

Joyners Ton wurde härter. »Der Lieutenant sagt, wir sollen dich holen. Also schaff deinen Arsch rüber in den Wagen.«

Foster rührte sich nicht von der Stelle. »Erst, wenn ich was sehe, auf dem *steht*, daß ihr von der Polizei seid«, sagte er.

Joyner und Greer tauschten Blicke aus. Dann sagte Joyner: »Wie du meinst.« Er nahm seine Brieftasche hervor, fand eine Karte und reichte sie ihm.

Foster las sie zweimal. Seine Miene zeigte einen deutlichen Ausdruck der Erleichterung, dann war die Maske wiederhergestellt. »Bei *Swanson?*« sagte er. »Ihr wollt mich wohl verarschen? Hier ist nicht Chicago. Ihr habt keine Gerechts . . . keine Rechts . . .«

»Gerichtsbarkeit?« sagte Joyner. »Davon haben wir mehr als genug.« Er grinste. »Da haben wir dich für einen Moment geleimt, stimmt's, Frankie? Ich wette, du hast gedacht, dein Freund Zuta hat zwei Killer losgeschickt, um dir wegen dem Lingle-Job das Maul zu stopfen.«

Er krallte seine Finger um Fosters Unterarm. »Zeit für eine

kleine Reise, Frankie. Aber nicht so eine, wie du sie erwartet hast.«

Die drei Männer fuhren schweigend ein paar Blocks weit. Dann sagte Foster: »Halt mal einen Moment an, ja?«

»Wozu?« sagte Joyner.

»Mein Gott, halt einfach an«, sagte Foster. »Habt ihr's irgendwie eilig, oder was? Ich will bloß mit euch reden.«

Der Wagen bremste am Straßenrand ab und hielt an. »Hört mal, es muß doch irgendeine Möglichkeit geben, die Sache zu regeln, hm?« sagte Foster.

»Was hast du vor, Frankie?« sagte Greer. »Willst du uns für deine Flucht bezahlen?«

»Wieviel würdet ihr wollen?« sagte Foster.

»Keine Chance, Frankie«, sagte Joyner. »Abgesehen davon hast du nicht soviel Kohle.«

Foster warf ihm einen blitzschnellen Seitenblick zu. »Von wieviel reden wir hier?«

Joyner machte eine leichtfertige Bewegung mit der Hand. »Oh . . . Eine Million sollte genügen. Pro Nase, heißt das.«

»Erzähl keinen Scheiß«, sagte Foster mit finsterem Blick. »Paß auf, erstens, wegen diesem Reporter, der umgelegt worden ist. Vielleicht *hat* Jack Zuta was damit zu tun, ich würde es dem lausigen Luden wohl zutrauen . . . aber wißt ihr, ich hab' die Chicagoer Zeitungen gelesen, da steht alles über Lingle drin, und ich weiß verdammt genau, daß es *keine* Möglichkeit gibt, daß die Bullen oder sonstwer mir den Fall anhängen.

Dann buchtet mich doch ein«, fuhr Foster fort. »Ich habe einen schlauen Anwalt. Der geht zum Richter, sagt ihm, es gibt keine Beweise dafür, daß mein Klient in Chicago was Gesetzwidriges getan hat, und Sie können ihn doch nicht auf die bloßen Behauptungen von zwei Cops aus einem anderen Staat hin zurückschicken.«

»Auf den Punkt gebracht heißt das, du willst gegen die Auslieferung angehen«, sagte Joyner.

»Ja«, sagte Foster. »Das ist es. Auslieferung. Ich will gegen die Auslieferung angehen.«

»Welchen Grund hast du dafür, Frankie?« sagte Greer. »Wenn wir dir nichts vorzuwerfen haben?«

»Ich bin abgehauen«, sagte Foster, »weil ich mich mit ein paar Typen in die Haare gekriegt habe. Diese Scheiße mit Lingle hat nichts damit zu tun, versteht ihr? Ich warte, bis die Lage sich abgekühlt hat, das ist alles.«

»Nett von dir, daß du uns zwei Extrawochen am Strand verschaffst, Frankie«, sagte Joyner. »Während wir darauf warten, dich mitzunehmen. Und du *wirst* mitkommen. Der Bezirksstaatsanwalt hier drüben ist ein Bursche namens Chandler, dem eine Lokalzeitung gehört. Und Chandler ist dick befreundet mit unserem Colonel McCormick. *Falls* du meinen Gedanken folgen kannst.«

»Ihr Jungs wollt mich tatsächlich tot sehen«, sagte Foster. »In dem Moment, wenn in den Zeitungen steht, daß ihr mich aufgegriffen habt und ich auf dem Weg nach Hause bin, werde ich irgendwo zwischen dem Einsteigen in den Zug und der Endstation Knast mit Blei vollgepumpt. Noch was: Ihr Bullen könntet dabei draufgehen, wenn ihr nur *bei* mir seid, wißt ihr das?«

»Das müßte eine richtig große Nummer sein«, sagte Greer, »wenn der so große Geschütze auffährt, Frankie. Wer könnte das sein?«

»Hör doch auf mit dem Quatsch«, sagte Foster. »Es wird passieren, das ist alles.«

Joyner rieb sich das Kinn. »Ich sage dir was, Frankie. Du verzichtest auf die Sache mit der Auslieferung, wir schaffen dich nach Chicago zurück, verstecken dich irgendwo unter einem Decknamen, wo dich niemand finden kann. Dann kommt es nicht in die Zeitungen, und keiner weiß, daß du in der Stadt bist. Was sagst du dazu?«

»Laß mich darüber nachdenken«, sagte Frankie Foster.

Alphonse Capone sagte: »Klasse Bude, hm? Gehört diesem Knaben, den ich noch von der Ostküste her kenne. Im Moment fährt er irgendwo drüben in der alten Heimat rum.«

»George Remus«, sagte Roche. »Hat gut vierzig Millionen aus Brennereien von Ohio bis Missouri gezogen. Hat halb Washington D.C. geschmiert, um damit durchzukommen. Können wir jetzt mit dem Scheiß aufhören und zu dem kommen, weshalb ich hier bin?«

Capone, frisch rasiert, stattlich im maßgeschneiderten, grauen Köper, weißem Seidenhemd, konservativ gestreifter Krawatte und sportlichen, importierten Schuhen, saß hinter einem Queen-Anne-Schreibtisch aus Nußbaum, und Roche versank gegenüber in den Tiefen eines ledernen Ohrensessels. Zwei Wände waren von Büchern bedeckt, auf einem Tisch mit herunterklappbaren Seitenteilen standen zwei vergoldete Bronzestatuen von Falkonetten, ein Holzrelief von Grinling Gibbons nahm den größten Teil der dritten Wand in Anspruch. Terrassentüren führten zu einer überdachten Veranda und einem nierenförmigen Pool hinaus.

Capone nippte Les Noiret aus einem kristallenen Kelch, ließ den Wein kurz über seinen Gaumen streichen und schluckte dann. »Pat, ich bin nicht hier, um Ihnen Scheiße zu erzählen«, sagte er. »Sie und ich müssen einen Weg finden, wie wir verhindern können, daß mein Geschäft kaputtgeht.«

»*Ich* bin im Rechtsgeschäft«, sagte Roche. »Und Ihr Geschäft ist zufällig gegen das Gesetz.«

»Tolles Gesetz!« sagte Capone erhitzt. »Niemand in dieser Stadt wollte die Prohibition. Das wissen Sie. Sechs zu eins haben sie dagegen gestimmt. Wenn ein Mensch trinken will, Pat, findet er einen Ort, wo er es kann. Und deshalb bin ich noch im Geschäft.«

»Und schießen jedem den Arsch ab, der Ihnen in die Quere kommt«, sagte Roche.

»Oh, Himmel nochmal, Pat! Glauben Sie, ich *will* es so? Seit Jahren versuche ich, O'Banion, Weiss, Moran und jetzt diesem Pisser Joe Aiello klarzumachen, daß genug Geld da ist, um auszukommen, ohne sich gegenseitig umzulegen. ›Seid schlau‹, sage ich immer. ›Schmiert die Politiker und die Cops, bleibt von der Titelseite weg, und am Ende sind wir so groß wie U.S. Steel.‹

Macht doch Sinn, oder?« sagte Capone. »Aber nicht für diese *imbecili.* Okay. Sie wollen nicht hören. Man kann sie nicht vor Gericht bringen, also enden sie in einer hübschen Kiste. Muß so sein, Pat. In diesem Geschäft heißt es, entweder die oder du.« Er hob sein Weinglas und starrte es düster an. »Jetzt verstehen Sie, warum ich in drei Tonnen Stahl rumfahren muß, in den nicht mal eine Scheiß-Kanone eine Delle schlagen könnte.«

Er leerte das Glas, füllte aus einer geschliffenen Karaffe nach und nahm mit einem abrupten Stimmungswechsel die Rolle des herzlichen Gastgebers an. »Sie wollen wirklich keinen Drink, Pat? Oder wie wär's denn mit einer Zigarre? Sie werden kaum glauben, was für Zigarren mein Freund raucht.«

»Den ganzen Tag hab' ich nicht Zeit«, sagte Roche.

Capone stieß einen aufgebrachten Seufzer aus. »Nicht genug damit, daß wir diese Wirtschaftskrise haben und diese Bundestypen mir eine Steuerklage anhängen wollen. Nein, ich muß auch noch *Sie* am Hals haben.« Er stellte das Glas beiseite und beugte sich in seinem Sessel vor. »Ich kann diese Razzien nicht mehr verkraften, Pat. Also frag ich Sie, von einem Geschäftsmann zum anderen . . . was wollen Sie?«

»Den Kerl, der Lingle umgelegt hat«, sagte Roche. »Und dazu alles, was man braucht, daß die Geschworenen seinen Arsch in den Ofen schieben.«

»Pat, Sie gönnen sich einen Tagtraum«, sagte Capone. »Angenommen, Sie *bringen* den richtigen Mann. Wenn er eng mit einer der lokalen Unternehmungen zusammenhängt, können Sie sich irgend jemanden bei Verstand vorstellen, der im Gerichtssaal aufsteht und sagt: ›Das ist er, Euer Ehren?‹ Selbst, wenn das passieren sollte, sind da immer noch die Geschworenen. Glauben Sie auch nur eine Minute, daß die einen Mann mit Verbindungen in den Knast schicken würden? Geschweige denn ihn rösten? Nicht im guten alten Chi, Pat. Diese Stadt gehört den Banden. Falls Sie das noch nicht wissen . . .«

»Es war ein wundervoller Nachmittag, Mister Capone«, sagte Roche. »Und ich danke Ihnen für Ihren Beitrag zu meiner

Erziehung. Wenn Sie mir nichts weiter zu sagen haben, werde ich mich jetzt auf den Weg machen.«

»Worüber sind Sie so sauer?« sagte Capone. »Okay, lassen Sie es mich Ihnen geradeheraus sagen, Pat. Wenn ich bezahlen soll, um die Razzien zu beenden, wieviel soll es mich kosten?«

In Roches Miene war nichts zu erkennen. »Mister Capone«, sagte er. »Glauben Sie etwa, diese Razzien kommen aus einer Art Wasserleitung? Daß sie aufhören, wenn jemand den Hahn zudreht?«

»Niemand sagt, daß sie aufhören sollen«, sagte Capone. »Sie haben immer noch Joe Aiellos Kneipen auf der North Side, die Sie bearbeiten können. Außerdem die Touhy-Bande und diese West-Side-Penner von Davey Miller. Und damit es gut aussieht, schieb ich Ihnen von Zeit zu Zeit einen von meinen eigenen Läden zu, den Sie hochnehmen können.«

Er langte nach dem Weinglas. »Bleiben Sie mir vom Hals, Pat, und Sie bekommen hundert *Riesen* im Monat. Jeden Monat, ein ganzes Jahr lang, selbst, wenn diese Sache mit Lingle aus und vorbei ist. Ist das ein Angebot?«

Eine Schere, die irgendwo eine Hecke schnitt, schien ungewöhnlich laut zu sein. Unter dem Schutzdach steckte sich Walter Wendt seine vierte Sano an und sah auf seine Uhr.

Roche legte seine Hände auf die Lehnen des Ohrensessels und erhob sich. »Mir scheint, wir haben nichts mehr zu besprechen, Mister Capone. Ich finde allein hinaus.« Er ging zur Tür.

»Hören Sie mir zu!« rief Capone. »Sie wissen verdammt genau, ich habe Lingle nicht umlegen lassen. Warum sind Sie scharf darauf, *mich* zum Sündenbock zu machen?«

Roche wandte sich um. »Nichts Persönliches, Mister Capone. Es liegt nur daran, daß Sie mit den anderen Ganoven zusammenhängen, die den Ruf dieser Stadt ruinieren. Und bis ich bekomme, was ich haben will, ist jeder einzelne von Euch ein Sündenbock.«

Capone machte eine Geste der Kapitulation. »Lassen Sie mich sehen, was ich tun kann. Ich habe ein Geschäft, das ich schützen muß – und für mich kommt das zuerst.«

Roche ging zur Tür und öffnete sie, als Capone leise sagte: »Ich möchte Sie was fragen, Pat.«

»Sicher.«

»Derjenige, der Lingle umgelegt hat. Würden Sie ihn auch tot nehmen?«

Roche drehte sich um, das Gesicht plötzlich weiß vor Wut. »Und halb Chicago schreit ›Schiebung‹? Jetzt hör mir mal gut zu, Schmalzharry! Wenn du die Masche abziehst, sorge ich dafür, daß du in einem chinesischen Puff die Handtücher zählst, so wahr mir Gott helfe!«

Die Tür knallte hinter ihm zu. Capone fuhr sich mit einer Hand über seine sanften Wangen, nahm eine Zigarre aus dem Humidor auf dem Schreibtisch, zündete sie mit einem schweren, silbernen Feuerzeug an, lehnte sich in seinem Sessel zurück und hob die Füße auf den Tisch.

Dann griff er zum Telefon.

SCHARADEN

Diese Stadt gehört den Banden

– Al Capone, 1930

14

Angela Terrell sagte: »Wenn mir doch nur etwas einfallen würde, was ich *tun* könnte. Statt dessen lieg' ich hier rum und sehe den Jahren zu, wie sie an mir vorbeiziehen. Ich habe eine Zeitlang Stunden am Art Institute genommen, aber ich konnte nicht mal einen vernünftigen *Arsch* zeichnen. Kannst du das fassen?«

Roche setzte sich auf, lehnte seinen Rücken gegen das Kopfbrett des Bettes und nahm seinen Drink vom Nachttisch. »Ich kenne da einen Burschen, so einen Einkäufer im Boston Store«, sagte er. »Wenn der Job was für dich ist, rufe ich ihn an.«

»Und dann bin ich Verkäuferin?« sagte Angela. »Fünfzehn Dollar die Woche, acht Stunden am Tag auf den Beinen, mir die ganze Scheiße von den Kunden anhören? Nein, vielen Dank.«

»Heutzutage würden sich eine Menge Leute auf so einen Job stürzen«, sagte Roche. »Ich kenne da einen Mann. Er war Vizepräsident einer Bank. Jetzt steht er an einer Straßenecke und verkauft Äpfel, fünf Cents das Stück und verdammt wenig Kunden.«

»Jake hat immer davon gesprochen, mir was bei der *Trib* zu besorgen«, sagte Angela. »Sobald ich den richtigen Posten finde, hat er immer gesagt.« Ihre Stimme geriet etwas ins Stocken. »Weißt du was, Ire? Vielleicht war er ein Betrüger und hat Scheiße erzählt. Aber Jake hatte eine Menge gute Seiten. Es hat Spaß gemacht, mit ihm zusammen zu sein, er hat sich wirklich um mich gekümmert, auch wenn es Zeiten gab, in denen er Sachen gemacht hat, für die ich den Scheißkerl hätte umbringen können. Und Teufel nochmal, ich vermisse ihn!«

Ruckartig wandte sie den Kopf ab und vergrub das Gesicht im Kissen. Roche leerte sein Glas, stellte es auf das Nachttischschränkchen und legte ihr sanft eine Hand auf die nackte Schulter.

»Ich will hier nicht auf's Rednerpult klettern, Mädchen«, sagte er. »Aber man hat ein übles Gesetz beschlossen – die Prohibition. Und die Einbrecher, die Räuber, die Safeknacker? Die waren keine Gauner mehr. Oh, nein, sie wurden Geschäftsleute. Sie haben den Leuten verkauft, was sie haben wollten – das Zeug, von dem die großen Nummern in Washington sagten, daß sie es nicht haben durften.

Warum soll man bei all dem leichtverdienten Geld für Bestechungen einen Geschäftsmann verfolgen, wenn er ein Gesetz gebrochen hat, das von Anfang an niemand wollte?« fuhr Roche fort. »Also hängt euch ran, Jungs! Die Bullen, die Politiker vom Gouverneurspalast bis zum untersten Schergen im Hinterzimmer einer Billardhalle. Wundert es dich da, daß Jake seinen Anteil wollte?«

Angela rollte sich zu ihm herum. »Und warum du nicht, wenn ich fragen darf?«

Er grinste. »Ein dummer Michel wie ich? Das würde nie klappen.«

Sie zog sein Gesicht herab und küßte ihn. »Das war eine sehr nette Rede.«

»Wir Iren haben wohl Silberzungen«, sagte er. »Und jetzt werde ich aus diesem Riesenbett klettern und mich um meinen Job kümmern, so langweilig er auch sein mag.«

Sie kam näher, drückte sich an ihn und fuhr mit einer Hand über seinen Bauch und nah an seinen Schritt. »Vielleicht könntest du so tun, als sei ich eine Gangsterbraut, und mich für eine Weile verhaften?« sagte sie.

Roche ignorierte den leichten Anflug eines schlechten

Gewissens. »Kein Mann sich dir verweigern kann, mein Herz«, sagte er.

»Was immer *das* bedeuten mag«, sagte Angela Terrell.

Irgendein Amateur-Scharfschütze hatte es vor kurzem als Zielscheibe benutzt, aber die Worte auf dem Schild neben den Schienen waren noch lesbar:

SUMMIT, ILL.
6545 Einw.

Um 10.27 Uhr kam der ›Chief‹ in Richtung Osten nahe des winzigen Bahnhofs zum Stehen. Aufsteigender Dampf legte sich um die Maschine und formte den ganzen Zug entlang nebelhafte Schleifen.

Drei Männer, einer von ihnen in Handschellen, kletterten die Stufen eines Schlafwagens hinab, überquerten den verlassenen Bahnsteig eilig zu einer unauffälligen schwarzen Limousine mit laufendem Motor und stiegen im Fond ein.

Wendt sah von seinem Platz neben dem Fahrer aus über seine Schulter. »Willkommen daheim, Kumpel«, sagte er.

»Leck mich«, sagte Frankie Foster.

Ecola Crimalids 29er LaSalle Coupé besaß zwei Eigenschaften, die es für seine Zwecke perfekt machten: Schick genug, um in exklusiven Vierteln nicht fehl am Platz zu erscheinen, und einen Kofferraum, der groß genug war, sechzig ordentlich verpackte Literflaschen Alkohol zu fassen. Als Angestellter der Aiello-Moran-Bande belieferte Ecola persönlich die feinsten importierten Weine und Whiskys an eine erlesene Klientel auf der nahen North Side.

Ecola war ein bißchen spät dran. Es war fast vier Uhr nachmittags, als er den LaSalle vor einem Apartmenthaus am North Lake Shore Drive anhielt. Er stieg aus und schloß den

Kofferraum auf, als ein stämmig gebauter Mann in einem blauen Anzug von der Stange aus dem Gebäude kam, ein paar Worte mit dem Portier wechselte und eilig in Richtung Michigan Avenue lief.

Die Visage dieses Typen hatte er schon mal irgendwo gesehen, entschied Ecola. Keiner von seinen Kunden. Die liefen nicht in Konfektionsanzügen von Goldblatt's herum. Vielleicht war der Bursche in der Zeitung gewesen? Wenn man im Bandengeschäft war, mußte man auf seinen Arsch aufpassen und immer alles überprüfen, wenn irgendwas auch nur komisch *aussah*.

Er brachte aus dem Kofferraum ein Geschenkpaket hervor, getarnt mit ›Marshall-Field‹-Aufklebern. Ecola klemmte es unter einen Arm, ging hinüber zum Portier und sagte: »Was macht die Kunst, Jerry?«

»Kann mich nicht beklagen, Mister Crimaldi«, sagte Jerry. Mit hochgezogener Augenbraue warf er einen Blick auf das Paket. »Ich wette, da kriegt jemand eine hübsche Krawatte«, sagte er und blinzelte auffällig.

»So ähnlich«, sagte Ecola. »Sag mal, ich wollte dich was fragen, Jerry. Dieser Kerl, der gerade rausgekommen ist, kennst du den?«

»Mister Crimaldi«, sagte der Portier, »ich darf nicht über die Leute sprechen, die hier im Haus wohnen. Das könnte auf mich zurückschlagen.«

Ecola zog einen Packen Banknoten hervor, entfernte die goldene Klammer und löste einen Schein. »Für den Anfang«, sagte er und stopfte ihn in die Brusttasche von Jerrys Uniform. »Kennst du ihn oder nicht?«

»Sein Name ist Roche«, sagte der Portier. »Der Cop, der hinter dem Kerl her ist, der diesen Reporter von der *Trib* erschossen hat, wissen Sie?«

»M-hm«, sagte Ecola. »Und sagst du mir auch, was er hier macht?«

Der Portier sah auf die Scheine in Ecolas Hand. »Da ist diese Braut in 6C. War die Freundin von dem Reporter, ja?

Dieser Roche war zwei-, dreimal oben, soweit ich das weiß.«

Ein weiterer Schein wanderte in Jerrys Tasche. »Nicht aufhören«, sagte Ecola Crimaldi.

Sechzehn Stiche und mehr als ein Monat waren nötig gewesen, um die Spuren der Schläge, die sie Mildred Koslak verpaßt hatten, zu verwischen. Zu allem Übrfluß schuldete sie Zuta immer noch über dreihundert für ihren ›Fehlbetrag‹. Aber wenigstens hatte sie noch ihren Job. Das ›Klassenzimmer‹ war, jetzt unter dem Schutz von Lieutenant Phelan aus der Wache an der Warren Avenue vor vier Tagen wieder eröffnet worden.

Mildred war im Wäscheraum und faltete Bettücher, als das Telefon im angrenzenden Büro klingelte. Solly Vision, Zutas zweiter Mann, nahm ab, und sie hörte seine Worte durch die halb offene Tür.

»Ja? Jack? He, wie geht's dir denn? . . . Nein, nichts besonderes. Geschäft ist im Moment ein bißchen lau, aber das wird schon. Wo bist du eigentlich? . . . Warte mal, das mußt du mir buchstabieren, Jack. Laß mich mal eben einen Stift suchen . . . Schieß los . . . Ja . . . Ja, das hab ich. He, kriegst du da oben denn auch einen weggesteckt? Zwei Riesen? Klar, steck' ich dir gleich in die Post . . . Stand hier 'ne Zeitlang in allen Zeitungen, daß Capones Jungs dahinter gesteckt haben. Aber in letzter Zeit nicht mehr so viel. Schade, daß sie den Scheiß-Roche nicht gekriegt haben, als sie schon dabei waren . . . ach komm, Jack. Wie soll das irgend jemand rausfinden? Von deinem Mund zu meinen Ohren, und da hört's auch auf, okay? Wird sich sowieso ziemlich bald legen. Du weißt, wie so was geht . . . Ja, sicher. Okay, Jack. Laß von dir hören. Bis dann.«

Der Hörer wurde aufgelegt, Papiere raschelten, wieder klingelte das Telefon. »Ja? Er hat *was*? Na, und *wie* er wird. Ich bin gleich unten.« Ein Stuhl wurde wütend zurückgestoßen, und man hörte schnelles Fußgetrappel. Eine Tür knallte zu.

Mildred Koslak stand wie erstarrt, ein Kopfkissenbezug

vergessen in ihrer Hand. Dann ließ sie ihn fallen, stürmte durchs Zimmer ins Büro und starrte die Worte an, die mit Bleistift auf dem Notizblock geschrieben standen:

J. H. GOODMAN
LAKELAND LODGE
UPPER NEMAHBIN LAKE
DELAFIELD, WISC.

Zwanzig Minuten später betrat Mildred Koslak die Telefonzelle in einem United-Tabakwarenladen. Mit zitternden Händen blätterte sie hastig in den Seiten des Telefonbuchs, fand, was sie suchte, warf einen Nickel in den Schlitz, wählte CAL 1840.

(*Dir* zeig ich's, du schmieriger Lude.)

Ein Klicken, dann sagte eine tiefe Stimme: »Lexington Hotel.«

John Hagan sagte: »Lassen Sie mich Ihnen gleich sagen, wie sehr ich es zu schätzen weiß, daß die Herren sich überhaupt mit mir treffen wollen, ganz zu schweigen von dieser nachtschlafenden Zeit. Sie verstehen, es darf einfach nicht rauskommen, daß ich mit den Cops spreche.«

Um zwei Uhr morgens war die Einsatzzentrale dunkel und verlassen. Die Putzkolonne für den fünften Stock war schon wieder weg. Hagan, Charles Rathbun und Roche saßen in Roches Büro, während Wendt mit der Hüfte gegen eine Fensterbank gelehnt stand, eine Sano rauchte und zuhörte.

Hagan, ein grobknochiger, leise sprechender Mann, war Ende dreißig, mit verwittertem Gesicht, tiefliegenden, braunen Augen und ernsthafter Ausstrahlung.

»Ich bin mir darüber im klaren, daß Sie nicht viel, wenn überhaupt etwas, über mich wissen. Also sollte ich Ihnen alles von Anfang an erzählen.«

»Bis vor fünf Jahren hatten Sie dieses Ein-Mann-Detektiv-Büro an der Jackson, Ecke Wabash«, sagte Roche. »Sie haben versucht, einen Klienten zu erpressen, Ihnen wurde die Lizenz entzogen, und Sie waren nah dran, eingebuchtet zu werden. Sie sind nach Kansas City gezogen, wurden aufgrund von Anklagen wegen bewaffneten Überfalls bis zur Ruhestörung zweiunddreißigmal verhaftet. Keine Verurteilungen. Haben Schnaps aus Kanada und Mexiko geholt, mit heißen Wagen gehandelt und ein Jahr wegen Autodiebstahls in Leavenworth abgesessen.«

Hagan machte eine resignierte Geste. »Sie wissen das alles«, sagte er.»Ich hätte es mir denken sollen. Egal, das liegt alles hinter mir. Ich bin aus den Bandengeschäften ausgestiegen und will jetzt zurück auf die rechte Seite des Gesetzes.«

»Ich verstehe nicht, was das alles mit dem Fall Lingle zu tun hat, Mister Hagan«, sagte Rathbun. »Am Telefon haben Sie gesagt, Sie hätten Informationen für uns.«

»Was ich habe, ist bis jetzt nicht besonders viel«, sagte Hagan. »Aber vor drei Tagen habe ich diesen Burschen aus Chicago getroffen. Ganz dick mit den Jungs von der North Side, hab ich gehört. Jedenfalls, dieser Typ behauptet, es geht das Gerücht, daß sie irgendeinen Killer von außerhalb hergeholt haben, um den Lingle-Job zu erledigen.

Wer der Mann war«, fuhr Hagan fort, »und woher er gekommen ist, kam nicht zur Sprache – und Sie können verdammt sicher sein, daß ich nicht gleich damit rausgerückt bin und gefragt habe. Aber ich habe guten Grund zur Annahme, daß die Spur koscher ist, und ich würde sie gern für Sie verfolgen.«

»Was ist für Sie dabei drin?« fragte Roche.

»Wie ich Ihnen gesagt habe«, entgegnete der Mann. »Eine Chance, mit dem Gesetz in dieser Stadt ins Reine zu kommen. Wenn ich Ihnen eine echte Hilfe sein kann, könnten Sie vielleicht bereit sein, mir dabei zu helfen, meine Lizenz wiederzubekommen.«

»Außerdem«, sagte Roche, »ein Stückchen von der Belohnung?«

Hagan zuckte mit den Schultern. »Das würde mir gut passen, klar. Ich bade im Moment nicht gerade im Geld.«

»Dann möchten Sie natürlich mit einem Spesenkonto arbeiten?« sagte Roche.

Hagan hob beide Handflächen. »Nein, Sir, Mister Roche. Ich bin nicht darauf aus, jemanden reinzulegen – nur zu helfen. Aber ich will ehrlich mit Ihnen sein. Mir selbst will ich am meisten helfen.«

Roche starrte ihn für einen langen Moment ruhig an. Dann sagte er: »Tut mir leid. Mister Hagan. Wir sind nicht interessiert.«

»Einen Moment mal, Pat, ja?« sagte Rathbun. »Lassen Sie uns hier nicht übereilig sein. Mister Hagan hat etwas, was wir nicht haben: Zugang zu kriminellen Kreisen. Ich glaube, Sie und ich sollten diese Sache durchsprechen.« Zu Hagan gewandt fuhr Rathbun fort: »Wo können wir Sie erreichen, Sir?«

Hagan lächelte. »Unter diesen Umständen bin ich lieber derjenige, der sich um das Erreichen kümmert, Mister Rathbun.«

»Ich verstehe«, sagte Rathbun. »Rufen Sie mich in ein oder zwei Tagen hier an.« Er sah zu Wendt hinüber. »Walter, würden Sie Mister Hagan wohl helfen, den Ausgang zu finden?«

Die beiden Männer verließen das Büro. Roche stand auf, öffnete eine Schublade, nahm seine Waffe heraus, schob sie in den Gürtelhalfter und klickte ihn fest.

»Ich würde *gern* Ihren Einwand dagegen hören, diesen Hagan zu benutzen, Pat«, sagte Rathbun. »Bitte bedenken Sie, daß Sie und ich die Verantwortung teilen, diesen Fall zu einem erfolgreichen Abschluß zu bringen.«

Roche nahm seinen Mantel von einer Stuhllehne. »Lassen Sie es mich vor Ihnen ausbreiten, Charlie«, sagte er. »Kapitel und Vers, wie man so sagt. In diesem Moment sitzt der Mann, der Lingle erschossen hat, in einer Zelle im obersten Stock des Strafjustizgebäudes.

Und da bleibt er auch«, fuhr Roche fort. »Weit weg von den Zeitungen und allen anderen. Zumindest, bis die Zeugen ihn bei einer Gegenüberstellung als Lingles Mörder identifiziert und uns gegenüber vereidigte Aussagen gemacht haben, damit sie ihre Meinung nicht ändern, wenn sie vor Gericht stehen.«

»Und wenn sie es nicht tun?« sagte Rathbun. »Ihn rauspikken? Oder es sich später anders überlegen?«

»Charlie«, sagte Roche geduldig. »Wir haben allein über Fotos drei bestätigende Aussagen über den Mann, ganz zu schweigen von den vier möglichen. Seine Verbindung zu der Waffe ist hergestellt. Er ist ein oder zwei Tage nach der Schießerei abgehauen. Er ist so gut wie geröstet, mein Freund.«

»Nein«, sagte Rathbun. »Es gibt einfach zuviele Hintertürchen. Für einen Mord dieser Größenordnung müßte der Täter jemand sein, der nicht mit irgendeiner der Banden aus Chicago zusammenhängt. Die Tatsache, daß Foster die Waffe gekauft hat, ist kein glaubhafter Beweis dafür, daß sie in seinem Besitz war, als abgedrückt wurde. Ferner bestehen alle Zeugen ohne Ausnahme darauf, daß der Mörder blond war. Fosters Haar ist beinah pechschwarz.

Ich will damit sagen, Pat«, fuhr Rathbun fort, »daß wir in diesem Stadium unserer Untersuchungen keine Quelle möglicher Informationen pauschal verwerfen dürfen.«

»Sie meinen diesen John Hagan?« sagte Roche.

»Und warum nicht?«

»Weil«, sagte Roche, »ich diesem heuchlerischen Scheißkerl nicht traue.«

In Rathbuns Miene spiegelte sich seine Wut. »Pat, was ist *los* mit Ihnen? Es ist sicher nichts Neues, einen Gauner auf den anderen anzusetzen. Sie haben mir selbst gesagt, daß Sie Informanten benutzen.«

»Wenn ein Gauner zum Spitzel wird, um eine Rechnung zu begleichen oder sich vor dem Gefängnis zu retten«, sagte Roche, »prima. Den benutze ich.«

»Hagan will ehrlich werden«, sagte Rathbun. »Eine zweite Chance. Warum sollte nicht . . .«

»Bei *seinem* Vorstrafenregister«, sagte Roche. »Blech! Ich habe kein Vertrauen zu dem Mann und will nichts mit ihm zu tun haben. Das ist endgültig!«

Unbemerkt erschien Wendt in der Tür. »Bei Gott«, sagte

Rathbun wütend, »für mich ist das nicht endgültig. Ich habe die Absicht, ihn zu benutzen.«

Roche zuckte mit den Schultern. »Wenn Sie nichts gegen einen Vorschlag einzuwenden haben: Passen Sie gut auf, daß Sie ihn benutzen, nicht umgekehrt.«

Rathbun kochte, drehte sich scharf um, fegte an Wendt vorbei und war draußen. Seine Absätze klapperten hastig über den Boden der Einsatzzentrale, gefolgt vom Zuknallen der äußeren Bürotür.

»Was«, sagte Wendt, »war denn das?«

Roche seufzte und machte eine resignierte Geste. »Ein sorgengeplagter Mann, unser Charlie«, sagte er. »Er hat diesen Alptraum, in dem die Geschworenen aus Angst, überhaupt *irgendeinen* Gangster aus dieser Stadt zu verurteilen, Foster des Mordes an Lingle für nicht schuldig erklären. Sollte sich das bewahrheiten, hält Charlie die Enttäuschung des Colonels für verhängnisvoll gegenüber seinen eigenen Ambitionen.«

Er warf sich seine Jacke über und sah auf seine Uhr. »Nach drei ist es! Wenn das so weitergeht, wird deine süße Frau bald die Scheidung einreichen.«

»Bestimmt nicht, solange die Wirtschaftskrise anhält«, sagte Wendt. »Ich habe gelesen, daß die Scheidungsgerichte heutzutage fast keine Kunden mehr haben. Komm, ich bring' dich nach Hause. Um diese Zeit fahren die Straßenbahnen ziemlich selten.«

»Du solltest mal darüber nachdenken, ob du nicht bei mir nebenan einziehen willst, Walter«, sagte Roche. »Denk mal an das ganze Benzin, das du sparen könntest.«

»Eine Idee, die mir schon durch den Kopf gegangen ist.«

Sie standen vor einem horizontal gestreiften Hintergrund: sechs Männer, die verschiedenartig gekleidet waren und ziemlich die gleiche Größe hatten. Drei waren schwarzhaarig, zwei blond, einer mit verwaschen braunem Haar. Unter einer Batterie von starken Deckenlampen folgten sie Fred Joyners

Anweisungen, drehten sich nach links, rechts und wieder zurück in die Frontale.

Im unbeleuchteten Bereich des Raums saßen sieben Zeugen des Mordes an Alfred J. Lingle und starrten durch das Glas zwischen ihnen und den Männern auf dem Podest. An der Rückseite des Raums saß eine junge Frau an einer Stenographiermaschine.

Roche sprach langsam und wägte seine Worte sorgfältig ab. »Zu einem früheren Zeitpunkt hat man Ihnen Fotos von möglichen Verdächtigen im Fall Lingle gezeigt«, sagte er. »Einige kamen von außerhalb. Nachdem Sie sich nun die sechs da oben lange angesehen haben, sagen Sie uns bitte, ob Sie in irgendeinem davon den Mann wiedererkennen, der geschossen hat. Die Männer können Sie nicht sehen oder hören, was Sie sagen. Also zögern Sie bitte nicht, sich zu äußern ... Mister Applegate?«

Clark Applegate, Trainer und Besitzer von Rennpferden, war ein großer, schwerer Mann mit einem widerspenstigen roten Haarschopf. »Na ja, Sir«, meinte er. »Ich würde sagen, daß es Nummer drei da oben ist. Vielleicht ist das Haar nicht so, wie ich es erinnere, aber das Gesicht würde ich auch in einer dunklen Gasse wiedererkennen.«

»Mister Campbell?«

Patrick Campbell, ein Klempner Ende dreißig, sagte: »Nummer drei. Das Bild von dem Kerl hab' ich aus denen rausgesucht, die mir dieser Cop gezeigt hat, als er vor einiger Zeit bei mir zu Hause war.«

»Miß Norris?«

Peggy Norris sagte: »Nummer drei, Mister Roche.«

»Mister Dimvale?«

Sidney Dimvale, ein geckenhaft gekleideter Angestellter einer Maklerfirma an der LaSalle Street, sagte: »Ich, Sir, bin fest davon überzeugt, daß die Person, die ich den Officer habe jagen sehen, nicht unter diesen Männern ist. Nummer drei ähnelt ihm in gewisser Weise, aber seine Haarfarbe stimmt einfach nicht.«

»Mister Stein?«

Albert Stein, ein Angestellter des Cook County-Archivs, sagte: »Vielleicht hatte er sein Haar an dem Tag gefärbt oder so was, aber Nummer drei hat das richtige Gesicht.«

»Mister Beckwirth?«

Dwight Beckwirth, Aufseher, Weichensteller bei der Eisenbahn, sagte: »Ich muß zugeben, Mister Roche, ich kann eigentlich keinen von diesen Leuten wiedererkennen. Das Haar von dem blonden Kerl am anderen Ende der Reihe hat die richtige Farbe und ist so geschnitten, aber sein Gesicht sieht für mich nicht richtig aus.«

»Mister Williams?«

Warren Williams sagte: »Nummer drei ist der Bursche auf dem Bild, das mir der Cop draußen auf dem Rangierbahnhof gezeigt hat.«

Roche warf einen Blick zur Stenotypistin, bekam ein kurzes Nicken zurück, und bedeutete Joyner, daß er das Podest räumen sollte.

Als er die Zeugen entließ, sagte Roche: »Die Kopien Ihrer Aussagen werden morgen fertig sein. Sie müssen nicht extra den ganzen Weg hier rauskommen. Irgend jemand wird bei Ihnen zu Hause oder bei Ihrer Arbeitsstelle auftauchen, ganz wie Sie es wollen, und sich die Unterschrift holen. Bis dahin gilt: Sollten Reporter Sie zu dieser Sache befragen, sagen Sie ihnen, sie sollen zu mir kommen, wenn sie Antworten wollen. Und lassen Sie mich hinzufügen: Sie haben meinen tiefen und ehrlichen Dank für das, was Sie heute hier getan haben.«

Police Officer Anthony Ruthy, der neben der Stenotypistin saß, ging als erster.

Später, beim Kaffee in der Cafeteria des Gebäudes, sagte Roche: »Vier von sieben, Walter. Und der Verkehrspolizist Ruthy. Nicht alles, was ich mir erhofft hatte, aber ich glaube, es reicht trotzdem.«

»Eine Sache ist mir aufgefallen«, sagte Wendt.

Roche warf ihm einen scharfen Blick zu. »Und was?«

»Bis kurz vor Ende«, sagte Wendt, »hab' ich nicht ein einziges Mal deinen schweren, irischen Akzent gehört.«

»Hin und wieder gebe ich mir schließlich Mühe«, sagte Patrick Roche.

Danny Stanton sagte: »Werden gut hundert Meilen sein, Jungchen. Hundertzehn vielleicht, ein Teil davon Nebenstraßen da oben.«

»Kann nicht länger als drei Stunden dauern, Mister Stanton«, sagte Giangoro. »Der Tank ist voll, also brauchen wir nirgendwo anzuhalten.«

Er war kaum zwanzig und schon hochrangiges Mitglied einer Straßenbande, die sich die ›42er‹ nannten, und Momo Giangoro war als der beste Fahrer der gesamten West Side bekannt.

Sie saßen in einer frisch gestohlenen dunkelblauen Buick-Limousine, die in einer Wohngegend von Cicero am Straßenrand stand, ein paar Blocks vom Western Hotel entfernt, einem Unterschlupf der Capone-Bande. Bei ihnen waren Claude Maddox und Willie Heeney, ein ausgemergelter Killer mit eingefallenen Wangen und aknenarbigem Gesicht. Ein schnittiges Chrysler Imperial-Coupé, ebenfalls gestohlen, war gleich hinter der Limousine geparkt. Frank Diamond saß am Steuer, Ted Newberry neben ihm.

Stanton sah im Buick auf seine Uhr und nickte. Er sagte: »Drei Stunden, was? Dann müßten wir gegen zehn heute abend da sein. Genau wie der Onkel Doktor es verschrieben hat. Also gut, Jungchen, ab geht's.«

Roche sagte: »Weißt du, was das ist, Frankie?«

»Was bin ich?« sagte Foster. »Blind oder was? Das ist 'ne scheiß Kanone. Na und?«

»Ein bißchen mehr als nur eine Kanone, Frankie«, sagte Roche. »Das ist ein 38er Colt Special, den ich hier in der Hand halte. Genau diese Waffe hat das Loch in Lingles Kopf geschossen. *Deine* Waffe, Frankie.«

»Wer sagt das?«

»Sagt Mister Peter von Frantzius, der wohlbekannte Händler solcher Artikel. Und seine Akten bestätigen ihn.«

»Ich hab keinen Schimmer, wovon Sie reden«, sagte Foster.

Sie waren in einem Verhörzimmer im obersten Stock des Strafjustizgebäudes. Bei ihnen waren Wendt und Charles Rathbun. Es war ein kleines Zimmer: schmucklose Wände, ein Tisch, vier Holzstühle und ein drahtvergittertes Fenster, das die feuchte Nachtluft hereinließ.

Roche stand auf, kam um den Tisch herum und hielt die Waffe ein paar Zentimeter vor Fosters Gesicht. »Mach schon, Frankie, sieh sie dir genau an. Komm schon, das Ding gehört dir. Was wir beide verdammt genau wissen.«

Muskeln zuckten an Fosters Unterkiefer. Er sagte: »Ich hab schon lange keine Waffe mehr gehabt, die ich von dem Burschen gekauft habe.«

»Und die hier? Ist dir aus einem Loch in der Tasche gefallen?«

Fosters Lippen kräuselten sich zu einem kleinen, höhnischen Grinsen. »Scheiße, wer weiß? Vielleicht hab ich sie gegen ein Mah-Jongg-Spiel eingetauscht.«

Abrupt und ohne seine Miene zu verändern, schlug Roche ihm hart über den Mund. Foster kam hoch wie eine verbrühte Katze, schwang seine Faust. Roche ließ sie am Ohr vorbeifliegen, rammte seine linke Hand tief in Fosters Magen und schickte ihn mitsamt dem Stuhl krachend zu Boden.

Der Gangster lag da und rang nach Atem. Rathbun sprang entsetzt auf. »Mein Gott, Pat, so verhört man keinen Verdächtigen«, sagte er. »Ich weigere mich, danebenzustehen und zuzulassen, daß dieser Mann körperlich angetastet wird!«

Langsam drehte Roche seinen Kopf, starrte den Anwalt ausdruckslos an, sagte nichts. Ihre Blicke trafen sich, fraßen sich fest . . . und Rathbun wandte sich um und stakste zur Tür hinaus.

Roche hielt noch immer die Waffe in der Hand. Er ließ sie auf den Tisch fallen und stellte den Stuhl auf. Dann bückte er sich, packte Fosters Mantelaufschläge, hievte ihn auf die Beine und setzte ihn auf den Stuhl zurück. »Mir scheint, mir ist entfallen, was du gerade sagen wolltest, Frankie. Tu mir doch den Gefallen und wiederhol es nochmal, sei so gut.«

Sie fanden die Lichtung am Ende einer scharfen Kurve der schmalen Straße. Ein langes, niedriges, bewußt schlicht gehaltenes Gebäude stand am hinteren Ende eines Parkplatzes, auf dessen unbefestigter Fläche ungefähr ein Dutzend Autos abgestellt waren. Drei Flutlichter hoch oben auf Metallmasten beleuchteten die Umgegend.

»Das reicht«, sagte Danny Stanton. »Fahr ein Stück von der Straße runter und halt an. Unter dem Baum wäre gut.«

Die schwere Limousine rollte über Gras, fuhr an einer Reihe lilafarbener Büsche entlang und hielt unter den Ästen einer riesigen Pappel. Der Chrysler blieb hinter dem ersten Wagen stehen. Motoren und Scheinwerfer erstarben.

Zehn Minuten vergingen. Geräusche: das rhythmische Ticken abkühlender Motoren, das Pfeifen von Zikaden, und vom Sommerhaus her leise Klänge von heftig synkopierter Tanzmusik.

Stanton öffnete die Tür neben sich. »Halt die Augen auf«, befahl er Momo Giangoro. »Wenn was ist, drück auf die Hupe.«

Die Lobby der Lakeland Lodge war klein und schlecht beleuchtet. Abgesehen vom Empfangschef, der im Lichtkegel vor einer kleinen Telefonvermittlung döste, war der Raum leer.

Die Tür mit dem Fliegengitter öffnete sich, und Maddox und Newberry kamen hereingeschlendert. Der Empfangschef erhob sich von seinem Stuhl und ging hinter den Tresen. »'n Abend, Gentlemen«, sagte er und langte unter der Platte nach dem Gästebuch, als ihn der zehn Zentimeter lange Lauf eines 38er S-&-W-Revolvers an die Brust stieß. »Ihr habt einen Kerl namens Goodman bei euch wohnen«, sagte Maddox.

Es war keine Frage. Zitternd und mit aufgerissenen Augen sagte der ältliche Empfangschef: »J-ja, Sir. John R. Goodman. A-aus Aurora.«

»Wo ist er?«

»Ich . . . ich . . . ich . . .«

»Komm schon!«

Ein Schwall von Worten sprudelte heraus. »Ich glaube, Mister Goodman ist wahrscheinlich im . . . wahrscheinlich im Pavillion, Sir. Draußen, links um die Ecke. Sehen Sie, wir haben Tan . . .«

»Halt die Klappe und setz dich!«

Ted Newberry ging zur Tür der Lobby und nach draußen. Maddox schob sich hinter den Tresen, am Empfangschef vorbei zum Schaltbrett, riß es los, trat ein Gewirr von Drähten beiseite und knallte es auf den Boden.

Ein mechanisches Klavier am hinteren Ende des Lakeland Pavillions hatte gerade aufgehört, für die acht Personen auf der Tanzfläche ›Tiptoe Through the Tulips‹ abzuspulen. Eine Pause entstand, dann werde ein neuer Nickel in den Schlitz geworfen, und es ging mit den Klängen von ›Good for You, Bad for Me‹ weiter.

Gerade drehte sich Jack Zuta am Piano lächelnd um, als vier Männer mit Waffen in den Händen und tief ins Gesicht gezogenen Filzhüten durch die Tür kamen. Einen Herzschlag lang erstaunte Stille, dann schrie eine Frau, und eine andere sackte ohnmächtig zu Boden. Die Tänzer wichen an die Seitenwände zurück und machten den Weg frei für die Männer mit den Waffen, die sich dem vor Schreck erstarrten Mann am Piano näherten.

Ein dunkler Fleck breitete sich vorn an Zutas weißer Flanellhose aus. Mit einer Stimme, die kaum mehr als ein Winseln war, sagte er: »Ich hab den fal . . .», dann zerschlug eine Kugel aus Stantons Waffe seine Zähne, sprengte ihm den Hinterkopf weg und spritzte Blut und Hirn über das Klavier.

Die Musik spielte weiter.

Zuta fiel noch, als Newberry und Heeney ihm in die Brust schossen. Frank Diamond trat heran, setzte je einen Fuß auf beide Seiten der Leiche, beugte sich vor und schoß eine letzte Kugel in den zerschmetterten Schädel. Ein ältlicher Mann fiel auf die Knie und erbrach sich über die Schuhe seiner Frau.

Die Musik spielte weiter.

Als vierzig Minuten später drei Beamte vom Büro des Sheriffs in Waukesha County eintrafen, war der Parkplatz leer und die Gäste des Hauses längst verschwunden.

Malcolm DeVries, der Empfangschef, gab zu, Schüsse gehört zu haben, sagte aber aus, er hätte nichts gesehen. Er war nicht in der Lage, Namen möglicher Zeugen anzugeben.

Frankie Foster sagte: »Hat mir jemand gestohlen, okay? Direkt aus meinem Scheiß-Zimmer geklaut, ja? Ich . . .«

»Wenn ihr Penner nicht mehr Scheiße sagen dürftet«, knurrte Roche, »müßtet ihr mit den Händen reden. Wie lange vermißt du deine Kanone schon?«

»Scheiße, woher soll ich das wissen?« sagte Foster. »Sechs Monate vielleicht. Vielleicht mehr. Ich . . .«

Die Tür ging auf, und Rathbun kam mit einem vollen Tablett aus der Cafeteria herein. Er stellte eine Kaffeetasse vor Roche, eine weitere an seinen Platz am Tisch, reichte Wendt eine dritte und setzte sich. Foster machte ein finsteres Gesicht, weil man ihn übergangen hatte, sagte aber nichts.

Roche lehnte sich zurück. »Danke, Charlie«, sagte er, nahm einen Schluck von der dampfenden Flüssigkeit und steckte sich eine von Wendts Zigaretten an. »Wann bist du Richtung Küste losgefahren, Frankie? Gleich nach dieser Sache mit Lingle, stimmt's?«

»Weiß nicht mehr genau«, sagte Foster. »Vielleicht irgendwann um den Dreh.«

»Vielleicht sogar am selben Tag?«

»Könnte sein, ja. Ich hab nicht auf den Scheiß-Kal . . .«

»Warum?«

»Warum *was?*«

»Warum bist du weggefahren?«

Foster zuckte mit den Schultern. »Das ist ein freies Land. Mir . . . war danach, das ist alles.«

»Wie würde es dir gefallen, drei Treppen runterzufallen?«

»Na schön«, sagte Foster. »Ich bin also abgehauen. Das haben auch 'ne Menge anderer Burschen gemacht, die ich kenne. Hat keinen Sinn, dazubleiben und sich von den Bullen hochnehmen zu lassen, weil irgend jemand eine große Nummer umgepustet hat.«

Roche nahm einen Schluck aus seiner Tasse, setzte sie ab und rückte mit seinem Stuhl näher an den Tisch heran. »Laß uns mal zur Sache kommen, Frankie«, sagte er. »Bevor Jake Lingles Leiche kalt war, haben dich zwei Leute in diesem Tunnel aus dem Fotoalbum rausgesucht.«

Foster verzog den Mund. »Dann brauchen die eben 'ne Scheiß-Brille, okay?«

»Bei dieser Gegenüberstellung heute«, sagte Roche, »haben dich noch vier andere identifiziert. Sechs sichere Zeugen, Frankie. *Und* diese Kanone gehört dir. Wir haben dich, mein Kleiner.«

Foster rutschte auf seinem Stuhl herum, blickte auf seine Hände, dann zu Roche. »Ich glaube, ich möchte hier einen Anwalt dabeihaben«, sagte er.

»Einen Anwalt«, sagte Roche. »Die kosten Geld, Frankie. Und wer bezahlt die Rechnung? Jack Zuta?«

Fosters Gesichtsausdruck veränderte sich, bis er gar keinen Ausdruck mehr hatte. Er leckte sich über die Lippen. »Der Scheiß-Lude?« sagte er. »Warum der?«

»Wenigstens könnte er das tun«, sagte Roche. »Wenn man bedenkt, daß er dich fürs Abdrücken bezahlt hat.«

Officer Anthony Ruthy stieg an der Haltestelle Stony Island aus der Hochbahn, ging die Treppe hinab und einen Block in Richtung Westen nach Blackstone. Er ging langsam. Es verlangte einem Mann viel ab, in der mörderischen Hitze den Verkehr auf der Michigan Avenue zu regeln.

Irene Ruthy öffnete die Tür des Apartments. »Du siehst aus, als wenn du gleich umfällst. Ich laß dir ein heißes Bad ein, ja? Essen ist in zwanzig Minuten fertig. Aufschnitt und Kartoffelsalat.«

Später döste Ruthy barfuß im Pyjama in einem Sessel, und im Radio lief eine Folge von WMAQ's Kriminalserie *Unfinished*

Play. Ein paar Minuten vor zehn rüttelte seine Frau ihn wach und drückte ihm ein Glas kaltes Bier in die Hand. »Ich lauf mal eben rüber und zeig Martha mein neues Kleid«, sagte sie. »Soll ich dir vorher noch was holen?«

Er trank das Bier aus und rauchte eine Zigarette, während er eine Entscheidung traf. Dann stand er auf, stellte das Radio ab und ging ins Schlafzimmer, um zu telefonieren.

Er wählte und gab der Vermittlung eine Durchwahlnummer. Nach dreimaligem Klingeln wurde der Hörer abgenommen, und eine Stimme sagte: »Lokalredaktion.«

Ruthy sagte: »Ist Dave Weber da?«

»Gerade reingekommen«, sagte die Stimme. »Warten Sie.«

»Hier ist Dave.«

»Tony Ruthy«, sagte Ruthy. »Haben Sie einen Hunderter übrig?«

Roche sagte: »Nehmen wir an, daß du aufgrund eines Wunders von der Größe der Auferweckung des Lazarus der Anklage entkommen kannst und wieder rauskommst. Klar, so wie die Geschworenen heutzutage sind, könnte das passieren. Aber, Frankie, solange du noch einen Hauch Leben in dir hast, bist du Gift für Zuta. Wenn wir bei ihm ein Auge zudrücken, garantiere ich dir, daß du innerhalb einer Woche ein kaltes Stück Fleisch bist.«

Er trank seinen Kaffee aus und stellte die Tasse auf das Tablett zurück. Unter dem Blechreflektor einer Deckenlampe hing ein blauer Schleier aus Zigarettenrauch in der unbewegten Luft.

»Man macht dir hier ein Angebot, Frankie«, sagte Roche. »Steh vor Gericht auf und erkläre diesen zwölf rechtschaffenen und ehrbaren Männern alles. Zuta brät auf dem elektrischen Stuhl, du verbüßt deine Zeit als Komplize und bist wieder draußen, bevor deine Haare grau sind. Aber wenn du ablehnst«, fuhr Roche fort, »bring ich Zuta her und mache ihm das gleiche Angebot. Glaubst du auch nur eine Minute, *er* lehnt es ab? Verkohlen, um die Haut von irgendeinem Schläger zu retten, die es wie Sand am Meer gibt? Hah!«

Er beugte sich vor und bohrte Foster einen Finger in die Brust. »So oder so, Frankie«, sagte er, »*einer* kriegt seinen zarten Arsch gekocht. Wird es Zutas sein? Oder deiner?«

»Ich hab Neuigkeiten für Sie, Roche«, sagte Foster. »Ich hab keinen Schiß, kein bißchen.«

»Ich frag dich nochmal«, sagte Roche. »Zehn Minuten, bevor sie den Schalter betätigen.« Er warf einen Blick zu Wendt hinüber. »Laß uns den Mann vergraben, Walter. Als Eddie Ryan und weit weg von neugierigen Reportern.«

Als die Tür zu war, lehnte sich Roche auf seinem Stuhl zurück. »Charlie?«

»In Anbetracht von Officer Ruthy, den Zeugen und der Waffe«, sagte Rathbun, »können wir wahrscheinlich eine Anklage zustande bringen. Aber eine Überführung . . .« Er breitete seine Arme aus, zuckte mit den Schultern und wandte sich ab.

»Was macht Ihnen Sorgen, Charlie?« sagte Roche.

»Das Haar«, sagte Rathbun. »Der Killer war blond, Pat. Alle Zeugen reiten darauf rum, daß er blond war. Glauben Sie, die Verteidigung wird das nicht aus jedem herausholen, den wir in den Zeugenstand rufen?«

»Eine Perücke«, sagte Roche ungeduldig. »Entweder das, oder gefärbt. Was glauben Sie denn, warum er sonst nach dem Schuß seinen Hut abgenommen hat und dann Gott weiß wie lange stehengeblieben ist, bevor er Reißaus genommen hat?«

»Wenn Sie vor Gericht sagen, es sei eine Perücke *oder* gefärbt gewesen, Pat«, entgegnete Rathbun, »werden die Einwände der Verteidigung Ihre Trommelfelle platzen lassen! Und das Gericht würde dem stattgeben. Der Staatsanwalt könnte nur fragen, ob nach *Meinung* des Zeugen das Haar des Angeklagten eine Perücke oder gefärbt gewesen sein *könnte*. Und was glauben Sie wohl, was ein Zeuge bei einer solchen Auswahl – wenn auch widerstrebend – wahrscheinlich sagen wird?«

»Eine Brücke«, sagte Roche, »die wir überqueren, sobald sie gebaut ist.«

Am gleichen Abend war John Hagan in sieben Nachtklubs und Kneipen auf der North Side ein- und ausgegangen, bevor er um zwei Uhr morgens im Club Southern landete, einem Treffpunkt der Moran-Bande am Broadway, Ecke Grace.

Maxie Eisen und Lou Alterie, die mit dem Rücken zur Wand an einem der hinteren Tische saßen, begrüßten ihn mit herzlichem Händeschütteln, überschwenglichem Schulterklopfen und der Einladung zu einem Drink. Als sie die Liebenswürdigkeiten hinter sich gebracht hatten, ließen sich die drei Männer nieder, um gegenwärtige und vergangene Bandenaktivitäten zu erörtern. Alterie sprach bewegt davon, wie er mit Frank und Pete Gusenberg ›gleich da drüben am Tisch!‹ Highballs getrunken hatte, in der Nacht, bevor die Capones ›eine Kugelspritze auf sieben der tollsten Kerle auf der ganzen Welt!‹ losgelassen hatten.

Schließlich kam das Gespräch auf Lingles Abgang. Alteries Stimme wurde schrill, er machte ›diese Scheiß-Capones!‹ für den Mord verantwortlich. Eisen schüttelte seinen Kopf: Man sagte, Jake würde irgendwie drinhängen, wofür man ihm bei der Schießerei am Loop fast den Arsch abgeschossen hatte. Hagan erwähnte beiläufig, er hätte gehört, daß vielleicht ein Killer von außerhalb den Job mit Lingle erledigt hatte. Das brachte ihm leere Blicke von Alterie und Eisen ein, und das Gespräch wandte sich anderen Themen zu.

Eine Stunde vor Morgengrauen verließ John Hagan nach seinem zehnten Highball den Club Southern mit etwas weichen Knien. Ein Taxi fuhr ihn zum Argyle Hotel ein paar Meilen weiter nördlich.

»Morgen, Mister Hart«, sagte der Empfangschef mit müdem Blick, reichte ihm den richtigen Schlüssel und brachte ihn mit dem einzigen Fahrstuhl des Hotels in den vierten Stock hinauf.

Hagan war noch in der Lage, seine Schuhe und Hosen abzustreifen, bevor er auf dem Bett zusammensackte. Er drehte sich auf die Seite, murmelte: »Es wird nicht gehen«, und war eingeschlafen.

»Das sind alle«, sagte Wendt und warf sechs eidliche Aussagen vor Roche auf den Schreibtisch.

Roche sagte: »Sehr gut!« und blätterte zwei der ordentlich getippten und gebundenen Dokumente durch. »Die Mädchen haben ihren Job in der kurzen Zeit großartig gemacht, Walter. Und du kannst ihnen sagen, daß sie in ihrer nächsten Lohntüte ein bißchen extra finden werden . . . Wer ist da draußen?«

»Joyner und Casey«, sagte Wendt. »Nevins wird jeden Augenblick hier sein. Er ist irgendwo frühstücken gegangen. Der Rest ist draußen bei dieser Razzia in der Brauerei an der Laflin Street.«

Roche holte seine Uhr hervor und warf einen fragenden Blick darauf. »Noch nicht mal acht«, sagte er. »Ein bißchen früh, ich weiß. Aber ich möchte, daß diese sechs Dinger alle unterschrieben und bezeugt sind, bevor . . .«

Das Telefon klingelte. Roche schob die Papiere beiseite und nahm den Hörer ab. »Roche hier.«

»Ja, Mister Roche, hier ist Lou Applegate«, sagte eine schwerfällige Stimme. »Wissen Sie Bescheid?«

Eine böse Ahnung ließ Roches Miene düster werden. »Schön, daß Sie anrufen, Mister Applegate«, sagte er. »Diese Aussage, die Sie gemacht haben, ist fertig zum Unterschreiben. Jeden Moment müßte einer meiner Männer damit bei Ihnen auftauchen.«

»Naja, sehen Sie, darüber wollte ich mit Ihnen sprechen, Mister Roche«, sagte die Stimme. »Dieser Kerl, den Sie uns gestern gezeigt haben . . .«

»Was ist mit ihm?«

Die Stimme sagte: »Naja, ich hab das mal mit meiner Frau durchgesprochen, wissen Sie? Daß er schwarze Haare hat, wo doch dieser Mann, den ich gesehen habe, als er geschossen hat, wo der doch blond war, was ich Ihnen gleich gesagt hatte, und so? Naja, ich muß Ihnen was sagen, Mister Roche: Ich merke jetzt, daß ich mich getäuscht haben muß. Dieser Mann gestern war nicht der Richtige.«

»Sie waren sich ziemlich sicher«, sagte Roche kalt. »Was ist passiert?«

Die schwerfällige Stimme nahm einen gekränkten Ausdruck an. »Wer hat gesagt, daß was passiert ist? Ich habe berechtigte Zweifel, das ist alles. Wie Sie selbst gesagt haben, wenn Sie berechtigte . . .«

»Mister Applegate«, sagte Roche. »Wo sind Sie in, sagen wir, einer Stunde?«

»Naja, soweit ich weiß«, sagte die Stimme, »schätz ich, hier zu Hause. Aber es gibt nichts . . .«

»Ich werde da sein, Mister Applegate«, sagte Roche. Er legte den Hörer auf, holte tief und langsam Luft und stieß sie ungestüm aus. »Scheint so, als hätten wir einen Zeugen weniger, Walter«, sagte er. »War wohl zu erwarten.« Er zuckte philosophisch mit den Schultern. »Könntest du vielleicht ein bißchen Nikotin entbehren? Für meine angegriffenen Nerven.«

»Wenn du es *so* sagst«, entgegnete Wendt, holte sein Päckchen Sanos vor und schüttelte eine heraus. Roche griff danach.

Das Telefon klingelte.

Langsam zog Roche seine Hand zurück. Die beiden Männer sahen einander an. In ihren Augen spiegelte sich der gleiche Gedanke.

Wieder klingelte das Telefon. Roche nahm den Hörer ab. »Roche hier.«

Die Membrane ratterte unter dem Druck einer schrillen Stimme. Roche sagte: »Warten Sie einen Moment, Mister Campbell.« Er deckte mit einer Handfläche die Sprechmuschel ab und sagte: »Der Zeitungsstand unten, Walter. Hol die Morgenausgaben von . . .«

Er brach ab, als Leonard Nevins mit grimmiger Miene das Büro betrat und schweigend eine frisch gedruckte Ausgabe des *Herald-Examiner* mit der Titelseite nach oben auf den Schreibtisch knallte.

BANDENKILLER IST LINGLE-MÖRDER
Zeugen identifizierten Frankie Foster,
North-Side-Gangster, als Mörder

Verblüfft sah Roche zu Wendt und Nevins auf. Der Hörer machte quäkende Geräusche. Roche hob ihn langsam und nahm ihn ans Ohr. »Ich rufe Sie zurück, Mister Campbell«, sagte er und legte auf.

Nevins ging. Dann trat Charles Rathbun ins Zimmer, eine gefaltete Zeitung unter dem Arm. Er sah das Exemplar auf dem Schreibtisch. »Dann brauchen Sie die hier wohl nicht«, sagte er und warf seine Ausgabe in den Papierkorb.

Er schwenkte einen Gästestuhl heran und setzte sich. »Ich weiß, daß es Ihnen nur ein schwacher Trost sein kann, Pat«, sagte er, »aber diese Dinge haben es an sich, vorzeitig herauszukommen. Allerdings glaube ich nicht, daß es ganz so . . . verheerend sein wird.«

»Gestatten Sie mir, Sie auf den neuesten Stand zu bringen, Charlie«, sagte Roche mit schmalen Lippen. »Wenn das Telefon nochmal klingelt, ist es der dritte Zeuge, der *kein* Zeuge mehr ist. Und damit wird es nicht aufhören.« Er deutete mit einem Zeigefinger auf die Schlagzeile. »Wenn sie erst die Worte North-Side-Gangster hören, verlieren wir sie alle.«

Rathbun versuchte ihn aufzuheitern. »Ich kann natürlich nicht behaupten, daß Sie unrecht haben«, sagte er. »Aber in den letzten paar Tagen habe ich ganz ausführlich mit den meisten Zeugen gesprochen und festgestellt, daß es ehrliche, gesetzestreue Bürger sind, die . . .«

Roches scharfe Geste schnitt ihm das Wort ab. »Ehrlich und gesetzestreu sind sie allerdings«, sagte er. »Und *eingeschüchtert*, mein Freund. Gib uns ihre unterschriebenen Aussagen, stell sie vor Gericht und unter Eid – einige hätten vielleicht zu uns gehalten. Aber so, wie es aussieht . . .« Abrupt schob er den Stuhl zurück, sprang auf und drehte sich zum Fenster. Er stand da, den anderen den Rücken zugewandt. »Es ist absolut bewiesen, daß die Waffe Foster gehört hat«, sagte er. »Von diesem Verkehrspolizisten Ruthy haben wir eine sichere Identifizierung, gestützt von seiner eidlichen und unterschriebenen Aussage. Reicht das? Wir wissen es nicht mit Sicherheit. Wenn uns noch einer . . .«

Er klatschte sich mit einer Handfläche an die Stirn. »Und den haben wir! Zuta! Ich hatte Zuta ganz vergessen!«

Er fuhr ruckartig herum und knallte die flache Hand auf den Schreibtisch. »Jack Zuta«, sagte er. »Wir finden ihn, stellen ihn Foster gegenüber und ziehen *beiden* Scheißkerlen die Daumenschrauben an.«

»Pat«, sagte Rathbun, »da gibt es . . .«

Roche ging über seinen Einwand hinweg. »Foster könnte vielleicht durchhalten, der ist hartgesotten. Aber nicht dieser Lude Zuta. Laß den nur *glauben,* daß er vielleicht auf dem Stuhl landet, und ich garantiere euch, daß die Worte nur so aus ihm heraussprudeln!«

Charles Rathbun hob eine Hand, um ihn zum Schweigen zu bringen. »Pat«, sagte er leise. »Würden Sie einen Moment zuhören? Es kam vor zehn Minuten über WGN. Zuta ist tot.«

Das Telefon klingelte.

15

Als Roche am Ausgabetresen der Bibliothek stand, bestaunte er die gemaserten Marmorwände des riesigen Raumes, die farbigen Steinmosaike, die Stücke aus Perlmutt und Glas. Wirklich ein Königspalast. Eine Schande, daß er seinen Fuß noch nie in solche Pracht gesetzt hatte.

Hinter dem Tresen sagte Peggy Norris: »Kann ich Ihnen helfen, Sir?«

»Ich bin Pat Roche, Miß Norris. Hätten Sie vielleicht ein paar Minuten Zeit für mich?«

Ihre Lippen wurden schmal vor Ärger. »Warum sind Sie hergekommen, Mister Roche? Ich habe Ihnen am Telefon alles gesagt, was ich zu sagen habe.«

»Da war ich gerade beschäftigt«, sagte Roche. »Ich hab

einiges nicht mitbekommen, muß ich Ihnen gestehen. Könnten wir irgendwo ungestört reden?«

»Ich bin im Dienst, Mister Roche. Ich kann nicht kommen und gehen, wann ich will.«

»War noch nicht Mittag«, beharrte Roche. »Gehen Sie irgendwo essen?«

»Erst in einer halben Stunde. Aber ich habe nicht . . .«

»Ich werde warten«, sagte Roche und ging.

Am Fuße der Madison Street bogen sie nach Osten ab, überquerten die Straße, betraten den Grant Park und folgten einem seiner gewundenen Pfade.

Mit einem Seitenblick sah er sie an. Es gefiel ihm, wie sie ging: Kopf hoch, die Schultern zurück. Großartige Figur, hübsche Beine – soweit er sie überhaupt sehen konnte, da die Röcke in letzter Zeit länger wurden. Und nach dem Kinn zu urteilen ein dickköpfiges Mädchen. Es würde nicht leicht werden, sie umzustimmen.

Sie fanden einen freien Picknicktisch und setzten sich einander gegenüber. Roche öffnete die Papiertüte und holte Sandwiches, zwei Halbliterflaschen Milch, Strohhalme und Servietten heraus.

Er reichte ihr ein ›Schinken mit Käse auf Roggen‹, schob Strohhalme in die Flaschen und schenkte ihr ein schräges Lächeln. »Geben Sie es zu. Das hier ist besser, als in der Cafeteria zu essen.«

Sie zwang sich zu einem Lächeln. »Es ist wundervoll.«

Sie begann, ihr Sandwich auszuwickeln, zögerte und setzte es ab. »Mister Roche, ich bin sicher, ich wäre . . . ruhiger, wenn ich meine Meinung gesagt hätte. Zuerst.«

Roche nickte sanft. »Sie haben meine ungeteilte Aufmerksamkeit, Miß Norris.«

»Ich möchte wiederholen, was ich schon gesagt habe: Ich werde nicht in der Lage sein, den Mann zu identifizieren.«

»Okay«, sagte Roche. Er wickelte das Papier von seinem Corned beef auf Roggenbrot, biß hinein und kaute gelassen.

Peggy Norris sah ihn fragend an. »Ich würde gern erklären, warum.«

Roche setzte das Sandwich ab, schlürfte Milch durch seinen Strohhalm und stellte die Flasche beiseite. »Miß Norris«, sagte er. »Ich weiß, warum. Sie haben die Morgenzeitung gelesen. Sie haben herausgefunden, daß Frank Foster mit der North-Side-Bande zusammenhängt. Jetzt haben Sie eine Todesangst, daß seine Freunde mit großen schwarzen Maschinenpistolen nach Ihnen suchen. Also wollen Sie natürlich aussteigen.«

Sie starrte ihn trotzig an. »Ja. Ich will aussteigen. Und es gibt nichts, womit Sie mich aufhalten können.«

Roche zuckte mit den Schultern. »Wenn Sie unbedingt wollen«, sagte er. »Machen Sie nur. Essen Sie.«

Sie sah zur Seite. »Sie haben andere Zeugen«, sagte sie lahm.

»Nicht mehr«, sagte Roche. »Die haben die gleiche Zeitung gelesen wie Sie.«

»Ich kann das kaum glauben«, sagte sie. »Dieser Polizist, Mister Ruthy. *Muß* der nicht aussagen?«

»Sicher«, sagte Roche. »Er wird aussagen. Aber sehen Sie, Lady, heutzutage haben die Cops in dieser Stadt einen lausigen Ruf. Zumindest, was die Öffentlichkeit angeht. Also wird ihm wahrscheinlich kein Geschworenengericht glauben. Nicht ohne Zeugen wie Sie, die ihn stützen.«

Peggy Norris sah auf ihre Hände. »Es . . . tut mir leid, Mister Roche.«

Die Enttäuschung trieb ihm plötzlich eine wütende Farbe ins Gesicht. »Verflucht nochmal, gute Frau, würden Sie mir mal zuhören? Wir werden Sie beschützen. *Ich* werde Sie beschützen! Niemand kommt auch nur auf eine Meile an Sie ran!«

»Zufällig wohne ich bei meiner verheirateten Schwester«, sagte sie mit kalter, gezügelter Präzision. »Können Sie sie jedesmal schützen, wenn Sie zum Laden geht? Ihr Mann ist Autoverkäufer. Wollen Sie jedesmal mit einer Waffe auf dem Rücksitz hocken, wenn er einen Wagen vorführt? Sie haben zwei Kinder. Wollen Sie mit denen zur Schule gehen, mit ihnen essen, ihnen auf der Toilette Gesellschaft leisten?«

Er schüttelte mit müder Ungeduld den Kopf. »Kommen Sie,

Lady. Niemand wird Ihren Verwandten etwas tun. Sie haben zu viele wilde und wirre Geschichten gehört.«

Plötzlich flammte Peggy Norris' irisches Temperament auf. »Ach ja? Erst letzte Woche stand in der Zeitung, daß eine Bombe durch ein Fenster geworfen wurde und eine siebzig Jahre alte Frau in ihrem Schlafzimmer getötet hat. Ihr Sohn hatte gesehen, wie ein Gangster in einem Restaurant einen Mann erschossen hat. Hat *ihm* auch jemand erzählt, daß *seinen* Verwandten nichts passiert? Meine Schwester will, daß ich ausziehe.« Ihre Stimme stockte in einem plötzlichen Schluchzen. »Meine eigene *Schwester!* Was glauben Sie, wie *ich* mich da fühle?«

Blindlings holte sie ein Tuch aus ihrer Handtasche, wandte sich ab, putzte sich die Nase und tupfte an ihren Augen herum.

Nach einigen Augenblicken putzte sie sich wieder die Nase, stopfte das Taschentuch weg und wandte sich ihm zu. »Ich muß wirklich zurück, Mister Roche«, sagte sie und stand auf, als er fragte: »Sind Sie katholisch, Miß Norris?«

Mit leerem Blick starrte sie ihn an. »Nun . . . ja. Natürlich. Aber was hat das damit zu tun?«

»Sehr viel, Miß Norris«, sagte Roche. »Von dem Tag, an dem wir die Wiege verlassen haben, ist uns eingetrichtert worden, daß die Todsünde aus Schmerz, ausreichender Überlegung und voller Zustimmung des Willens besteht.

Na schön«, fuhr Roche fort, »jetzt wissen Sie, daß diese Sache schmerzlich ist. Sie wissen, daß Sie weit mehr darüber nachgedacht haben als nötig. Sie wissen, daß Sie mit voller Zustimmung Ihres Willens zu einer Entscheidung gekommen sind.«

»Mister Roche, ich bin nicht . . .«

Er hob eine Hand. »Hören Sie mich an. Wenn Sie diese Sünde beichten, wird Ihnen kein Priester die Absolution erteilen, bis Sie einwilligen, gegen Frankie Foster auszusagen. Wenn Sie ablehnen, unterliegen Sie nicht der segnenden Gnade. Wenn Sie von einem Bierlaster überfahren werden, wandern Sie direkt in die Hölle.«

»Sie . . . verlogener *Scheißkerl!*« Die Worte waren kaum mehr als ein ersticktes Flüstern. »Das ist das ... niederträchtigste ...«

Sie packte ihre Handtasche, sprang auf und funkelte ihn an. »Jetzt lassen Sie *mich* Ihnen mal etwas sagen, Mister Roche. Sie sind derjenige, der einen Priester aufsuchen sollte! Und kommen Sie nie – *niemals* – wieder in meine Nähe!«

Als Roche auf den Beinen stand, war Peggy Norris fort. Er wollte nach ihr rufen, zuckte mit den Schultern und griff nach seinem Sandwich.

Er saß an seinem Schreibtisch, ein Exemplar des *Herald-Examiner* auf Seite drei aufgeschlagen.

Den größten Teil nahmen Bilder unter einer Balkenüberschrift ein, die TOD EINES BANDENCHEFS hieß. Fotos von Jack Zuta aus Polizeiakten, seine Leiche unter einem blutigen Tuch, der Tanzsaal, in dem man ihn niedergeschossen hatte, Einschußlöcher im Klavier, der Empfangschef bei dem Versuch, sein Gesicht zu verbergen, die Außenansicht des Gebäudes mit einem großen, schwarzen X, das den Pavillon zeigte, wo die Exekution stattgefunden hatte. Und die Zeitung hatte geschafft, was diese Provinzbullen nicht konnten: Augenzeugen aufzustöbern, die sich allesamt ausführlich darüber auszulassen schienen, wie der eine Mann über Zuta gestanden und ihm eine Kugel in den Kopf gepustet hatte. Der Gnadenstoß, wie es ein Reporter nannte, der sich aufspielen wollte.

Er dachte daran, was Bugs Moran nach dem Massaker in der Garage in der Clark Street gesagt hatte. »Nur Capone tötet so.« Nun, obwohl sich Signor Caponi nicht darüber im klaren war, hatte er die Lage beinahe wiederhergestellt, indem er diesen blöden Zuhälter abserviert hatte. Jetzt würde Barney Bertsche Jacks Revier übernehmen, und alles kam wieder in Ordnung. Abgesehen davon, daß das Problem, das Zuta mit dem Mord an Lingle ausgelöst hatte, dem ganzen Unternehmen immer noch die Hölle heiß machte.

Ein Klopfen an der Tür, und Nuncio Cevico trat ein. »Ecola

Crimaldi ist draußen«, sagte er. »Mit allem Respekt, er möchte dringend mit Ihnen sprechen.«

»Sagt er, warum?«

»Nein, Don Giuseppe. Nur, daß es für Sie wichtig sein könnte.«

»Laß ihn reinkommen«, sagte Joe Aiello.

Seit fünf Jahren war er nicht mehr in der Stadt der Winde gewesen. Es hatte sich nicht viel verändert. Die Innenstadt sah fast noch genauso aus, aber wenn man ein Stück rausfuhr, sah man all diese halbfertigen Apartmenthäuser und Bürogebäude, an denen niemand arbeitete. Außerdem mußten viele Straßen ausgebessert werden, und nirgendwo waren Bautrupps zu sehen. Wegen der Depression waren wohl eine Menge Leute beim Straßenbauamt entlassen worden. Und soweit er es gehört hatte, wurde jeder, der es *geschafft* hatte, auf der Lohnliste der Stadt zu bleiben, mit hübschen Zetteln bezahlt, die man ›Coupons‹ nannte. Oh, sicher, Banken und große Kaufhäuser rissen sie einem aus den Händen. Zu einem niederschmetternden Kurs!

Vor einer Woche hatte er dieses Gespräch mit Mister Rathbun und diesem Roche gehabt. Seitdem hatte er die meiste Zeit mit alten Freunden und Bekannten rumgehangen, die zur North-Side-Bande gehörten. Und hatte nichts rausgefunden. Dasselbe auf der West Side. Bei all den Kautionsflüchtlingen, die in die Stadt strömten, hätte man eigentlich glauben sollen, daß ein paar blondgelockte Burschen auftauchen würden.

Einen Tag später war er um vier Uhr nachmittags in einem von Bensingers Billardsalons und spielte mit einem schlanken, kleinwüchsigen Ex-Sträfling namens Punky Walsh um einen Dollar pro Partie auf die schwarze Acht.

Nach seiner vierten Niederlage hintereinander stellte Hagan seinen Queue weg. »Wie wär's mit einem Bier?« sagte er.

»Hört sich gut an«, meinte Walsh.

Sie holten sich zwei Flaschen und zogen sich in den hinteren Teil des großen Raumes zurück. Abgesehen von einem Drei-

Banden-Spiel, das vorn lief, hatten sie den Laden so ziemlich für sich.

Hagan trank einen Schluck von seinem Bier, rieb sich mit der Hand über den Mund und begann die sorgsam ausgearbeitete und geprobte Geschichte, die er in den letzten Wochen erzählt hatte.

»Punky«, sagte er, »du kommst doch viel rum. Vielleicht kannst du mir bei einer Sache helfen, an der ich in letzter Zeit arbeite. Könnten zwei Scheine für dich drin sein.«

Walsh hatte sich eine Lucky Strike angezündet. »Schieß los«, sagte er.

»Ganz unter uns, es ist so«, sagte Hagan. »Vor vier, fünf Monaten hat ein sehr guter Freund von mir aus K.C. zwanzig Jahre bis lebenslänglich in Leavenworth für den Mord an einem Bullen bei einer Lagerhausrazzia gekriegt. Die vier Burschen in dem Laden, mein Freund eingeschlossen, sind blitzsauber entkommen.

Das hätte es sein sollen, stimmt's?« fuhr Hagan fort. »Aber einer der Typen wurde ein oder zwei Wochen danach geschnappt, als er eine Bank überfallen wollte. Naja, Scheiße, und der hat sich rausgewunden. Wie? Indem er meinen Freund für den Bullenmord ausgeliefert hat!

Der Scheißer läuft rum«, sagte Hagan. »Frei wie ein Vogel. Sein Name? Keine Ahnung. Einer, den er im Lagerhaus benutzt hat, war Whitey Phillips. Hat wahrscheinlich jedesmal einen neuen, wenn er sein Hemd wechselt. Und keine Chance, aus den Bullen irgendeine Information rauszukriegen. Das einzige, was ich rausfinden konnte, ist, daß er sofort nach Chicago oder vielleicht Detroit abgehauen ist, als er wieder draußen war.

Ich will nicht groß davon reden, warum ich den Pisser suche«, sagte Hagan. »Wenn du mal raten möchtest, soll's mir recht sein. Aber bei Gott, ich will, daß er gefunden wird, und wie gesagt, dafür bin ich bereit, ein paar Scheine auszugeben. Das war's so ungefähr, Punky.«

Walsh drückte seine Zigarette aus und warf den Stumpen in einen Spucknapf. »Ich kann mich umhören«, sagte er. »Solange es nicht auf der South Side ist. In dem Stadtteil komm' ich nicht so gut klar. Aber weißt du, ich muß 'ne Ahnung haben, wie der Kerl aussieht.«

»Soweit ich weiß, ein ziemlich hübscher Junge«, sagte Hagan. »Kein Schwuler – das meine ich nicht. Helle Haut, welliges, blondes Haar – oder könnte auch hellbraun sein. Blaue Augen, so um die einsdreiundachtzig, fünfundzwanzig bis achtundzwanzig, fünfundsiebzig, achtzig Kilo, gut gebaut.«

»Ist dir zwei, drei Scheine wert, was?« sagte Walsh.

»Für den richtigen Mann, auf die Hand.«

»Mal sehen, was ich für dich tun kann«, meinte Punky Walsh.

Charles Rathbun saß an seinem Schreibtisch, die Füße hochgelegt und übereinandergeschlagen. »Wir sind mit dem reingegangen, was wir hatten«, sagte er. »Fosters Identifizierung durch den Verkehrspolizisten und zwei Tatzeugen, einen Beleg, der den Besitz der Waffe mit ihm in Zusammenhang bringt, den ballistischen Bericht, kein haltbares Alibi. Es stellte sich raus, daß es reichte. Ich hatte Richter Trudes Gerichtsbeamten gerade vor ein paar Minuten am Apparat. Foster ist angeklagt worden, es wurde keine Kaution beantragt, und im Augenblick ist er hinter Gittern, wobei der Gerichtstermin noch angesetzt werden muß.«

»Für so willkommene Neuigkeiten machen Sie ein ziemlich langes Gesicht, Charlie«, sagte Roche.

Rathbun knallte seine Füße auf den Boden und lehnte sich in seinem Sessel zurück. »Willkommene Neuigkeiten, du meine Scheiße!« sagte er. »Wenn es darum geht, eine Verurteilung zu erreichen, haben wir nicht die geringste Chance. Ein paar jetzt schon schwankende Zeugen, aus denen die Verteidigung Hackfleisch machen wird. Kein zulässiges Motiv. Sicher, Fosters Waffe wurde benutzt. Aber wie wollen wir beweisen, daß sie zu dem Zeitpunkt in seinem Besitz war? Der Killer war blond, Fosters Haar ist schwarz. Und ich hab nicht mitgezählt, wie oft ich es schon gesagt habe: Egal, wie die Beweise liegen,

Geschworene werden einen Gangster aus ihrer Stadt einfach nicht für einen Mord verurteilen.«

Roche breitete die Arme aus. »Wollen Sie aufgeben, Charlie?« sagte er. »Es vielleicht als erledigt zu betrachten?«

Rathbun sank zurück und seufzte schwer. »Nein, natürlich nicht. Ich schätze, ich könnte eine Art Handel vorschlagen. Aber das würde mir nur wieherndes Gelächter von der Verteidigung einbringen. Und was wäre mit dem Colonel? Mein Gott, er reißt mir den Kopf ab!«

»Dann halten wir die Ohren steif«, sagte Roche. »Fügen Sie dem Team vielleicht zehn Mann hinzu und machen Sie mit den Razzien weiter. Und wir sollten zur Abwechslung mal ein paar von den großen Nummern ausheben und *die* der Landstreicherei anklagen. Es ihnen so verdammt teuer und unbequem machen, daß sie mit dem rüberkommen müssen, was wir brauchen, um Foster für immer einzubuchten.«

Rathbun formte mit seinen Fingern ein Zelt und sah auf sie herab. »Wenn Foster es überhaupt war«, sagte er leise.

»Jesus Christus am Kreuz, Charlie!« sagte Roche. »Fangen Sie nicht wieder damit an! Ich weiß, daß Sie es nicht glauben wollen, ich weiß, *warum* Sie es nicht glauben wollen. Aber ob es Ihnen gefällt oder nicht, Charlie, Frankie Foster ist verflucht nochmal der Mann, der geschossen hat.«

Mit lauter Stimme sagte der Empfangschef im Argyle Hotel: »Oh, Mister Hart. Da ist eine Nachricht für Sie.«

John Hagan schwenkte von seinem Weg zum Fahrstuhl ab, ging zum Tresen hinüber und bekam ein Stück Papier ausgehändigt. »Der Anruf kam erst vor ein paar Minuten, Sir. Dringend, sagte der Herr.«

Ein Amt in Diversey. Hagan betrat die Telefonzelle in der Lobby, warf eine Münze ein und wählte die Nummer. Zweimal Klingeln, ein Klicken, und eine Stimme sagte: »Ja?«

»Ich bin's, Punky«, sagte Hagan. »Erzähl mir nicht, du hast schon was rausgefunden?«

»Schon mal im Green Mill Gardens gewesen?« sagte Walsh.

»Nicht, seitdem ich wieder in der Stadt bin, nein«, sagte Hagan.

»Da treffen wir uns, heute abend um elf«, sagte Walsh und legte auf.

Angela Terrell sagte: »Ach, hallo! Wie schön, daß du mich anrufst!«

»Ist schon 'ne Weile her«, sagte Roche.

»Das stimmt.«

Eine verlegene Pause. »Du weißt, daß wir Lingles Mörder eingesperrt haben?« sagte Roche.

»Stand in den Zeitungen«, sagte Angela. »Herzlichen Glückwunsch.«

»Danke.«

Schweigen. Dann sagte Angela: »Für jemanden, der obenauf sein sollte, hörst du dich nicht besonders gut an.«

»Nichts, was ein gesunder Drink nicht kurieren könnte.«

»So wie ein oder zwei Gläschen von dem feinen Whisky, den ich zufällig zur Hand habe?«

»So könnte man das wohl sagen.«

Plötzlich lachten sie beide. »Wie schnell kannst du hier sein?« fragte Angela.

»Mit dem Taxi? Viertelstunde.«

»Ich leg den Riegel zurück«, sagte Angela. »Falls ich noch in der Wanne bin . . . Ich hab' dich vermißt, Ire.«

»Genau die Worte«, sagte Roche. »Aus meinem Munde.«

Lächelnd legte Angela den Hörer auf, ging zu der Tür, die zum Korridor führte, schloß auf, brachte mehrere Minuten damit zu, die Aschenbecher zu leeren, den Tresen an der Bar abzuwischen und Gläser zu spülen. Sie wollte gerade ins Schlafzimmer gehen, als es an der Tür klingelte.

Sie zögerte, runzelte die Stirn, raffte die Falten ihres Umhangs zusammen, verknotete den Gürtel und ging zur Tür. »Wer ist da?«

Eine vergnügte Stimme sagte: »Päckchen, Ma'am.«

Sie öffnete die Tür. Ein schlanker, junger Mann mit

olivfarbener Haut stand vor ihr, seine Uniformmütze lässig aufgesetzt und ein Paket unter dem Arm.

»Miß Terrell?«

»Ja«, sagte Angela, »aber ich hab kein . . .«

»Sie müssen unterschreiben, Lady«, sagte der junge Mann und schob sich an ihr vorbei.

In geheimer Sitzung sagte Daniel Trude, Richter am Strafgericht von Cook County: »Ich habe mit einem übervollen Kalender zu kämpfen, Gentlemen. Wenn wir zu einem für beide Seiten befriedigenden Gerichtstermin kommen, werde ich ihn durch amtliche Eintragung wahren. Mister Levy?«

»Der erste freie Termin, den Sie haben, ist uns recht, Euer Ehren«, sagte Strafverteidiger Harold Levy. »Je früher wir anfangen, desto eher können die Geschworenen Foster freisprechen.«

»Mister Rathbun?«

»Wenn das Gericht einverstanden ist, erbittet die Anklage sechzig Tage, um den Fall vorzubereiten«, erwiderte Charles Rathbun.

»Euer Ehren, das ist nicht gerechtfertigt!« sagte Levy. »Meinen Klienten einzusperren, während Mister Rathbun sich an Strohhalme klammert, ist nicht nur zutiefst unfair, sondern auch eine Mißachtung der gesetzlich festgesetzten Menschenrechte.«

»Ihr Klient ist es selbst schuld, daß er eingesperrt ist«, sagte Rathbun »Warum hat er sich nicht um eine Kaution bemüht?«

»Hören Sie doch auf«, fuhr Levy ihn an. »Sie wissen verdammt gut, warum nicht. Er hat draußen Feinde, die darauf aus sind, ihn abzuknallen. Deshalb ist er ja überhaupt aus der Stadt abgehauen.«

»Quatsch«, sagte Rathbun. »Er ist abgehauen, weil . . .«

Trude hob eine Hand. »Es reicht, Gentlemen. Allerdings stimme ich damit überein, daß sechzig Tage zur Vorbereitung der Anklage übertrieben sind.« Er nahm den Gerichtskalender vom Schreibtisch, überflog ihn und sagte: »Montag, den dreizehnten Oktober, zehn Uhr morgens. Annehmbar?«

Sie lag auf dem Rücken, die Augen halb geöffnet, das Gesicht zu einem entsetzten Krampf verzerrt, der in den Sekunden vor ihrem Tod entstanden war. Blut aus zerstörten Halsschlagadern bildete einen breiten, noch immer glänzenden Fleck auf dem dicken Flor des Teppichs.

Roche sank neben ihr auf die Knie. Ohne bewußt daran zu denken, kam ihm das Sündenbekenntnis über die Lippen. »Oh, mein Gott, ich bereue zutiefst, daß ich mich an dir vergangen habe. Bitte vergib mir diese und all meine anderen Sünden . . .«

Vom Schlafzimmeranschluß aus rief er die Zentrale Mordkomission an und fragte nach Lieutenant Ian Duffield.

Da erst wurde er sich der Tränen bewußt, die ihm über die Wangen strömten.

Punky Walsh saß allein an einem Seitentisch und hatte seine Hände um einen Highball gelegt, als Hagan ein paar Minuten nach elf das Green Mill betrat. Ben Pollacks Orchester war auf der Bühne, Tuxedos und Abendkleider füllten die Tanzfläche, und Al Kvale schmachtete die ›Broadway Melody‹ in ein Mikrofon, das den Großteil seines Gesichts verdeckte.

Hagan nahm den Stuhl gegenüber von Walsh. »Wie steht's, Punky?« sagte er.

»Weißt du, was die in diesem Laden für einen Drink verlangen?« fragte Walsh. »Zwei Dollar. Für ein lausiges Schnapsglas mit verwässertem Scotch und Zischwasser! Wissen die nicht, daß wir im Moment eine Wirtschaftskrise haben?«

»Schwarzbrenner müssen auch essen«, sagte Hagan. »Was hast du für mich, Punky?«

Walsh trank von seinem Glas, setzte es ab und schwenkte seinen Blick durch den großen Raum. »Okay. Wirf mal einen

Blick auf den Burschen, der da drüben an der Wand lehnt. Neben der Seitentür.«

Nachdem er in den letzten fünf Tagen vier falsche Fährten überprüft hatte, war Hagan nicht allzu hoffnungsvoll. Er spähte durch die blauen Schichten von Tabakrauch über den vollbesetzten Tischen . . . Ja. Der Kerl *sah* allerdings blond aus. Kleiner als einsdreiundachtzig, vielleicht fünf, sechs Zentimeter, Gewicht schwer zu sagen, und das Gesicht war aus dieser Entfernung nur ein verschwommener Fleck.

»Wer soll das sein?« sagte Hagan.

»Hausangestellter«, sagte Walsh. »Der Rausschmeißer. Ich hab' gehört, wie jemand ihn Lou genannt hat, aber ich wollte nicht anfangen, Fragen zu stellen.«

Hagan holte seine Brieftasche hervor, zählte fünf Zwanziger ab und gab sie ihm. »Noch zwei, wenn sich rausstellt, daß er der richtige ist. Okay?«

Walsh trank aus, ging. Hagan machte einen vorbeigehenden Kellner auf sich aufmerksam, bestellte einen Bourbon mit Wasser und steckte sich eine Zigarette an. Als der Kellner zurück war, machte Hagan seinen Eröffnungszug.

»Ich soll einen Mann treffen, der hier arbeitet«, sagte Hagan. »Heißt Lou.«

»Der einzige Lou, den ich hier kenne«, sagte der Kellner, »ist Lou Bader. Rausschmeißer.«

»Bißchen untersetzt?« sagte Hagan. »Schwarze Haare, die paar, die er noch hat?«

»Nicht Lou Bader«, sagte der Kellner. »Blonde Haare, und *den* würde keiner untersetzt nennen.«

»Kein anderer Lou?«

»Nicht daß ich wüßte«, sagte der Kellner. »Und ich bin schon vier Jahre hier. Zwei Dollar für den Drink.«

Hagan bezahlte und gab einen Dollar Trinkgeld. »Wann macht ihr hier zu?« fragte er.

»Gegen vier«, sagte der Kellner.

Nachdem er sich einen günstigen Punkt gesucht hatte, von dem aus er sowohl ein Auge auf den Vordereingang als auch eins auf die Seitentüren des Green Mill werfen konnte, lehnte sich John Hagan gegen einen Lichtmast und richtete sich auf das Warten ein.

Er war bei seiner dritten Zigarette, als Leo Brothers, alias Lou Bader, um 4.16 Uhr mit einem grauen Tweedmantel und grauem Filzhut bekleidet herauskam, zur Kreuzung Broadway, Ecke Lawrence ging und in eine Straßenbahn in Richtung Süden stieg.

Hagan schwang sich an Bord, als die Bahn anfuhr. Keiner der Männer sah den anderen an. Brothers warf einen Nickel und zwei Pennies in den Münzkasten, nahm eine Umsteigekarte und fand vorn einen Platz. Hagan blieb auf der hinteren Plattform stehen.

An der Ecke 47th und South State waren sie unter einer Gruppe von sechs Passagieren, die in eine Bahn in Richtung Osten wechselten. Beide Männer stiegen in Lake Park aus. Brothers ging zielstrebig zwei Blocks weit eine breite Straße entlang, blieb am Eingang eines großen Apartmenthauses stehen, öffnete eine der Doppeltüren und ging hinein.

Um diese Zeit waren die Bürgersteige verlassen. Im Osten zeigte ein schwer verhangener Himmel die ersten Anzeichen der Morgendämmerung. Hagan trat aus dem Schatten, lehnte sich mit einer Hüfte gegen einen Wagen, der am Straßenrand parkte, steckte sich eine Zigarette an und beobachtete das Gebäude gegenüber. Roter Backstein, einigermaßen neu, vier Stockwerke mit einem grünen Baldachin aus Leinen über dem Eingang. Auf einem hölzernen Schild stand: 1 – 1 1/2 – 2 APT. MIT KL. KÜCHE, MÖBLIERT, WÖCHENTL. ODER MONATL., NACHFRAGEN IM HAUS.

Allein vom Äußeren her entsprach der Mann so ziemlich der Beschreibung. Vielleicht hatte er nie eine Gefängniszelle von innen gesehen, aber nachdem Hagan fünfzehn Jahre lang mit Gesetzesbrechern getrunken hatte, roch er förmlich, daß Lou Bader ein Mitglied der gleichen Bruderschaft war. Natürlich konnte sich herausstellen, daß er in seinem Leben noch keine zehn Meilen über die Stadtgrenze von Chicago hinausgekommen war. In diesem Fall nutzte ihm Bader nichts. Aber er wußte verdammt genau, daß der Mann krumme Sachen machte.

Er überquerte die Straße, stieß eine der schweren Türen zurück und trat in einen langen, schmalen Gang. An beiden Wänden waren Reihen von Postkästen und Klingelknöpfen, am hinteren Ende eine verschlossene Tür. Im trüben Licht einer Deckenlampe fand er den Namen L. BADER und die Nummer 317.

Es ging voran. Er gähnte, steckte sich eine Zigarette an und verließ das Gebäude.

Eine Stunde später war John Hagan wieder in seinem Hotelzimmer, hatte noch immer ein kleines, selbstgefälliges Lächeln auf dem Gesicht und schlief.

Lt. Ian Duffield, Mordkomission, sagte: »Ich hab' in dieser Sache mitgemacht, Pat. Hab' dich rausgehalten, hab' den Zeitungen die gleiche Geschichte gegeben, die du mir erzählt hast. Nicht, daß die ein Wort davon geglaubt hätten. Genausowenig wie ich, bei dem bißchen, was da war.«

»Ich hab dir gegeben, was ich konnte, Ian«, sagte Roche. »Du weißt, wie das ist.«

»Nein«, sagte Duffield, »Ich weiß nicht, wie das ist. Scheiße, das ist genau der Punkt. Aber wir kennen uns schon seit wann? Zehn Jahre jetzt? Also, wie gesagt, ich hab' mitgemacht.«

Sie saßen einander am Schreibtisch in einem engen Büro im dritten Stock des zentralen Gebäudes der Kriminalpolizei gegenüber. Eine kühle, feuchte Brise aus einem geöffneten Fenster mit Ventilatorscheibe ließ die Seiten eines Wandkalenders flattern, der die Vorzüge der ›Kolynos‹-Zahncreme anpries.

»Die Tote war erst zwei Stunden in der Leichenhalle, da hab ich schon diesen Anruf bekommen«, sagte Duffield. »Ein Anwalt aus Brooklyn namens Balasari. ›Ich handle im Auftrag von Mister Julian Terrell‹, sagt er mit einer von diesen zugeknöpften Stimmen. ›Dem Vater der verstorbenen Angela Terrell. Mister Terrell‹, sagt er, ›hat mich gebeten, in Erfahrung zu bringen, wie bald er Anspruch auf die sterblichen Überreste seiner Tochter anmelden darf.‹

Ich sag' zu ihm«, fuhr Duffield fort, »daß es da diese Sache mit der Identifizierung durch ein Familienmitglied gibt, wenn es denn möglich ist, und eine Obduktion zur Feststellung der Todesursache, die man vorher noch durchführen muß. Dazu eine gerichtliche Untersuchung des Coroners, obwohl die auch hinterher stattfinden kann. Könnte, sag ich zu ihm, drei, vier Tage dauern. Er sagt: ›Ich werde mich darum bemühen, daß diese Details beschleunigt werden, Sir‹, und legt auf. Hörst du, was ich sage, Pat?«

»Jedes Wort, mein Freund«, sagte Roche.

Der Lieutenant stand auf, knallte das Fenster herunter und kehrte zu seinem Stuhl zurück. »Dann höre ich, daß die Tante von dem Terrell-Mädchen auftaucht, gleich nachdem ich mit diesem Anwalt gesprochen habe«, sagte er. »Und sie identifiziert. Eine Stunde – eine *Stunde* – danach ist die Obduktion vorbei, ein Bericht ausgefertigt und die Leiche von den Martin Brothers abgeholt. Innerhalb der *nächsten* Stunde – hör gut zu! – ist sie eingeäschert, und diese Tante ist mit der Asche auf dem Weg nach Brooklyn. Wenn es überhaupt ihre Tante war. Was ich eigentlich bezweifle, wenn ich dir die Wahrheit sagen soll. Noch was: Ich kann mir immer noch nicht erklären, wie die Nachricht so schnell nach Brooklyn gekommen ist.

Und jetzt kommt der gute Teil«, sagte Duffield. »Kaum hab' ich *das* rausgefunden, da krieg' ich den nächsten Anruf. Nur ist der von dem Mann auf der obersten Sprosse unserer Leiter hier. Er sagt zu mir: ›Lieutenant, schicken Sie mir alles, was Sie über die junge Frau haben, die drüben am Lake Shore Drive ermordet wurde. Von jetzt an wird der Fall von diesem Büro aus geführt, und sämtliche Untersuchungen werden an mich weitergeleitet.‹

Eine Vertuschung?« sagte Duffield. »Ist Bestechung im Spiel? Frag mich nicht, mein Freund, ich bin weg vom Fenster. Aber ganz unter uns Betschwestern – verflucht nochmal, wer *war* diese Puppe? Und wenn ich bedenke, daß du der Bursche warst, der reingeschneit kam und sie mit aufgeschnittener Kehle gefunden hast: Was hast du da überhaupt gemacht? Ein bißchen ›Würstchen verstecken‹ gespielt?«

Roche zwang sich zu einem Lächeln, stand auf und ging zur Tür. »Der ehrenwerte Vater des Mädchens hat es so schnell herausgefunden, Ian, weil ich ihn angerufen habe«, sagte er.

Die Tür fiel hinter ihm ins Schloß.

Ein Uhr morgens, und Bader war da. Machte seinen Job, stand an der hinteren Wand und sprach mit einer jungen Frau im Partykleid, die etwas unsicher auf den Beinen stand. Gut besucht an diesem Abend: Gedränge auf der Tanzfläche, alle Tische besetzt, Stimmengewirr. Das Orchester Pollack plärrte eine stark synkopierte Version von ›Nobody But You‹.

John Hagan trank aus, löschte seine Zigarette, schob sich an einer Tischreihe vorbei zur Seitentür des Green Mill Garden und auf die Lawrence Avenue hinaus.

Ein Checker-Taxi hielt an der Ecke, um einen älteren Herrn und eine übergewichtige Frau im Nerz aussteigen zu lassen. Hagan knöpfte wegen der kühlen Nachtluft seinen Mantel zu und stieg in das Taxi.

»46th und Lake Park«, sagte John Hagan.

Roche sagte: »Als Margaret und ich in diese Stadt gezogen sind, war sie ständig hinter mir her, ich sollte ein schönes Auto kaufen. Ausflüge aufs Land unternehmen, hat sie immer gesagt. Dem Schmutz und Lärm und dem Gestank der Schlachthöfe entkommen. Naja, ich hab es immer rausgeschoben, weißt du, bis sie die Idee am Ende aufgegeben hat.

Eigentlich«, fuhr Roche fort, »war es die Vorstellung, hinter dem Lenkrad einer geistlosen, beweglichen Maschine zu sitzen, die mich davon abgehalten hat. Und wenn ich die Wahrheit sagen soll, ich *mag* den Lärm und den Gestank – in Maßen. Und die Fortbewegung ist wirklich einfach. Man kann nicht weiter als vier Blocks in irgendeine Richtung gehen, ohne eine Straßenbahn oder die Hochbahn oder einen wunderbaren Sitzplatz im Bus zu bekommen. Natürlich dauert es ein bißchen länger, bis man da ist. Aber kannst du mir mal sagen, was daran so schlecht ist?«

»Überhaupt nichts, Patrick«, sagte Wendt. »Besonders, wenn man ein feudales Chevy-Coupé und einen bereitwilligen Kollegen hat, der einen fährt. Um ein Uhr fünfzehn an einem kühlen Morgen, was es im Moment gerade ist.«

Der Wagen stand am Straßenrand von Roches Apartmenthaus, und beide Männer räkelten sich auf dem Vordersitz und teilten sich Wendts schwindenden Vorrat an Sanos. Sie saßen mit glasigen Augen da; Falten der Übermüdung gruben sich in die stoppeligen Wangen, und sie waren in dem schlafwandlerischen Zustand gefangen, in dem die Gedanken zu wandern beginnen und das Unterbewußte in den Vordergrund tritt.

»Walter, hast du dir zu nachtschlafener Zeit jemals Goose Island genau angesehen?« sagte Roche.

»Warum in aller Herrgott Namen«, sagte Wendt, »sollte irgend jemand zu nachtschlafender Zeit überhaupt in die *Nähe* von Goose Island kommen?«

»Um diese Zeit arbeitet da drüben das Gaswerk mit voller Kraft«, sagte Roche. »Das ist wirklich was! Sie öffnen diese großen Öfen und schaufeln die Kohle rein, und man könnte schwören, es ist der Spielplatz des Teufels.«

Wendt gähnte ausgiebig. »Wenn du die Wahrheit hören willst, Pat, ich kann es kaum erwarten.«

»Seltsam, wie diese Stadt einen Mann gefangennehmen kann«, sagte Roche. »Jedes Land der Welt, jede Sprache, nicht weiter als eine Straßenbahnfahrt von da, wo wir im Augenblick sitzen. Und jede Meile, die man fährt, Walter, eine Schulbildung für sich. Aber sag' das den meisten Leuten, die hier leben, und es ist traurig, aber wahr: keiner wird wissen, wovon du redest.

Sechs Tage die Woche«, sagte Roche, »fährt er denselben Weg zur Arbeit und wieder zurück nach Hause. Sonntags ist er garantiert ein gottesfürchtiger Mann, er geht morgens zur

Messe, dann direkt in sein Wohnzimmer, das Radio an und eine Zeitung in der Hand. Ohne zu wissen und ohne sich darum zu kümmern, wie es fünf Blocks weiter aussieht.«

Wendt drückte seine Zigarette aus, lehnte sich hinüber, um die Tür neben Roche zu öffnen, und sagte: »Patrick, bevor du noch auf das Übel der Prohibition kommst, würdest du bitte deinen Arsch von diesem Sitz heben, die Scheiß-Treppe raufsteigen und ins Bett gehen?«

»Genau das habe ich vor«, sagte Roche.

Als das Taxi abgefahren war, ging John Hagan auf der Ostseite des Lake Park zwei Blocks weit nach Süden, bevor er im Schatten direkt gegenüber von dem Apartmenthaus stehenblieb.

Ein feiner, feuchter Nebel, der einem bis in die Knochen kroch, hing in der Luft und legte trübe Heiligenscheine um die Straßenlaternen. An den Rändern der zugezogenen Rolläden von einem oder zwei Apartmentfenstern auf der Straßenseite sah man Lichtstreifen. Eine schnittige Auburn-Sportlimousine fuhr vorbei, ließ das hohe Lachen einer Frau hinter sich herflattern.

Hagan nahm einen letzten Zug von seiner Zigarette, trat auf die leuchtende Glut, ging durch den Lake Park und trat in den Eingang des Apartmenthauses.

Niemand zu sehen, nichts zu hören. Der abgestandene Geruch von Zigarrenrauch hing in der leblosen Luft.

Hagan ging den schmalen Korridor entlang, bis er am Briefkasten für 317 war. Widerwillig drückte er auf die Klingel, aber die Möglichkeit, daß Bader vielleicht eine Freundin hatte, die bei ihm schlief, ließ ihm keine andere Möglichkeit.

Er drückte auf den Knopf, hörte ein grelles Summen durch das Sprechrohr, ließ los, wartete ein paar Minuten und versuchte es noch einmal . . .

Für einen Mann mit Hagans zwielichtigen Talenten stellte die Innentür kein Problem dar. Er ging hindurch, am Fahrstuhl vorbei zu einer Tür, auf der TREPPE stand, und die Stufen hinauf in den dritten Stock.

Ein weiterer schmaler Gang, schlecht beleuchtet, roch nach ranzigem Fett und irgend etwas, das an Schuhcreme erinnerte. Metallziffern, weiß angemalt, an den Türen. Er ging weiter, die Schritte vom abgetretenen Teppich gedämpft, blieb vor 317 stehen, legte ein Ohr an die Tür, hörte nichts. Er drehte den Türknopf. Abgeschlossen.

Zwanzig Sekunden später, den Dietrich wieder in der Tasche, war er drinnen, den Rücken an der geschlossenen Tür, und wartete, daß sich seine Augen an die Dunkelheit gewöhnten.

Zwei Seitenfenster, Rolläden bis zu den Fensterbänken herabgezogen. Gestaltlose Formen wurden zu einem Sessel, einer gepolsterten Couch, einer Stehlampe, einem Schreibtisch und dem dazugehörigen Stuhl, nur wenig mehr. Ein überwölbter Durchgang führte in die Küche und zur Frühstücksecke. Daneben war eine offene Tür, die wohl zum Schlafzimmer gehörte.

Hagan ging auf Zehenspitzen hinüber, spähte hinein. Der Rolladen war weit genug oben, daß er ein Knäuel aus Decken und Laken auf dem leeren Bett erkennen konnte. Er ging zum Fenster, ließ den Rolladen herunter und schaltete die Nachttischlampe an.

Die Möbel waren gebrauchter Schund. Hagan ging zu der Anrichte hinüber, durchsuchte die drei Schubladen sorgfältig, ließ alles genauso zurück, wie er es vorgefunden hatte. Er griff in die Taschen der drei Billig-Anzüge, die im winzigen Schrank hingen, wühlte im Medizinschränkchen im Badezimmer herum.

Nichts.

Er drehte das Licht ab, zog den Rolladen in seine ursprüngliche Position, kehrte ins Wohnzimmer zurück und knipste die Stehlampe an. Unpassende Möbel vom gleichen Müllhaufen wie die im Schlafzimmer. Er verbrachte die folgenden zwanzig Minuten damit, methodisch nach Hinweisen auf Lou Baders Identität und Herkunft zu suchen.

Nichts. Kein Fotoalbum, keine Briefe von Mami oder Papi oder einem freundlichen Kredithai, kein Das-Kind-fragt-immer-nach-seinem-Vater-Brief von einer verlassenen Ehefrau.

Hagan zuckte mit den Schultern, gab sich geschlagen und langte nach dem Schalter der Stehlampe, als er einen kleinen Weidenkorb entdeckte, der weit unter die Knieöffnung des Schreibtischs geschoben war. Er bückte sich, holte ihn hervor.

Ein verknitterter, weißer Umschlag, ein Blatt Schreibmaschinenpapier, ein Stück Kaugummipapier, eine leere Kondomdose. Hagan glättete den Umschlag. Darauf stand ordentlich getippt der Name Louis Bader und die Adresse am Lake Park. Aber was seine Aufmerksamkeit auf sich lenkte, waren die Worte in der oberen, linken Ecke: ›TriCity Transportgewerkschaft, 1108 East Bowker St., St. Louis, Missouri.‹

Der Brief war vor zwei Tagen in St. Louis abgestempelt. Er holte einen abgekauten Bleistiftstumpen und ein kleines Notizbuch hervor, schrieb die Absenderadresse und den Namen der Firma auf eine neue Seite und untersuchte dann das einzelne Blatt Schreibmaschinenpapier. Es war zweimal längs gefaltet, und beide Seiten waren leer. Warum vergeudete man zwei Cents, um so etwas zu verschicken? Antwort: Das tat man nicht. Man faltete es um etwas herum. Wie eine Zahlungsanweisung, vielleicht einen Scheck.

Er zerknüllte den Umschlag wieder, warf alles zurück in den Papierkorb, stellte ihn sorgfältig unter den Schreibtisch und machte das Licht aus.

Um 10.17 Uhr am selben Morgen bestieg John Hagan einen Zug nach St. Louis.

Die Stimme am Telefon klang auf steife, nervöse Weise gereizt. »Lassen Sie mich mit Patrick Roche sprechen.«

»Ist nicht da«, sagte Wendt. »Wer will ihn denn?«

»Mein Name«, sagte die Stimme, »ist Ness. Eliot Ness. Vom Prohibitionsbüro, Justizministerium.«

»Oh, sicher«, sagte Wendt. »Ich bin Walter Wendt, Mister Ness. Vielleicht kann ich Ihnen helfen?«

Das folgende Gespräch endete vier Minuten später, als Eliot Ness den Hörer aufknallte.

Der Lieutenant der Mordkomission, Ian Duffield, sagte: »Ich hab' ein paar Sachen ausgegraben, die du vielleicht wissen möchtest, Pat. Über diese Freundin von dir, der man die Kehle durchgeschnitten hat.«

»Habe ich irgendwo gehört«, sagte Roche, »daß man dir den Fall weggenommen hat?«

Sie saßen an einem abgelegenen Tisch an der hinteren Wand von Barney's Steak House an der West Rudolph. Es war weit nach ein Uhr, und das Mittagsgeschäft hatte ziemlich abgenommen.

»Du hast richtig gehört«, sagte Duffield. »Aber weißt du, ich hab diesen Faible für die Neugier, so würde man es wohl nennen. Jedenfalls, ich hab ein bißchen . . . naja, sagen wir um die Ecken geschnüffelt, als es keiner gesehen hat. Und ich möchte dich um dein Wort bitten, daß du alles, was ich dir erzähle, für dich behältst, okay?«

»Mein feierliches Versprechen sollst du haben, Ian«, sagte Roche.

»Zwei Sachen«, sagte Duffield. »Erstens, das war kein Raubüberfall. Lederkoffer voll mit teurem Schmuck auf der Anrichte der Lady. Ganz offen, unberührt. Und keine Anzeichen für gewaltsames Eindringen, also muß sie den Mann selbst reingelassen haben.

Nun gehen die Leute in diesem Haus den ganzen Tag über ein und aus«, fuhr Duffield fort. »Handwerker, Gäste, Lieferanten, die Bewohner selbst. Du siehst also, womit ich zu kämpfen hätte, selbst wenn mir nicht die Hände gebunden wären.«

Duffield gabelte einen letzten Bissen von seinem Steak auf, schob ihn in den Mund und kaute kurz, bevor er den Teller beiseite schob. Er trank aus seiner Kaffeetasse, stellte sie ab.

»Jetzt kommt der Teil, wo es wirklich interessant wird, Pat«, sagte Lieutenant Duffield. »Der feste Portier da draußen ist ein

Junge namens Jerry Kafka. Naja, stellt sich raus, daß er den Tag frei hatte, als das Mädchen ermordet wurde. Aber er taucht am nächsten Tag nicht zur Arbeit auf. Tatsächlich ist er seitdem überhaupt nicht mehr aufgetaucht. Abgehauen, keine Nachricht an seinen Boß, nichts. Wohnt bei seiner Mutter, sie hat ihn nicht gesehen, weiß nicht, wo er ist. Ich hätte eine Suchmeldung nach ihm ausgegeben, wenn man mir den Fall nicht weggenommen hätte.

Noch was Komisches, auf das ich gestoßen bin«, sagte Duffield. »Ein Schnapsschmuggler namens Crimaldi beliefert das gleiche Gebäude. Ecola Crimaldi – einer von Joe Aiellos Jungs. Vielleicht bist du auf den schon mal gestoßen? Crimaldi? Hatten ihn vor einem Jahr oder so mal da, als sie drüben an der Milton einen Spaghetti erschossen hatten.«

»Bei dem Namen klingelt nichts«, sagte Roche.

»Worauf ich hinaus will«, sagte Duffield, »ist, daß die Schnapslieferungen an das Apartmenthaus gleich danach für ein paar Tage aufgehört haben. Könnte wegen der Cops gewesen sein, die rumgelaufen sind und Fragen gestellt haben. Dann haben sie die Lieferungen wieder aufgenommen, aber diesmal war es ein anderer Itaker, der das Zeug gebracht hat.«

Er trank seinen Kaffee aus, gab dem Kellner ein Zeichen, nachzufüllen, bot Roche eine Zigarette an, nahm selbst eine und zündete beide mit einem angeschlagenen Zippo an. Draußen hatte sich ein milder Nieselregen zu einem ordentlichen Platzregen verwandelt, und Fußgänger hasteten vorbei und hielten sich Zeitungen über die Köpfe.

»Soll ich dir sagen, wie es für mich aussieht, Pat?« fuhr Duffield fort. »Wie ein Bandenmord sieht es aus. Irgendwie läßt sich das Terrell-Mädchen mit jemandem aus der Aiello-Bande ein. Du findest es raus, setzt sie unter Druck wegen Informationen, die du verwenden kannst, um Aiellos Läden wegen des Mordes an Lingle wegzuputzen. Aiello überlegt sich, wo die undichte Stelle ist, und die junge Dame endet mit durchschnittener Kehle.«

Duffield lehnte sich auf seinem Stuhl zurück und wischte sich Zigarettenasche vom Hemd. »Natürlich kannst du mir sagen, ich lieg damit völlig falsch. Teufel, ich würde dir vielleicht sogar glauben. Wie auch immer, ich möchte einfach, daß du weißt, daß es strikt unter uns bleiben muß, okay?«

»Ich werde dir sagen, was ich weiß, Ian«, entgegnete Roche. »Das Mädchen hatte nichts mit irgendeinem von Aiellos Hängern zu tun. Sie war Jake Lingles Freundin. Bis zu dem Tag, als er starb. Ich hab mich ein- oder zweimal mit ihr getroffen, weil ich hoffte, sie könnte etwas Licht auf die Gründe werfen, aus denen man ihn ermordet hat.

Nach dem, was du sagst, scheint rausgekommen zu sein, daß sie ihm nahestand, daß ich mich an sie gewandt hatte, und wer ich war. Wahrscheinlich dieser Portier. Der hat mich überhaupt erst auf sie gebracht.«

»Warum trinken wir nicht noch einen Kaffee und warten, daß der Regen aufhört?« sagte Lieutenant Duffield. »Bevor wir da raus müssen.«

Wendt sagte: »Sieht so aus, als wäre eine große Nummer in unserer Regierung sauer auf uns, Patrick.«

Roche schüttelte Wasser von seinem Hut und hängte ihn und seinen Regenmantel an einen Wandhaken. »Und wer sollte das sein, Walter?«

»Mister Eliot Ness ist der Name«, sagte Wendt. »Das große Lagerhaus von Capone an der Archer, Ecke Wallace, das wir letzte Nacht auseinandergenommen haben. Tja, Mister Ness hat vor einer Weile angerufen und mir die Hölle heiß gemacht. Nach dem, was er erzählt, haben seine Jungs heute morgen in dem Laden eine Razzia gemacht. Zusammen mit ein paar Reportern und einem Fotografen von der *Daily News*. Leider mußten sie feststellen, daß der ganze Whisky weg war. Er hatte eine Menge zu sagen, dieser Mister Ness. Daß wir die Operationen des Justizministeriums stören, und daß er dem ein Ende setzen will, wenn wir uns nicht vorher eine Genehmigung von ihm holen.«

»Ein engagierter Mann, dieser Ness«, sagte Roche. »Nimmt sich seinen Job zu Herzen. Und was hast *du* gesagt?«

»Daß wir einen Job zu erledigen haben«, sagte Wendt, »daß wir ihn erledigt haben und er zum Teufel gehen soll.«

Roche lachte. »Komm schon, Walter, das hast du nicht gesagt.«

»Aber fast«, sagte Wendt. »Jedenfalls hat er ohne ein höfliches Aufwiedersehen eingehängt.«

»Ein bißchen zu sehr auf Publicity bedacht, der Eliot«, sagte Roche. »Möchte sein Bild in der Zeitung sehen und so weiter. Ich rufe ihn morgen an. Seine aufgeplusterten Federn glätten, wie man so sagt.«

Captain Ross Lowry, Zwölfter Bezirk, St. Louis Police Department, schüttelte Hagan herzlich die Hand. »Schön, dich zu sehen, John! Wie lange ist das schon her?«

»Mindestens zwei Jahre«, sagte Hagan. »Ich muß zugeben, du siehst aus, als wäre das Leben in dieser Zeit gut zu dir gewesen.«

»Kann mich nicht beklagen«, sagte Lowry. Er schloß seine Bürotür und deutete mit dem Daumen auf einen Stuhl am Schreibtisch. »Mach schon, setz deinen Hintern da hin.«

Sie nahmen Platz. Lowry griff sich einen Zigarrenstumpfen aus dem Aschenbecher und paffte ihn wieder zum Leben zurück. »Was führt dich in diese Gegend?«

»Weißt du irgendwas über einen Laden, der TriCity Transportgewerkschaft heißt?« sagte Hagan.

Captain Lowry hob eine Augenbraue. »TriCity, ja. Auf der Ostseite der Stadt. Bowker Street. Was ist damit?«

»Sind die legal, Ross?«

»Laß es mich so beantworten«, sagte Lowry. »Buster Wortman steht dahinter. Letztes Jahr oder so haben eine Menge Arbeitslose von der East Side ihre Autos als Billigtaxis vermietet. Fahren drei, vier Fuhren gleichzeitig, einen Vierteldollar pro Nase. Naja, Buster baut seine sogenannte Gewerkschaft auf und fängt an, diese Leute unter Druck zu setzen. Tretet ein, oder ihr kriegt was auf die Birne.«

»Ich will dir sagen, warum ich frage, Ross«, erwiderte

Hagan. »Ich bin wieder im Geschäft, bisher nur ich allein, aber ich geh davon aus, daß ich expandiere. Jedenfalls habe ich da einen Klienten. Ein Bursche, dem eins der größten Gebrauchtwagenunternehmen in K.C. gehört. Vor ein oder zwei Monaten hat einer von seinen Verkäufern den Bürosafe geleert, einen 29er Chandler Royal Eight, direkt vom Hof gestohlen, und ist mit unbekanntem Ziel abgehauen.

Naja, Ross, mein Klient hat das persönlich genommen«, sagte Hagan. »›Scheiß drauf, was es mich kostet‹, sagt er zu mir, ›ich will, daß der Schweinehund gefunden, hierher geschafft und verurteilt wird.‹ Für ihn eine Frage des Ehrgefühls.«

»Du glaubst, er ist in der Stadt?« sagte Lowry.

»Ich hab diese Puppe aufgetrieben, die er gebumst hat«, sagte Hagan. »Hab sie sauer gemacht, daß er sie sitzengelassen hat und so, und sie hat mir schließlich erzählt, daß er von irgendeiner Gewerkschaft mit der Post Schecks bekommen hat. Aus St. Louis. ›Three Cities‹ war alles, was sie wußte. Die einzige Gewerkschaft weit und breit im Telefonbuch ist dieser Tri-City-Laden.«

»Sag mir den Namen«, sagte Lowry.

»Louis Bader«, sagte Hagan. »Ich schätze, das ist ein Deckname.«

Captain Lowry drückte seine Zigarre im Aschenbecher aus. »Bleib einen Moment da sitzen«, sagte er und verließ das Büro. Hagan fand eine zwei Monate alte Ausgabe von *Captain Billy's Whizbang* oben auf einer Reihe von Aktenschränken.

Fünf Minuten später kehrte Lowry mit einem Umschlag zurück, setzte sich, öffnete ihn und nahm ein halbes Dutzend Berichtsformulare mit Karteifotos heraus. Er nahm die Fotos ab und warf sie vor seinem Besucher auf den Tisch. »Ein paar von Buster Wortmans Jungs hängen mit TriCity zusammen, Hier, versuch dein Glück.«

Hagan blieb bei der Nummer vier hängen. Louis Bader. Aber unter den beiden Bildern war sauber der Name Leo V. Brothers getippt.

Aus der *Chicago Post*, 23. Oktober 1930:

Die Leiche von Gerald Kafka, 24, eines Angestellten im Hause einer vornehmen Adresse am Lake Shore Drive, wurde gestern am Montrose Beach geborgen. Kafka, der neun Tage zuvor als vermißt gemeldet wurde, war gefesselt, geknebelt und zweimal in den Kopf geschossen worden. Obwohl keine Vorstrafen des Opfers bekannt wurden, scheint der Mord eine Bandenexekution gewesen zu sein, und die Polizei lenkt ihre Untersuchungen in diese Richtung.

Wenn man über die Telefonzellen im Mezzanin des Palmer House etwas sagen konnte, dann, daß sie Klasse hatten. Jede beinahe wie ein kleines Zimmer, Teppiche auf dem Boden, Deckenbeleuchtung, eine kleine Bank, auf der man sitzen konnte, während man seinen Anruf tätigte. Wenn man die Tür schloß, konnte draußen niemand etwas hören. Ein prächtiges Hotel, das Palmer House. Mit stinkvornehmen Restaurants wie dem Empire Room und all den Silberdollars, die unten im Barber Shop am Boden klebten.

Er stapelte einen Vorrat an Münzen auf die Ablage unter dem Telefon, holte den Zettel mit der richtigen Nummer hervor, griff nach dem Hörer . . . und zog seine Hand zurück.

Keine Frage, das würde den Mann das Leben kosten. Geh damit zur Beichte, und du weißt verdammt genau, was die Strafe wäre. Aber halt es zurück, und du endest ohne Absolution mit dem Arsch auf den Zacken von Satans Mistgabel. Ein ernüchternder Gedanke.

Oder man konnte sich selbst als das Instrument des gütigen Gottes begreifen und Pater Mahaffey einfach ignorieren.

Er nahm den Hörer ab und meldete einen persönlichen Anruf für Anthony Balasari, Rechtsanwalt, Brooklyn, New York, an.

John Torrio sagte: »Don Giuliano Torenello hat mich vor ein paar Tagen besucht. Vielleicht kennen Sie den Namen?«

»Sicher«, sagte Capone. »Hat vor zwei Jahren die Mafia in Brooklyn übernommen. Ungefähr zu der Zeit, als Frankie Yale in Fetzen geschossen wurde, stimmt's?«

Sie saßen auf der Bank eines hölzernen Picknicktisches auf einem verlassenen Campingplatz nahe dem Ufer des Fox River, etwa vierzig Meilen westlich von Chicago. Der Himmel war wolkenverhangen, die Temperatur unter zehn Grad. Zwei Wagen – Capones schwer gepanzerte Limousine und ein schwarzer Chrysler – standen ein Stück weit entfernt, wo es sich vier Leibwächter in enggeschnittenen Mänteln und grauen Filzhüten bequem gemacht hatten.

»Die einzige Tochter des Don, Angelina, hat in Chicago gelebt«, sagte Torrio. »Vielleicht erinnerst du dich an sie, Alphonse. Vor zehn Jahren etwa hast du sie vom Bahnhof abgeholt und ihr eine Wohnung besorgt.«

»Na . . . so ungefähr«, sagte Capone. »Gutaussehendes Kind, aber ein bißchen rotzig, das weiß ich noch.«

»Sie wurde letzte Woche ermordet, Alphonse«, sagte Torrio. »In ihrer eigenen Wohnung. Die Kehle durchgeschnitten. Überrascht mich, daß du nichts davon in der Zeitung gelesen hast.«

»Wer liest denn noch Zeitungen?« sagte Capone. »Voll von Typen, die aus Fenstern springen, schließenden Banken, ein paar armen Schluckern, die auf der Straße Äpfel verkaufen. Ich hab' sogar aufgehört, Radio zu hören, weißt du? Außerdem muß ich dir nicht erklären, daß ich meine eigenen Probleme habe.«

»Es scheint so, als hätte Angelina ein Verhältnis mit dem Mann gehabt, der vor einigen Monaten ermordet wurde«, sagte Torrio. »Derselbe Mann, Alphonse, dessen Tod dir diese Probleme bereitet hat.«

Capone starrte ihn mit hängendem Unterkiefer an. »Scheiße, warte mal einen Moment. J.T. Du redest von Lingle? *Jake* Lingle?«

»Ohne Frage«, sagte John Torrio. »Irgendein Bulle hat das

über die beiden herausgefunden, hat ihr gesagt, er würde es für sich behalten, wenn sie ausplaudert, was er ihr über die Bandengeschäfte erzählt hat. So sieht es jedenfalls aus.«

»Wer ist dieser Bulle?«

»Das weiß der Don nicht«, sagte Torrio. »Aber er *hat* rausgefunden, daß sie auf direkte Order von Joe Aiello ermordet wurde.« Er lehnte sich zurück und faltete seine Hände über seinem kleinen Bauch. »Und das, mein lieber Freund, ist der Grund, warum ich nach all den Jahren hier in Chicago bin.«

Capone bürstete Zigarrenasche von den Aufschlägen seines Kamelhaarmantels und schlug den Kragen gegen die kühle Luft hoch. »Okay, J.T. Du kriegst alles, was du willst.«

»Wie gesagt, Don Giuliano hat mich besucht«, sagte Torrio. »Er bittet mich darum, deine Erlaubnis einzuholen, ein paar seiner Männer nach Chicago zu schicken, um den Tod seiner Tochter zu rächen. Aber er kennt deine Schwierigkeiten und möchte sie nicht noch durch Aktionen von seiner Seite verstärken.«

»Na, das ist verdammt nett von ihm, J.T.«, sagte Capone. »Wenn ich an seiner Stelle wäre, ich würde einfach losgehen, den Job erledigen und auf die Zehen scheißen, die ich zertrete.«

Torrio lächelte und zuckte mit den Schultern. »Diese Sizilianer haben ihre eigenen Gesetze, Alphonse. Wie ich vor langer Zeit herausgefunden habe, versteht niemand die Sizilianer wirklich, am allerwenigsten die Italiener.«

Capone ließ seinen Zigarrenstumpfen fallen und drückte ihn mit dem Absatz seines Schuhs aus. »Sag Torenello, er soll sich nicht erst die Mühe machen, seine Jungs herzuschicken. Joe Aiello geht mir schon viel zu lange auf den Sack. Bei dieser beschissenen Geschäftslage und diesem irischen Pisser Roche, der es auf mich abgesehen hat, überleg ich schon seit Wochen, die North Side zu übernehmen. Du kannst also losfahren, J.T., und dem Don mitteilen, daß ich bald schon Neuigkeiten für ihn haben werde. Sehr bald.«

SÜNDENBOCK

Frank Foster hat Alfred Lingle nicht ermordet.

– Charles Rathbun, 1930

16

Um 2.17 Uhr sagte John Hagan: »Das ist er, Rocky. Der jetzt rauskommt. Warte, bis er an uns vorbeigeht.«

Leo Brothers, im dreiteiligen blauen gefütterten Anzug, dunkelgrauem Filzhut und hellgrauem Mantel, blieb unter dem Vordach des Gebäudes stehen, um sich eine Zigarette anzuzünden, und ging dann nach Norden zur Straßenbahn an der 47th. Es war ein klarer Tag, mit einer leichten Brise vom See her, und abgesehen von einer ältlichen Frau, die einen Kinderwagen vorbeischob, war der Gehweg leer.

Brothers war ein paar Schritte an dem grünen Dodge vorbei, der am Kantstein parkte, als die beiden Vordertüren aufschwangen, Hagan und Rocco DiGarmo ausstiegen und sich ihm leise von hinten näherten.

»Behandeln Sie dich gut, Leo?« sagte Hagan.

Brothers machte noch einen Schritt, blieb stehen, drehte sich um und sah die beiden Männer mit leerem Blick an. »Sprechen Sie mit mir?« sagte er.

»Mit wem sonst?« sagte Hagan.

»Sieht so aus, als hätten Sie den Falschen erwischt, Mister«, sagte Brothers. »Mein Name ist Louis Bader.«

»Klar«, sagte Hagan. Er steckte die rechte Hand in die Manteltasche, trat näher an Brothers heran und rammte ihm den Lauf einer Waffe ins Kreuz. »Aber in St. Louis heißt du Leo

Brothers. Also laß uns einen kleinen Ausflug machen, okay? Filz ihn, Rocky.«

Rocco grinste, zeigte einen fehlenden Schneidezahn und klopfte ihn ab. Brothers hielt die Hände auf Brusthöhe. »Seid ihr Bullen?« fragte er.

»Keine Schimpfworte«, sagte John Hagan.

Das zweistöckige Gebäude stand auf der westlichen Seite der Cicero Avenue zwischen einem italienischen Restaurant und einem Lebensmittelgeschäft. Auf dem breiten Fenster unter der heruntergelassenen Markise standen die Worte:

CICERO STATE TRUST & SAVINGS BANK
›Wir wachsen mit der Gemeinschaft‹
Nicholas Reznick, Präsident — Aktiva über 2.000.000 $

An der Innenseite der Scheibe in der Eingangstür klebte ein Plakat:

DIESE BANK IST
BIS AUF WEITERES GESCHLOSSEN
auf Anordnung der
ILLINOIS STATE BANKENKOMMISSION
SPRINGFIELD, ILL.

Drinnen saßen John Hagan und Leo Brothers schweigend wie zwei Fremde im Wartezimmer eines Zahnarztes nebeneinander auf einer Lattenbank neben den leeren Käfigen der Kassierer. Hagan paffte mit selbstgefälliger Miene an einer Zigarette. Brothers war verwirrt und besorgt und kaute an einem eingewachsenen Nagel.

Hagan nahm einen letzten Zug von seiner Murad und stieß den Rauch in die tote, knochenfröstelnde Luft des Raumes aus. Er drückte die Glut aus und warf den Stummel auf den Teppich. Brothers warf ihm einen kurzen, nervösen Blick zu. »Hören Sie, Mister«, sagte er wehleidig. »Seien Sie nett, ja? Ich hab ein Recht, zu wissen, warum Sie mich hergebracht haben . . .«

An der Rückseite der Bank knirschte ein Schlüssel in einer Tür, auf der NOTAUSGANG stand. Langsam schwang sie zurück, und Frankie Rio, die rechte Hand in einer Tasche seines Mantels vergraben, schob sich herein. Nach einem Blick in die Runde trat er einen Schritt zur Seite, und Al Capone kam herein.

Während Rio die Tür abschloß, schlenderte Capone zu den beiden Männern auf der Bank hinüber. Er ignorierte Hagan, blieb vor Brothers stehen und sah ihm offen ins Gesicht. Brothers hielt dem kalten, eindringlichen Blick ein paar Sekunden lang stand, dann befeuchtete er die Lippen und sah auf seine Hände.

Abrupt drehte sich Capone um und ging durch die Schwingtür eines Geländers, das eine Reihe von Büros abgrenzte. Er öffnet eine Tür, auf der ›Mr. Reznick‹ stand, winkte Hagan mit einem Finger heran und verschwand drinnen.

Hagan folgte ihm in das abgedunkelte Büro und schloß die Tür. Capone zog die Rolläden an den beiden Fenstern hoch. Er kehrte zu einem Direktorenschreibtisch zurück, der in der Mitte den Großteil des Zimmers für sich beanspruchte, zog den ledernen Drehsessel vor, wischte den Sitz mit seinem Taschentuch ab und setzte sich. Nachdem er einen Teil der gläsernen Schreibfläche abgestaubt hatte, warf er das Taschentuch in den Papierkorb. »Setz dich, John«, sagte er.

Hagan zog sich einen Stuhl an den Schreibtisch. Mit fragendem Blick lehnte sich Capone zurück und deutete mit einem Daumen auf die Tür. »Willst du mir erzählen, *er* sieht aus wie Frankie Foster?«

»Sie wären überrascht, Mister Capone«, sagte Hagan, »wie ähnlich er der Beschreibung ist, die die Zeugen gegeben haben. So ziemlich ähnlich gebaut, ganz nah an dem Alter, das Sie wollten, und die Haare sind der wahre Jakob – keine Perücke oder Färbung.

Außerdem«, fuhr Hagan fort, »ist er von außerhalb. St.

Louis. Ich hab' keine Verbindung zu irgendeiner Bande in Chicago feststellen können. Und Sie wollten einen Mann, der heiß ist? Nun, Mister Capone, dieser Mann brennt geradezu! Da unten gibt es einen Haftbefehl für ihn. Hat irgendeinen jungen Taxifahrer umgelegt.«

»Was nützt das alles«, sagte Capone, »wenn das Gesicht falsch ist? Das ist es, was sich die Leute ansehen – das Gesicht.«

»Glauben Sie mir, Mister Capone«, sagte Hagan, »der Unterschied ist gar nicht so groß. Und soweit ich weiß, haben sich die Leute, von denen Sie reden, die Zeugen, diesen Foster genau angesehen und mehr oder weniger gesagt, das sei nicht der Mann, der Lingle erschossen hat. Außerdem sollten Sie bedenken, Mister Capone, daß seitdem schon eine ganze Weile vergangen ist. Seit der Schießerei, meine ich.«

Capone saß da und fummelte nachdenklich an seinem Kinn herum. Schließlich sagte er: »Wieviel hast du ihm erzählt?«

»Nur, daß Sie einen Job erledigt haben wollen, und daß ich ihm den vielleicht zuschanzen könnte.«

Capone nickte. »Hol ihn rein.«

Hagan stand auf, öffnete die Tür und steckte seinen Kopf hinaus. »Leo!« rief er.

Brothers trat ein, den Hut in der Hand, zögerte unsicher, und trat dann an den Schreibtisch. »Leo Brothers, Mister Capone«, sagte Hagan.

Der Gedanke daran, dem Mann die Hand zu reichen, kam Brothers nicht in den Sinn. »Sehr erfreut, Ihre Bekanntschaft zu machen, Sir«, sagte er.

»Setz dich, Leo.«

Brothers nahm Hagans Stuhl, lehnte sich zurück und warf seinen Hut neben sich auf den Boden. Er legte die Beine übereinander, zwang seine Miene zu einem entspannten Ausdruck und wartete. Capone holte eine Schachtel Melachrinos aus seinem Mantel, steckte sich eine an und blies das Streichholz aus. »Dieser Taxifahrer«, sagte er. »Warum hast du ihn umgebracht?«

»Hatte mit der Gewerkschaft da unten zu tun, Mister

Capone«, sagte Brothers. »war nicht so schlimm, daß der Kerl selbst nicht eintreten wollte, verstehen Sie? Aber er hat uns Schwierigkeiten gemacht und versucht, alle anderen davon abzuhalten, bei uns zu unterschreiben. Ich kann Ihnen gar nicht sagen, wie oft wir ihm gesagt haben, er soll damit aufhören. Der Mann wollte einfach nicht hören.«

»Also hast du ihm eine Kugel verpaßt. Wann war das?«

»Im August vor einem Jahr«, sagte Brothers.

»John hier sagt, du arbeitest im Green Mill«, sagte Capone. »Bißchen riskant, oder nicht? Draußen in der Öffentlichkeit, wenn ein Haftbefehl über dir schwebt. St. Louis muß doch Kopien geschickt haben. Wenn dich irgendein Bulle hier erkennt, gehst du zurück.«

»Naja, ehrlich gesagt, Mister Capone, dieser Haftbefehl, der auf mich ausgestellt ist . . . Ein Freund von mir hat den Daumen drauf. Was bedeutet, daß ich im Moment ziemlich aus der Sache raus bin. Jedenfalls, solange mein Name nicht auftaucht.«

»Dieser Freund«, sagte Capone. »Buster Wortman?«

»Hm, ja, Sir. Mister Wortman hilft uns, die Gewerkschaft aufzubauen, von der ich gesprochen habe.«

Capone nahm eine Lunge voll Rauch, atmete aus, verzog das Gesicht und warf die Zigarette in den Papierkorb. Er zog sich näher an den Schreibtisch heran. »Letzten Juni, den Zehnten rum. Warst du da in der Stadt?«

Brothers dachte einen Moment lang nach und schüttelte dann den Kopf. »Nein, Sir. War ich nicht. Ich bin in diese . . . Situation geraten, sehen Sie, und mußte für ein paar Wochen aus der Stadt verschwinden. Hab mir einen Job bei diesem Spritschmuggler in der Nähe von Muncie, Indiana, besorgt. Ein Kerl namens Schoenburg.«

Hagan saß auf der Bürocouch. »Das müßte Alex Schoenburg sein, Mister Capone«, sagte er. »Vom dem hab ich gehört.«

»Du hast dich Bader genannt, als du in Muncie warst?« fragte Capone.

Brothers schüttelte den Kopf. »Nein, Sir. Lewis Blake.«

Capone richtete sich auf, streckte die Arme hoch und gähnte.

»Ich muß zugeben, Leo, du machst Eindruck auf mich, weil du geradeaus bist. Ich hab dir all diese Fragen gestellt, um rauszufinden, ob du der richtige Mann bist, einen Job für mich zu erledigen. Einen großen Job. Ich will dir sagen, worum es geht.«

Die Spannung, die sich in dem Moment über Leo Brothers gelegt hatte, als man ihn mit Waffengewalt in Hagans Wagen trieb, löste sich plötzlich auf. »Ja, *Sir*, Mister Capone. Was es auch ist, Sie können auf mich zählen. Hundertprozentig.«

»Gut«, sagte Capone. »Du gehst in den Knast, Leo. Für den Mord an Jake Lingle.«

Mrs. Milano sagte: »Wenn wir keine Wirtschaftskrise hätten, würden Sie in der gesamten Nachbarschaft kein leeres Apartment finden. Aber ich nehme an, ich muß Ihnen nicht sagen, Mrs. . . .«

»Whitney«, sagte die Blondine in dem roten Kleid.

». . . was heutzutage los ist«, sagte Mrs. Milano. »Na, ich kann dazu nur sagen, je eher sie diesen Hoover aus dem Weißen Haus werfen, desto eher können anständige Leute wieder arbeiten gehen.«

Sie blieb an der Tür zu dem Apartment im zweiten Stock stehen und schloß mit einem Schlüssel aus ihrer Schürzentasche auf. Die beiden Frauen traten in ein kleines Wohnzimmer. Es war unmöbliert, die Rolläden an den Fenstern zugezogen. Abdrücke auf dem schäbigen Teppich zeigten, wo die Möbel des Vormieters gestanden hatten.

»Zwei Schlafzimmer, voll eingerichtetes Bad, viel Schrankfläche«, sagte Mrs. Milano. »Wir bekommen dafür dreißig Dollar im Monat, Sie zahlen Gas und Licht selbst. Gehen Sie nur und sehen Sie sich genau um, Mrs. Woodley.«

»Whitney«, sagte die Blondine in dem roten Kleid. Sie ging zu einem der beiden Fenster des Wohnzimmers hinüber, zog den Rolladen hoch und sah auf die Kolmar Avenue hinab. Ein paar Autos am Straßenrand, nackte Bäume entlang der schmalen Grünstreifen zwischen Gehweg und Straße. Direkt gegenüber stand ein dreistöckiges gelbes Backsteinhaus, dessen Hausnummer 205 über der Tür kaum zu erkennen war. Zwischen 205 und dem Gebäude links davon lag ein kleiner Hof mit gelblichem Gras.

Die Blondine in dem roten Kleid ließ den Rolladen wieder herunterfallen. »Wir nehmen es. Mein Mann wird unsere Sachen am Wochenende herbringen. Wenn es recht ist.«

»Zwei Monate im voraus«, sagte Mrs. Milano. »Kommen Sie nach unten, und ich gebe Ihnen die Schlüssel und Ihre Quittung.«

Mr. Pellegrini sagte: »Nettes junges Pärchen, das hübscheste junge Ding, das ich je gesehen hab, diese Mrs. Avers . . . und ich mußte sie auf die Straße setzen. Hat seinen Job verloren, konnte die Miete nicht bezahlen, was soll ich da machen? Ich muß schließlich auch meine Rechnungen bezahlen.«

Die Blondine in dem roten Kleid trat an eines der Schlafzimmerfenster, zog den Rolladen hoch und sah auf den kleinen Hof mit dem vergilbten Gras drei Stockwerke unter ihr hinab. Sie sagte: »Es ist prima, Mr. Pellegrini. Ende der Woche ziehen wir ein.«

»Zwei Monate, siebzig Dollar«, sagte Pellegrini. »In bar, wenn man sieht, wie schnell die Banken heutzutage schließen können.«

Leo Brothers war unverhohlen skeptisch. »Ich verstehe Sie nicht, Mister Capone«, sagte er. »Dieser Reporter, von dem Sie da sprechen . . . ich dachte, sie haben den Kerl. Es stand in allen Zeitungen. Frank Sowieso.«

»Sie können es ihm nicht anhängen«, sagte Capone. »Kein Geschworenengericht in dieser Stadt wird ihn jemals verurteilen. Aber irgend jemand muß die Sache ausbaden, und das laß ich dich tun.«

Die Besorgnis kehrte zurück in Brothers Miene. »Um alles in der Welt, Mister Capone«, sagte er. »Ich verstehe nicht, wie Sie das deichseln wollen. Nach allem, was ich weiß, haben eine Menge Leute gesehen, wie es passiert ist. Und die haben doch keinen Grund, einen Mann zu identifizieren, den sie nie . . .«

»Und das ist der Punkt, wo du dich täuschst, Leo«, sagte Capone. »Foster wäre schon halb im Knast, wenn die Zeitungen nicht ausgeplaudert hätten, daß er zur Moran-Aiello-Bande gehört. Aber es ist rausgekommen und hat diesen Zeugen Angst gemacht. Kann man ihnen nicht zum Vorwurf machen. Niemand möchte den Schädel eingeschlagen oder das Haus in die Luft gejagt kriegen.

Aber ich will dir mal was sagen«, fuhr Capone fort. »Diese Leute fühlen sich schlecht.« Er schlug sich an die Brust. »Genau hier drinnen. Sie wollen glauben, daß sie gute, ehrbare Bürger sind. Gib ihnen eine Chance, irgendeinen kleinen Ganoven von außerhalb wiederzuerkennen – irgend jemanden, bei dem es ungefährlich ist, ihn zu identifizieren – und sie werden sich einreden, daß *er* der Mann war, bis sie es selbst glauben. Falls du es nicht weißt, das entspricht der menschlichen Natur.«

Brothers rieb nervös die Hände aneinander. »Jesses, ich weiß nicht, Mister Capone«, sagte er. »Hört sich echt so an, als wollten Sie mich auf den elektrischen Stuhl bringen oder sowas.«

»Das ist dumm, Leo«, sagte Capone. »Mein halbes Leben lang habe ich Richter und Geschworene bestochen. Ich garantiere dir, schlimmstenfalls werden sie dich zu einem bis vierzehn Jahre verurteilen. Benimm dich ordentlich, dann bist du nach zehn Jahren draußen, vielleicht sogar nach acht.«

»Wenn sie mich nicht freisprechen«, sagte Brothers.

Capone schüttelte den Kopf. »Keine Chance. Das kann ich nicht zulassen.«

»Zehn Jahre«, sagte Brothers. »Das ist ein ziemlich großer Happen im Leben eines Mannes, Mister Capone.«

»Da muß ich dir zustimmen, Leo«, sagte Capone. »Aber denk daran, daß du für den Mord an dem Taxifahrer auf den Stuhl kommen könntest. Und darum würde ich mich schon kümmern.

Versteh mich richtig, ich bitte dich nicht, das alles für nichts zu tun«, sagte Capone. »Wenn du deine Zeit abgesessen hast und rauskommst, stehst du für den Rest deines Lebens auf der Sonnenseite. Darauf hast du mein Wort.«

Pasquale Prestocomo sagte: »Willst du das wirklich tun, Joe? Ich meine, hör zu, warum die Stadt verlassen? Niemand weiß, daß du irgendwo im Umkreis von zwanzig Meilen bist. Und du kannst hier gerne bleiben, so lange du möchtest.«

»Verdammt, ich weiß das, Patsy«, sagte Joe Aiello. »Du und Marie – die Allerbesten! Aber in meinem Job lernt man . . . naja, man lernt, den Ärger zu riechen, bevor er einen einholt.« Er lächelte. »Das heißt, wenn man weiteratmen will.«

Er sah auf seine Uhr. »Wo ist das verfluchte Taxi?« sagte er. »Ich muß den Zug kriegen, und ich bin schon spät dran.«

»Du wirst es schaffen«, sagte Prestocomo. »Nachts ist nicht viel Verkehr.«

»Ich warte draußen«, sagte Aiello. Als sie sich die Hände gaben, hörte man drei kurze Töne einer Hupe. Prestocomo zog die Eingangstür auf. Aiello nahm seinen Koffer und sagte: »*Addio,* Pasquale«, und ging auf die Kolmar Avenue hinaus.

Ein Checker-Taxi stand am Straßenrand. Aiello ging darauf zu . . . und aus einem abgedunkelten Fenster im zweiten Stock direkt gegenüber eröffnete ein Maschinengewehr das Feuer.

Das Taxi fuhr mit quietschenden Reifen los. Aiello, mehrmals getroffen, taumelte und ließ den Koffer fallen. Die Ecke des Gebäudes ragte ein paar Schritte weiter links von ihm auf. Gebückt stolperte er darauf zu, als ein Kugelhagel Zentimeter über seinem Kopf in die Mauersteine schlug. Und dann war er außer Reichweite, wankte in den sicheren Eingang hinter einem kleinen Hof.

Aus einem Schlafzimmerfenster drei Stockwerke über der grasbedeckten Fläche schoß ein zweites Maschinengewehr, dieses in Händen von Danny Stanton, siebenunddreißig Kugeln in Giuseppe Aiellos Körper.

Charles Rathbun sagte: »Ich entschuldige mich in aller Form, daß ich Ihre Familie geweckt und Sie zu so unchristlicher Zeit aus dem Bett geholt habe. Aber ich wußte, Sie würden sofort hören wollen, was John rausgefunden hat.«

Ohne die Augen von John Hagan zu nehmen, sagte Roche: »Kommen Sie zur Ruhe, Charlie, setzen Sie sich. Bevor Sie einen Herzinfarkt kriegen.«

Hagan und Rathbun nahmen sich Stühle an dem Tisch mit der Porzellanoberfläche in der hell erleuchteten Küche. Roche, in Pyjama, Morgenmantel, Pantoffeln, fand ein Glas, füllte es mit Milch und schloß die Kühlschranktür wieder. »Könnten Sie vielleicht eine Zigarette entbehren, Mister Hagan?« fragte er.

»Klar doch«, sagte Hagan und holte ein Päckchen Murads hervor. Roche nahm eine und ließ sich Feuer geben. Er trank von dem Glas, stellte es auf die Arbeitsfläche und lehnte sich mit der Hüfte gegen die Spüle. Am anderen Ende des Flures wurde eine Schlafzimmertür zugeknallt.

»Also gut, Charlie«, sagte Roche. »Erzählen Sie.«

Mit dramatischer Betonung auf jedem Wort sagte Rathbun: »Pat, Frank Foster hat Alfred Lingle nicht ermordet!«

»Ach was?« sagte Roche. »Wie haben Sie denn *das* rausgefunden?«

»Ich muß sagen, Sie klingen absolut nicht überrascht«, sagte Rathbun verärgert. »Und Sie haben doch die ganze Zeit so beharrlich darauf bestanden, daß Foster unser Mann ist.«

»Oh, ich bin überrascht«, sagte Roche. »Jetzt würde ich nur gern hören, warum und weshalb.«

Rathbun deutete auf Hagan. »Los, John. Sagen Sie es ihm.«

»Wie ich Ihnen wohl schon bei unserem ersten Treffen erzählt habe, Mister Roche«, sagte Hagan, »hab ich vor einer Weile diesen Burschen in K.C. getroffen. Ein Typ aus Chicago und ziemlich dicke mit den Moran-Leuten. Der gesagt hat, den Gerüchten nach hätte ein Hitzkopf von außerhalb Lingle die Kugel verpaßt.«

Roche nahm eine Untertasse von einem Regal im Speiseschrank und tippte Zigarettenasche darauf. »Weiter.«

Hagan holte tief Luft und stieß sie wieder aus. »Naja,

nachdem ich an diesem Abend mit Ihnen beiden gesprochen hatte, hab ich es mal mit ein paar von den Burschen auf der North Side versucht, die ich noch aus der Zeit kenne, bevor ich nach Kansas City gegangen bin. Hab ein bißchen mit ihnen getrunken, ein paar Partien Pool gespielt, Poker, Sie wissen schon.

Jedenfalls«, fuhr Hagan fort, »kennen mich diese Männer als aufrichtigen Menschen, jemand, bei dem sie nicht mißtrauisch sein müssen, wenn sie offen reden. Vor einer Woche oder so hab ich mit diesem Typen in einer Kneipe drüben an der Halstead, Ecke Addison rumgesessen und Schnaps getrunken, als das Thema Lingle aufkam, und daß die Polizei versucht, Foster die Sache anzuhängen.

Naja, dieser Typ hat irgendwie darüber gelacht«, sagte Hagan. »›Die Bullen sind voll auf dem Holzweg‹, hat er zu mir gesagt. ›Soweit ich weiß, kommt der Mann, den sie suchen, nicht aus dieser Stadt. Ist aber noch hier. Hat einen Job in irgendeinem Nachtclub am Broadway, Ecke Wilson ungefähr.‹«

»Dieser Mann, der da geplaudert hat«, sagte Roche. »Hat der einen Namen?«

»Bei allem gebührenden Respekt, Mister Roche«, sagte Hagan, »den Teil laß ich aus. Wenn ich Ihnen den Namen gebe, sind Sie in dieser Sache hinter ihm her, und ich steck bis zur Unterlippe in der Scheiße. Und außerdem ist das alles nur Gerede.«

Roche grunzte, schnippte Zigarettenasche auf die Untertasse und trank einen Schluck Milch. »Was sonst noch?«

»Naja«, sagte Hagan, »ich hab angefangen, meine Runden durch die Nachtclubs an der Wilson und den Broadway rauf und runter zu machen. Nichts. Dann bin ich eines Nachts ins Green Mill Gardens gekommen. Broadway, Ecke Lawrence, wissen Sie bestimmt. Und bei Gott, da stand er . . . Macht es Ihnen etwas aus, wenn ich eine rauche, Mister Roche?«

»Wenn Sie auf Ihre Asche aufpassen«, sagte Roche.

Hagan steckte sich eine von seinen Murads an und warf das Streichholz auf die Untertasse. »Muß er gewesen sein, dieser Kerl, den ich gesehen hab. Doppelgänger von dem Lingle-

Mörder, der in den Zeitungen beschrieben war. Richtige Statur, ungefähr einsachtzig, blond und so. Muß er gewesen sein, Mister Roche, da gibt's keinen Zweifel.

Heißt Louis Bader«, sagte Hagan. »Rausschmeißer. Also, ich wollte den Gentleman nicht erschrecken, indem ich da Fragen stelle, wo er arbeitet. Also hab ich auf eigene Faust ein bißchen im Stillen gegraben, hab rausgefunden, daß er aus St. Louis stammt, und bin da runtergefahren.

Und jetzt kommt der Teil«, fuhr Hagan fort, »den Sie sicher gern hören werden, Mister Roche. Baders richtiger Name ist Leo Vincent Brothers, und im Moment ist in St. Louis ein Haftbefehl wegen Mordes auf ihn ausgestellt.«

Rathbun lächelte selbstgefällig. »Da haben Sie's, Pat«, sagte er. »Jetzt wissen Sie, warum ich immer darauf bestanden habe, daß Foster nicht unser Mann ist.«

»Bis jetzt ist das, was wir hier gehört haben, nicht mal einen Nonnenfurz wert«, sagte Roche. »Zählen Sie's zusammen. Irgendein Gauner von der North Side findet raus, daß dieser Bader . . . Brothers, wie auch immer . . . wegen Mordes in St. Louis gesucht wird. Und was soll ich Ihnen sagen – er hat blondes Haar! Also fügt der Gauner hier und da ein bißchen dazu und hat am Ende ein saftiges Gerücht: Dieser Brothers hat Lingle ermordet.

Dabei wird allerdings ausgelassen«, sagte Roche, »daß Fosters Waffe benutzt wurde. Foster gleich nach der Schießerei aus der Stadt verschwunden ist, Foster kein Alibi für die Zeit hat, als geschossen wurde, Foster für Jack Zuta gearbeitet hat – der rein zufällig Lingles Tod wollte – und von sechs Zeugen identifiziert wurde. Wenn Sie mich also entschuldigen wollen, ich geh zurück ins Bett.«

Rathbun schlug mit der Hand auf die Tischfläche. »Allmächtiger Gott, Pat, was haben Sie vor – wollen Sie den Rest Ihres Lebens mit diesem Fall verbringen? Zu Ihrer Information: Der Colonel wird verdammt ungeduldig mit der Art und Weise, auf die dieser Fall sich in die Länge zieht – und das kann man ihm sicher nicht verübeln.«

»Damit ich Sie richtig verstehe, Charlie«, sagte Roche.

»Irgendjemanden verurteilen? *Irgendeinen?* Nur damit der Colonel glücklich ist?«

Rathbun sprang auf. »Sie Scheißkerl! Das ist abscheulich!«

Roches Miene änderte sich nicht. »Das ist es tatsächlich, Charlie«, sagte er. »Angenommen, es stimmt nicht.«

Der Schwall wütender Farbe verschwand aus Rathbuns Gesicht. »Ich schlage vor, wir holen uns diesen Brothers, machen eine Gegenüberstellung, zeigen ihn den Zeugen und setzen da nochmal an. Ich bitte Sie nur, sich Ihre Unvoreingenommenheit zu bewahren.«

»Okay«, sagte Roche. »Sie wollen Unvoreingenommenheit, sollen Sie haben. Aber hängen Sie Ihre Hoffnungen nicht zu hoch.« Sein Blick fuhr zu John Hagan herum. »Denn, Charlie, dieser Gestank, den man hier drinnen riecht, der kommt nicht von meinen nackten Füßen.«

McHugh sagte: »Hey! George! Hast mal 'ne Minute Zeit?«

George Moran, der seiner Frau am Madison-Street-Eingang der Union Station aus einem Taxi half, drehte sich abrupt um, als sich ihm mehrere Männer näherten. Er erkannte sie als Reporter, entspannte sich sichtlich und zwang sich zu einem Lächeln. »Hatte nicht erwartet, einen von euch Jungs hier zu treffen«, sagte er. »Was habt ihr vor?«

»Irgendwas dagegen, uns darin einzuweihen, wohin Sie und Ihre Frau fahren wollen?« sagte McPhaul.

Der Taxifahrer stellte zwei Koffer auf den Gehsteig. Moran schob ihm einen Schein in die Hand und winkte ihm hinterher, als ein Gepäckträger mit roter Kappe herankam, um die Taschen einzusammeln.

»New Orleans«, sagte Moran. »Kleine Urlaubsreise. Schön warm da unten um diese Jahreszeit, soweit ich weiß.«

»Schade, daß Sie bei Joe Aiellos Beerdigung nicht dabei sind«, sagte Pasley. »Wo Sie und er doch Geschäftspartner waren und so.«

Etwas von der Freundlichkeit in Morans Miene verschwand.

»Hört zu, Jungs, ihr werdet uns entschuldigen«, sagte er. »Wir müssen unseren Zug kriegen, okay?«

»Noch eine letzte Sache, George«, sagte McHugh. »Nur mal angenommen, Sie entschließen sich, eine hübsche lange Reise zu machen. Was soll Al Capone in dem Fall davon abhalten, Ihre Interessen auf der North Side zu übernehmen?«

»Jetzt hör mir mal zu, Großmaul«, sagte Moran. »Im Augenblick scheiß ich drauf, ob dieser Schmalzharry das ganze Land übernimmt oder nicht. Schreib *das* in deiner gottverfluchten Zeitung.«

Leo Brothers hatte sich fertig rasiert und trocknete sein Gesicht ab, als der Summer in der Lobby im unteren Stockwerk ging. Er verließ das Badezimmer, ging zur Gegensprechanlage, drückte auf den Knopf und sagte: »Ja?«

Eine männliche Stimme drang aus dem Rohr: »Mister Louis Bader?«

»Wer will das wissen?«

»Post. Da ist ein Brief für Sie.«

»Dann stecken Sie ihn doch in den Kasten.«

»Sie müssen gegenzeichnen. Einschreiben. Hören Sie, wenn Sie zu beschäftigt sind oder was, können Sie ihn morgen jederzeit abholen, in der Außenstelle am . . .«

»Von wem ist er?«

»Passen Sie auf, Mister, wollen Sie hier runterkommen und für das Ding unterschreiben oder nicht?«

»Sagen Sie mir nur, *woher* er ist, das ist alles.«

Ein stürmischer Seufzer trieb das Rohr hinauf. »St. Louis. TriCity Gewerkschaft. Okay?«

»Bin gleich unten«, sagte Brothers. Er schnappte sich sein Hemd von einer Stuhllehne, warf es über, ging zur Tür und öffnete sie.

Hinter einer 38er stand Walter Wendt und sagte: »Sie sind verhaftet.«

»Geben Sie mir die Lokalredaktion.«

»Einen Moment, Sir.«

»Lokalredaktion, Burke.«

»Hab' einen heißen Tip für Sie, Mister Burke.«

»Wer ist da?«

»Vergessen Sie's. Vor etwa einer Stunde haben Pat Roches Jungs einen Killer aus St. Louis mit Namen Lou Bader geschnappt. Nur heißt er eigentlich Leo Brothers, klar?«

»Was werfen die ihm vor? Diesem Brothers?«

»Also, ich erzähl Ihnen da keine Scheiße, Mister Burke. Sie sagen, er ist der Mann, der *wirklich* Jake Lingle ermordet hat.«

17

Walter Wendt sagte: »Wir sind hier draußen im Graemere Hotel, Pat. Zimmer siebenhundertelf. Fred ist rüber, um Tony Ruthy abzuholen. Müßte jeden Augenblick hier sein.«

»Kein Reporter in der Nähe?« fragte Roche.

»Hab keinen gesehen.«

»Hat Brothers euch was erzählt?«

»Er will immer nur wissen, warum wir ihn festgenommen haben«, sagte Wendt. »Und kriegt keine Antwort.«

»So muß es sein«, sagte Roche. »Sobald ich Charlie zu fassen kriege, sind wir da. Siebenhundertelf, hast du gesagt?«

»Ja. Der Name bei der Anmeldung ist O'Brien.«

»Guter, irischer Name«, sagte Roche und hängte ein.

Wendt legte den Hörer auf. Der Türsummer meldete sich. Wendt sagte »Wer ist da?«, eine gedämpfte Stimme sagte »Fred«, und Wendt ließ Joyner und Anthony Ruthy herein, Letzteren in seiner Polizeiuniform.

Mit leiser Stimme sagte Wendt: »Mein Name ist Walter Wendt, Officer. Vom Büro des Staatsanwalts. Im Zimmer nebenan ist ein Mann, den Sie sich ansehen sollen. Gehen Sie hinein, sehen Sie ihn sich genau an, sagen Sie kein Wort, dann drehen Sie sich um und kommen wieder her. Würden Sie das für mich tun, Sir?«

Ruthy zuckte mit den Schultern: »Warum nicht? Wer soll das sein?«

»Das«, sagte Wendt, »hoffen wir von Ihnen zu erfahren.« Er nickte zur geschlossenen Tür des angrenzenden Zimmers. »Wenn Sie soweit sind.«

Ruthy warf seine Uniformmütze auf den Kaffeetisch, ging zur Schlafzimmertür, öffnete sie und ging hinein.

Leo Brothers stand an einem Fenster und blickte auf die Homan Avenue sieben Stockwerke unter ihm hinab. John Greer saß auf dem Bett, den Rücken gegen das Kopfbrett gelehnt, und las Zeitung. Als Ruthy eintrat, legte Greer die Zeitung beiseite. »He, Lou. Du hast Besuch.«

Brothers drehte sich um. Ruthy ging bis auf ein paar Schritte an ihn heran und sah ihm offen ins Gesicht. Niemand sprach, keiner der Männer bewegte sich. Nichts änderte sich in Brothers' Gesichtsausdruck . . .

Wendt und Joyner sahen ruckartig auf, als Anthony Ruthy aus dem Schlafzimmer kam. Er schloß die Tür und kam herüber, um seine Mütze aufzusammeln. »Okay, ich hab mir den Mann also angesehen« sagte er. »Und jetzt?«

»Darf ich Sie Tony nennen?« fragte Walter Wendt.

Ruthy zuckte mit den Schultern. »Meinetwegen.«

»Dieser Vogel da drinnen, Tony«, sagte Wendt. »Haben Sie den schon mal gesehen? Und ich möchte, daß Sie darüber nachdenken, bevor Sie auf die eine oder andere Weise antworten.«

»Was gibt es da nachzudenken?« sagte Ruthy. »Ich würde euch gern helfen, aber ich muß sagen, daß ich diesen Kerl noch nie im Leben gesehen habe.«

Wendt machte eine resignierende Geste. »Wenn nicht, dann nicht«, sagte er. »Danke, daß Sie sich die Zeit genommen haben.«

»Gehen wir, Tony«, sagte Joyner.

Kurz nach fünf am selben Abend kamen Roche und Rathbun

ins Hotelzimmer. Wendt gab ihnen einen wortwörtlichen Bericht der Aussage des Verkehrspolizisten.

Rathbun schlug sich vor Enttäuschung eine Faust auf den Oberschenkel. »Ich sage, der Mann vertuscht was. Was kann er sonst tun? Er war bei der Vernehmung zur Anklage so sicher, daß Foster der Killer ist, daß er jetzt keinen Rückzieher machen *kann*. Wissen Sie, wie es kommen wird? Wir machen weiter, klagen Brothers an. Wir bringen Ruthy in den Zeugenstand, er weigert sich, Brothers zu identifizieren. Und dann? Brothers kann gehen.

Also bringen wir ihn nicht in den Zeugenstand«, fuhr Rathbun fort. »In dem Fall können Sie verdammt sicher sein, daß die Verteidigung es tut. Ergebnis? Ruthy bleibt bei seiner Geschichte, Brothers kann gehen.«

»Wir sind da ein bißchen weit voraus, Charlie«, sagte Roche. »Wenn wir nicht vorher Zeugen auftreiben, die ihn bei einer Gegenüberstellung identifizieren, wird es keinen Prozeß *geben*.«

»Dazu können wir später kommen«, sagte Rathbun. Er deutete auf die geschlossene Schlafzimmertür. »Aber jetzt, schlage ich vor, gehen wir da rein, setzen Mister Bader – oder Brothers, wie er sich auch nennen mag – auf den Stuhl und sehen mal, ob wir nicht ein paar Antworten aus ihm rausquetschen können.«

Rachael Schoenburg sagte: »Alex, ich habe eine Autotür schlagen hören. Vorn.«

Ihr Mann stand auf, langte nach dem Lautstärkenregler des Radios und drehte ihn herunter. »Dwight Peabody, nehm ich an«, sagte er. »Er hat irgendwas davon gesagt, er wollte nach dem Abendessen auf ein Gläschen Whisky vorbeikommen.«

Man hörte Schritte auf der Veranda, und Knöchel schlugen hart an die Tür. Schoenburg ging hinüber, knipste das Verandalicht an, teilte die weißen Dimity-Vorhänge und spähte hinaus. Im blaßgelben Schein der Glühbirne erkannte er die

Umrisse zweier Männer in dunklen Mänteln, die Kragen hochgeschlagen, die Krempen der Filzhüte weit herabgezogen.

Schoenburg spürte, wie Angst in ihm aufstieg. »Geh in die Küche, Rachael«, sagte er.

Das zweite Klopfen erschütterte den ovalen Glaseinsatz der Tür. Schoenburg drehte den Knauf und öffnete die Tür.

»Sind Sie Alex Schoenburg?« fragte Danny Stanton.

»Das will ich meinen«, sagte Schoenburg.

»Wie wär's, wenn wir reinkommen, okay?« sagte Willie Heeney.

»Ich kenne Sie nicht«, sagte Schoenburg. »Was wollen Sie?«

»Nur mit Ihnen reden, Mister Schoenburg«, sagte Stanton. »Nichts, worüber Sie sich Sorgen machen müßten.«

»He, kommen Sie«, sagte Heeney. »Hier draußen ist es kälter als auf einem Scheiß-Eisberg.«

Schoenburg ließ die beiden Männer herein und schloß die Tür. Handschuhe wurden ausgezogen, Mäntel aufgeknöpft, Schals abgewickelt und in Taschen gestopft. »Kann ich Ihnen einen Drink anbieten?« sagte Schoenburg.

Heeney rieb lebhaft seine Hände aneinander. »Das ist ein Wort! Einen Bourbon, hm?«

»Für mich auch«, sagte Stanton.

Alex Schoenburg öffnete eine Nußbaumanrichte, nahm Gläser und eine Flasche heraus, schenkte großzügige Portionen ein und verteilte sie. Seine beiden Besucher nahmen sich Stühle und probierten ihre Drinks, während sich ihr Gastgeber gegenüber von ihnen setzte.

Stanton stellte sein Glas ab, griff in die Innentasche seines Mantels, holte eine rechteckige Pappe hervor, beugte sich nach vorn, gab sie Schoenburg, und sagte: »Erzählen Sie mir von diesem Mann, Alex.«

Zwei Karteifotos von Leo Brothers, frontal und im Profil, aus Polizeiakten. Kein Hinweis auf die Stadt. Schoenburg sah ruckartig auf, die Miene leer. »Sind Sie von der Polizei?« fragte er.

»Voll daneben«, sagte Stanton.

»Der Name ist Blake«, sagte Schoenburg. »Lewis Blake.

Netter, junger Mann. Hat 'ne Zeitlang für mich gearbeitet. Letzten Sommer war das.«

»Hat feuchte Ware gefahren, wie man hört«, sagte Stanton.

Schoenburg machte eine bedeutungslose Geste, sagte nichts. Stanton riß ihm die Karte aus den Fingern und steckte sie ein. »Es läuft folgendermaßen, Alex«, sagte er. »Sollte zufällig irgend jemand vorbeikommen und nach diesem Mann fragen, hat er nie für Sie gearbeitet. Sie haben ihn nie gesehen, niemals von ihm gehört. Das gilt auch für Ihre Frau, die Kinder, Ihre Freunde, sogar den Scheiß-Priester in der Kirche. Wenn sein Bild in der Zeitung auftaucht, können Sie ihn nicht von einem Schweinearsch unterscheiden.«

Die beiden Männer standen auf. Schals wurden umgelegt, Mäntel zugeknöpft, Handschuhe übergestreift. Schoenburg öffnete die Tür.

Stanton wollte Heeney schon nach draußen folgen, als er sich noch einmal umdrehte und Schoenburg sanft auf die Schulter schlug. »Machen Sie keine Fehler, Alex«, sagte er. »Sonst müssen wir zurückkommen und noch mehr von Ihrem lausigen Bourbon trinken.«

»Das möchte ich ganz bestimmt verhindern«, sagte Alex Schoenburg.

Roche sagte: »Kommen wir zurück zum letzten Frühling, Leo. Du hattest diesen Job im Green Mill Gardens seit wann?«

»Vielleicht ungefähr Ende April, würde ich sagen«, erwiderte Brothers. »Mister Voiler vom Club weiß das genauer.«

»Warum bist du gegangen?«

»Gab ein kleines Problem.«

»Im Gardens?«

»Nein, nein. Da war alles prima.«

»Was war es dann?«

»Naja, ich hab da aus irgendeinem Grund einen Burschen sauer auf mich gemacht. Der Kerl war ganz dick mit der North-Side-Bande. Also mußte ich abhauen, wenn Sie verstehen.«

»Dann hast du die Stadt verlassen.«

»Nein, Sir, hab ich nicht. Den Teil hatten wir schon, Mister Roche.«

Rathbun, der daneben saß, rührte sich ungeduldig, sagte: »Ich würde hier gerne mal dazwischengehen, Pat. Wenn es Ihnen nichts ausmacht?«

Roche zuckte mit den Schultern und lehnte sich zurück. »Bedienen Sie sich, Charlie.«

»Leo«, sagte Rathbun. »Ich möchte, daß Sie mir direkt in die Augen sehen . . . Wir sollen also glauben, daß Sie sich nach Ihrer angeblichen Meinungsverschiedenheit mit diesem namenlosen Gangster bei einem Freund irgendwo auf der West Side verkrochen haben. Korrekt?«

»Ja, Sir.«

»Und daß Sie sich weigern, den Namen dieses Freundes preiszugeben, weil er in Chicago von der Polizei gesucht wurde – und noch gesucht wird?«

»Ja, Sir, Mister Rathbun. Auf keinen Fall bin ich ein Spitzel.«

»Also«, sagte Rathbun, »wenn ich Ihre Aufmerksamkeit auf den neunten Juni dieses Jahres lenken darf, wo waren Sie – nach bestem Wissen – zwischen zwölf Uhr mittags und zwei Uhr nachmittags?«

Brothers sah ihn verwirrt an. »Ich verstehe Sie nicht, Mister Rathbun. Was hat das alles – was hat *irgendwas* davon – damit zu tun, daß ich in St. Louis gesucht werde?«

»Weigern Sie sich, diese Frage zu beantworten?«

»He, kommen Sie«, sagte Brothers. »Neunter Juni? Sie reden von . . . vor fünf Monaten, Herrgott nochmal. Ich könnte sonstwo in der Stadt gewesen sein.«

»Die Gegend um den Loop eingeschlossen?«

»Vielleicht. Ich weiß nicht.«

»Leo«, sagte Rathbun. »Irgendwann morgen früh wird man Sie zu einer Gegenüberstellung bringen. Eine Anzahl von Zeugen eines Mordes, der hier in Chicago begangen wurde, wird anwesend sein. Wir haben guten Grund, zu glauben, daß die meisten, wenn nicht alle, dieser Zeugen Sie als den Mann identifizieren werden, der am neunten Juni dieses Jahres Alfred J. Lingle erschossen hat.«

»Mister Rathbun«, sagte Leo Brothers leise. »Sie sind verrückt.«

Nachdem sie Brothers über Nacht im Gewahrsam von Wendt und John Greer zurückgelassen hatten, gingen Roche und Rathbun zu einem frühen Abendbrot ins Hotelrestaurant.

Um einen Mund voll Steak-Sandwich herum sagte Roche: »Ich sage Ihnen, der Mann hatte es erwartet, Charlie. Er hat nicht mal mit der Wimper gezuckt. Hat Ihnen direkt in die Augen gesehen, der Mann, und völlig locker gesagt: ›Sie sind verrückt.‹«

»Kommen Sie, Pat«, sagte Rathbun. »Er wußte die ganze Zeit, daß wir Bescheid wissen. Die gleiche Reaktion wäre gekommen, wenn ich ihm vorgeworfen hätte . . . Mickey Mouse umgelegt zu haben.«

»Und wie die ganze Stadt weiß, sitzt Frankie Foster hinter Gittern und wartet auf seinen Prozeß«, sagte Roche. »Wie er es verdient hat. Also lassen Sie sich nicht überraschen, wenn morgen bei der Gegenüberstellung niemand Brothers identifiziert.«

»Er ist unser Mann, Pat«, sagte Rathbun. »Ich weiß es. Ich weiß es, weil ich es spüre.« Er schlug sich an die Brust. »Hier drinnen. Und wenn wir mit dieser Gegenüberstellung fertig sind, werden auch *Sie* es wissen!«

Auf dem Weg durch die Hotelhalle blieb Rathbun stehen, um mit dem Chef der Hotelpagen zu sprechen. Ein stämmiger Mensch im gelbbraunen Overall sagte »Wie steht's, Benny?« zu dem Mann am Zeitungsstand, setzte einen gebündelten Packen Zeitungen auf die Ablage und verschwand.

Roche schlenderte hinüber, wartete, bis Benny den dicken Bindfaden durchschnitten hatte, warf einen Nickel auf den Tresen und nahm sich eine Zeitung, deren Druckerschwärze noch feucht war.

Ein vertrautes Gesicht starrte ihn an. Eine Schlagzeile plärrte: NEUER VERDÄCHTIGER IM LINGLE-MORD VERHAFTET.

Hinter ihm sagte Charles Rathbun. »Wenn Sie soweit sind, können wir, Pat.«

Roche drehte sich um. Wut hatte sein Gesicht gerötet. Er warf Rathbun die Zeitung zu. »Die wissen alles«, sagte er undeutlich. »Seinen Namen, seine Vorstrafen, die Sache, daß er mit keiner Bande in Chicago zusammenhängt.«

»Himmelherrgott, Pat«, sagte Rathbun. »Wie konnte das . . .«

»Wen interessiert es einen Scheißdreck, *wie*?« sagte Roche. »Meinen Glückwunsch, Charlie. Scheint so, als ob Sie Ihren Schuldspruch haben.«

18

Wälle aus rußverkrustetem Schnee vom Sturm der vergangenen Woche säumten die Allee vor der Rogers Avenue 7423: zwei Stockwerke aus rotem Backstein, dekoriert in waldgrün. Eine ausgezehrte Pappel am südlichen Ende steckte ihre kahlen Äste dem grauen Märzhimmel entgegen.

Der stellvertretende Staatsanwalt C. Wayland Brooks, Ende dreißig, war ein großer Mann mit kalten Augen, athletischer Statur und kräftigen Gesichtszügen, über denen ein dicker Schopf vorzeitig ergrauter Haare prangte. Er saß in seinem Arbeitszimmer im zweiten Stock an einem florentinischen Schreibtisch und sprach mit Roche und Rathbun, die ihm in lohfarbenen Ledersesseln gegenübersaßen.

»Jetzt, wo Brothers' Anwälte keine Möglichkeiten mehr haben, die Anklage hinauszuzögern, wird der Prozeß definitiv am sechzehnten beginnen«, sagte Roche. »Übrigens wird Sabath auf der Richterbank sitzen. Anstelle von Richter Finnegan.«

»Ich glaube, wir sind mit Sabath besser dran«, sagte Rathbun. »Ein bißchen sehr der Flasche zugetan, muß ich gestehen, aber er hat eine Tendenz, sich für den Staat einzusetzen.«

»Wir brauchen keinen zusätzlichen Vorteil«, sagte Brooks. »Nicht in diesem Fall. Acht sichere Zeugen, von allen gesicherte Identifizierungen.«

Er erhob sich, ging zu einem dunklen, hölzernen Flaschenschrank zwischen den beiden Fenstern des Zimmers, hob den Deckel und holte eine Karaffe aus geschliffenem Glas hervor. »Ich nehme an, Sie sind beide Bourbon-Trinker«, sagte er. »Wie die Schnapsschmuggler sagen: Das Zeug hier kommt direkt vom Boot.«

Er stellte drei Gläser auf den Schreibtisch, schenkte aus der Karaffe ein und hob ein Glas. »Einen Trinkspruch, meine Herren«, sagte er. »Tod unseren Kollegen am anderen Ende des Tisches.«

Sie tranken. Das Nachschenken wurde höflich abgelehnt. »Sie wirken so still, Pat«, sagte Brooks. »Stört Sie irgendwas?«

»Es liegt an mir«, sagte Roche. »Nach *meinem* Gefühl ist es noch ein bißchen früh, daß wir uns hier auf die Schultern klopfen.«

»Sehen Sie ein spezielles Problem auf uns zukommen?« sagte Brooks.

»Eins bestimmt«, sagte Roche. »Diesen Cop, Ruthy. Er geht da rauf, sagt, daß Leo Brothers mit Sicherheit *nicht* der Mann ist, den er an dem Tag die Randolph Street entlanggejagt hat . . . naja, die Geschworenen werden schwerwiegende Zweifel bekommen.«

»Genau darauf wollte ich gerade kommen, Pat«, sagte Brooks.

Er zog einen Ordner aus einem ansehnlichen Stapel auf dem Schreibtisch, nahm drei zusammengeheftete, maschinengeschriebene Seiten heraus. »Gestern am späten Abend ist Officer Ruthy in mein Büro gekommen«, sagte er. »Vollkommen aus eigenem Willen. Der Mann war schwer beunruhigt. Er gab zu, er hätte etwas zurückgehalten, etwas, dessen er sich bisher geschämt hätte, sich jetzt aber verpflichtet fühle, es preiszugeben.«

Brooks blätterte zur zweiten Seite des Berichts, sah kurz hinein, blickte auf, sah Roches langsam hart werdende Miene.

»Vor sechs Jahren«, sagte Brooks, »wurde ein Streifenwagen, in dem Ruthy fuhr, von einem Krankenwagen gerammt. Ruthy erlitt eine Hirnverletzung. Seitdem leidet er unter wiederkehrenden Schwindelanfällen, die von – und das sind seine eigenen Worte – ›verrückten Visionen‹ verschlimmert werden. Natürlich habe ich . . .«

»Also haben sie ihn gekriegt«, sagte Roche.

Brooks wurde starr. Bevor er sprechen konnte, sagte Rathbun müde: »In drei Gottes Namen, Pat, was *jetzt*?«

Roche ignorierte ihn und sah Brooks ruhig in die Augen. »Muß ich es Ihnen erst buchstabieren, Wayland?« sagte er. »Sie sind doch kein Amateur in diesem Geschäft. Trotzdem können Sie da sitzen und uns erzählen, daß ein Police Officer im Dienst – der einzige Mann, dessen Aussage Brothers frei kriegen könnte – urplötzlich reinkommt und sagt, er wäre schon seit Jahren verrückt. Und Sie lassen ihn damit durchkommen?«

»Wollen Sie damit andeuten, ich würde Partei ergreifen . . .«, sagte Brooks.

Roche ging über ihn hinweg. »Sie spielen in dem Scheißspiel noch nicht mal mit. Entweder ist Ruthy geschmiert worden, oder man hat ihm Ehrfurcht eingebleut.«

Rathbun lehnte sich zurück und warf die Hände in die Luft. »Ich kann's nicht glauben!«

»Und warum sollten Sie auch?« sagte Roche. »Wenn man bedenkt, wie verdammt Sie darauf aus sind, jemanden zu verurteilen, um als Held vor Colonel McCorm . . .«

Puterrot vor Wut kam Rathbun aus seinem Sessel hoch. »Halten Sie den Mund!« rief er. »Ich will das *nie* wieder hören . . .«

Brooks knallte eine Faust auf den Schreibtisch. »Das reicht! Alle beide!«

In plötzlichem Schweigen sank Rathbun zurück und blickte auf seine zitternden Hände. »Wir sind alle auf derselben Seite, Gentlemen«, sagte Brooks. »Lassen Sie uns versuchen, das in Erinnerung zu behalten . . . Pat, meine eigene Reaktion auf

Ruthys Geschichte war Ihrer sehr ähnlich. Sofort, nachdem er mein Büro verlassen hatte, ließ ich mir eine Kopie seiner medizinischen Geschichte aus den Polizeiakten kommen.«

»Ich habe sie im letzten November eingesehen, Wayland«, sagte Roche. »Der Mann hatte eine leichte Gehirnerschütterung. Zwei Wochen krankgeschrieben, wieder voll im Dienst. Das war's.«

»Haben Sie mit seinem persönlichen Arzt gesprochen?«

»Nach sechs Jahren?«

»Na, ich aber«, sagte Brooks. »Einige Monate nach dem Unfall fing Ruthy an, in Momenten ungewöhnlicher Aktivität oder geistiger Anstrengung halluzinatorische Erlebnisse durchzumachen.«

Mit widerwilligem Respekt schüttelte Roche den Kopf. »Dieser Scheißkerl. Der Mann läßt einfach keinen Trick aus.«

»Der Mann?« fragte Brooks. »*Welcher* Mann? Von wem, zum Henker, reden Sie?«

»Von einem Spaghettifresser namens Al Capone«, sagte Roche. »Und jetzt fügt sich allmählich alles zusammen. Als er rausgefunden hat, daß wir Foster nicht vor Gericht bringen konnten bei der unsicheren Verläßlichkeit der Zeugen, da wußte er verdammt genau, daß wir weitere Razzien in Bandenläden durchführen würden, die ihn und Aiello vielleicht zwei Millionen die Woche kosten. Als der Big Fella also merkt, daß es für uns keine Chance gibt, Foster einzusperren, bringt er John Hagan ins Spiel, um uns einen Sündenbock zu suchen. Muß ein Gangster von außerhalb sein, für Geschworene, die Angst haben, einen Killer aus der Stadt zu verurteilen. Und was soll ich Ihnen sagen – wir sind drauf reingefallen.«

»Das ist absurd!« sagte Rathbun. »Bei Ihnen hört es sich an, als wäre Capone ... eine Art machiavellistisches Genie.«

»Eben ein Mafiosi«, sagte Roche. »Muß Vererbung sein. Da ist ein Mann Boß eines Unternehmens, das, soweit ich weiß, mindestens hundertzwanzig Millionen im Jahr einbringt. Zwei – oder dreihundert Leute auf der Lohnliste – ohne die Politiker, Richter und nicht mal die Gott weiß wievielen Cops. Ein Mann, der eine Stadt von drei Millionen Seelen bei der

Gurgel hat. Hört sich für Sie wie ein Genie an? Für mich bestimmt.

Noch ein paar Zugaben, die Sie verdauen sollten«, fuhr Roche fort. »Brothers hat drei Anwälte aufgefahren. Zwei davon – Bob Cantwell und Tyrrell Krum – sind schwere Kaliber und bekommen entsprechende Gagen. Nummer drei ist Louis Piquett. Er hat Al Capone schon seit Jahren juristische Ratschläge zukommen lassen. Jetzt habe ich mal eine Frage an Sie. Was glauben Sie, wer für all diese teuren Talente bezahlt? Leo Brothers? Der Mann hat keinen Pott, in den er pissen könnte. Oder vielleicht zählt er darauf, daß der Abstinenzverein Christlicher Frauen die Rechnung übernimmt?«

Er stand auf, nahm seinen Mantel und Hut und war schon halb an der Tür, als Rathbun sagte: »Pat.«

Roche drehte sich um. »Ja?«

»Es ist eine Sache, ob Brothers unschuldig *ist*«, sagte Rathbun. »Aber falls er es nicht ist, falls er aufgrund eines dickköpfigen Schachzuges Ihrerseits frei kommt, könnte Sie das ruinieren.«

Ihre Blicke trafen sich. »Eigentlich meinen Sie doch, Charlie«, sagte Roche, »daß es *Sie* ruinieren könnte.«

Die Tür schloß sich hinter ihm.

DER PROZESS

Das ist das absolut größte Komplott
seit der Kreuzigung Christi!

– Louis Piquett, Verteidiger, 1931

19

ERSTER TAG

Der Gerichtsdiener leierte: »Erheben Sie sich. Dieses Gericht tritt nun zusammen unter Vorsitz des ehrenwerten Richters Joseph Sabath.«

Richter Sabath, ein untersetzter, schwergewichtiger Mann Ende fünfzig, setzte sich im Talar auf seinen Stuhl hinter der erhöhten Richterbank. Er schob seinen Kneifer zurecht, glättete das dünner werdende graue Haar, schlug einmal mit seinem Hammer, und die Zuschauer nahmen wieder ihre Plätze ein.

Der Gerichtsdiener sagte: »Das Volk des Staates Illinois gegen den Angeklagten Leo V. Brothers, der hiermit aufgerufen und des Mordes beschuldigt wird.«

Richter Sabath sagte: »Halten Sie im Protokoll fest, daß der Angeklagte im Saal ist, daß die Geschworenen anwesend und die Rechtsbeistände sowohl des Staates als auch der Verteidigung gleichermaßen zugegen sind . . . Mister Brooks?«

C. Wayland Brooks sagte halb im Stehen: »Bereit für das Volk, Euer Ehren«, und sank zurück.

»Mister Piquett?«

»Die Verteidigung ist bereit, Richter«, sagte Louis Piquett.

Sabath sagte: »Ist dem Angeklagten eine Kopie der Anklageschrift zugegangen?«

»Ja, Euer Ehren«, sagte Piquett.

»Der Gerichtsdiener wird die Anklage verlesen.«

Räuspernd begann der Gerichtsdiener laut von einer maschinegeschriebenen Seite abzulesen: »Die genannte Anklage beschuldigt Leo V. Brothers, unter anderem bekannt als Louis Bader, am neunten Tag des Juni im Jahr des Herrn 1930 im Cook County des Staates Illinois mit einem nachgewiesenen Revolver ungesetzlich, vorsätzlich und mit bösartiger Absicht Alfred J. Lingle mit Schüssen zu Boden gestreckt und getötet zu haben.«

Der Gerichtsdiener legte das Blatt beiseite und setzte sich. Ein unruhiges Rascheln, dann begann eine Frau im hinteren Teil des Saales unkontrolliert zu schluchzen, und eilte zur Tür hinaus.

Ein einzelner Schlag des Hammers brachte den Saal zur Ruhe. Richter Sabath sah Leo Brothers an, der zwischen Piquett und Tyrrell Krum am Tisch der Verteidigung saß, und sagte: »Sie haben die Anklageschrift gehört, Mister Brothers. Worauf plädieren Sie? Schuldig oder nicht schuldig der Anklage?«

Ohne aufzustehen, sagte Piquett gleichgültig: »Der Angeklagte Leo V. Brothers plädiert auf nicht schuldig, Euer Ehren.«

»Also gut«, sagte Sabath. Er beugte sich leicht nach vorn, blickte zu Brooks hinüber. »Ihr Eröffnungsplädoyer, Mister Brooks?«

»Danke, Euer Ehren.« Brooks erhob sich, verließ den Tisch und ging langsam zum Geländer der Geschworenenbank hinüber. Langsam und bedächtig betrachtete er die Gesichter der zwölf sitzenden Männer.

»Meine Herren Geschworenen«, sagte er. »Alfred J. Lingle starb am neunten Juni 1930 um oder gegen ein Uhr mittags. Er starb in einer Unterführung an der Michigan Avenue, mit dem Gesicht im Schmutz von Zigaretten- und Zigarrenstummeln, Kaugummipapier und ähnlichem. Sein Tod wurde von einer Kugel herbeigeführt, die ihm von einem feigen Mörder von hinten in den Kopf geschossen wurde.

Die Art und Weise dieses Mordes«, sagte Brooks, »kennzeichnet ihn unzweifelhaft als eine Bandenexekution. Wir – jeder einzelne von uns – sind mit solchen Morden in unserer Stadt nur allzu vertraut. Weit über sechshundert – *sechshundert* – allein in den letzten zehn Jahren. Ich sage Ihnen, es ist an der Zeit, daß die Bevölkerung dieser Stadt die Unterwelt nicht im Unklaren darüber läßt, daß unsere Geduld hier und jetzt erschöpft ist, daß wir nicht gedenken, den Mörder von Alfred J. Lingle dieser Liste einen weiteren solchen ungeklärten Mord hinzufügen zu lassen.«

Während er darauf wartete, daß der letzte Satz seine ganze Wirkung entfalten konnte, ging Brooks zu seinem Tisch und trank einen Schluck Wasser. Dann kehrte er zurück und baute sich wieder vor den Geschworenen auf.

»Bezeichnend für die Verachtung, die diese Bandenmörder gegen die Bürger unserer Stadt hegen, ist die Tatsache, daß der Angeklagte in diesem Fall Alfred Lingle vor den Augen einer ganzen Reihe von Passanten niedergeschossen hat – überzeugt davon, daß keiner den Mut haben würde, ihn zu identifizieren, wenn man ihn fassen sollte. Nun, lassen Sie mich Ihnen folgendes sagen, meine Herren Geschworenen: Er hätte sich nicht gröber täuschen können! Die Anklage wird acht – *acht* – Augenzeugen aufrufen, von denen jeder bereit ist, eindeutig auszusagen, daß der Mann, den sie gesehen haben, als er auf Alfred Lingle geschossen und ihn getötet hat, der Angeklagte Leo Vincent Brothers war . . . Ich danke Ihnen.«

In der plötzlichen Stille wandte sich Wayland Brooks ab, schritt eilig zu seinem Platz am Tisch des Anklägers zurück und setzte sich. Richter Sabath sah zur Wanduhr auf. »Da wir uns bereits der Mittagsstunde nähern, vertagt sich dieses Gericht bis heute nachmittag zwei Uhr«, sagte er.

Tyrrell Krum hielt ein Tablett mit einer Kaffeetasse, einem Stück Apfelkuchen und einem Teller Rindereintopf. »Ich kann keinen Mann allein essen sehen, Wayland«, sagte er.

Brooks sah von seinem Stuhl an einem Ecktisch in der

überfüllten Cafeteria des Strafjustizgebäudes auf und lächelte. »Setzen Sie sich, Tyrell«, sagte er. »Aber nur, wenn Sie schwören, daß ich am Ende keine Verdauungsschwierigkeiten bekomme.«

Krum stellte sein Essen ab, entledigte sich des Tabletts und nahm den Stuhl gegenüber von Brooks. »Ich war überrascht, Holman heute morgen nicht im Gericht zu sehen«, sagte er.

»John mußte ein paar Unklarheiten bereinigen«, sagte Brooks. »Er wird heute nachmittag bei mir sein.«

Ein paar Minuten lang aßen dic beiden Männer schweigend. Schließlich stellte Krum seine Tasse ab. »Hübsche knappe Eröffnung haben Sie gebracht, Wayland. Besonders die Schilderung, wie Lingle auf einem Haufen Zigarren- und Zigarettenstumpen gestorben ist. Durch den ganzen Saal konnte ich sehen, wie die Geschworenen zusammengezuckt sind.«

»Ist mir heute morgen gegen drei eingefallen«, sagte Brooks. »Ich hab immer Probleme mit dem Einschlafen in der Nacht vor einem Prozeß. Danach – wie ein Baby.«

»Das läßt mich kalt«, sagte Krum. Grinsend fügte er hinzu: »Aber ich verteidige natürlich auch nur die Unschuldigen.«

»Das hab ich schon gemerkt«, sagte Brooks.

»Da wir gerade von den Unschuldigen sprechen«, sagte Krum. »Das bringt mich auf meinen Klienten. Unschuldig – aber nervös wie eine Jungfrau auf einem Ludenpicknick. In Todesangst, daß man ihn direkt auf den heißen Stuhl setzt. Ihre ganze Rhetorik, daß es an der Zeit wäre, die Bandenmörder nicht mehr entkommen zu lassen, ist ihm irgendwie nahegegangen. Das und diese Scheiße, daß Sie acht Zeugen haben, die ihn identifizieren wollen.«

»Und?«

»Wie gesagt«, fuhr Krum fort, »der Mann ist ganz blöde vor Angst. Blöd genug, sich mit einer vierzehnjährigen Strafe abzufinden, ganz egal, wie sehr wir es ihm auszureden versuchen.«

»Keine Chance, Tyrrell«, sagte Brooks. »Wir wollen – und erwarten – eine Todesstrafe. Wir könnten vielleicht – Sie verstehen, nur vielleicht – lebenslänglich ohne Möglichkeit einer bedingten Strafaussetzung zustimmen.«

»Sie haben nur Augenzeugen, Wayland«, sagte Krum. »Sie können kein Motiv nachweisen, es gibt keine Unterlagen darüber, daß ihm die Waffe gehört hätte oder sie auch nur in seinem Besitz gewesen wäre. Sie haben keine zulässigen Beweise für eine kriminelle Vergangenheit. Kurz gesagt, mein Freund, Sie haben nicht die Spur einer Chance, den Fall zu gewinnen.«

»Warum führen wir dann dieses Gespräch?«

Krum zuckte mit den Schultern. »Ich schätze, wir schlagen einfach die Zeit tot.«

Mit einem Blick auf seine Uhr sagte Wayland Brooks: »Fünf vor zwei.« Er stand auf und nahm seinen Hut. »Wir können es uns nicht leisten, Ihro Gnaden warten zu lassen, hab' ich recht?«

Richter Joseph Sabath sagte: »Möchte die Verteidigung jetzt ihre Eröffnung machen?«

Tyrrell Krum kam auf die Beine. »Jawohl, Euer Ehren.« Er umrundete den Tisch und trat den Geschworenen gegenüber. »Meine Herren Geschworenen, wir nähern uns jetzt dem Punkt, an dem der Angeklagte Leo Vincent Brothers das Wort zu der Mordanklage haben wird, die der Staat gegen ihn erhebt.

Mister Brooks, erfahrener Anwalt der Anklage, hat fünf oder sechs Zeugen erwähnt, die beschwören wollen, daß sie Leo Brothers an dem Tag, als Alfred Lingle getötet wurde, auf der Randolph Street gesehen haben, daß er in einem Tunnel ein paar Stufen hinauf, über die Straße und in irgendeine Gasse gelaufen ist. Nun, die Verteidigung möchte sagen, daß auch wir fünf oder sechs Zeugen haben, die gesehen haben, daß dieser Mann fortlief, und daß diese Zeugen bereit sind, zu beschwören, daß es nicht Leo Brothers war.

Nun«, sagte Krum. »Wir werden mit Hilfe von Beweisen genau aufzeigen, was für eine Art Mann Leo Vincent Brothers ist, daß er Alfred Lingle nicht erschossen hat, daß er nichts darüber wußte, daß er gar nicht zugegen, tatsächlich nämlich meilenweit entfernt war. Wir werden Ihnen zeigen, Ihnen beweisen, daß Leo Brothers während der Zeit, die er in Chicago lebte, niemals etwas getan hat, was ein schlechtes Licht auf ihn werfen könnte, daß er ein ganz gewöhnlicher Mann war, der ein ganz gewöhnliches Leben geführt hat.

Wir werden Ihnen mit Hilfe unserer Beweise zeigen, Gentlemen«, sagte Krum, »daß die Mordanklage gegen Leo Brothers schlicht und einfach ein Komplott ist – ein Komplott, inszeniert von ganz bestimmten Männern, deren Ehrgeiz darin besteht, eine Aburteilung von Leo Brothers zu erreichen. Daß das ganze Komplott nur dem Ziel dient, eine hochgestellte Persönlichkeit in dieser Stadt zufriedenzustellen, und daß einer der *hier im Gerichtssaal Anwesenden* großzügig dafür belohnt wird, Leo Vincent Brothers den Mord an Alfred Lingle anzuhängen.«

DRITTER TAG

Wayland Brooks sagte: »Die Anklage ruft Warren Williams auf.«

Williams trat in den Zeugenstand und hob die Hand, während der Gerichtsdiener ihm den Eid abnahm. Dann nahm er den Zeugenstuhl ein, und Brooks trat zu ihm.

»Mister Williams«, sagte er, »würden Sie uns bitte sagen, wo Sie um oder gegen ein Uhr mittags am Montag, dem neunten Juni letzten Jahres waren?«

Williams lehnte sich auf seinem Stuhl zurück und schlug die Beine übereinander. »Sicher. Ich stand an der südwestlichen Ecke der Kreuzung Michigan und Randolph Street.«

»Sie standen einfach nur da, ist das richtig?«

»Ja, Sir. Ich hab gewartet, daß dieser Mann vom Mittagessen

zurückkommt. Damit ich ihn anrufen konnte. Wegen eines Jobs.«

»Sie waren zu der Zeit arbeitslos?«

»Zu der Zeit, ja, Sir.«

»Nun«, sagte Brooks, »während Sie dort standen, an der Ecke Michigan und Randolph, haben Sie da irgend etwas Ungewöhnliches gehört oder gesehen?«

»Ja, Sir, das habe ich allerdings.«

»Und was haben Sie gesehen und gehört?«

»Naja, ich stand gegen einen Laternenpfahl gelehnt, da höre ich einen gedämpften Knall. Ungefähr eine halbe Minute später hab' ich gesehen, wie dieser Mann, dieser Kerl, aus dem Tunnel auf der anderen Straßenseite gelaufen kommt. Der Ostseite der Straße.«

»Was hat der Mann, wenn überhaupt etwas, als nächstes getan?«

»Naja, er ist im Zickzack über die Michigan gekommen, durch den Verkehr hindurch, und direkt vor mir ist er fast von einem Wagen überfahren worden. Er hat einen Satz zurück gemacht, und sein Gesicht kam hoch, und ich konnte ihn mir ganz genau ansehen.«

»Ganz genau ansehen«, wiederholte Brooks mit langsamer Betonung. »Und was, wenn überhaupt etwas, hat dieser Mann dann getan?«

»Er kam bis vor die Bücherei, rannte zur Nordseite der Randolph und weiter nach Westen. Und die ganze Zeit hat er sich umgesehen, als wolle er rausfinden, ob ihm jemand folgt . . .«

Louis Piquett sprang am Tisch der Verteidigung auf: »Oh, Euer Ehren! Einspruch! Der Zeuge kann unmöglich . . .«

»Beruhigen Sie sich, Mister Piquett«, sagte Sabath milde. »Ihrem Einspruch wird stattgegeben, Sie können fortfahren, Mister Brooks.«

»Kommen wir auf diesen fliehenden Mann zurück, Mister Williams«, sagte Brooks. »Haben Sie beobachtet, daß ihm jemand über die Randolph Street gefolgt ist?«

»Ja, Sir. Ein Polizist und zwei andere Männer.«

»Und dieser Mann, dem sie gefolgt sind, haben Sie den seit jenem Tag wiedergesehen?«

»Ja, Sir.«

»Ist er in diesem Gerichtssaal anwesend?«

»Ja, Sir.«

»Würden Sie bitte für uns auf ihn zeigen?«

»Ja, Sir. Es ist der Mann, der da drüben links von Mister Piquett sitzt.«

»Halten Sie im Protokoll fest, daß der Zeuge auf den Anklagten Leo Brothers gedeutet hat«, sagte Brooks. »Nun, Mister Williams, Sie haben auch andere Verdächtige in diesem Fall gesehen, ist das richtig?«

»Ja, Sir.«

»Haben Sie jemals in einer vereidigten Aussage irgendeinen dieser Verdächtigen identifiziert, bevor Sie Mister Brothers wiedererkannt haben?«

»Nein, Sir.«

»Und alles, was Sie hier und heute ausgesagt haben, hat sich in der Stadt Chicago, Cook County, Illinois, zugetragen?«

»Ja, Sir.«

»Danke, Mister Williams«, sagte Brooks und wandte sich ab.

Richter Sabath sagte: »Möchte die Verteidigung den Zeugen ins Kreuzverhör nehmen?«

»Ja, Euer Ehren«, sagte Piquett. Er verließ seinen Stuhl, schritt gemächlich hinüber zu dem Mann im Zeugenstand. »Mister Williams, wann sind Sie sich zum ersten Mal darüber klar geworden, daß für die Verhaftung und Verurteilung des Mannes, der Jake Lingle getötet hat, eine Belohnung gezahlt wird?«

»Tja, ich kann nicht sicher sagen, wann.«

»Aber Sie haben davon gewußt?«

»Ja, Sir. Soweit ich es in der Zeitung gelesen habe. Um die fünfzig- oder sechzigtausend Dollar, nach dem, was im *Examiner* und der *Tribune* und dem *American* stand.«

»Und für Ihre Aussage hier und heute hat man Ihnen einen Teil dieser Belohnung versprochen, falls der Angeklagte verurteilt wird?«

»Nein, Sir, hat man nicht.«

»Haben Sie das Gefühl, Ihnen würde ein Anteil dieses Geldes zustehen?«

»Nein, Sir. Absolut nicht. Es war meine Pflicht, zu sagen, was ich gesehen habe.«

»Äußerst bewundernswert von Ihnen, Mister Williams«, sagte Piquett. »Nun, dieser Mann, den Sie haben weglaufen sehen. Hatte der einen Hut auf?«

»Nicht auf, nein, Sir. Er hielt ihn nur in der Hand.«

»Warum hat er ihn wohl in der Hand gehalten, anstatt ihn zu tragen?«

»Einspruch, Euer Ehren«, sagte Brooks. »Diese Frage setzt eine Meinung voraus.«

Richter Sabath nickte. »Stattgegeben. Fahren Sie fort, Mister Piquett.«

»Sie haben gerade ausgesagt, daß Sie sich noch andere Verdächtige in diesem Fall angesehen haben«, sagte Piquett. »Ich erinnere Sie daran, Sir, daß Sie unter Eid stehen, und frage Sie: Haben Sie einen dieser Verdächtigen als den Mann identifiziert, der über die Michigan Avenue gelaufen ist – bevor Sie Mister Brothers zu Gesicht bekommen haben?«

»Nicht, daß ich eine vereidigte Aussage darüber gemacht hätte, nein.«

»Lassen Sie uns keine Haarspalterei betreiben, Mister Williams«, sagte Piquett. »Haben Sie den Behörden gegenüber einen anderen Mann identifiziert, den Sie gesehen haben, oder haben Sie das nicht?«

»Ja, Sir, das habe ich. Aber ich . . .«

»Sie haben die Frage beantwortet, Sir. Das wäre alles.« Piquett wandte sich ab und kehrte zu seinem Stuhl zurück.

»Abermalige Vernehmung, Mister Brooks?« fragte Sabath.

»Danke, Euer Ehren.« Ohne seinen Platz zu verlassen, sagte Brooks: »Mister Williams, in bezug auf den Verdächtigen, den Sie zuerst identifiziert haben: Was hat Sie veranlaßt, Ihre Meinung darüber zu ändern, daß er der richtige Mann war?«

»Naja, Sir«, sagte Williams, »Ich war von Anfang an nicht so sicher. Der Mann war ziemlich so gebaut wie Brothers da drüben, aber als ich später darüber nachdachte, habe ich gemerkt, daß das Gesicht nicht richtig war und das Haar die falsche Farbe hatte – schwarz statt blond. Und als mich ein Cop namens Roche gebeten hat, eine Aussage zu unterschreiben, hab ich natürlich abgelehnt.«

FÜNFTER TAG

Richter Joseph Sabath wartete, bis im überfüllten Gerichtssaal Ruhe eintrat. »Ihr nächster Zeuge, Mister Brooks?« sagte er dann.

»Die Anklage«, sagte Brooks, »ruft Patrick Campbell in den Zeugenstand.«

Campbell kam nach vorn, schwor, die Wahrheit zu sagen, die ganze Wahrheit und nichts als die Wahrheit, und nahm auf dem Zeugenstuhl Platz. Er saß steif aufrecht, den Unterkiefer gespannt, die Arme fest vor der Brust verschränkt.

»Wie lautet Ihre Adresse, und welchen Beruf üben Sie aus, Mister Campbell?« fragte Brooks.

»Ich bin selbständiger Klempner, und ich wohne bei meiner Mutter in der Cornell sieben-fünf-eins-vier«, erwiderte der Zeuge.

»Wenn ich Ihr Augenmerk«, sagte Brooks, »auf den neunten Juni 1930 lenken darf, um oder gegen ein Uhr dreißig mittags. Bitte erzählen Sie dem Gericht, wo Sie an diesem Tag um diese Zeit gewesen sind.«

»Ich war in der Nähe der U-Bahn Michigan und Randolph.«

»Das war in der Stadt Chicago?«

»Ja, Sir, das war es.«

»Und was, wenn überhaupt etwas, haben Sie zu dieser Zeit an diesem Ort gesehen und gehört?«

»Ich war gerade aus der U-Bahn gekommen, da habe ich diesen Schuß hinter mir gehört. Jedenfalls hat es sich für mich wie ein Schuß angehört. Um die Wahrheit zu sagen, ich hab' gar nicht so sehr darauf geachtet, bin da einfach weiter über die Michigan gegangen. Jedenfalls, als dieser Kerl gerade von hinten an mir vorbeilaufen wollte, höre ich jemanden schreien: ›Haltet den Mann!‹«

»Haben Sie sich diesen Mann genau ansehen können, der an Ihnen vorbeigelaufen ist?«

»Ja, Sir, das habe ich allerdings.«

»Fahren Sie fort, bitte.«

»Naja, dieser Kerl ist gerannt, und ich hab angefangen, direkt hinter ihm herzulaufen, sehen Sie, die Randolph Street rauf bis zu der kleinen Gasse zwischen Michigan und Wabash. Ich und dieser Cop und dieser andere Mann, wir haben ihn verloren, als er in der Wabash Avenue untergetaucht ist.«

»Und Sie sagen, Sie haben sich den Mann, den Sie gejagt haben, genau ansehen können?«

»Ja, Sir.«

»Und es würde Ihnen keine Probleme machen, ihn wiederzuerkennen, wenn Sie ihn sehen würden?«

»Absolut keine Probleme, Mister Brooks.«

»Ist der Mann, den Sie an diesem Tag gesehen haben, der Mann, den Sie die Randolph Street hinauf gejagt haben, in diesem Augenblick im Gerichtssaal?«

»Ja, Sir.«

»Bitte erheben Sie sich und zeigen Sie ihn den Geschworenen.«

Campbell stand auf, nahm einen Zeigefinger. »Das ist er, der da zwischen den beiden Anwälten sitzt.«

»Deutet auf den Angeklagten Leo Vincent Brothers.« Brooks wandte sich ab. »Ihr Zeuge, Mister Krum«, sagte er.

»Nur ein paar Fragen, Mister Campbell«, sagte Krum. »Sie sind sich doch der beträchtlichen Belohnung bewußt, die auf die Verhaftung und Verurteilung von Lingles Mörder ausgesetzt ist, nicht wahr?«

»Ich habe in der Zeitung darüber gelesen.«

»Um die sechzigtausend Dollar, ist es nicht so?«

»So ungefähr, nehme ich an.«

»Würde Ihnen nichts ausmachen, etwas davon in die Finger zu kriegen, oder?«

»Euer Ehren, das ist kein ordnungsgemäßes Kreuzverhör«, warf Brooks ein.

»Zugelassen«, sagte Sabath. »In Grenzen.«

»Würde Ihnen absolut nichts ausmachen, oder, Sir?« sagte Krum.

»Geld kann man immer gebrauchen, klar.«

»Und hat man Ihnen ein Stück von dem Kuchen angeboten, falls Mister Brothers verurteilt wird?«

»Nein, Sir, hat man nicht.«

»Sind Sie da ganz sicher?«

Brooks unterbrach. »Einspruch. Frage wurde gestellt und beantwortet.«

»Stattgegeben. Fahren Sie fort, Mister Krum.«

»Zwischen dem Zeitpunkt, als Sie Mister Brothers auf der Michigan Avenue gesehen haben, und Ihrem Erscheinen hier und heute«, sagte Krum, »haben Sie ihn da sonst noch irgendwo gesehen?«

»Ja, Sir, das habe ich.«

»Wie ist das geschehen?«

»Naja, um Januar herum war es, glaube ich – irgendwann um die Zeit, würde ich sagen.«

»Und *wo* ist das geschehen?«

»Naja, in diesem Hotel. Ein Mister Roche hat mich hingebracht, in ein Zimmer, in dem mehrere Männer herumstanden.«

»Kannten Sie welche davon vom Sehen?«

»Nur diesen einen Kerl. Den hab ich erkannt.«

»Wenn Sie sagen, Sie haben ihn erkannt, war das, bevor oder nachdem Mister Roche Sie auf ihn aufmerksam gemacht und Ihnen erklärt hat, daß es der Mann ist, der möglicherweise Alfred Lingle erschossen hat?«

»Niemand hat mich auf ihn aufmerksam gemacht. In dem Moment, als ich reinkam und diese Männer sah, hab ich den Kerl ausgemacht, den ich die Randolph Street raufgejagt habe. Und das ist er, der, der jetzt da drüben sitzt«, sagte Campbell.

»Danke, Mister Davidson«, sagte Wayland Brooks, und ging zurück zu seinem Stuhl.

»Beabsichtigt die Verteidigung, den Zeugen ins Kreuzverhör zu nehmen?« fragte Richter Sabath.

Louis Piquett erhob sich. »Danke, Euer Ehren«, sagte er und ging zum Zeugenstand hinüber. »Mister Davidson, darf ich fragen, wie alt Sie sind, Sir?«

»Ich bin etwas über fünfundzwanzig.«

»Fahrer bei der Yellow Cab Company, sagen Sie?«

»Ja, Sir.«

»Sie sind der sechste Zeuge, der in diesem Prozeß für die Anklage aussagt. Haben Sie das gewußt?«

»Nein, Sir, habe ich nicht.«

»Ich möchte Sie fragen, ob Sie in diesem Gerichtssaal anwesend waren, als irgendein anderer der sechs Zeugen ausgesagt hat?«

»Nein, Sir.«

»Haben Sie zu irgendeinem Zeitpunkt eine solche Aussage gelesen oder ist sie Ihnen vorgelesen worden?«

»Nein, Sir. Ich wußte nicht mal, daß sie in der Zeitung standen.«

»Überrascht es Sie dann, Mister Davidson, wenn Sie erfahren, daß Ihre Aussage, abgesehen von geringfügigen Abweichungen, beinah wortwörtlich identisch mit denen der anderen Zeugen ist?«

Brooks stand auf. »Was soll das, Euer Ehren?« sagte er. »Will der Verteidiger sein Resümee ziehen? Ich beantrage, das alles als unzulässig und grob voreingenommen zu streichen.«

»Angeordnet«, sagte Sabath. »Die Geschworenen werden Mister Piquetts Frage und ihre versteckten Andeutungen außer acht lassen.«

»Einspruch«, schnarrte Piquett.

»Vermerkt. Jetzt lassen Sie uns fortfahren, Herr Verteidiger.«

»Ja, Sir . . . Nun, Mister Davidson, Sie *haben* von der

Belohnung gehört oder gelesen, die für die Verhaftung und Verurteilung desjenigen ausgesetzt ist, der Alfred Lingle getötet hat?«

»Es stand in allen Zeitungen.«

»Dann wußten Sie davon?«

»Ja, Sir.«

»Wieviel, wenn überhaupt etwas, von dieser Belohnung hat man Ihnen für Ihre heutige Aussage versprochen?«

»Keinen einzigen Cent. Davon war nie die Rede.«

»Sie wollen uns glauben machen, Mister Davidson, daß bei all den Gelegenheiten, bei denen Sie mit Untersuchungsbeamten und Anwälten zusammen waren, nicht einer von ihnen die Belohnung auch nur erwähnt hätte?«

Wayland Brooks ging scharf dazwischen. »Einspruch. Schon gefragt und beantwortet.«

»Stattgegeben«, sagte Richter Sabath.

»Euer Ehren«, sagte Piquett. »Die Verteidigung versucht . . .«

»Ich habe über den Einspruch entschieden«, sagte Sabath. »Sie können dagegen Widerspruch einlegen. Fahren Sie fort.«

Piquett seufzte, breitete resignierend die Arme aus und wandte sich ab. »Ich habe keine Fragen mehr an den Zeugen.«

»Eine abermalige Vernehmung, Mister Brooks?«

»Nein, Euer Ehren.«

»Sie können gehen, Mister Davidson.«

»Auf Ihr Ersuchen hin, Mister Brooks«, sagte Richter Sabath, »haben die Geschworenen den Gerichtssaal vorläufig verlassen. Allerdings möchte ich den Anwälten beider Seiten zu verstehen geben, daß alles, was während der Abwesenheit der Geschworenen bekannt wird, im Protokoll steht.«

»Bevor die Anklage den nächsten Zeugen aufruft, Euer Ehren«, sagte Wayland Brooks, »möchte ich ihn betreffend gern eine Aussage machen. Für das Protokoll.«

»Nur zu.«

»Der Zeuge, auf den ich mich beziehe, Euer Ehren«, sagte

Brooks, »ist Police Officer Anthony Ruthy. Wie von den bereits gehörten Zeugen eingehend berichtet, hat Ruthy bei dem, was über die Zeit des Mordes an Alfred Lingle bekannt wurde, eine wichtige Rolle gespielt.

Die Staatsanwaltschaft«, fuhr Brooks fort, »hat kürzlich erfahren, daß Officer Ruthy vor einigen Jahren bei einem Unfall eine schwere Hirnverletzung davongetragen hat. Aufgrund dieses Vorfalles halten wir ihn in Streßmomenten für geistig gestört. Wir müssen annehmen, daß er sich in diesem Geisteszustand befand, als er Frank Foster vor einigen Monaten während Fosters Vernehmung zu dieser Anklage als Lingles Mörder identifizierte. Aus diesen Gründen möchte die Staatsanwaltschaft Ruthy in diesem Fall nur sehr ungern als Zeugen aufrufen.«

Am Tisch der Verteidigung kritzelte Cantwell ein paar Worte auf einen Zettel und reichte ihn an Tyrell Krum weiter.

»Möchte die Verteidigung dies kommentieren?« fragte Richter Sabath.

Krum warf einen Blick auf die hingeschmierte Nachricht: *Verdammt, bring uns hier raus!* Er steckte den Zettel ein und erhob sich langsam. »Das alles ist uns neu, Euer Ehren«, sagte er. »Wir erbitten eine Vertagung, um darüber beraten zu können.«

Sabath griff nach seinem Hammer und schlug einmal damit. »Das Gericht vertagt sich auf zwei Uhr heute nachmittag.«

»Nun, Herr Verteidiger«, sagte Sabath, »können wir jetzt mit der Verhandlung fortfahren?«

»Euer Ehren, Ruthys Aussage ist von äußerster Wichtigkeit für die Verteidigung«, sagte Krum. »Ungeachtet dessen, was die Staatsanwaltschaft zu tun gedenkt, beabsichtigen wir, ihn als unseren Zeugen vorzuladen.«

»In diesem Fall«, sagte Brooks scharf, »weisen wir daraufhin, daß dies kein glaubwürdiger Zeuge ist, und bitten, ihn als Zeugen des *Gerichts* aufzurufen. Damit ihn, wenn nötig, beide Seiten ins Kreuzverhör nehmen können.«

Sabath rückte seinen Kneifer zurecht, hob eine Augenbraue und sah zu Krum hinüber. »Nun, Herr Verteidiger?«

»Die Verteidigung muß Einspruch erheben, Euer Ehren«, entgegnete Krum. »Im Interesse unseres Klienten ist es unabdingbar, daß wir in der Lage sind, bei der Befragung Ruthys die üblichen rechtlichen Verfahren anzuwenden.«

»Mister Brooks' Vorschlag, Ruthy zu einem Zeugen des Gerichts zu machen«, sagte Sabath, »scheint mir ein vernünftiger Weg aus diesem Dilemma zu sein und folgt dennoch dem üblichen Verfahren. Ihr Einspruch ist abgelehnt. Jetzt lassen Sie uns die Geschworenen wieder hereinholen.«

»Wie lange sind Sie schon bei der Polizei, Mister Ruthy?« fragte Richter Sabath.

»Seit 1922, Euer Ehren. Aber ich bin von Zeit zu Zeit außer Dienst gestellt gewesen, wegen dieser Krankheit in meinem Kopf.«

»Waren Sie am neunten Juni letzten Jahres um oder gegen ein Uhr dreißig an der Michigan Avenue, Ecke Randolph Street im Dienst?«

»Ja, Sir, das war ich.«

»Erinnern Sie sich an irgend etwas Ungewöhnliches, das an diesem Tag zu dieser Zeit an diesem Ort geschehen ist?«

»Nun, da hatte ich diese Vision.«

Sabath winkte Brooks, nach vorn zu kommen. »Sie können mit dem Kreuzverhör beginnen, Herr Staatsanwalt«, sagte er.

»Officer Ruthy«, begann Brooks, »würden Sie diesem Gericht und den Herren Geschworenen von dieser Vision erzählen, von der Sie sprechen?«

»Das tu ich gern«, sagte Ruthy, »wenn sie meine Vision verstehen. Da war direkt vor mir ein Polizist. Dann war er weg, und dieser Mann lief direkt auf mich zu, und er wurde fast von diesem Auto überfahren. Ich habe nicht weiter darauf geachtet. Ich hatte immer noch diese Vision vor mir. Jemand schrie: ›Haltet ihn‹, und ich hab mich umgedreht und bin gerannt. Der Mann vor mir rannte und ebenso die Vision.

Er lief die Gasse hinauf«, sagte Ruthy. »Und das tat auch diese Vision. Dann waren der Mann und die Vision beide verschwunden, und ich wußte nicht, wohin. Also bin ich zurückgegangen und runter in den Tunnel zu den Zügen. Gütiger Gott, davon hatte ich nichts gewußt. Da lag ein Mann. Auf dem Bauch. Und da lag ein Hut, und eine kleine Waffe.«

»Würde der Gerichtsdiener dem Zeugen bitte ein Glas Wasser bringen?« sagte Wayland Brooks.

Ruthy, rotgesichtig und schwitzend, nahm das Glas mit zitternder Hand und stürzte den Inhalt hinunter. Brooks wartete, bis der Officer seine Fassung wiedergefunden hatte. Dann sagte er: »Officer, würden Sie den Geschworenen erzählen, ob Sie auch andere Probleme mit ihrem . . . äh . . . Kopf gehabt haben?«

»Naja, die hab ich genug«, sagte Ruthy. »Ich weiß nur nicht, wie ich mich audrücken soll. Ich bekomme sie . . . Für mich kommen sie aus heiterem Himmel. Sie erscheinen vor mir, genau wie Abe Lincoln. Ich habe Abe Lincoln noch nie im Leben gesehen, er kommt einfach. Letzten Sonntag hat ein schwarzer Hund auf meinem Gesicht gesessen, ganz deutlich. Und es ist noch nicht lange her, daß ich eine Vision hatte. Es kam mir so entsetzlich vor, daß die Menschen, die Weißen ganz allgemein, in Zukunft ihre Kinder großziehen und die dann von der gelben Rasse regiert werden. Ich kann nichts dagegen tun. Ich erzähle Ihnen nur, wie es kommen wird.«

»Danke, Officer«, sagte Brooks und kehrte zu seinem Platz am Tisch zurück.

»Möchte die Verteidigung den Zeugen ins Kreuzverhör nehmen?« fragte Sabath.

Piquett wollte sich erheben. Krum zog ihn am Ärmel und sagte leise: »Paß auf, um Himmels willen. Die Geschworenen fangen gleich an zu heulen.«

Piquett stellte sich zwischen Ruthy und die Geschworenen. »Fühlen Sie sich dazu in der Lage, noch ein paar Fragen zu beantworten, Officer Ruthy?« fragte er besorgt. »Ich werde versuchen, mich kurz zu fassen.«

»Ich versuche zu helfen«, sagte Ruthy.

»Das weiß ich, Sir . . . Nun, war es einer Ihrer visionären Augenblicke, als Sie in Frankie Foster den Mann wiedererkannt haben, den Sie an jenem Tag gejagt hatten, den Mann, der Alfred Lingle niedergeschossen hatte? Oder war es Abraham Lincoln?«

»Abraham Lincoln?« sagte Ruthy. »Es war nicht Abraham Lincoln.«

»In Wahrheit«, sagte Piquett, »war es gar keine Vision, nicht wahr? War es nicht eigentlich Frank Foster, den Sie am neunten Juni über die Randolph Street gejagt haben?«

»Es war diese Vision«, sagte Ruthy. »Sie kam vom Tunnel her und dann über die Straße.«

»Als Sie vor einigen Monaten im Gericht waren, zu der Zeit, als Frank Foster zur Anklage vernommen wurde, und Ihre Aussage machten, haben Sie da von diesen Visionen erzählt, die Sie zu haben behaupten?«

»Nein, Sir. Ich glaube nicht.«

»Würde es Ihnen etwas ausmachen, diese Antwort zu wiederholen, Sir? Sprechen Sie lauter, damit die Geschworenen Sie auch hören können.«

»Ich glaube, ich habe damals nichts von meinen Visionen erzählt«, sagte Ruthy.

Piquett warf den Geschworenen einen bedeutungsvollen Blick zu und trat dann beiseite. »Das wäre alles, Officer.«

»Mister Brooks?« fragte Sabath. »Haben Sie noch andere Fragen an diesen Zeugen?«

»Nein, Euer Ehren.«

»Sie dürfen herunterkommen, Mister Ruthy«, sagte Sabath.

»Euer Ehren, damit schließt die Anklage den Beweisvortrag«, sagte Wayland Brooks.

»Darf ich einen Moment unterbrechen, Euer Ehren, um mich mit meinem Sozius zu besprechen?« sagte Piquett.

»Machen Sie es bitte kurz.«

Piquett kehrte zum Tisch der Verteidigung zurück und führte ein geflüstertes Gespräch mit Cantwell. »Wenn Euer Ehren gestatten«, sagte er dann, »möchte diesmal die Verteidigung einen Antrag stellen. Ohne, daß die Geschworenen anwesend sind.«

»Also gut.«

Als die Geschworenen hinausmarschiert waren, sagte Sabath: »Lassen Sie Ihren Antrag hören, Herr Verteidiger.«

»Es läuft auf einen bestellten Schuldspruch hinaus, Euer Ehren«, sagte Piquett. »Es wurde in keiner Weise aufgezeigt, daß der Angeklagte den Schuß abgefeuert hat. Die Staatsanwaltschaft konnte die Herkunft der Waffe gerade soweit feststellen, als ein Zeuge sagt, er glaubt, der Angeklagte hätte eine Waffe fallen lassen. Außerdem wurde kein Motiv aufgezeigt. Tatsächlich ruht das gesamte Beweismaterial der Anklage einzig auf der Identifizierung durch Augenzeugen. Unter Berücksichtigung dieser Umstände stellt die Verteidigung den Antrag, das Gericht möge die Geschworenen anweisen, das Urteil auf ›nicht schuldig‹ lauten zu lassen.«

»Möchten Sie antworten, Mister Brooks?« fragte Sabath.

»Antrag auf Abweisung, Euer Ehren.«

»Der Antrag«, sagte Sabath, »ist abgelehnt.«

Piquetts Schultern hoben sich zu einem leichten Achselzukken. »Einspruch.«

»Abgelehnt. Sie können Widerspruch einlegen.«

»Ja, wir legen Widerspruch ein.«

»Vermerkt. Lassen Sie uns die Geschworenen hereinholen und weitermachen.«

20

ZWÖLFTER TAG

Lawrence O'Malley sagte: »Ja, Sir. Ich hab den Mann wohl gesehen, der da geschossen hat. Ich war allerhöchstens zwei Meter weg.«

Als er sich dem Tisch der Verteidigung zuwandte, sagte Piquett: »Mister Brothers, würden Sie bitte jetzt aufstehen?«

Brothers erhob sich und lächelte zaghaft zu dem Mann im Zeugenstand hinüber. Piquett sagte: »Sehen Sie sich diesen Mann genau an, Mister O'Malley, und sagen Sie den Geschworenen, ob es derjenige ist, den Sie aus weniger als zwei Metern Entfernung gesehen haben, als er Alfred Lingle erschossen hat.«

»Nein, Sir, das isser bestimmt nicht«, sagte O'Malley. »Keine Ähnlichkeit. Der Kerl, den ich gesehen hab, sah mehr aus wie ein Itaker.«

Brothers setzte sich. »Ihr Zeuge«, sagte Piquett.

»Wann, Mister O'Malley, haben Sie die Behörden zum ersten Mal davon in Kenntnis gesetzt, daß Sie gesehen haben, wie Lingle erschossen wurde?« fragte Wayland Brooks.

»Als ich zum ersten Mal das Bild von diesem Mann – Brothers – in der *Tribune* gesehen hab, weil er für den Mord eingesperrt wurde«, sagte O'Malley.

»Betrachten Sie sich als einen am Gemeinwesen interessierten Bürger?«

»Ja, Sir. Das tu ich.«

»Aber warum haben Sie als ein am Gemeinwesen interessierter Bürger sieben Monate – *sieben Monate,* Mister O'Malley – verstreichen lassen, bevor Sie mit Ihrer Geschichte zur Polizei gegangen sind?«

O'Malley sah ihn finster an. »Weil ich ein Zuhause habe und

viel arbeite«, sagte er. »Und zu der Zeit hab ich eine Menge Geld verdient, und ich wollte nicht, daß man mein Zuhause belästigt, falls er ein Gangster ist, und ich wollte nicht, daß mein Job da reingezogen wird. Ich hab mehr Geld verdient, als wenn ich mit irgendwelchen Untersuchungsbeamten rumgemacht hätte.«

»Da endet Ihr Sinn für das Gemeinwesen, was, Mister O'Malley?«

Piquett sprang von seinem Stuhl auf. »Euer Ehren«, rief er, »ich pro . . .«

»Ich ziehe diese Frage zurück«, sagte Brooks lächelnd. »Ich bin mit dem Zeugen fertig.«

Robert Cantwell sagte: »Wie nah waren Sie bei ihm?«

»Höchstens anderthalb Meter entfernt«, sagte Richard Sewell. »Ich hab sein Gesicht und das Profil gesehen.«

»Jetzt haben Sie den Angeklagten aus der Nähe betrachtet. Können Sie uns sagen, ob es der Mann ist, den Sie gesehen haben?«

»Er ist eindeutig nicht der Mann, den ich gesehen habe.«

»Danke«, sagte Cantwell und wandte sich ab.

Ohne seinen Stuhl zu verlassen, sagte Brooks: »Sie haben den Schuß gehört, Sie haben einen Mann aus dem Tunnel kommen sehen, Sie haben den Versuch gesehen, ihn zu fassen. Stimmt das, Mister Sewell?«

»So ist es, Sir.«

»Und was, wenn überhaupt etwas, haben Sie direkt danach getan?«

»Ich bin in einen Bus gestiegen und nach Hause gefahren.«

»Wie lange danach haben Sie die Polizei von dem benachrichtigt, was Sie an jenem Tag gesehen haben?«

»Nun, das kann ich nicht genau sagen.«

»Tage? Wochen? Monate?«

»Zwei Monate waren es, glaube ich.«

»Waren es nicht eher vier Monate?«

»Naja . . .«

»Sie können den Zeugenstand verlassen, herunterkommen, Mister Sewell.«

»Der Mann zwischen Mister Cantwell und Mister Krum am Tisch der Verteidigung«, sagte Piquett. »Ist das der Mann, den Sie an jenem fraglichen Tag gesehen haben, als Alfred Lingle erschossen wurde?«

»Auf keinen Fall«, sagte Richard Dimvale. »Falsche Größe und falsche Haarfarbe.«

»Ihr Zeuge, Mister Brooks.«

»Gerade eben haben Sie ausgesagt, daß der Killer schwarzes Haar hatte«, sagte Brooks. »Nicht wahr, Mister Dimvale?«

»Ja, Sir.«

Brooks kehrte zum Tisch zurück, nahm ein Blatt Papier auf und kehrte zu dem Mann im Zeugenstand zurück. »Aber haben Sie nicht am selben Nachmittag bei der Polizei diese Aussage unterschrieben, die besagt, daß der Mörder blond war?«

»Na ja, Sir, das habe ich wohl. Aber ich muß damals ziemlich aufgeregt gewesen sein.«

»Das wäre alles, Mister Dimvale.«

Der Zeuge verließ seinen Platz. Richter Sabath blickte auf seine Notizen und sah dann zu den drei Verteidigern des Angeklagten hinüber. »Nun, Gentlemen?«

Tyrell Krum erhob sich langsam. Seinem Gesicht war nichts zu entnehmen. »Euer Ehren, die Verteidigung schließt den Beweisvortrag.«

DREIZEHNTER TAG

Nachdem er seine fünfte Camel in einer Stunde am Stummel der letzten angesteckt hatte, lief Leo Brothers wieder in der Verwahrungszelle auf und ab.

Gleich zu Anfang hätte er sagen sollen: »Hören Sie, mir gefällt das nicht, für eine Sache einzusitzen, die ich gar nicht gemacht habe. Also zählen Sie nicht auf mich, okay?«

Sicher, das hätte er sagen können. Und wäre in einem Graben oder auf dem Boden des verdammten Sees gelandet. Man sagt nicht ›nein‹ zu Al Capone und bleibt am Leben, damit man es weitererzählen kann. Aber vielleicht war ein Graben oder der See immer noch besser, als hier darauf zu warten, daß sie einem den Arsch auf dieser Kochkiste da unten in Joliet braten würden.

Denn es sah verdammt danach aus, als wäre das der Weg, den er gehen würde. Meine Güte, man konnte es daran merken, daß diese Geschworenen sich ihn noch nicht mal *ansehen* wollten. Er erinnerte sich daran, irgendwo gehört zu haben, das sei ein schlechtes Zeichen. Wer möchte sich schon einen Typen ansehen, den man abfackeln will? Sogar seine eigenen Anwälte. Sie mußten es ihm nicht sagen. Man konnte es ihren Gesichtern ansehen.

Vierzehn Jahre, hatte der Big Fella gesagt. Draußen nach acht, und wir kümmern uns für den Rest deines Lebens um dich, wenn du draußen bist. Ach ja? Und was, wenn sie dich verscheißern? Niemand kann sicher sein, was Geschworene tun werden. Die kommen zurück und sagen: Fackelt ihn ab, den alten Leo. Was dann? Du fängst an zu schreien, daß du unschuldig bist? Daß das alte Narbengesicht dich reingelegt hat? Sie würden dir mitten in dein blödes Gesicht lachen!

Ein Schlüssel drehte sich in der vergitterten Tür. »Die warten unten auf dich, Kumpel«, sagte der Wärter.

»Tony Ruthy hat ihnen das Genick gebrochen«, sagte Brooks. »Geschworene erwarten, daß ein Police Officer die Anklage unterstützt, also schenken sie seiner Aussage keinen besonderen Glauben. Aber lassen Sie ihn in den Zeugenstand treten und, wie in diesem Fall, sagen, es war *nicht* Brothers, den er gejagt hat . . . dann würden wir jetzt ganz lange Gesichter machen, anstelle von Krum und Piquett.«

»Ich möchte Ihre Zuversicht gern teilen, Wayland«, sagte Charles Rathbun. »Aber ich bedaure, sagen zu müssen, daß ich nach wie vor meine Zweifel habe. Wir waren nicht in der Lage, Brothers die Waffe anzuhängen. Und das Motiv ist nicht geklärt.«

»Das sind Ungereimtheiten, die wir in unserem Schlußplädoyer klären können«, sagte John Holman.

»Und dann werden sie geklärt sein«, sagte Brooks. »Gentlemen, und wenn ich hier und jetzt allein damit stehe. Die Geschworenen werden nicht mehr als . . . sagen wir, acht Stunden brauchen. Höchstens zehn. Und das Urteil, das wir bekommen? Schuldig. Die Strafe? Tod!«

Knöchel schlugen zweimal an die geschlossene Tür des Beratungszimmers.

Wayland Brooks nahm den Colt vom Kaliber 38 und hielt ihn in die Höhe. »Die Mordwaffe, meine Herren Geschworenen«, sagte er. »Wer kann sagen, durch wieviele Hände – verbrecherische Hände – sie schon gegangen ist, seitdem sie von Frantzius' Waffengeschäft vor fast drei Jahren verlassen hat? Woher sollen wir das wissen? Woher soll irgend jemand das wissen? Verbrecher führen keine solchen verräterischen Aufzeichnungen.

Aber ich kann Ihnen sagen, wo diese Waffe am Ende gelandet ist«, sagte Brooks. »Auf dem Boden des Tunnels, zurückgelassen von Leo Brothers. Weggeworfen von diesem gemieteten Killer, nachdem er Alfred Lingle kaltblütig und vorsätzlich erschossen hat.«

Brooks legte die Waffe zu den anderen Beweisstücken zurück. »Lassen Sie uns nun über das Motiv hinter dem Mord an Alfred Lingle nachdenken«, fuhr er fort. »Gentlemen, was ist das Motiv hinter *allen* Bandenmorden? Das Eliminieren eines Geschäftsrivalen? Rache für einen Betrug? Vergeltung für einen früheren Bandenmord? Sehr wahrscheinlich hat Leo Brothers Jake Lingle niemals zu Gesicht bekommen, bis er ihm als Zielobjekt gegeben wurde. Denn das sind die Methoden der Unterwelt.«

Brooks zeigte mit dem Finger auf den Angeklagten. »Meine Herren Geschworenen, es gibt keine Strafe, die zu hart wäre für den Feigling, der abgedrückt hat. Für dieses sein Verbrechen fordert die Anklage, er möge des vorsätzlichen Mordes für schuldig befunden und auf eine Art und Weise, die dieser Staat in seinen Gesetzen vorsieht, vom Leben zum Tode befördert werden . . . Ich danke Ihnen.«

Während des dreistündigen Schlußplädoyers der Verteidigung bezog sich Louis Piquett auf das letzte Abendmahl, die amerikanische Flagge, das ›Umlegen‹ von Julius Caesar, den notleidenden Zustand der Wirtschaft, den achtzehnten Zusatzartikel zur Verfassung und die weißhaarige Mutter des Angeklagten.

»Die große Frage«, donnerte er, »ist, wer Jake Lingle ermordet hat, und warum. Warum hat man Sie nicht über die Motive hinter der Anklage durch den Staatsanwalt in Kenntnis gesetzt? Ist es eine Anklage durch den Staatsanwalt? Oder ist es eine Anklage, die von der allmächtigen *Tribune* in Szene gesetzt wurde?

Sie wissen genausogut wie ich«, sagte Piquett, »daß die Staatsanwaltschaft in diesem Fall nicht in der Lage war, ein Motiv aufzuzeigen. Nach achtmonatigen Untersuchungen durch den Meisterpsychologen und Detective Pat Roche haben sie immer noch kein Motiv hinter dem Mord an Lingle gefunden.

Ich wiederhole: Wer hat Jake Lingle ermordet, und warum

hat er das getan? Meine Herren Geschworenen, ich sage Ihnen, dies ist der größte Komplott seit der Kreuzigung Christi!«

Richter Joseph Sabath sagte: »Mister Crotzer, sind die Geschworenen zu einem Urteil gekommen?«

Der Obmann stand auf. »Das sind wir, Euer Ehren.«

»Und wie lautet es?«

Herman W. Crotzer las laut von seinem Blatt Papier ab, das er in der Hand hielt: »Wir, die Geschworenen, befinden den Angeklagten Leo V. Brothers, auch bekannt als Louis V. Bader, des in der Anklage beschriebenen Mordtatbestandes für schuldig und verurteilen ihn zu einer Freiheitsstrafe von vierzehn Jahren Gefängnis.«

»Scheiße!« murmelte C. Wayland Brooks.

»Okay«, sagte der Geschworene Nummer drei. »Ihr Jungs wollt eine Erklärung, ich geb euch eine Erklärung. Neun von uns wollten dem Arschficker – Entschuldigung – sofort lebenslänglich geben. Zwei wollten seinen Arsch sogar auf den elektrischen Stuhl bringen. Vielleicht *war* Lingle nicht gerade der Ehrlichste, aber nach allem, was ich gehört habe, war er ein ganz anständiger Kerl. Gutaussehende Frau und zwei echt süße Kinder, ja? Todsicher war er kein Gangster wie dieser Leo Brothers.

Jedenfalls«, sagte der Geschworene Nummer drei, »war da dieser Typ, der Brothers ganz freisprechen wollte. Könnt ihr euch das vorstellen? Der Rest von uns war am Ende bereit, sich auf lebenslänglich einzulassen, ohne bedingte Strafaussetzung. Aber glaubt ihr, dieser Typ, von dem ich gesprochen habe – ein Straßenbahnschaffner namens Hagelman war das, glaub ich – wollte aufgeben? Keine Chance! Wenn mich einer fragt, würde ich sagen, jemand hat ihn geschmiert! Aber schreibt das nicht in euren Zeitungen, okay?

Naja«, sagte der Geschworene Nummer drei, »nach siebenundzwanzig Stunden, gütiger Gott, hat dieser Schaffner, oder was er ist, gesagt, er würde sich auf vierzehn Jahre einlassen, entweder oder. Was, zum Henker, sollten wir tun? Den Rest unseres Lebens in diesem stinkigen Zimmer zubringen?«

NACHWIRKUNGEN

Die rechtschaffene Bevölkerung von Chicago hat allen Grund, zu feiern. Denn dies ist der Tag, an dem die Banden gestorben sind!

– Charles Rathbun, 3. April 1931

21

Alphonse Capone sagte: »Hey, John! Wird auch Zeit, daß du kommst. Nimm dir einen Stuhl. Frank, schenkt dem Mann einen Drink ein!«

»Ein Highball wär' genau das richtige«, sagte John Hagan. »Scotch.« Er setzte sich Capone gegenüber, lehnte sich zurück und schlug die Beine übereinander. »Ich nehme an, Sie haben die Neuigkeiten schon gehört?« sagte er.

Capone lachte. »›Die Neuigkeiten gehört‹, meine Fresse! Ich *mache* die Neuigkeiten in dieser Stadt, mein Freund.«

Frank Rio reichte Hagan einen Scotch mit Soda. Hagan nahm einen tiefen Zug und stellte das Glas am Tischrand ab. »Ich muß zugeben, Mister Capone«, sagte er, »ich hätte nicht gedacht, daß Sie es tatsächlich schaffen würden.«

»Schade, daß nicht alles so einfach ist«, sagte Capone. »Nimm diese Klage wegen der Einkommenssteuer, die auf mich zukommt. Das kostet mich richtig Kohle, die Sache klarzumachen. Aber wenigstens schaff' ich mir Roche und diese Scheiß-Razzien vom Hals.«

Er öffnete die mittlere Schublade seines Schreibtisches, nahm einen Umschlag heraus und warf ihn Hagan zu. »Für einen verteufelt guten Job, John«, sagte er. »Mach schon, zähl. Wenn's nicht genug ist, sag es.«

John Hagan schlug ihn auf und nahm einen Packen Banknoten heraus. Er blätterte sie durch und sah auf. »*Fünf*undzwanzigtausend, Mister Capone? Ich dachte, Sie sagten . . .«

»Sagen wir fünf als Extrabonus«, sagte Capone. »Wenn ich irgendwas nicht bin, dann ein Geizkragen. Nimm die Belohnung dazu, die dir die Zeitungen dafür schulden, daß du Brothers geschnappt hast, und du hast – wieviel? Um die fünfundsiebzig Riesen? Laß dich bloß nicht runterhandeln, das ist alles.«

Hagan sagte: »Sieht so aus, als wenn es da ein Problem gibt«, sagte Hagan. »Dieser Anwalt, Rathbun. Hab erst vor zwei Stunden mit ihm am Telefon gesprochen.«

»Und?«

»Naja, nach allem, was ihm der Colonel gesagt hat, sieht es so aus, als würde mir die *Tribune* ihre fünfundzwanzigtausend zahlen«, sagte Hagan. »Aber es geht schon rum, daß der Rest von ihnen möglicherweise sein Wort brechen will.

Nicht«, sagte Hagan, »daß sie es geradeheraus sagen würden, aber soweit ich es verstanden haben, glauben sie nicht, daß Leo Brothers den Job an Lingle überhaupt gemacht hat.«

Wayland Brooks sagte: »Nach allem, was ich gehört habe, spricht Louis Piquett von einer Berufung.«

»Der Mann hat keinerlei Beweise«, sagte Rathbun. »Nicht, daß es ihn davon abhalten könnte, bis zum Obersten Gerichtshof des souveränen Staates Illinois zu gehen. Haßt es, zu verlieren, unser Mister Piquett. Selbst, wenn er glücklich davonkommt.«

Um neun Uhr am selben Abend war die Zweigstelle des Büros des Staatsanwalts im fünften Stock an der West Washington Street 77 voll von Mitarbeitern, Nachrichtenleuten und Politikern; hinzu kamen ausgewählte Gratulanten und gemischtes Gefolge beiderlei Geschlechts. Provisorische Bars boten eine Auswahl an Alkoholika, es gab reichlich verschie-

dene Hors d'œuvres, und ein Radio neben der Telefonzentrale brachte Musik von Duke Ellingtons Band aus dem Edgewater Beach Hotel.

Patrick Roche saß allein in seinem Büro, die Hacken auf dem Schreibtisch, ein Glas unverdünnten King's Ransom in der Hand, und sah auf, als ein Reporter der *Daily News* mit einem Drink in der Hand hereinspaziert kam. Er stellte einen Teller mit Appetithäppchen auf den Schreibtisch, sagte: »Hau rein, Pat«, und ließ sich in einen Sessel fallen.

Roche nahm die Füße herunter, griff sich zwei mit Käse belegte Kräcker und spülte sie mit einem Schluck aus seinem Glas herunter.

»Siehst müde aus, Pat«, sagte der Reporter. »Bißchen fertig, was? Fast ein Jahr am gleichen Fall gearbeitet? Solltest dir ein bißchen frei nehmen. Einen netten Urlaub.«

»Der Gedanke ist mir auch schon durch den Kopf gegangen«, sagte Roche. »Könnte sogar ein Dauerzustand werden, was die Arbeit für den Staat angeht.«

»Was du nicht sagst! Wo kommt das so plötzlich her?«

»Nichts, worauf ich näher eingehen möchte.«

»Okay, wenn ich das drucke?«

Roche gähnte, zuckte mit den Schultern und trank sein Glas aus. »Ruf mich Anfang der Woche an, und ich sag's dir. Eins von beidem.«

»Aber angenommen, du steigst aus. Was dann?«

»Naja, Walter und ich . . .«, sagte er. »Du kennst doch Walter. Walter Wendt?«

»Komm schon, Pat«, sagte der Reporter. »Walter? Den Mann kenne ich seit weiß nicht wie lange.«

»Jedenfalls«, sagte Roche, »wir spielen schon seit ein paar Monaten mit einem Gedanken. Ins Geschäft einsteigen. Unsere eigene Agentur aufmachen. Privatdetektive.«

»Was du nicht sagst! Ist Wendt irgendwo in der Nähe?«

»Er hat sich für heute abend freigenommen. Scheint sich irgendwo eine Erkältung geholt zu haben.«

Im äußeren Büro schlug Metall scharf gegen ein Glas, und die Stimme von Charles Rathbun hob sich über die Geräusche der

Menge hinweg. »Meine Damen und Herren, darf ich um Ihre Aufmerksamkeit bitten?«

Stimmen verstummten, und allmählich wurde es still im Raum. »Ich ruf dich an, Pat«, sagte der Reporter und ging hinaus. Seinen Drink ließ er auf dem Schreibtisch stehen. Pat fand noch einen Kräcker, diesmal mit Sardellenpaste, und blieb, wo er war.

Rathbun erhob seine Stimme. »Ich möchte meiner Dankbarkeit jedem einzelnen von Ihnen gegenüber Ausdruck verleihen, der heute abend hierher gekommen ist. Wie Sie wissen, haben die Mitarbeiter unseres relativ kleinen Unternehmens während der letzten zehn Monate alle persönlichen Interessen beiseite gestellt, um sich an etwas zu beteiligen, das ich nur als Kreuzzug bezeichnen kann – ein Kreuzzug für die Gerechtigkeit, ein Kreuzzug zur Wiederherstellung der Ehre und des guten Rufes unserer Stadt.

Man hat uns einen Job übertragen«, sagte Rathbun. »Einen Job, der im Licht vergangener Untersuchungen ähnlicher Natur allem Anschein nach beinahe unmöglich mit Erfolg auszuführen war. Heute ist dieser Job mit der Überführung und Verurteilung von Leo Brothers beendet.

Aber wir haben weit mehr erreicht«, sagte Rathbun, »als die Antwort auf die Frage zu finden, wer Alfred Lingle ermordet hat. Zum ersten Mal in der Geschichte des organisierten Verbrechens in Chicago endet ein Bandenmord mit einer Verurteilung. Nie mehr können sich die Killer ihrer Immunität vor dem Gericht sicher sein. Nie mehr können die Verbrecherkönige ihre Macht mit pauschalen Drohungen, Gewalt und Mord aufrecht erhalten.

Kurz gesagt, meine Damen und Herren«, sagte Rathbun, »dies ist der Tag, an dem die Banden gestorben sind!«

Ein Beifallssturm folgte diesem letzten zündenden Ausspruch. Roche hatte genug gehört. Im Aufstehen stürzte er den Rest von seinem Drink herunter, zog seinen Mantel über, stülpte den Hut auf und verließ das Apartment.

Ein Reporter vom *City News Bureau* folgte ihm nach draußen und ging mit ihm zu den Fahrstühlen. Als Roche das Angebot

einer Zigarette und Feuer angenommen hatte, sagte der Nachrichtenmann: »Dafür, daß es der Prozeß des Jahrhunderts werden sollte, war die Veranstaltung eine ziemliche Enttäuschung. Als würde man seinem Nachbarn beim Rasensprengen zusehen.«

»Was hast du erwartet?« sagte Roche. »Nochmal Leopold und Loeb, dieser Fall? Vielleicht wie im Film, jemand springt vor Gericht auf und gesteht im letzten Augenblick?«

»Jesses, Pat. Dieser Typ war des Mordes angeklagt. Man sollte glauben, sie würden wenigstens . . .«

»Allerdings, das war er«, sagte Roche. »Abgesehen davon, daß beide Seiten von Anfang an wußten, daß er erledigt war. Teufel, sogar die Geschworenen haben es gewußt. Man konnte es am ersten Tag in ihren Gesichtern sehen. Wayland Brooks? Der ist wie ein Schlafwandler durch den Prozeß gelaufen, kein einziges Mal in Schweiß ausgebrochen. Und was für eine Verteidigung ist das, die einen Tag – *einen Tag!* für sich ansetzt, wenn sie einen Klienten vor dem Stuhl retten soll? Bei jeder Geschwindigkeitsüberschreitung hätten die sich mehr Mühe gegeben!

Ich weiß nicht«, fuhr Roche fort, »was in diesem Gerichtssaal vor sich gegangen ist. Aber als die wieder reinkamen und vierzehn-bis-lebenslänglich gesagt haben, hab ich gedacht, Brooks *und* Piquett würden sich auf der Stelle in die Hosen scheißen. Für beide war es, als würden sie sehen, wie ein Toter aus seinem Sarg aufsteht. Ein Mann, der von Anfang an nicht hätte vor Gericht kommen sollen.«

Die Fahrstuhltür rollte auf. »Ich müßte längst im Bett liegen, Larry«, sagte Roche. »Gute Nacht.« Und er wandte sich ab.

Der Mann vom Bureau hielt ihn am Ärmel fest. »Warte mal! Was soll das heißen, er hätte gar nicht vor Gericht kommen sollen? Brothers?«

»Also gut, Larry«, sagte Roche. »Das sind meine letzten Worte zu dem Thema. Eines Tages wird die Wahrheit rauskommen. Ich kann nur hoffen, daß ich noch da bin, wenn es soweit ist.«

Rasselnd fiel die Fahrstuhltür hinter ihm zu.

FÜR DIE AKTEN

Patrick T. Roche – Nachdem er seine Stellung als leitender Ermittlungsbeamter des Staatsanwalts im Cook County gekündigt hatte, gründeten Roche und Walter Wendt das Privatdetektivbüro Patrick Roche Services. 1934 kandidierte Roche als Republikaner erfolglos für das Amt des Sheriffs von Cook County. 1945 übertrug man ihm den städtischen Erkennungsdienst. Roche starb am 11. Juli 1955 eines natürlichen Todes.

Walter Wendt – Als Wendt am 16. Februar 1962 eines natürlichen Todes starb, war er Manager von zwei Bowlingbahnen auf der South Side. Er war fünfundsiebzig.

Charles F. Rathbun – Als Einwohner von Augusta, Georgia, und nach einer langen und bemerkenswerten Karriere als Anwalt, starb Rathbun im November 1955 eines natürlichen Todes.

C. Wayland Brooks – 1940 wurde Brooks mit Unterstützung der *Chicago Tribune* Senator der Vereinigten Staaten. Er wirkte in dieser Eigenschaft von 1940 bis 1949 und starb am 11. Januar 1957 eines natürlichen Todes.

Alphonse Capone – Am 24. Oktober 1931 wurde Capone wegen Einkommenssteuerhinterziehung zu elf Jahren Gefängnis verurteilt. Zwischen diesem Tag und dem 16. November 1939 verbüßte er seine Strafe in verschiedenen Bundesgefängnissen. Am 25. Januar 1947 starb Alphonse Capone – geistig und körperlich von der Syphilis zerstört – auf seinem Anwesen auf Palm Island vor der Küste Floridas an Bronchopneumonie. Er war achtundvierzig.

Leo Vincent Brothers – 1936 erklärte der ehemalige Bürgermeister von Chicago, William Hale Thompson, der Kommission für bedingte Haftentlassungen im Staat Illinois, Brothers sei

›aufgrund von gefälschten Beweisen‹ verurteilt worden. Nach seiner Entlassung aus dem Staatsgefängnis von Illinois am 10. Juni 1940 wurde Brothers nach St. Louis überführt und für den Taximord aus dem Jahre 1929 freigesprochen. Kurz darauf übertrug man ihm Beteiligungen an von Banden kontrollierten Taxi- und Kreditgeschäften in St. Louis. Am 18. September 1950 wurde Brothers von einem nicht identifizierten Schützen vor seinem Haus am Stadtrand niedergeschossen und erlag drei Monate später seinen Verletzungen.

Frankie Foster (Ferdinand Bruna) – Drei Monate nach Brothers Verurteilung wurde die Anklage gegen Foster für den Mord an Lingle fallengelassen. Er verließ Chicago kurz darauf und war jahrelang in Spielcasinos in Nevada beschäftigt. Er starb am 22. April 1967 in Los Angeles eines natürlichen Todes.

John Hagan – Obwohl die *Chicago Tribune* Hagan eine Belohnung von 25 000 Dollar für die Informationen zahlte, die zu der Verurteilung von Lingles vermeintlichem Mörder geführt hatten, hielten sich andere Zeitungen nicht an das Versprechen, ihren Anteil zu zahlen, und erklärten hinter verschlossenen Türen, daß sie nicht an Brothers' Schuld glaubten. Hagan kaufte später eine Farm in der Nähe von Unionville, Missouri, verkaufte sie ein paar Jahre später wieder und zog nach Collinsville, Missouri. Nach dem Tod seiner Frau heiratete er erneut und zog nach Newport, Virginia. Am 1. Juli 1954 starb Hagan eines natürlichen Todes. Er war einundsechzig.

George ›Bugs‹ Moran – Nachdem er als Bandenchef auf der North Side von Chicago abgedankt hatte, nahm Morans kriminelle Karriere einen steten Abstieg. 1957 starb er eines natürlichen Todes, während er in Leavenworth eine Strafe wegen Bankraubs verbüßte, und wurde auf dem Gefängnisfriedhof begraben. Er war vierundsechzig.

Police Officer Anthony Ruthy – Am 28. April 1931, drei Wochen nach dem Ende von Brothers' Prozeß, wurde Ruthy auf seinem Posten an der Michigan Avenue von ›einer oder mehreren unbekannten Personen‹ erschossen.

Danny Stanton – Nachdem Al Capone in Chicago von der Bildfläche verschwunden war, wurde Stanton vollkommen aus der Organisation gedrängt. Am 5. Mai 1943 wurde er während einer Schlägerei in einer Bar auf der South Side von Chicago erschossen. Der Mörder plädierte auf Notwehr und wurde freigesprochen.

ENDE

Zimmer bildeten eine der berühmten ›Dauer‹-Suiten des Stevens-Hotels, und sie waren auf eine Art Grand-Rapids-Provinzmoderne eingerichtet, die dem Auge nichts und dem Komfort nur wenig zu bieten hatte. Rostbraune Vorhänge in beiden Zimmern paßten zu dem kurzflorigen Teppich, und – um dem ganzen einen Hauch von Kultur hinzuzufügen – eine dreifarbige, leicht schief hängende Reproduktion des Parthenon schmückte die Wand hinter der Couch, die mit rötlichbraunem Tweed von der Beschaffenheit einer Panzerung bezogen war.

Zwar betrug der Durchschnittspreis für all das dreihundert Dollar im Monat, aber Jake mußte für sein Apartment nur hundertfünfzig zahlen, unter der stillschweigenden Übereinkunft, daß er seine Verbindungen dafür einsetzen würde, jedes öffentliche Aufsehen in den Zeitungen zu vermeiden, das ein unvorteilhaftes Licht auf das Hotel werfen konnte. Dabei war das Bett bequem, das Badezimmer war in funktionstüchtigem Zustand, die Zimmermädchen räumten ihm alles hinterher, und der Zimmerservice kümmerte sich unauffällig um Wäsche und Reinigung.

Er hatte den Raum durchquert und wollte gerade die Tür zum Gang öffnen, als ihn ein scharfer, krampfartiger Schmerz im Unterbauch zum Stehen brachte und keuchen ließ. Er drehte sich um, taumelte zur Couch zurück, brach darüber zusammen und krümmte sich, preßte beide Hände gegen seinen Magen und atmete tief und stoßweise durch.

Schließlich, widerwillig, nahm die schneidende Schärfe des Schmerzes ab . . . ging vorüber. Jake richtete sich vorsichtig auf, wartete, um sicherzugehen, dann holte er ein Taschentuch hervor und tupfte sich die kalten Schweißperlen von Gesicht und Händen. Solche Anfälle hatte er schon früher gehabt, aber weder jemals so schwer, noch so kurz hintereinander wie die letzten beiden.

Dr. Gilchrist, der nicht gerade für den behutsamen Umgang mit seinen Patienten bekannt war, hatte ihm vor sechs Wochen klargemacht, daß er mit Idioten keine Geduld hatte. »Jeder Schwachkopf«, hatte er Jake angebrüllt, »der fünfzehn Zigarren seinen Schläfen schienen größer geworden zu sein, aber das Netz feiner Fältchen an den äußeren Rändern seiner seehundbraunen Augen schien die Stellung zu halten. Er sah genauer hin. Keine Spur von einem Doppelkinn. Er trat einen Schritt zurück und fuhr sich mit einer Hand über den nackten Bauch: Weich – aber einigermaßen flach. Gar nicht so übel, sagte er selbstgefällig, für einen Kerl, der auf die achtunddreißig zugeht.

Wenn er nur dieses verfluchte Magengeschwür hätte loswerden können . . .

Er putzte sich energisch die Zähne (ignorierte den stechenden Schmerz in einem vernachlässigten Backenzahn), rasierte sich, dann rieb er sein Gesicht und die Unterarme mit Pimentöl ein. Ein Hauch Stacomb hielt sein dichtes schwarzes Haar im Zaum, das dazu neigte, sich am Rand zu kräuseln.

Als er ins Schlafzimmer zurückkehrte, wählte Jake einen leichten Anzug aus blauem Serge mit schmalen, grauen Streifen, einen Gürtel mit einer Schnalle aus achtzehnkarätigem Gold und dem Monogramm ›AJL‹ aus winzigen Diamanten, eine dunkelblaue Seidenkrawatte, ein weißes Madras-Hemd, ein neues Paar schwarzweißer, laschenbesetzter College-Schuhe. Ein protziges, blau umrandetes Taschentuch kam in die Brusttasche der Jacke, die Kanten peinlich genau übereinandergelegt. Eine schwarze Brieftasche mit goldenen Ecken wanderte von der Frisierkommode in eine der Gesäßtaschen. Der blaßgraue Filzhut lag auf dem Schlafzimmerstuhl, wohin er ihn an diesem Morgen um kurz nach drei geworfen hatte. Er setzte ihn auf und schob ihn leicht nach rechts.

Das Spiegelbild der Frisierkommode nickte zustimmend.

Ein Detail fehlte. Jake überdachte kurz Dr. Gilchrists Warnung, tat sie mit einem Schulterzucken ab, nahm die Zigarren aus dem Humidor und legte sie in ein schwarzes, schweinsledernes Etui, das er in die Innenseite seines Mantels schob.

Die hohen, schmalen Fenster der Suite 2706 waren nach Osten gewandt, blickten auf den Grant-Park hinaus und weiter über die bleigraue Dünung des Lake Michigan. Die beiden

»Guten Morgen, Mister Lingle«, sagte Moore. »Wenn Sie einen Moment warten wollen, sehe ich nach.«

Beim Warten fummelte Jake den Deckel des Zedernholz-Humidors neben dem Telefon auf und nahm eine der drei Zigarren heraus. Gerade wollte er die Spitze abbeißen, als er zögerte, resignierend mit den Schultern zuckte und die Zigarre wieder in die Kiste fallen ließ.

»Mister Lingle?«

»Ja, Ernie.«

»Das Büro von Commissioner Russell hat angerufen, um Sie daran zu erinnern, daß Sie heute mit dem Commissioner zu Abend essen. Acht Uhr dreißig im Henrici's. Und Miß Terrell hat um acht Uhr fünfundvierzig angerufen. Wollte sichergehen, daß Sie sie noch vor eins anrufen.« Moore räusperte sich, fügte entschuldigend hinzu: »Sie klang . . . ziemlich eindringlich, Mister Lingle.«

Jake grunzte mürrisch. »Darauf möchte ich wetten. Noch was?«

»Das war in etwa alles, Sir.«

»Wie ist das Wetter draußen?«

»Man könnte sich keinen besseren Tag wünschen, Mister Lingle. Wenn Sie wissen, was ich meine.«

»Ich werde es rausfinden, Ernie. Haben Sie diese Karten für die Cubs bekommen, die ich Ihnen rübergeschickt habe?«

»Ja, *Sir*! Und ich bin Ihnen sehr dankbar, Mister Lingle.«

»Schon gut«, sagte Jake. Er legte den Hörer auf, schüttelte den Pyjama ab und trottete in das weißgekachelte Badezimmer. Er stellte die Wassertemperatur auf lauwarm, trat unter die runde Metallbrause und ließ den kaskadenartig herbabstürzenden Sprühregen die letzten Spinnweben eines leichten Katers fortspülen.

Nachdem er sich abgetrocknet hatte, stellte er sich nah ans Waschbecken und musterte nachdenklich sein Abbild im Spiegel des Medizinschränkchens. Das Weiß seiner Augen war unbestreitbar blutunterlaufen, wahrscheinlich aber nicht mehr als bei jedem anderen mit seinen Gewohnheiten und den Tageszeiten, zu denen er unterwegs war. Die grauen Stellen an

FÜR DORIS

Die es irgendwie geschafft hat,
sich sowohl ihre Geduld als auch ihren Verstand zu erhalten,
als dieses Buch geschrieben wurde

TOD EINES REPORTERS

Es gibt zwei Sorten Männer,
von denen man die Finger läßt –
Geistliche und Zeitungsschmierer.

– Dion O'Banion,
Bandenchef der North Side von Chicago, 1924

1

MONTAG, 9. JUNI 1930

Am letzten Morgen seines Lebens erwachte Jake um 9.33 Uhr. Mit ziemlicher Anstrengung schwang er die Füße auf den Boden und saß zusammengesunken auf der Bettkante, die Gedanken ein grauer Nebel, in dem sich nichts bewegte. Schließlich langte er nach dem Telefon neben seinem Bett und bat die Telefonistin des Hotels, ihn zum Sicherheitschef durchzustellen.

Eine forsche Stimme sagte: »Moore am Apparat.«

»Hier ist Jake, Ernie. Irgendwelche Anrufe?«